2023
铸牢中华民族共同体意识
中国少数民族文学之星丛书

遇 见

张新祥 著

作家出版社

编委会名单

主　任：邱华栋
副主任：彭学明　黄国辉
编　委：赵兴红　郑　函

以民族的情意，打造文学的星辰
——"中国少数民族文学之星"丛书总序

邱华栋　彭学明

"铸牢中华民族共同体意识——中国少数民族文学之星"丛书是中国作家协会少数民族文学发展工程的项目之一，于2018年开始实施，由中国作家协会创作联络部具体组织落实。出版这套丛书的初衷，是在少数民族文学创作领域贯彻落实习近平文化思想，不断夯实铸牢中华民族共同体意识的文学责任，培养少数民族文学中青年作家，打造少数民族文学精品，为那些已经在少数民族文学界和全国文学界成绩斐然、广有影响的少数民族中青年作家再助一力，再送一程，从而把少数民族文学最优秀的中青年作家集结在一起，以最整齐的队伍、最有力的步伐、最亮丽的身影，走向文学的新高地，迈向文学的高峰，让少数民族文学的星空星光灿烂，少数民族文学的长河奔流不息。以文学的初心，繁荣民族的事业；以民族的情意，打造文学的星辰。

入选"中国少数民族文学之星"丛书的作家，必须是年龄在50岁以下的、在少数民族文学界和全国文学界广有影响的少数民族作家。不管是否出版过文学书籍，只要其作品经过本人申请申报、各团体会员单位推荐报送、专家评审论证和中国作协书记处审批而入选的，中国作协将在出版前为其召开改稿会，请专家为其作品望闻问切，以修改作品存在的不足，减少作品出版后无法弥补的遗憾。待其作品修改好后，由中国作协统一安排出版，并进行广泛的宣传推广。

中国是一个多民族的大家庭。每一个民族都沐浴着党的民族政策的光辉、感受着党的民族政策的温暖，都在党的民族政策关怀下，蓬勃发展，欣欣向荣。在这个伟大的新时代，我们正创造着中华民族的新辉煌。每一个民族的发展与巨变，每一个民族的气象与品质，都给我们提供了生生不息的创作源泉。我们每一个民族作家，都应该以一种民族自豪感，去拥抱我们的民族；以一种民族责任感，为我们的民族奉献。用崇高的文学理想，去书写民族的幸福与荣光、讴歌民族的伟大与高尚；以文学的民族情怀，去观照民族的人心与人生、传递民族的精神与力量。

我们期待每一位少数民族作家，都能够到火热的生活中去，到广大的人民中去，立心，扎根，有为，为初心千回百转，为文学千锤百炼，写出拿得出、立得住、走得远、留得下的文学精品。不负时代。不负民族。不负使命。

目 录

荒出没 /1

豹子 /57

第二十四坨银子 /119

通灵鸟 /151

木鼓响起来 /213

月光下的勐傣 /258

遇见 /311

荒出没

一

冬至后第一个星期六,天空蓝得不成样子。如果没有一轮圆日挂在上面,会让人怀疑,整个勐傣坝,都倒扣在海洋之上。这是造物主怜悯苍生。如果她愿意,只要倒置乾坤,我们都得变成海洋中养分,重回到万物起始原点,诞生、进化,慢慢爬上陆地。

"香菇炒鸡蛋油腻了,"小艾说,"还有蒜苗炒精肉,盐味重了点。"

"好,"我说,"下午我们吃粉条炖豆腐皮。"

"不,不要。"她说,"豆腐皮陈味太重,我吃了会作呕。"

"好,"我说,"下午给你做醋熘白菜……"

"啪——"小艾把筷子放在餐桌上。"扶我起来,我要上洗手间。"她两手撑着桌面,就要站起来。我忙放下碗筷,搀扶她站起来。

"给我削个苹果,待会儿我要在床上吃……"

午餐。我给小艾炖萝卜排骨汤,煎香菇炒鸡蛋,还有蒜苗炒精肉。

上完洗手间,我搀扶小艾回卧室。她腰间垫着两个蚕丝睡枕,斜靠在床头,手里捏着削好的苹果眯着双眼,露出满意的笑脸。这是她作为准妈妈，应该享有的待遇。走出卧室，我在厨房里收洗碗筷。

小艾带身孕已八个月，再过一个月零十五天，就是预产期。

我边收理餐具边盘算着，下午去买白菜，顺便再买一本《宝妈按摩宝典》。家里《宝妈经典胎教》《宝妈胎教钢琴曲》《宝妈食谱》《宝妈健身》等书籍、乐曲都齐了，只有给小艾舒筋按摩的书籍，还不齐。随着腹内胎儿长大，压迫到她腹腔与盆骨的血管和经络，她小腿和脚面有些水肿。起床时，四肢发麻。《宝妈按摩宝典》这本书，我在康佳图书城见过，这家书城离我们小区不远。出了小区，穿过两条马路，直走，过四个红绿灯就到了。

没等我多想，门铃响了。

我收洗干净最后一个碗，擦干手上的水渍，准备去开门。来客用拳头擂起门。小艾步履蹒跚，手里捏着吃剩的苹果核，从卧室走出来。先我前一步，打开门。是表弟依团和女友秀秀。

秀秀有一张清纯、精致、迷人的瓜子脸蛋，高挑、凹凸有致的身材，喜欢扎马尾辫，浑身弥漫着化不开的青春气息。她绝美的卡姿兰大眼睛，是个男人都会对她动心。

"艾赕哥，大中午你们干吗？"依团气呼呼说，"老半天不开门！"

说完话，依团从小艾大腹便便的身躯一侧，挤进客厅。秀秀扶着小艾，关上房门，走进客厅。

"就你猴急，"小艾边往垃圾桶里扔苹果核边说，"又打算来蹭午饭！"

"早就吃了，"依团头也不抬，一屁股坐在沙发上说，"有事找你们商量。"

听有事，我和小艾呆呆站在客厅中央。依团成了我家主人，大大咧咧坐在沙发上。秀秀把小艾搀扶到沙发一角，一起坐下。

"艾赕哥，"秀秀问我，"你们吃饭了？"

"吃了，刚刚收洗好。"我说。

妻子怀孕，我不敢多看秀秀的脸蛋。她与表弟，一年前才确立恋爱关系。我有些嫉妒表弟，能有个绝美的女朋友。

秀秀是名校法学系硕士毕业，有律师从业资格证，在我们勐傣城一家律师事务所上班，收入颇丰。表弟是个吃货，但帅气，在电力公司上班。我和小艾在体制内，上行政班。没和秀秀相处之前，每到双休日，表弟都在我家蹭吃蹭喝。与秀秀相处后，表弟带着秀秀，常来我家大吃大喝。

双休日，我的岗位在厨房里，琢磨一些新鲜菜品。秀秀喜欢我做的菜肴。听表弟说，很多时候，她打着看望小艾的旗号，主动约他来我家，让我给他们下厨。小艾有了身孕后，他们来我家的次数更多了。表弟说，多亏了我的厨艺，他才能持续与秀秀交往。

这种话，表弟说多了，小艾就用玩味的眼神，打量我和秀秀，让我有种火辣辣的灼痛感。

"出大事了，艾赕哥！"依团盯着我说，"我家那头大白牯子水牛死了！"

"你说啥？"我问，"你家大白牯子水牛死了？"

"一个小时前，我家大白牯子水牛被邻村的水牛撞死了！"

"那么壮实的一头牛，邻村有哪一头牛能把它撞死？它是我们坝子出名的斗牛王！"我惊诧地说。

"是真的，"依团说，"是被东老寨子的一头大牯子水牛撞下水坝石基上，摔死了！"

"邻村那头大牯子水牛呢？"我追问。

"也死了。听我妈说，东老寨子那头大牯子水牛死得更惨。"依团呱了呱嘴巴说，"它把我家大白牯子水牛撞下水坝后，面对我们寨子的色林，眼睛大睁，七窍流血，跪在田埂上，就那样死了！"

"哦！"我有些释然。心里为依团家大白牯子水牛叫冤的同时，暗暗松了口气。上初中时，我和依团经常骑那头牛。它是我们寨子的牛王。每年大季稻收进仓，坝子里，几个寨子统一放大场子牛，牯子牛都会死斗。依团家大白牯子水牛，从没输过。想不到，它会被另一头牯子水牛撞死。还好，它也把对手干掉。

没等我回过神，我的手机响了。母亲打来的。我急忙接通电话。

"喂！艾赊。"

"妈！"

"你二舅家大白牯子水牛撞死了！就在今年刚刚放大场子牛的第一天。东老寨子那个你陇依大爹侄子家的大牯子水牛，跑到我们寨子水坝头那里，把大白牯子水牛一头撞到水坝脚下砸死了。东老寨子的大牯子水牛也当场撞死。真是怪事，两头牛一起死掉。"

"妈，我知道了。依团刚刚给我说了。"

"依团跑去你那儿？"

"嗯。"

"你们两兄弟在城里，相互照应着那就好。他还小，没有主见，你要多关照他。哦，对了，小艾身体好好的吧？"

"好的，妈。小艾由我服侍着，你不用担心。"

"小艾带身孕八个月，你们男人毛手毛脚，要细心些。都八个月，你们也没回过家，真想看看她怎么样！"

"妈，你放心，小艾好着呢！"我和母亲通话之余，用目光扫视小艾他们。几个人屏住呼吸，默默看着我。

"你三舅公说，这不是好兆头。可能，可能是荒要出世！"听得出电话那头，母亲甚是担忧。

"妈,别乱想,没事的。"我出言安慰母亲。

"唉,如果小艾没带身孕,倒是可以回来一趟!"母亲说话时,有三双眼睛,灼灼盯着我看。他们都期待着我说:没事,我们都可以回去!我哑在一边,不知要怎么接母亲的话。

"喂!艾赊,还在吗?"

"哦,在、在,妈你说。"

"小艾带身孕,村里出这样的事不好。叫你们回来怕小艾肚里的孩子沾染了邪气。"母亲的话,我相信。我的确不想带妻子回去。可三道眼神,完全与我想法相悖。表弟已喊出声,"姑妈,没事。我们正与表哥商量着回去的事呢!"

我狠狠瞪了依团一眼,想叫他闭嘴。

"妈,没事!"小艾接话说,"艾赊会照顾好我的,我们马上就回去!"

"小艾,你们真的要回来?"电话那头,母亲声音颤抖。有嘈杂声传来,接着是依团大哥艾团的声音。"艾赊哥,带着嫂子和依团他们回来。要吃牛肉宴席了,你回来负责拌牛撒撇。"随后,传来母亲开心的责骂声,"你们就知道吃、吃,回来路上小心点,慢点。我要过去你二舅家帮忙。"挂了电话,客厅里一片欢呼,只有我像个傻子,呆呆站着,不知所措。

"你傻站着干吗?"嗔怒的小艾喊,"还不快去把我的洗漱用具和床上用品收拾好!"

"艾赊哥,"秀秀小声说,"快回去拌牛撒撇!"

"艾赊哥,拿车钥匙来。我去挪车。"依团手舞足蹈地说,"有些事,到车上跟你商量商量……"

一群吃货,贪恋乡下风景的疯子。我搞不懂,他们亢奋的底气从哪来。完全不顾及我男保姆的忧虑,不考虑生出事端的后果。

出门之前，我双手合十，在家堂神龛前，默默祷告出行安全。

二

我出生在边境线上，一个叫户东的村寨。有无数个像户东村的寨子，遍布在广袤的国界线上。户东村，过去有三十几户人家，现在也只有三十几户人家。东老寨子与我们寨子，水田连在一起，土地插花着。东老寨子的人家比我们寨子更少，只有二十几户。近几年来，外出务工迁走了几户，人家更少。我们寨子也不例外，有几户人家外出务工后，再没回来过。大块大块田地闲置着。

我驾车行驶在高速公路上，思绪乱成一团麻线。小艾和秀秀坐后排座，小声说笑着，讨论女人间私密事。依团坐在副驾驶位上。

十年前，我满怀激情进城，在勐傣城寻梦。十年光景，我在城里磨出一个我希望有的家，磨掉了我所有锐气和戾气。十年前，从我们寨子到勐傣城，要走三百公里的乡村便道。坐班车，一个来回，耗去两天时间。那时，只要是双休日，我会带着小艾，往返穿梭在勐傣城与家乡道路上。

两年前，高速公路修进勐傣城。我驾驶自家小轿车，在高速公路上，行驶八十公里，出一个高速路口，再在乡间柏油路上行驶三十公里，用不了两个小时，便回到寨子里。便捷的交通，把回家乡的路程由两天缩短成几个小时，我却几个月回不了一次家。

"艾赕哥，这次带秀秀回去，"依团迟疑地说，"我们是有目的的。"

"你该不会带秀秀回去打官司吧？"我反问依团。

"我是有这种想法。"依团说。

若不是我双手扶着方向盘，就想狠狠给依团一巴掌。

"艾赕哥，这事你也别怪依团，"秀秀接话，"我来到你们勐傣城也有两个年头，接过几十起诉讼案件，但像这种案件，我还没接过，如果他们愿意的话，我可以免费打这场官司。"

"谁要打官司！"我把声音提高一个八度说，"谁要让你们去打官司！妈妈不是说，是荒要现世吗！"

"艾赕，你又猴急，"小艾声音颤抖着说，"好好开你的车，你手里可是握着五个人的生命呢。"

我不会顶撞小艾。秀秀与我们相处不久，不了解我脾气。车内陷入短暂沉默，只有马达轰鸣声，证明我们彼此的存在，与刚刚激烈交锋过的事实。

"依团，'荒'是什么东西？"

"'荒'是我们老辈子流传下来，会给村寨带来灾难的瘟神。"依团小声给秀秀解说，怕再次惹得我生气。

我为自己莫名生气，感到懊悔。二舅家饲养那头大白牯子水牛，不容易。要是活着，在市场上当肉牛卖，也值个一万五六。我听依团说，去年二舅带它去参加乡村斗牛大赛，名列前茅，得了五千元奖金。据说邻村一个斗牛爱好者，出三万元，要买大白牯子水牛，二舅硬是没卖。现在没了，二舅肯定心痛肉疼。依团带秀秀回去，用法律手段，帮二舅挽回点损失，我的确没有冲他们发怒的资格。

"秀秀、依团，对不起，"我说，"不要往心里去，我就是这个烂脾气，从娘胎里带来的，改不掉。"

"艾赕哥，你不用自责，"秀秀说，"和你们相处一年多，没见你发过火，我以为你是个没脾气的人呢！"说完话，秀秀自个儿笑出声。

"秀秀，我相信世界上有鬼，相信母猪会上树，但不相信男人。你看，你一直认为温和的艾赕哥，露馅了……"小艾开始数落我。

我没反驳小艾，默默承受她的数落，因为我要留着气力照看她。

"秀秀，这个事情，如果走法律程序，"我问，"我二舅家会得到多少赔偿？"

"这种情况，如果责任在对方，根据大白牦子水牛在地方的影响力，你二舅家少说也会得到二至三万元赔偿。"秀秀笃定地说。

"那你们的诉讼费用是多少？"我问。

"我这次出来就是来学习，我个人不收费。"秀秀说，"像这种案件，所里一般有两种收费方法。一是固定收取律师个人出庭费用。二是按照案件价值的百分比抽取。"

"嗯、嗯，我也觉得秀秀说得对。"小艾附和着说。

"你的看法呢？"我瞥了一眼依团，询问他。

"艾赕哥，你是知道我的，"依团看着我胆怯地说，"我这个人没有主见，和你一起来到勐傣城，什么事都要你拿主意，你说怎么办就怎么办。"

"我们寨子不大，矛盾也有过一些，"我说，"但自我记事以来，就没有听说哪家闹矛盾请律师打过官司。家里家外，村里村外都一样，从来就没有让外人来调解过纠纷。"

"那你的意思是让两个村的人自己调解？"小艾说，"艾赕，这是依团的家事，我劝你不要干涉人家的家庭私事。我家没有一万两万的票子补贴给二舅家。我这还挺着大肚子呢！"

妻子的话，的确有杀伤力。车内再次陷入沉默。二舅家死了一头明星级大白牦子水牛，这个损失不小。我家很快要添一张嘴巴，我的确帮依团做不了主。

"理是这么个理，嫂子。"依团开口说，"但艾赕哥说得在理，我们寨子里的确没有找律师打过官司。我还是听艾赕哥的话。"

"这好办，"秀秀说，"只要你们村里自己能够解决好，我就不插手。

如果有人胡来，让你二舅家吃亏，我再帮你们论个是非曲直。"

"还是做律师的说话让人信服，"小艾说，"依团你能攀上秀秀，是你前世修来的福分……"

我们在忽而紧张、忽而欢笑的氛围中下了高速，行驶在乡间柏油路上。道路一会儿隐藏在一山连着一山的橡胶林地里，一会儿又呈现在一片连着一片的稻田中。勐傣坝橡胶林，一片墨绿色，没有一点冬天迹象。只有稻田里，已收割的大季稻，留下一堆堆灰白色稻秆，还有满田谷梗，才让人感触到冬天气息。秀秀在北方长大，没见过南方乡下四季常青景色。她一路欢呼，拿手机拍照。

车子快要驶进我们寨子前，道路两边正在建盖一排排厂房，颇具规模。厂房后面是我熟悉的色林。这块色林有上千亩，长着密密麻麻的杂木。色林深处，有十几棵五六人合围不来的老菩提树，还有一座十几米高的白塔。说是白塔，其实塔面已是灰褐色。是哪个年代修建，我也说不清楚。我只知道这块色林，是我们寨子和附近几个寨子，先人们埋骨之地。现在色林边缘，多出一排排房屋，变成一颗颗贪婪的利齿，正在咀嚼这块丛林。

"依团，这是盖什么房子？什么时候盖的？"我问。

"我的哥，你问我，我咋知道！"依团说，"我也是快一年没回来。"

"你们这是忙些什么？连自己的家都没时间回来。你们不想家吗？"秀秀问。

是啊，我们都在忙些什么？一年到头，几乎没回过一次家。除了工作，除了顾自己的小家庭我们不能回家外。但我们的人生轨迹，除了这些还有什么？这个问题，不只我问自己，我想依团和小艾，也在扪心自问。没人回答秀秀的提问，一车人再次陷入沉默。下午四点，车终于驶入寨门。

寨门还是那道寨门。道路两边，两排有些年岁的凤凰花树，托举着一道各用四棵粗壮的凤尾竹做柱子，竹篾片做顶，编织成的拱形大门。我熟悉凤尾竹散发出的气息。它们是从我们寨子周边，某个竹棚里砍伐出来，经过全村人共同栽柱编织屋顶，再由我们的祭司三舅公诵经加持，它们才会矗立在这里，为我们全村驱魔卫道。

寨门前横着一根湿竹竿，站着我熟悉的几个人，他们没有一个人戴口罩。我把车停在竹竿前，依团从口袋里摸出几张面值不等的人民币，我们一起走下车。

"你们这里疫情防控都不戴口罩？"秀秀惊讶地问，"依团你要给他们交钱？"

"秀秀，这是他们寨子的风俗，是在扫寨子，交点份子钱，不在乎多少。不是疫情防控，也不是出买路钱。"小艾对秀秀说，"看来不用你这个大律师亲自出马，村里老人们已经把事情解决了。"

我和依团，回头对张着小嘴巴，瞪着卡姿兰大眼睛的秀秀，微微一笑。大步走去，与村里人打招呼。

"艾赕哥、依团哥，你们回来了！"几个表弟迎上来，与我们打招呼。依团把几张面值不等的人民币，放进竹竿边的一个小篾箩里。篾箩里，已放着些面值不等的纸币。妻子从车上挪下来。秀秀笑嘻嘻地两步三步蹦到我们身边，摸出几张十元纸币，放在篾箩里，拿着手机狂拍。

"哎、哎，美女、美女，依团哥已经交了。你和他们不是一伙的？"一个守大门的表弟，笑着对秀秀喊话。

"是的、是的，我和艾赕哥他们一起来的，"秀秀说，"我也交点，凑个份子。刚好今天带着现金。"

"没事，美女。你不带现金可以扫微信。扫我的，加个微信！"

"扫我的，扫我的……"秀秀一番操作，成了焦点人物。满足她好奇心后，我停好车，扶着小艾，先回到我家。家里没人。父亲、母亲去了二舅家。我在小卖铺买了几箱饮品和啤酒，去二舅家。

三

二舅家果然热闹。依团回到他家，拉着秀秀跑到厨房边，一堆忙着打下手的妇人群里，找到二舅妈。向一群老妇人和小媳妇宣告，他有女朋友了。一群乡下女人，围着秀秀说说笑笑，二舅妈高兴得合不拢嘴。艾团和几个下厨的男人，在众人叽叽喳喳议论声中，不时从厨房里伸出头来看秀秀。

母亲从二舅家客厅走出来，看到人群中的我和小艾，她眼神异常明亮，满脸喜色。她喊着我和小艾的名字，迈着不太灵活的步子，来到我们身边。她用枯瘦的手，拉住小艾的手，移步到院角老芒果树下。母亲搀扶着小艾，让她坐在一把靠椅上，婆媳二人开始攀谈。

父亲出来了，二舅出来了。几个在客厅里的姨妈，也出来了。他们的焦点，落在秀秀和小艾身上。

我趁着二舅和父亲他们忙着与小艾、秀秀打招呼的空隙，打量二舅家宽敞的院落。院子一角，几个小侄生着一堆火，火苗蹿得老高。火堆旁，零散地摆放着大白牯子水牛的头和四肢。它的头颅，多处被摔碎，就连它粗大弯曲的牛角，也摔断了一只。它瞪着黑白分明的大眼珠，注视着嘈杂的院子。熊熊燃烧的火苗，在它眼珠子里跳动。

我急忙收回目光，不去看大白牯子水牛的头。我怕它永不瞑目的眸子里，包藏着给我们全村带来灾难的荒。

"艾贱，回来就好！"二舅走到我身旁，拍了拍我的肩膀，高兴地说。

"二舅，"我向他打招呼，"你们都好好的吧？"

"好、好着呢！"他说，"走，进屋里说话。"

"你们正在说事，"我说，"我进去不大合适吧。"

"就等你们来听听呢，"他捋了捋胡须，笑嘻嘻说，"有你三舅公在，没什么事解决不了……"

二舅拽着我的手，往客厅里走。

客厅正中央，摆放着两张连在一起的大篾桌，占据了客厅四分之一位置。篾桌上放着两个熟透的菠萝蜜，两大包牛皮纸自封袋茶叶，两条香烟，两捆甘蔗。除外还有蜡条、谷花、红糖、经书等。其中两个沉甸甸的菠萝蜜，每个足有二十斤，压得桌面凹陷下去。

三舅公坐在客厅正前方的神龛下。他身前漆器篾桌上，摆放着一杯白酒，一杯热气腾腾的茶水，几支香烟。客厅左边是二舅、父亲等村里老人坐席。他们盘腿坐在草席蒲团上。右边坐着一群老者。为首那位，头发、胡须花白、面容慈祥、温和。我进门，他便眯着眼，看着我微笑。他是东老寨子的祭司兼村长——陇依大爹。

"艾赊，"三舅公笑呵呵喊我，"你们回来了。自己找个位子坐下。"

"这就是在勐傣城工作的艾赊，"陇依大爹笑眯眯注视着我说，"十几年没见着你了。不错、不错，一表人才啊！"

一屋子的长辈们，对我这边投来友善的目光。我感觉，进来的人不止我一个。扭头回看。

果然，秀秀鬼使神差跟在我身后，正用卡姿兰大眼睛向屋里长辈们，投去友善和乞求原谅的目光。她紧跟在我身后，我猛然回头，几乎把脸颊贴在她粉嫩的额头上。吓得我心头一紧，换来的却是她小酒窝深陷下去后，显现出的迷人笑脸。

我边点头向长辈们回礼问好，边在脑海里驱除有妻的男人，对美女不切实际的幻想。

以三舅公为首的众位长辈，对突然出现的秀秀有点吃惊，但没责怪之意。三十年前，一个女娃子敢闯进长辈们议事厅，肯定要受到责罚。

"都进来，"三舅公说，"自己找个位子坐下来。"

这话是三舅公说给秀秀听，明显没有责怪她的意思。我在靠近门口一条长凳上坐下，秀秀毫不客气与我同坐在一条长凳上。她的眼睛，被篾桌上的供品和瓜果给定住了。特别是看到两个硕大的菠萝蜜，嗅到菠萝蜜熟透后散发出的果香气，她眼睛都看直了。

"你这姑娘，长得像莲花公主一样漂亮。"三舅公吐出一口香烟，慢条斯理说，"老家在哪里？听说和我们依团相处着，是吗？"

"东北的。"秀秀回答三舅公问话，点头默认她是依团女朋友的事实。眼睛始终盯着篾桌上的菠萝蜜看。

"你叫什么名字？"三舅公问，"做什么工作？"

"秀秀。"秀秀恋恋不舍收回目光，看着三舅公回答，"在勐傣城一家律师事务所上班。"

听了秀秀的话，我看到二舅脸上，泛着一丝不易察觉的笑意，花白的胡须微微抖动了几下。陇依大爹温和、慈祥的面庞有点僵硬。在座的长辈们，目光都集中到秀秀身上。

乡下人对律师这个职业，了解得不多。我担心秀秀，一时管理不好她大脑，像她眼睛一样，出卖了她，说她就是"律师"这个词。好在这个小妮子，没说她是律师。

"哈哈，你这姑娘，想吃那个菠萝蜜？你们东北没有这种果子吧？"三舅公笑着问。

"嗯、嗯、嗯，没有。"秀秀小鸡啄米般点头，目光始终锁定在两个菠萝蜜上。让在座的长辈们忍不住笑她。

"爱吃就好！"二舅说，"艾赕，等下你抱一个菠萝蜜出去，让依团剥开给秀秀吃个饱。"

我连忙答应。长辈们看着秀秀，愈加笑得开怀。秀秀知道大家笑她，白嫩的脸颊上泛着玫瑰红。她也跟着笑，然后得意地瞪了我一眼。

"我看人都到齐了，嗯、嗯。"三舅公顿了顿，平和地说，"我们虽然在两个寨子，但都是一家人。这第一天放场子牛，就斗死了两头大牯子水牛，损失不小啊！"三舅公说完话，看了看在座的人。一屋子人安静下来。秀秀瞪着三舅公。她和众人一样，等待三舅如何处理这起突发事件。

"嗯，这种事，我们这个坝子里，几十年来没发生过，不是好兆头。"三舅公吐了口香烟，向东老寨子陇依大爹说，"我记得上次发生这种事，是四十多年前你们东老寨子和芒东寨子，对吧？"

"怕是要发生灾难了！"陇依大爹说，"六十年前，艾赕他大舅公家那头被荒夺舍的大白牯子水牛引发的灾难，我们不可不防啊！"

"是啊，那次我大爹家那头大白牯子水牛引发的灾难，把我们这个坝子变成地狱。荒太可怕了！"二舅一脸惊恐着说，"陇依哥，你说这次事端会是荒引发的吗？"

"嗯，这个不好说。"陇依大爹低着头抽着烟，慢悠悠回二舅话。

"是荒出世了吗？"

"我们坝子又要有灾难降临……"

长辈们在沉闷和压抑的氛围中，小声讨论关于荒的话题。提到荒我莫名恐惧。虽然我从未见过荒，只听长辈们说，它是灾祸的源头，是瘟神。每次荒出没，我们这个小坝子就有大灾发生。听说荒一直被镇压在色林中心大白塔底下。

"艾赕哥，荒长什么样子？"

我正沉浸在对荒的恐惧中,秀秀凑到我耳边,小声问我。

"我也没见过。"我小声回答她。

"六十年前,你们村子发生过什么?"她问我。

她呼出的气,喷了我一脸。我不敢侧脸去看她,怕对上她摄魂的卡姿兰大眼睛。

"等出去我讲给你听。"我小声回答她。

"咳、咳,大家听我说。"三舅公假咳嗽了两声说,"这事多半预示着荒出来了。发生这种事,陇依也带着人过来,我们两个寨子人和和气气好说话。两头牛打架,两边各损失一头大牤子牛,你们两家谁也不要去责怪谁,赔偿给谁。按老俗老理,两边都把死牛拖回来,剥皮。把牛肉分到各家各户去。剩余的都煮了,全村人一起吃席。然后诵经扫寨子。晚上,我们几个老家伙到色林里看看……"

三舅公的话,没人反对。秀秀看看三舅公,又看看我。向我投来询问目光,她质疑三舅公的调解方式。

"陇依,"三舅公问,"你觉得这样处理合适吗?"

"嗯、嗯、嗯,"陇依大爹说,"只要你们村没有意见,我们自然同意。现在我们要共同对付的是荒。"

"贺依团,"三舅公盯着二舅问,"死的是你家牛,这样处理你同意吗?"

"三叔处理得恰当,"二舅点头说,"陇依哥他们的礼信一样不少,也说得在理,我家死了牛是小事,共同对付荒才是大事。"

"这样处理好……"长辈们小声嘀咕着,都表示同意。只有秀秀瞪着我,表示无法理解。

"别看我,你再怀疑,还想吃菠萝蜜不?"我小声回了她一句。秀秀果然乖巧了,不再质疑,只是瞪着菠萝蜜发愣。

"既然大家都同意,"三舅公说,"那我们就这样说定,等吃好饭,扫好寨子,我们就去色林。艾赕,你陇依大爹他们拿来的菠萝蜜,抱一个出去,剥给秀秀吃。"

"哦。"我回了一声。秀秀抢先站起,猫着身子去搬篾桌上的菠萝蜜。菠萝蜜太大,她抱不动。引来一屋子哄笑声。

"艾赕,人家一个小姑娘哪会抬得动那么大的果子,你帮着拿一下。"二舅笑着说,"待会儿,你赶快去厨房里帮艾团拌牛撒撇,好久没尝你的手艺。我要去给大家分牛肉。"

我再次"哦"一声,抱起篾桌上的菠萝蜜,走出客厅。秀秀紧跟在我身后。走出门口,一只大手从身后抓住我肩膀。我回头看,是陇依大爹,他笑眯眯看着我。

"艾赕,"陇依大爹说,"菠萝蜜我们寨子多,想吃你们开车过来拉。小时候,你们爱吃我家无花果,现在熟了。要不,我让你大妈给你们摘些过来。那果子对怀有身孕的小艾有好处。"

"不用了,陇依大爹。"我不好意思地说。

"你跟我客气什么!你们小时候,不是常到我们寨子来摘果子吃吗,明天早上,我让你大妈摘好带来给你们。"陇依大爹笑眯眯回我话,领着几个老人,走出二舅家,回东老寨子去了。

四

小时候,我们放学回家,经过东老寨子,总会偷偷摸进路边果园里摘果子吃。陇依大爹家的果园就在路边。果园里,芒果、李子、石榴、菠萝蜜、无花果……样样都有。特别是无花果,一年四季都有熟透的果子,红彤彤的,挂在几米高的枝头上,我们最爱吃。陇依大爹知道,我们偷他家果子吃,很少责备我们。他要让陇依大妈送果子过来,是怕小艾去他家果园里摘果子。我们这里忌讳孕妇采摘、攀爬果木。

到了院子里,秀秀一直跟着我。很多熟悉的目光,不知是看我,还是看秀秀。让我感到走在院子里,比在客厅里压力大。

"艾赕哥,过来!"厨房里的艾团大声叫唤我,"牛肚子我们都切好了,你来验收刀功,配作料,拌撒撇……"艾团吩咐,我如释重负。寨子人多数围拢在院子门口,一块坦笆边。坦笆里有序地摆放着三十几堆牛肉,依团站在坦笆边,与寨子人讲话。二舅走到坦笆边,给寨子人分牛肉。

"过来,依团。"我大声叫唤依团。

依团看到秀秀跟在我身后,小跑过来。我把菠萝蜜交给他。秀秀便黏上依团。我走进厨房。艾团和四五个表弟,在几个临时堆砌起,生着火的土灶边,各操着厨具,围着大堆小堆牛肉,忙得不可开交。

几个小锑盆和竹筛子里,放着洗干净的小米辣、生蒜、野芫荽、韭菜、香蓼、野韭菜……锣锅里煮好了牛苦胆汁液,碗里是磨碎的花椒面。这些是拌牛撒撇作料。一个大锑盆里,全是切得规整的熟牛肚肉丝。

"艾赕哥,作料你自己切,我们怕切得不规整,你爱不着。"一个表弟站在橱柜边,边切牛肉片边与我讲话。

"都一样。"我说,"不过小米辣和野韭菜有点少。"

"不够,我叫他们拿来。"艾团翻搅着牛扒烀,大声叫着,"安柄,再拿一些小米辣和野韭菜进来。"

"马上拿给你们。"厨房外,有个女人答应。是艾团的妻子安柄。一会儿,一个苹果脸蛋,身体壮实的少妇,双手端着一盆作料进来。

"艾赕哥,这些够吗?"

"够了。"

"要我帮你切吗？"

"要。"

安柄蹲下，拿起菜刀。我们两个一起切作料。她的刀功不赖。我说了一下要求，她便切了一大堆。

我心里暗暗赞叹，艾团能找到这个女人为妻，是上辈子修来的福分。不免拿她与秀秀和小艾作对比。要讲容貌，安柄不及小艾，更无法与秀秀相比。但安柄给人一种踏实感，是那种踏踏实实过日子的女人。

"艾赕哥，"安柄边切作料边说，"秀秀真漂亮！"

"你也漂亮啊！"我说。

"秀秀吃我们人间的烟火味吗？"安柄不接我话，疑惑地问我。

"你看，她就是一个吃货。"我指着人群中抱着菠萝蜜，吃个不停的秀秀让安柄看。安柄看了看秀秀绝美的脸庞，凹凸有致的身材，她自卑地低下头。

"比起秀秀来，我这五大三粗的，还能叫漂亮？"安柄反问我。

"每个女人的美都不一样。"我说。

"对，艾赕哥说得对。女人屁股大好生娃娃，腰粗好挑担子，脸大有面子。我婆娘安柄比谁都漂亮！"正忙着的艾团，插了一句。逗得厨房里的人哈哈大笑。安柄红着脸，放下菜刀，跑出去。

"艾团，你来帮我切作料。"我没好气地说。

"艾团哥是心疼嫂子，不想让她劳累，故意说的，艾赕哥。"一个下厨的表弟说。

"厨房里本来就不是女人待的地方……"

我们几个男人，边下厨边说笑。我把所有作料准备好，站起伸伸腰，瞟了院子一眼。秀秀仍旧抱着菠萝蜜，站在坦笆边，吃得津津有味。

依团帮他父亲，挪动坦笆里堆放的牛肉。村里阿公阿婆们，提着漆器小竹箩，竹箩底部垫着绿油油的芭蕉叶。他们一个个走到二舅身边。二舅和依团，把一堆堆牛肉，放到他们竹箩里。老人们各自分到一份牛肉后，提着竹箩颤颤巍巍回家去。

这是扫寨子，攮走荒的祭品，村里每户人家都要分食一点。

院子里很是热闹。我四处寻找小艾和母亲，没看到她们。就连几个姨妈，也没了影子。之前，她们与母亲和小艾，蹲在老芒果树下说话。是母亲带着小艾她们，回家说话去了。祭祀场合，不允许孕妇参与。

我再次看了一眼，二舅分牛肉的角落。秀秀抱着菠萝蜜，咀嚼着果实。她扭过头，正与我对视上。我急忙收回目光，心脏"怦怦怦"加速跳动。我越来越不敢与她对视，害怕内心深处某道防线，被她卡姿兰大眼睛射出的光刺穿。好在厨房里牛扒烀、牛肉小炒、牛肉凉片，各种作料香气，一股脑儿向我袭来。提醒我，厨房里还有事情要做，容不得多想。

拌牛撒撇了。我用一个大锑盆，先把灰色多白色少的大肚和毛肚肉丝混合搅拌均匀。切碎了的牛肚肉，散发着浓烈香气，混杂着动物内脏腥味。这种气息，是牛撒撇原始香味的源头。我把切好的野芫荽、野韭菜、韭菜……一层一层撒在肉丝上。

"艾赕哥，你们这里牛肉香！还有牛撒撇味。我肚子饿。"银铃般的声音，在我身后响起。还有香香甜甜，混杂着菠萝蜜气味，充盈在我周围。我心脏跳动加快一拍，血液流动加速。秀秀闯进了厨房里。我转过身。她瞪着美眸，笑眯眯盯着我。

"艾赕哥，我来帮你拌牛撒撇。"秀秀抱着菠萝蜜，在我身边蹲下，与我贴得很近。她淡淡的体香气息，撕破厨房里的牛肉香气。她怀里的果香味，幽幽钻进我鼻孔。我得承认，小艾和她一样年轻时，身上并没有这种让男人肾上腺素迅速飙升的特殊气息。

"你也会拌牛撒撇？"我故意反问秀秀，借此压制住已婚男人不该生出的、不切合实际的多种杂念。

"我不会，你可以教我啊！"秀秀笑嘻嘻盯着我说话。她眨着大眼睛，粉嫩的脸颊上，写满让男人难以抵挡的天真和烂漫。

"去、去，不教。要教，我也只教给依团。"

"为什么只教给依团不教给我？"

"让依团抓住你这个吃货的胃。"我说完话，突然觉得欠妥当。秀秀天真、烂漫的笑容，一点点消失。可她仍旧坐在我身边。怀里硕大的菠萝蜜，近三分之一果粒，已被她吃掉。蓝色牛仔套装，裹不住她若隐若现的小蛮腰，肚皮没半点凸起的迹象。无法想象，那么多菠萝蜜果粒，被她吃到哪里去了。

艾团和几个表弟，边下厨边用余光打量秀秀。

秀秀嘟嚷着小嘴巴，一脸委屈，大眼睛眨呀眨，不再言语。她的目光从菜盆移到厨灶上，从厨灶上移到厨房里每个人身上。像一个刚出生的婴儿，第一次睁开眼睛，打量着五彩斑斓而又五味陈杂的人间。

我看到她眼神里，住着伊甸园里那条神秘的蛇。它趁着上帝打盹时，极力蛊惑我和表弟们，采摘亚当和夏娃吃过的那颗神秘果实。我们无力拒绝它的诱惑，分食那颗神秘果实。我内心深处，有一个声音反复告诫我："吃下去的，总是要偿还！天地间有一本账簿，已经在悄悄给你们记下这笔账。"

"好吧！"我说，"你帮我配作料。"

"好啊、好啊！就知道艾赕哥对我好。"秀秀欢快地说着话。她手舞足蹈，放下菠萝蜜，把橱柜上盛有酱油、味精、盐巴、花椒面等的瓶子和瓷碗，一股脑儿抱到我身前，等着我发话。

"先放野韭菜、酱油、味精，"我说，"再放小米辣、花椒面……最后加盐巴和煮熟的牛苦胆汁液。"

她围着我和盛牛撒撇大锑盆，一会儿天女散花般抖落作料，一会儿向我投来询问的目光。我是战场的指挥官，指挥着眼前唯一的一个士兵，决定着战争胜负。几个表弟停下手中活，围过来看秀秀配作料。

安柄与帮忙煮饭、洗碗、拣作料的几个少妇，围拢过来，看秀秀动作有些夸张的表演。她们的目光，落在秀秀发辫上、脸蛋上、服饰上……我诧异和感慨，男人看女人是吸引，女人看女人算什么！况且她们还看得那样认真。

"你尝尝，"我对秀秀说，"看看还需要加什么作料。"

额头已渗出细微汗珠的秀秀，兴奋地拿起筷子，夹了一筷子牛撒撇，送到她红唇白齿的小嘴巴里，"咯吱咯吱"咀嚼。能感受到，酥软而富有弹性的牛肚肉丝，和着各种野生天然香料，给人的味觉享受，非同寻常。

"好吃，太好吃了！"秀秀吮吸着小嘴说，"比起你平时给我们拌的，要偏辣偏苦偏麻偏咸点。"

"这就对了，"我说，"我们农村人，个个干农活，吃的要偏咸一些。大家都是重口味，又辣又苦又麻又咸，才叫牛撒撇。吃着才过瘾。"

"吃点牛扒烀吧，看把你辣坏了！"一个表弟说着，递给秀秀小半碗热腾腾的牛扒烀。

"喝瓶矿泉水。"安柄身边一个少妇说着，递给秀秀一瓶拧开盖子的矿泉水……

秀秀用调皮、天真和感激的眼神，看着围在她身边的人，接过众人递给她的食物和水，胡吃海喝。我趁着没人纠缠，选了块精牛肉，剁成肉末，配上少许调料。烧开油锅，单独给小艾炒了一碟青椒牛肉末。小艾带身孕后，对腥味重的食物没食欲。给她做的菜，油、食盐、酱油、醋等调料，都是减半又减半。就连做菜的油锅，也不能像常人那样，高温炝火爆炒。我怕她吃了上火，导致消化不良，引起腹泻或便秘。

菜板上，有些没蒸煮完的白菜芽、洋瓜条、土豆丝和西红柿，都是妻子爱吃的菜蔬。我做了几碟小菜，分别打包好。艾团帮我打包牛扒烀、爆炒牛肉丝、牛肉凉片等。一切收拾妥当，母亲刚好打电话过来。告诉我，她和几个姨妈在家陪小艾吃饭，让我给她们带些熟菜回去。

厨房里，所有菜肴都做好了。院子里，二舅和依团指挥着大伙，摆放桌凳。七八个孩童扫地、散碗筷，村妇们准备上菜。我把打包好的熟菜，分别放进两个篾篓里，要给母亲她们送过去。

"艾赕哥，我和你一起给嫂子和伯母她们送菜送饭去。"秀秀边说话，边从我手里夺过一个篾篓，冲到我前面。

五

我和秀秀刚走出二舅家大门口。迎面走来六个年轻男女，他们每人抱着两箱礼品，都是罐装啤酒、酸角汁等饮品。为首的年轻人，西装革履。其他五个年轻人，穿着颇为随意，年龄与秀秀相仿。

我不认识这群年轻人，礼貌性向他们颔首。他们回了我的礼，眼睛好奇而又惊诧地盯着秀秀看。我们交错而过，他们还回头盯着秀秀看。

"艾赕哥，他们是什么人？"秀秀问我。

"谁知道呢。"我说。

我们走在村间水泥路上，穿过几户栽满果树的农家小别院。路边有几条土狗，瞪着黑白分明的小眼珠，向我们吠几声，摇着尾巴，走回自家庭院去。几只母鸡，领着一群群鸡仔，旁若无人地在路边觅食，毫不理会我们。

道路正前方,躺着几千亩连片的稻田。田里的稻谷已收割,只有灰突突的谷梗。今天是大季稻收割后,放大场子牛的第一天。数百头水牛、黄牛,在稻田里悠闲地啃食着谷梗。这些牛,就是邻近几个村子的牛群。它们全然忘记,中午有两头健壮的大牯子水牛,就斗死在它们身旁的水坝边。

稻田尽头,是一片几百米高的丘陵,匍匐在那里,南北贯穿整个坝子。西沉的太阳趴在丘陵肩头,把黄澄澄软绵绵的光,倾泻在坝子里。这个傍晚,我们寨子和东老寨子,很多人家没升起炊烟。两个寨子人,各自聚集在二舅家,还有另外那户斗死牛的人家里,吃席。

"艾赕哥,远处山岗上那一片连着一片的是什么树?"秀秀指着前方丘陵上的树林问我。

"橡胶树。"我说。

"太阳就要照不到它们了,它们像一片墨绿色的海洋。"她说,"好美的景色啊!"

"再等一个月,等胶叶红成一片火海的时候,那才叫真的美。"我说。

"真的?"她吃惊得张大嘴巴,盯着我求证。

"你看,我们寨子后面那片山林,一半是色林,一半是胶林。等一个月后,它们就一半绿一半红。像大火在海洋里燃烧。"我转过身去,指着寨子后山,说给秀秀听。她和我一起转过身,看着身后被金灿灿阳光照成一片鹅黄色的山林。她看得如痴如醉。

"等胶叶落满山岗,在落叶下躲猫猫,就是我童年时玩不腻的游戏。"我说,"看,进村的公路就是从橡胶林和色林交会处修出来的。"

"好美啊!我都不想回去了。"她喃喃说着话,顺着我指的方向看去,整个人呆呆杵在路中间。

"走吧,你嫂子肚子饿坏了。再不送饭去,我是要挨骂了。"我催促秀秀。"哦。"她回了我一声,转过身来,跟在我身后,向着我家走去。

"艾赕哥,你知道现在你们这里还缺点什么美景吗?"她回过神,重新跑到我前面问。

"缺什么?"我反问她。

"缺黄澄澄的稻田。"她说,"可惜我们来晚了,稻谷刚刚收割完,这是这次出行唯一的遗憾。"

"不是来了没官司打而遗憾?"我逗她。

"不是,没官司可打更好,"她盯着我,一字一句说,"这里不需要律师,永远也不需要!"

"可惜啊!"我叹了口气说,"可惜用不了多久,这里就会像勐傣城周边的田野一样,变成冬早蔬菜种植基地。"

"我不喜欢勐傣城周边那些田野。"她皱着眉头说,"覆盖在成片大棚上的塑料,刺得人眼发痛流泪。特别是蔬菜地里吹来的风,满天都是刺鼻的农药味,让人绝望到窒息。"

"那又能怎样?在我们勐傣地方,种植冬早蔬菜的利润是水稻的好几倍,甚至是暴利。"我说。

"可是种了冬早蔬菜,这样美的风景再也看不到了!"秀秀辩驳。

"没有人愿意贫穷,我们乡村也是一样!"我说。

"是啊!"她低下头哀叹,"唉,他们失去了乡村,会得到城市吗?"

"走吧,你嫂子可能饿坏了。"我没回答秀秀的问话,再次催促她走快点。

"你怎么知道,这里也会种植冬早蔬菜……"她磨磨蹭蹭走着,反复追问我。

"你没看到,刚才带着礼品走进二舅家那群年轻人吗?他们肯定是在路边盖厂房的人。那些厂房，一看就是冬早蔬菜冷冻库。既然盖了冷冻库，这里还能不种冬早蔬菜吗？"我说。

听了我的话，秀秀不说话，变得乖巧了，跟在我身后。我家在村子西端头，平时只有父亲和母亲在家。我有两个姐姐，早年出嫁到外乡去了。

"艾赕哥，你能答应我一个请求吗？"我们默默走着，秀秀突然问我。

"只要我能办到的，我就答应你。"我说。

"你能办到的，只要你愿意。"

"什么要求？"

"现在不告诉你……"

踏着软绵绵的阳光，我们跨进我家大门。母亲和几个姨妈围着小艾，她们坐在客厅沙发上。看到我们进来，姨妈们围上来，接过我们手中篾箩，摆上两张篾桌，从厨房里端出十几个菜肴，摆了满满两桌。

小艾挺着大肚子，看到我们迟迟赶来，在客厅里来回踱步。她有些许不快，我有些愧疚。她看到我为她做的菜肴后，眉开眼笑了。吃饭前，小艾拉着秀秀走进客房，小声嘀咕了一会儿。不知道她们讲什么。房间里传出"咯咯咯"笑声。听着笑声，我有种不好的预感，莫名焦躁。等小艾出来坐定，我找了个位子坐下，准备吃饭。

"你不用在这里吃，"小艾说，"回来了去二舅家吃席，不要来这里凑挤。"

"是啊，"母亲附和着说，"艾赕，去帮你二舅他们陪陪客人。"

"哦。"我答应着站起。几个姨妈似笑非笑看着我，没人接话，没人挽留我。

"你等一下，"母亲说，"你爸把驱荒的篾绳编织好了，就放在墙角边。你把它拴在大门头上，我们女人不碰那东西。"

"好的，妈。"我回着母亲的话，走出家门，看到墙角边有一根拇指粗，四五米长的篾绳。篾绳上系着四五个拳头大的八角篾盒，每个篾盒里放着六七个鹅卵石。我找来一把木梯搭在大门上，把篾绳紧紧拴在大门头。

拴篾绳时，我在心里默默祈祷着，荒千万不要找上我家来，我一家老小全在屋里，闪失不起。今晚，村里家家户户都要在大门上拴紧篾绳，不然荒会闯进家里祸害人。

"艾赕哥，等等我。我要和你去依团家吃席。"我刚跨出家门口，秀秀抹着油腻腻的小嘴，喊着跑出来，跟在我后面。

"照看好秀秀，不要让他们劝她喝太多酒。"小艾在后面喊话，"秀秀出了什么事，就是你的责任……"

小艾话还没讲完，秀秀已跑到我身边。她吐了吐舌头，瞪着卡姿兰大眼睛向我卖萌。

"又吃上了？"

"嗯，伯母她们做的菜饭好吃！"秀秀笑呵呵回话。

"你个吃货，早晚撑破肚皮！"

秀秀小跑着，紧跟在我身后。她大口大口喘着粗气。呼出的气，吹到我脖颈上的毛发。

"艾赕哥，你慢点。我吃饱了，走快了肚子痛。"她说着话，伸出一只小手，抓住我的衣袖。我心里又是怕又是莫名的期待。

我担心，小艾看到她拉着我的衣袖。她拉到我衣袖那一瞬间，我空落落的心里，被无名的实物填满，感到莫名的踏实，有了莫名的期待。我放慢步伐，让秀秀和我并排行走。她跟上我，才肯松开小手，小鸟依人般和我贴得很近。

"艾赕哥，你们在依团家讲的那个大舅公和荒是怎么回事？"秀秀问。

"都是陈年往事,讲得很玄。"我说,"那时我还没出生,后来听父母讲过一些。"

"你说,你快说。"她抓住我手臂,急切地摇晃着,要我讲给她听。

大舅公家的事,我也觉得玄,不好多讲。不知要从哪里讲起。

"艾赕哥,你说呀。就算我求求你了!"她扯着我手臂,靠得更近。她呼出的气,喷在我脸上,热乎乎的。我有些恍惚,不知所措。

"六十年前,我们这个小坝子发生过一场瘟疫。"我说。

"是你大舅公家引发的?"

"是大舅公家的一头大牯子牛,被荒夺舍后引发的。"我有些不自信地说。

"真的有荒,荒还会夺舍牛?"秀秀追问,"还会引发瘟疫?"

"是真的。"

"怎么讲?"

"六十年前,大舅公家有一头全村最壮实的大牯子牛,在村子后面的色林里整整丢失了一个月。有人看到那头大牯子牛,就躲在色林里的白塔边。一个黄昏时分,那头大牯子牛满眼血红地回到大舅公家。祭司说大牯子牛被镇压在白塔底下的荒夺舍了,让村里人把它宰杀了,像今天二舅家一样分食牛肉,扫寨子,祭祀白塔,重新镇压荒。要么就把大牯子牛放生,让它留在色林里,自生自灭。大舅公舍不得,没有宰杀那头大牯子牛。七天后的黄昏,那头大牯子牛发疯了。它跑到寨心亭的老菩提树下,疯狂地冲撞老树。直到它把脑袋撞碎,死在老树下为止。大牯子牛死后,老菩提树就像被火烧了,一天一个样。仅仅过了一个月时间,老树就落光了叶,彻底死去。老树枯死后的几天里,大舅公家接连有人死去。先是大舅婆,后来是大舅公的三个孩子。他们都是七孔流血，面堂发黑，极其痛苦地死去。再后来，村子里也接连有人死去，死状都像大舅公家的人一样。人们才知道闹瘟疫了。接下来，我们这个小坝子的人也遭殃了。"讲到这里，我不想讲了。

"过去闹瘟疫不是正常吗？这也不能证明你们村寨的色林里有荒存在，不能说明大牯子牛是被荒夺舍啊！"见我不讲，秀秀瞪着美眸，关于荒的存在，要我给她说清楚讲明白。

"你爱信不信！反正我们村里的老人都是这么说的。也许真相只有大舅公清楚。自从那场瘟疫发生过后，大舅公家只剩下他一个人。他觉得愧对许多因他而死去的人，独自搬出寨子，到白塔边盖起茅草屋，孤孤单单地生活了五十多年。一直到十几年前，他老得不能再老，才在寨子人和三舅公他们反复劝说下搬回来。但他倔强地认为他不能住进寨子里，怕把荒带到寨子里来。大家拗不过他，就在后村路边，给他盖了一幢小竹楼，让他单独住着。村里人轮流照看他。大舅公年过九十，身体却是非常硬朗。年初，听母亲说大舅公身体抱恙，也不知现在怎么样。你如果真的不信，可以去问大舅公。"我讲着大舅公的奇人异事，故意挑逗秀秀。料定她一个女孩，绝对不敢去找大舅公问话。

"去就去，待会儿吃好饭，我就去找你的大舅公！"她柳眉倒竖，大声怼我。

"大舅公一个人都敢在色林里的大白塔边生活了五十多年，寨子里的人都说他能和鬼怪打交道，还能困住荒。小时候，我们不听话，大人就会拿大舅公吓唬我们。要去你去，我可不敢去找大舅公。"我吓唬她。

"我现在就要你陪我去问你大舅公！"秀秀双手叉着小蛮腰，鼓着通红的腮帮，堵到我前面，大声嚷嚷。我们相识一年多，还从没见过她这样生气和认真过。

"我的姑奶奶，我肚子饿着呢。先去二舅家吃饭去，晚上我让依团陪你去。"

"不，就让你陪我去！"她仍旧气鼓鼓地堵在前面，不依不饶。

"好、好、好，吃了饭，晚上陪你去。"我答应她，有些忐忑，有些莫名期待。听了我的话，秀秀转怒为喜，又贴在我身边，叽叽喳喳唠叨个不停。

六

我们走进二舅家大院时，太阳刚刚在西边丘陵上沉下去，寨子后面的色林和橡胶林顶端，还染着一段极短的浓稠霞光。二舅家院子里，宴席已开始。

"秀秀，你们怎么才来啊！"依团一脸兴奋迎出来喊着，"我都喝了一大碗老烧。"

"艾赕哥，快过来这边坐，给你们留着位子呢。"艾团跟在依团后面迎上来，说着话拉着我，往桌边走去。我和秀秀，坐在艾团与依团中间的两个空位上。

我们的坐席在院场正中央，用五张大号篾桌拼凑成，桌面铺垫着一层新鲜芭蕉叶。五六个以牛肉为食材的主菜，加上四五个素菜，分别用大瓷碗各盛成三份，分成两排，在篾桌中心摆放成两条线。桌面四周空当里，摆满饮料和酒水。寨子里三十几个年轻人，还有我们遇到那六个年轻人，都围坐在大桌子边。

院子左手边，靠着正房大门口旁，摆着三张连在一起的篾桌，菜肴样式与我们大桌子相同，算是上首席。三舅公、二舅和我父亲等，寨子里十五六个老人，坐在那张桌子上。

临近院子大门口，也用三张篾桌拼接着，摆放的菜肴和我们的一样，只是少了酒水，只有饮料。那一大桌坐着十五六个孩童，他们是寨子里上小学和初中的学生。除了在外务工未归的十几个年轻人外，这便是我们一寨子的人口总数。

我们这一大桌，没人喝饮料，大家都喝寨子里自酿的老烧酒，用碗喝。三舅公那一桌则是用小瓷盅喝。

我和秀秀入席时，一群年轻人已喝到第二碗。众人嚷嚷，要罚我和秀秀先喝一碗迟到酒。依团着急了，怕秀秀喝不下一大碗老烧酒，竭力劝阻。

我懂得寨子里吃席规矩，自知理亏，倒了一碗酒，一口喝光。秀秀看我喝酒的阵仗，毫不示弱，也是一口喝光一碗。满桌子人，都为我俩豪爽的喝法欢呼，很快便有人喝光第二碗酒。艾团和依团，率先喝完第二碗酒。依团酒气上头，舌头打结，但不影响他接着喝第三碗、第四碗……

艾团是家里长子，有许多活计等着他去做，喝酒相对克制和理智。喝到第三碗，他明显放慢速度。我喝到第二碗，肚子火辣辣地烧痛，只能放慢速度。我不能多喝，不能喝醉。小艾等着我回去照看。秀秀喝到第二碗，明显上头。小脸蛋绯红绯红的，美眸一眨一眨的，美得一塌糊涂，惊艳到一桌子男男女女。

几个外来男青年，看着仙女般的秀秀，喝酒兴趣大增，轮番给秀秀劝酒。村里以依团为首的男青年，为保护自己女人，与外来青年拼酒。没过多长时间，六个外来青年，已有三个喝趴在篾桌上。依团也是头重脚轻，说话颠三倒四，醉意浓浓。酒喝过头了，众人狠劲吃菜。白天做的牛撒撇、牛扒烀、牛肉凉片……上了一次又一次，还是不够吃。

外来青年中，那个西装革履的男人叫杨旭。他边喝边讲建生态食品冷冻仓的事，计算种植水稻与种植冬早蔬菜经济账，动员村里人建蔬菜大棚，种植冬早蔬菜。

　　一桌子年轻人都是当家的，对杨旭的话很是上心，个个来了兴趣。就连言语表达明显混乱的依团，都竭力参与讨论，甚至表明，要回到村子里参与种植的意见。桌上，只有我和秀秀，对冬早蔬菜种植没兴趣。秀秀除了偶尔与人碰杯小酌一口外，便安安静静坐着，第二碗酒没喝完。

　　三舅公那一桌，老人们慢慢品饮。他们上了年纪，不大喜欢喝满桌子红红绿绿的饮料，大铜罐蒙泡的老树茶，喝了一罐又一罐。大门边的孩童们，把桌上的饮料喝光了。盘中的菜肴卷席一空。男孩们，偷偷喝着易拉罐装啤酒。发现娃娃喝啤酒，多数孩子的父母没说话。有几个父母过去，不轻不重说教了喝啤酒的男孩几句。孩子们不爱听。大人多说几句，他们干脆散伙了。

　　夜幕笼罩着村寨，下旬月迟迟不肯升起，黑暗强行挤满大地每个角落。二舅有些醉意，过来我们这桌，与我们打招呼，让我们慢慢吃喝。他要和我父亲、三舅公他们去寨心亭，听佛爷窝老伍诵经祈福扫寨子，驱赶可能躲藏在寨子里的荒。老人们要回家去，把驱赶和镇压荒的篾绳，在大门头上拴好，免得不干不净的东西，侥幸躲藏在家中祸害人。特别是荒，一定要驱赶出去。

　　佛爷窝老伍，是我们寨子佛寺里唯一住寺的僧人。近十年来，多数年轻人外出务工。除了孩童升小沙弥，到佛寺学习经文一小段时间外，没人住在佛寺里。

　　窝老伍小时候遭了一劫，一只眼睛瞎了，一条腿残了。他住在佛寺里吃斋念佛，接受一寨子人的供养。他严格遵守佛家弟子戒律，不参与村里开办的宴席。今晚，念诵经文扫寨子驱赶荒的重任，就落到他肩上。

　　二舅说，窝老伍早在寨心亭等着。他与我们打完招呼，便与三舅公他们一起离席，带着备好的祭品，去了寨心亭。一个大院，只剩下我们一桌酒席。年轻人，没了老人约束，暂不用操娃娃的心，更是狂。声音如浪涛，一浪高过一浪。

秀秀喝完第二碗酒后，不论谁来劝，她都不喝。她坐在我和依团中间，很是乖巧。绯红的小脸蛋，眨巴着大眼睛，配上绝美的容颜，一桌子喝酒的男人，都管不住眼睛，来来回回在她身上扫视。第二碗酒，我没喝完。大家知道我要照看小艾，没有难为我。

依团喝完第四碗后，终于趴下。被艾团搀扶到屋里躺平。小艾不放心我和秀秀，先后两次打电话给我。一再叮嘱，不能让秀秀喝醉，我也不能喝过头。

坐在秀秀身边，听着妻子叮嘱，我渐感忐忑、不安、焦虑和烦躁，喝酒吃菜兴趣全无。我想早点回家陪伴妻子，给我们孩子做胎教，又鬼使神差想坐在秀秀旁边，享受她绝美容颜，带给男人们荷尔蒙激素飙升，想象力无极限延伸，那种不可名状的刺激快感。心里极矛盾和煎熬。

我突然想起窝老伍。他定是能抹去七情六欲，不必承受我的煎熬。他年纪与我相仿，他的信仰让他内心强大无比，人间生死、情欲、爱恨，应该放下了。他还没升小沙弥时，就对我说过，他对寨心亭那棵菩提树，产生了特殊情感。好像那棵树是他的导师，也是他的再生父母。他无法割舍那种情愫，且与日俱增。真是一个奇怪的人，命中注定他要遁入空门。从窝老伍身上，我看到当年佛陀在古印度布达葛雅菩提树下，悟道的轨迹。

每次扫寨子，过泼水节、关门节、开门节等祭祀和节庆活动，窝老伍都在寨心亭的菩提树下，诵读经文、冥想和打坐。只是可惜，寨心亭的菩提树，是六十年前大舅公栽种下的，年岁不够久远。之前那棵老菩提树，被大舅公的大牤子牛给撞死了。如若窝老伍能在之前那棵老菩提树下悟道,他定能悟透更多佛的奥义。都是荒惹的祸。

"艾赕哥,"秀秀把绯红的脸蛋凑到我耳边说,"我想让你陪我去上厕所,我一个人害怕。"

"你是想离开酒席,去拜访我大舅公吧!"我小声回她话。

"知道了还不陪我去!"她眉毛上扬,噘着小嘴说,"你可是答应过我的!"

秀秀怕我食言,我每喝下一口酒,她便凑到我耳边,小声咕嘟一次。搞得一桌人,多次用异样眼光看我们。我不是滋味,再坐下去无趣。我向大家说明,要回去陪小艾,送秀秀回去与小艾一起住宿。众人又拿我和秀秀寻开心一番,让我们两个与大伙喝了一轮离席酒,方才放我们离去。

七

走出庭院时,秀秀毫无醉意,走在我身后,与我保持一定距离。我心里有些失落。走出庭院后,灯光完全被夜色吞没,冷风把冬天的寒气,毫无保留地抛向我们。

"真冷!"秀秀嘟囔一句,突然上前抱住我左手臂,准备把头靠在我肩上,与我相依同行。我浑身一颤,推了推她。她紧紧抱住我手臂,我挣不脱。于是,我们相互依偎着,七拐八拐顺着水泥路,向后村大舅公小竹楼走去。秀秀越来越放肆,大半边娇躯贴着我。我们双臂交会处,我感受到一阵阵温热。她淡淡的体香,疯狂地钻进我鼻孔。我有些把持不住。

"你不会真的醉了吧!"

"真小气!不就是不想搀扶我呗,我有那么可怕吗?"她边说着话,边把脸蛋靠在我肩上。

"我……"我什么也说不出来。两个人相互依偎着，慢慢地，默默地，走在夜色下的村间小道上。我心里升起对小艾的愧疚情感，与秀秀手臂上传来的温热舒适感，做着最为艰难的对抗。

我既希望立刻走到大舅公家去，又希望一生都与秀秀相依着，走在昏昏惨惨的村间夜色小道上。如果可以的话，我情愿用一生，凝结成这样一个夜晚。

后村水泥路尽头，一间吊脚竹楼，幽静地矗立在色林与寨子交会处。仿佛跨过小竹楼前的水泥路，就会走到世界另一面。竹楼篾笆缝隙里，有暗黄色灯光透出。大舅公还没睡，我们来得不算晚。

"大舅公。"我搀扶着秀秀站在竹楼下喊了一声。

"谁啊？"竹楼里传出大舅公苍老嘶哑的声音。

"大舅公，我是艾赕。"

"哦，艾赕啊。上来。"

我牵着秀秀，踏着"吱吱呀呀"作响的竹梯子，推开竹笆门。竹楼里比外面还冷。大舅公斜靠在火塘边竹椅上，火塘已熄灭。他头顶上的白炽灯，被炊烟熏成黄褐色，发着一片灰蒙蒙的暗光。他佝偻、苍老的身躯，一半被昏淡的灯光掩盖着，一半被竹椅隐藏着。我只看到他皱褶成一张抹布的脸颊上，一双深陷下去的眼珠，泛着一个九十多岁老人不应该有的光亮。他额头上，有块指头大的红色胎记，模模糊糊，难以辨认。

"你大舅公眼光好瘆人！"秀秀缩在我身后，轻轻扯了扯我衣角，小声说。

"大舅公虽然年纪大，"我说，"可精神着呢。"

"老了，不行了。"大舅公靠在竹椅上，幽幽地说，"这是小艾吗？

快一年不见，长得更好看了。"

"不是，"我说，"是我的同事秀秀。"

"秀秀，"大舅公微微直起身躯，看着秀秀说，"我看你是莲花公主转世吧！"

"大舅公真会夸人。"秀秀依旧躲在我身后，怯生生回着话。我弯下腰，拾起一截柴火，扒开火塘里厚厚的火灰。几块还燃着的红火炭，冒着丝丝缕缕青烟。我拾起火塘边几截燃烧剩下的柴火，放在红火炭上。对着火塘里的柴火堆吹了一阵，一股股烟雾腾起后，燃起豆黄色的火苗。有了火，竹楼增添了些许温暖。我和秀秀围着火塘，坐在大舅公对面的竹篾凳上。

"大舅公，听说你见过荒？"秀秀怯生生问大舅公。她白天在酒桌上，神采奕奕的大眼睛，不敢与大舅公对视。

"小姑娘，"大舅公慢悠悠说，"荒是瘟神，是个祸星。看到的人都没好下场。"

"你见过吗？"秀秀追问。

"唉，姑娘，我用我的身子整整困了荒六十年。"大舅公仍旧慢悠悠说，"你说我见过荒吗？"

"那你不就成了荒！"秀秀说。

"秀秀，不许乱说！大舅公怎么会是荒呢！"我小声出言制止秀秀。秀秀躲过大舅公眼神，像犯了错的孩子，乖乖低下头，向我靠近了些，不说话了。

"我是荒？"大舅公重新靠回竹椅上，盯着竹楼屋顶，自问自答，"那就好了，荒就不会出来祸害村里人。"

"只要你健在，荒不敢出来祸害人。"我说。

"唉！六十年了，我是困不住它了。"大舅公叹着气说，"这瘟神不肯回到大白塔里去。我是指望窝老伍那孩子，可以替我困住它。可是，唉！难啊，难啊！"

"大舅公，你别吓我们。"我说，"只要有你在，什么凶神恶鬼都别想进村害我们。"

"孩子，荒已经出来了，窝老伍镇不住它。"大舅公说，"首先要遭殃的就是寨心亭边，我栽下的那棵菩提树。如果它死了，你让窝老伍去大白塔边，挖一棵我用篾绳拴着树杆子的菩提树苗来，重新栽种。"

"大舅公，你可别吓我们……"我害怕了。大舅公的神态、语气、传达的信息，让我有种大祸临头的感觉。

"艾赕哥，我们回去吧，我怕。"秀秀惨兮兮地拽了拽我衣袖，小声对我说。我瞥了一眼秀秀。看到她原先因酒精上脸，红彤彤的小脸蛋，变得一片惨白。

"你们两个小娃，不早了，回去吧。"大舅公把整个身躯靠在竹椅上，闭上双眼，慢悠悠说，"我累了，我累了。我想好好睡上一觉。"

大舅公自顾自地慢慢睡去。火塘里燃起的火苗，不知何时熄灭了。昏惨惨的灯光下，他额头上的胎记更明显了些。小竹楼内，冷飕飕的。我和秀秀周边，被一道道浓得化不开的寒气包裹着。

"艾赕哥，走啊！"秀秀扯着我衣角，急切地小声叫唤我。我也觉得没有再待下去的必要。我们没叫醒大舅公，向他当面辞别，默默起身关上竹笆门，尽量不让竹梯发出吱吱呀呀响声，悄悄离开小竹楼。走了一段路程，她突然用双臂搭在我肩上，几乎把整个娇躯贴在我后背。

"怎么了，秀秀？"我有些发慌地问。

"我怕！艾赕哥，我真的怕！"她带着哭腔，在我身后诉说。整个人瑟瑟发抖。我顾不了许多，把她颤抖的娇躯一把搂在怀里。她顺势把脸颊贴在我脖颈上。她脸颊上湿漉漉、温润润的。秀秀被吓哭了。

"秀秀不怕，有我在呢！"我安慰她说，"我们赶快离开这里吧。"

我抱起秀秀，疾步向村子里走去，大舅公的小竹楼，彻底消失在我们视野里。只剩下半张脸的下旬月，终于挂在寨子后面的东山头，发出朦朦胧胧光亮。

我们两个人，在离几家农户不远处水泥路边一石阶上坐着。秀秀一直扑在我怀里啜泣，泪眼婆娑，胸膛起起伏伏。看着她吓得花容失色，我心痛得喉咙发哽，茫然不知所措，轻轻拍着她后背，企图让她舒坦些。

过了许久，秀秀不再呜咽。月光昏昏惨惨照着整个寨子。后山色林里，不知名的夜鸟，发出瘆人鸣叫声。秀秀无所顾忌地躲在我怀里，胸膛仍在微微起伏着，眼睛仍旧湿漉漉的。我敞开胸怀，一手搂着她的腰，一手轻轻抚摸她的马尾辫。她躺在我怀里，很是乖巧。

今夜，我只想安慰和保护一个人人都会怜爱的人间尤物。

"秀秀，刚才你看到什么？"我问，"把你吓成这个样子。"

"艾赕哥，我说了你会相信吗？"

"会。"

"在小竹楼里，你大舅公的身子是虚幻的，"她在我怀里，像小猪佩奇，蹭了蹭我胸膛，闭着眼睛说，"特别是那双眼睛，没有活人气息。小竹楼里，还藏着许多飘忽的影子。它们在我们身边，飘来飘去。"

"是真的吗？"质疑的话才说出口，我便后悔。连忙把怀里的秀秀，抱得更紧些。

"我知道，我说的话你不会相信。"她说，"你会认为我酒喝过头了，说胡话。"

"不、不、不，秀秀你别这样说。我相信你！"

她又开始在我怀里啜泣。我真恨自己长着一张不讨人好的嘴巴。

"艾赕哥，我讲我小时候的故事，你愿意听吗？"秀秀在我怀里仰起头，看着我，认真地问。

"讲吧，我的莲花公主。今夜我是你最忠实的听众。"我说。

"我出生在东北的一座城市里，我父亲是大学教授，母亲是个商人。但我父母感情不好，原因来自我。"她在我怀里蹭了蹭，与我的目光对视后，继续讲下去。

"小时候，我总会看到死去了的亲人鬼魂，它们在我家里走动。可把我父母吓坏了。他们给我找了不少医生，但一点效果都没有。是我们那座城市里一个出名的算命先生说给我父亲，我长着一双阴阳眼。只有把我送去乡下，躲开缠扰我的鬼魂，我才会好转。父亲要送我去乡下伯父家生活，母亲不愿意，他们为此多次争吵。后来我还是被父亲送到乡下伯父家去，那时我才五岁。我在伯父家住了五年，父母从没来看过我。我以为我被他们卖了。为了讨好伯父一家，我竭力让自己变成最懂事、最乖巧的孩子，完全没有童年该有的生活。其实在乡下，我仍然看到鬼魂，可我不敢说给伯父他们听，我怕被伯父他们卖掉。五年后，父母把我接回家，但我已经没有哪里才是家的归属感。回到父母身边，他们之间已经没什么感情可言。母亲成天在她公司里忙活，父亲除了上班就是酗酒和打麻将。他们一见面就吵架。我学会隐忍，乖巧得不像一个孩童。那些鬼魂依然在我眼前晃来晃去，我不敢说给他们听。因为我怕被他们卖掉，怕再回到乡下的伯父家去。艾赕哥，我不想讲了，呜呜呜……"

"没事，累了你就休息一下，"我轻轻抚摸着秀秀的发辫说，"不想讲，可以不讲。"

"不，我还是要给你讲，只有你才会听我过去的故事。"她在我怀里蹭干眼角的泪花，继续讲。

"十岁那年,我上小学四年级。在深秋的一个星期六早晨,父亲把我从床上叫醒,说是要带我去一个乡下的朋友家奔丧。父亲开了半天车,绕山绕水不知走了多远的路,才到一个偏僻的小山村,一家正在举办丧事的人家。我晕车,昏昏沉沉,那个丧事场里,除了父亲我一个人都不认识。我不敢讲一句话。中午,我实在困了。就在那户人家的客房里睡着了,醒来已是傍晚时分。我又渴又饿,开始寻找父亲,可始终没见到父亲的踪影。那户人家主人告诉我,父亲回去了,要等第二天才来接我。我心里再次生起父亲把我卖了的念头。我想象着,我可能会成为那个村里某个老光棍的童养媳,或是被人贩子关进某个暗无天日的地窖里,惨遭强暴、蹂躏、分尸,甚至成为那场丧葬的冥婚人选。我怕到了极点,连哭出声的勇气都没了,只能让眼泪无声地流淌。有人叫我吃饭和我讲话,试图安慰我,但我不搭理任何人。就在黄昏时分,我跑出那户人家,跑到那个小山村外的一座小山丘上。那里可以看到我来时的一段公路,弯弯曲曲在丛林和丘陵中穿行。我就在那个小山丘上蜷缩着,眼巴巴看着远处的公路,期盼着父亲会出现在公路上。我在那个小山丘上,整整等了一夜,不敢合眼,只能和星星讲话。看着一些模糊的鬼魂,在身边飘来飘去。等到第二天中午,父亲终于驾驶着车出现在马路尽头,我才确信自己没被父亲卖掉。等父亲的车越来越近时,我从小山丘上跌跌撞撞跑下来,拼命喊叫他,然后晕倒在路边。呜呜呜……"

秀秀再也讲不下去了,在我怀里放声大哭。我没打扰她,任由她发泄内心委屈。良久,她啜泣着哭诉,"艾赊哥,你知道吗?那次我承受着无边无际的恐惧和孤独,忍受了超过二十四小时的饥饿和煎熬。可那个时候,我才有十岁啊……"

"不哭,不哭,秀秀不哭……"我愈加抱紧她颤抖啜泣的娇躯,愈加感到莫名的悲伤,找不到适合安慰她的任何言语。只觉得自己眼睛火辣辣的，开始模糊。悲伤像一条大河，在我血管里奔腾、咆哮，引来狂风呼啸，电闪雷鸣。

"艾赕哥，如果那晚我能躺在一个关心我的人的怀里，就像现在一样，看着天上的星星，沉沉睡去，那该……"她仍在啜泣诉说着，"从那次经历后，我就愈加焦虑、抑郁，后来感觉到脑袋里总是有人讲话。父亲带我去了许多医院，最终的诊断结果是我得了严重的幻想症……"

我紧紧抱着秀秀，听她断断续续讲述着她悲惨的童年往事，努力做一个合格的听众。慢慢地，我眼前浮现出，夜幕下一座突兀的小山丘上，一个小女孩瞪着卡姿兰大眼睛，对抗着天地间，无穷无尽涌来的绝望、孤独和恐惧。

"艾赕哥，你知道吗，我虽然患病，但我的学习成绩不论在班级上还是年级里，都是数一数二……"秀秀毫无保留向我诉说，"我上高中时，父亲再也顶不住生活压力和与母亲的情感纠葛，他选择在一个月光明媚的夜晚，投入我们小区附近的一个湖泊里，再也不肯回家。别人都以为父亲死了，其实父亲没有死，只是不愿回家而已。每次我想他，就到那个湖边走走。他总会出现在湖面上，陪我讲话。这个过程一直延续到我大学毕业。母亲知道我和父亲之间的秘密后，她让我远离我生活的那座城市，来到你们南方工作……"

我没有阻止秀秀诉说。不知道，她说出心里最隐晦的秘密后会不会好些。我抱着她的双臂，有些发麻。我仍旧舍不得松手，怕打断她诉说。天空中，只有半张面孔的下旬月告诉我，偷窥是一种执念，也是一种邪念，卑鄙、可耻、无耻。我不管不顾，任由月亮控诉我。我只管做秀秀最忠实的听众。残月又告诉我，时间不早了，已过午夜时分，小艾还在家里等着我们回去。

"不早了，我们回去吧！"我小声劝说怀里的秀秀。

"不，我还想在你怀里待会儿。"她撒娇说，"你的胸膛好温暖啊！我还想待会儿。"

"你到我背上，我背你，一样的温暖。"我说，"你嫂子还等着我们回去呢。"

"艾赕哥，你三舅公和大舅公都说我像莲花公主。莲花公主是什么人？"她说，"你回答我这个问题，我们就回去。"

"莲花公主是佛经故事《京省勐晃》里最漂亮的美人。京省和勐晃两位大神，为争夺莲花公主，打烂三千大世界。"我说。

"我有那么美吗？"

"有，你和莲花公主一样美！"

"那好吧，你走慢点，我这一辈子就只要这个夜晚……"秀秀说着话，乖巧地闭着眼睛。我扶她起来，半蹲下身子，她窸窸窣窣爬上我后背。我迈开步子，往西村头缓慢走去。

背上的秀秀，双手松弛地搂着我的脖颈，靠近我耳朵的小嘴巴，很快传来均匀的呼吸声。我感觉到，背上背的就是她故事里那个蜷缩在山丘上等待父亲的小女孩，娇小、轻盈、无助而又让人怜爱。走回家的路不远，如果赶时间，五分钟路程而已，我却走了半个小时。

八

回到我家大门口，我叫醒背上的秀秀，轻轻放下她，给她捋了捋有些散乱的马尾辫。秀秀揉了揉眼睛，抹抹衣袖，冲我笑了笑，跟在我后面走进院子。客房的灯还亮着。妻子果然没睡。我推开客厅门，领着秀秀走进客房。

"还知道回来！你们两个再多喝些时候，就可以接着在二舅家吃早餐了。"小艾斜靠在床头，似笑非笑地打趣我们。

"嫂子，我喝醉了，借你肩膀靠靠。"秀秀笑嘻嘻走到小艾床前，边说话边脱下鞋袜，爬上床去，打开盖住小艾肚皮被子的一角躺下去。乖巧得不成样子。我走到床前，打算给她们两个盖好被子，顺便抚摸妻子圆滚滚的肚皮，安抚我们的孩子。

"去、去、去，睡沙发去。"小艾说，"喝酒了，还不知道规矩点。"

我笑了笑，走出客房，关上门。客厅沙发上，母亲早给我准备了一套被褥。我躺在沙发上，盖好被子，听着客房里小艾和秀秀模糊的谈笑声，心里忐忑不安。脑海里，秀秀的卡姿兰大眼睛，绝美的面庞，她惊恐而颤抖的娇躯，在我怀里啜泣的样子……一幕幕浮现。我甚至感觉到，她扑在我怀里，趴在我背上留下的余温还没散去，正丝丝缕缕钻进我身体里，与我内心深处最后一道防线激烈交战。

我慌忙摒弃不切实际想法，强迫大脑去想些其他人和事。譬如做了佛爷的窝老伍，三舅公与陇依大爹的对话，大舅公战胜荒的经历，寨心亭的菩提树会不会死……

天亮了。母亲在厨房里做早餐，客房里没动静。妻子和秀秀还在酣睡。我从沙发上起来，收起被褥，悄悄走出客厅。洗漱完毕后，走进厨房帮母亲做早餐。

"妈，我们寨心亭那棵菩提树要死了。"我说。

"谁说的？"母亲放下手中的活儿，神色慌张地看着我发问。

"大舅公啊！"我说。

"他什么时候跟你说？"母亲追问。

"昨晚。"

"你大舅公一个月前就死了！"母亲惊恐地看着我说，"小艾怀着身孕，不能参加丧事，我才没有说给你们两个。"

"那依团怎么没回来奔丧?"

"你表弟那个大嘴巴,他要是知道了会不说给你们?你二舅他们故意不让他知道你大舅公的死讯。"

"哦,是这样!"我小声喃喃自语,心里恐慌得不行。

"艾赕,你、你昨晚真的见到了你大舅公?"母亲惊恐得用颤抖的语调询问我。

"妈,我昨晚是在梦里见到大舅公。"我说,"他告诉我荒已经现世了,会先害死寨心亭的菩提树。"

"哦,回去之前你去找一下窝老伍,他可能有话要跟你说……"

面对母亲惊恐的眼神,并提出让我去见窝老伍的要求,我不敢与母亲对视,不敢再多言语。我比母亲更惊恐。昨晚我和秀秀看到的大舅公,算是什么!

做一顿早餐,母亲一个人足以应付。我说,想早点回去。趁小艾她们没起床,我先去见见窝老伍。母亲应允。在恐慌和不安中,我走出自家大门,向寨心亭走去。寨子的佛寺,离寨心亭不远。走到距寨心亭百米远处,我看到枝头满是黄叶的菩提树下,有个身着红衣袈裟的人坐在树下。是窝老伍。我走到菩提树下,窝老伍沉默不语。

"还没到泼水节,这菩提树的叶就黄了。"我先开口说话。

"不是落叶,是这棵菩提树要死了。"窝老伍腿脚不方便,他仍旧坐着,用仅剩的一只眼珠盯着我回话。

"不会的,菩提树千年不死!"我说。

"大舅公说,它会死。会在这个月内枯死。"窝老伍说,"是我让伯母打电话请你回来一趟。"

"为什么?"我问。

"大舅公肉身消亡,他没法再对抗荒。"窝老伍说,"大舅公说你有对抗荒的方法。"

"等这棵菩提树枯死了,你去大白塔边,找到一棵用篾绳拴着树干的菩提树苗,挖回来重新栽上。"我说。

"大舅公说的?"

"嗯。"

我们坐在菩提树下,没有更多言语交流。后来,我用沉默与窝老伍告别,窝老伍用沉默送别我。

早晨,太阳刚刚升起,晨光柔和,软绵绵地泻在田野上。各村寨的水牛、黄牛,成群往收完稻谷的田野里涌去。这是故乡习以为常的放大场子牛。陇依大爹让人送来一提箩熟透了的无花果,看着非常诱人。

吃过早饭,依团来到我家,神情憔悴。秀秀有气无力。父亲把冬瓜、土豆等菜蔬,分装成几大袋,塞满轿车后备厢。两个老人,一再叮嘱我,路上要小心,照看好小艾。车子驶出寨门后,我在后视镜里,看到父母送别我们的身影,渐渐变小、模糊,最后消失。

依团和来时一样,坐在副驾驶位上。回城的整个路途中,他都处于昏昏入睡状态。妻子和秀秀,坐在后排。讲些闺蜜间话题后,秀秀靠在妻子肩膀上昏昏入睡。怕我一个人开车犯困,妻子挺着大肚子,偶尔和我说上几句话。

车子驶过色林边,那些正在建盖的厂房很刺眼。车子驶入高速公路后,我在后视镜上,偷偷看了妻子几次。她一直似笑非笑看着我。

回到勐傣城,我们的工作、生活照旧。小艾临产期越来越近,我对她百依百顺。给她按摩、擦洗身子、胎教,陪她散步,做她喜欢吃的菜肴。

秀秀和依团频频来我家。每次来,秀秀带着大包小包的牛肚子、生态鸡、大闸蟹、罗非鱼、黄鳝、黄瓜、水蕨菜……她在厨房学着我做各种菜肴，特别是拌牛撒撇、酸笋煮鱼、香茅草烤鸡、豆豉煮黄鳝等菜肴，她更是学得认真。

依团就管蹭吃蹭喝。秀秀与小艾，总有讲不完的话题，但我从没听秀秀提起过那晚我们见到大舅公的事。那晚的邂逅，她不说，我也不提。

九

小艾临产前半个月的一个早上，母亲来电话。

"艾赕，寨心亭的菩提树掉光叶子死了。"

"荒，"我焦急询问，"真的出来了？"

"不会！"母亲笃定地说，"窝老伍去色林大白塔边，挖回一棵壮实的菩提树苗，重新栽种在寨心亭边。荒被镇压在大白塔下！"

"那就好！"

"寨子里都忙着搭建塑料大棚，准备栽种冬早蔬菜。"母亲兴奋地说，"你爸掏光了家里的积蓄，正在搭建蔬菜大棚……"

小艾临产前第九天，母亲来电话告知我们，邻村波高村与芒东村，发生一起放大场子牛，斗牛伤亡事件。两头大牯子水牛，一死一伤。一个放牛老人，在两头牛互斗中被撞伤，生命垂危。老人已被送入医院抢救，尚未脱离生命危险。因伤到人，目前还没商定如何解决。

母亲询问我，小艾要生产，她要不要提前来照看小艾。我回复她，暂时不用急着来。

小艾临产前第七天，正是双休日。一大早，我给小艾炖了一碗野生香菇土鸡蛋汤。小艾一脸享受地靠在沙发上，小口小口吃着。我在厨房里准备午餐。秀秀和依团提着大包小包菜蔬来到我家。依团一屁股坐在沙发上，掏出手机玩英雄联盟。秀秀眨着卡姿兰大眼睛，跑进厨房里。

"艾赕哥，"秀秀说，"我要吃牛撒撇和香茅草烤鸡。"

"好。"我说，"你帮我打下手。"

"好嘞！"

得到我应允，秀秀兴奋得绝美的小脸蛋泛起红晕。她穿上围裙，拧开水龙头，开始冲洗牛肚子。厨房里，满是淡淡的牛肚腥气味。我站在她身旁，呆呆看着她。暗暗感叹，秀秀是上得了厅堂，下得了厨房的仙女。我还未回过神，她手机突然响起。她掏出手机看了一眼，有些不悦地到走廊接听。我接过她手中活计，在厨房里忙活着。

"艾赕哥，今天我是没口福了。"秀秀走进厨房，瞪着卡姿兰大眼睛，一脸阴郁地对我说。

"怎么了？"我不解地问。

"我们所里接到波高村关于斗牛伤人事件法律援助请求，要与芒东村打官司。"秀秀说，"所里接下官司，现在就派我下去实地取证，做好开庭工作。"

"今天不是星期日吗？"客厅里的小艾听到秀秀的话，关心地问了一句。

"唉，我也不想去。"秀秀无奈地叹气说，"所里领导很强势，他们还给我派了个助理，现在就派车过来接我。"

说完话，秀秀不舍地脱下围裙，与小艾说了几句话，带着依团离开我家。我的心变得空落落的。

"某些人是失魂落魄喽！"小艾挺着大肚子走到我身边，一脸玩味地说。

"没有，"我不自然地说，"你想多了！"

"看来，秀秀更适合你啊！"小艾仍旧一脸玩味地看着我说。

"我给你下厨。"我说完话,不顾及小艾的反应,走进厨房里继续忙活。很不是滋味。好端端一个双休日,兴趣全无。

小艾临产前第五天中午,我在厨房里给小艾做菜时,接到秀秀电话。秀秀说我们寨子周边橡胶叶一片火红。她央求我履行曾经许给她的承诺,回去一趟,晚上陪她到橡胶林里躲猫猫。我婉言拒绝了。妻子没听到我们的通话。

凌晨,秀秀在微信里给我发来一段文字和一张图片。文字是"夜很黑,天很冷,我独自在橡胶林里躲猫猫。有风吹过,火红的橡胶叶纷纷飘落,像天使的眼泪。孤独比大山厚重,无数魂灵披着黑暗的外衣,四处窥视我"。图片黑暗,模糊。只能看清秀秀的卡姿兰大眼睛,满是忧郁的眼神。看完信息和图片,我悄悄删除。那一夜,我心里充满自责和担忧。

小艾临产前第四天早上,依团火急火燎来我家。他告诉我们,秀秀在波高村生了奇怪的病,整个人神志不清,看似很严重。我和小艾催促他,赶快把秀秀接回来。

中午,依团给我们来电话说,律师事务所已派车把秀秀接回勐傣城。秀秀的母亲,正从东北坐飞机赶过来。下午,我悄悄给秀秀打了个电话。她的电话关机。晚上,妻子连续给秀秀打了几个电话。秀秀电话仍旧关机。依团没了人影。我感到无比自责,整夜失眠。

小艾临产前第三天早上,秀秀住进医院。小艾身体不方便,她让我去探望秀秀。我赶到医院脑神经科,依团和一个长相与秀秀相似的中年美妇人,坐在病房外的座椅上,他们表情凝重。不用猜也知道,那个中年美妇人就是秀秀的母亲。

秀秀躺在病床上,注射着点滴,处于深度睡眠状态。她需要转院回东北治疗。依团自告奋勇,给她办理转院手续,在医院各科室跑来跑去。我和秀秀母亲独处一处。

"你叫艾赕是吗?"秀秀母亲问我,"你能给我讲讲你们带秀秀去扫寨子的事情吗?"

我呆呆注视着秀秀母亲,看着她略显沧桑又不乏优雅的面颊,不知要讲什么。秀秀母亲略带歉意地笑了笑,再次开口说话。

"秀秀在电话里经常提起你。她说能吃到你做的勐傣风味菜肴,是她来你们勐傣城最大的收获。她突然病了,我想找一下她发病的原因,不知你能不能为我提供一点线索?"

"阿姨,回去扫寨子那个晚上,我和秀秀看到我死去一个多月的大舅公。"我努力让自己平静,整理好思绪说,"秀秀给我讲了她童年的故事,讲了她在乡下伯父家的生活经历,她父亲带她去参加葬礼的经过,还有她与她父亲的秘密……"

秀秀母亲听完我的讲述,满脸是泪花,小声啜泣。仿佛一瞬间,她便苍老了好几岁。我茫然不知所措,只能递给她纸巾擦泪。

"谢谢你们对她的照顾,"秀秀母亲啜泣着说,"我欠她的太多!我要把她带回去,用余生好好陪伴她……"

下午,秀秀还没醒来,便被救护车送往机场。我和依团站在机场大厅安检门口,秀秀躺在医护床上还在沉睡,她绝美的脸颊,泛着不正常的苍白,没有一点血色。我有种想上去亲吻她额头的强烈冲动,最终克制住了。依团躲在我身后,小声啜泣着。

看着秀秀母亲,推着沉睡中的秀秀过了安检,与我们渐行渐远,我心里充满遗憾和自责。真心想留秀秀母亲,在我家吃上一顿我做的菜饭!想当面和秀秀说声再见!!

晚上,母亲和几个姨妈从户东村乘坐班车赶到我家。父亲因为要搭建蔬菜大棚,没与母亲她们前来。

小艾临产前第二天中午，刚刚吃过午饭，她便感到腹痛。是胎儿要出生的征兆。我们把小艾送进医院妇产科，办理好入院手续，住进待产室里，等待她生产。

一个下午，我们在待产室陪着小艾。值班医生给她打了几次催产针，她腹痛一次比一次剧烈。开始还能强忍着，后来疼痛得连连叫喊，再后来她更是眼泪婆娑地哭喊。

母亲和几个姨妈轮番安慰小艾，给她全身抚摸按摩。她仍旧疼痛哀嚎。我又是言语安慰和鼓励，又是按摩抚慰她圆滚滚的大肚皮，她疼痛感不减，反而加码升级。我只能干着急。

等到晚上十点，小艾还不能顺利生产，她已疼痛得无法忍受。因疼痛过度，她的嘴唇和面颊发青发紫，我们极为担心。主治医生来看过几次，觉察不对劲。重新把小艾推进彩超室，对她腹中胎儿再次做全方位检查，发现脐带缠绕住了胎儿的脖颈。

晚上十一点，主治医生告知我们小艾难产的特殊情况，顺产不了，需马上剖宫产，否则孩子和母亲都会有性命之忧。母亲和姨妈们，习惯了农村孩子要顺产，要个吉利的下地时辰。听了医生的话，她们着急了，等着我拿主意。我立刻与医院签订手术协议书。小艾被护士用手术车推进手术室。

凌晨一点钟，手术室里传来一阵婴儿啼哭声。半个小时后，护士抱着一个粉嫩的婴儿出来给我们报喜——母女平安。母亲和几个姨妈，欢欢喜喜接过护士手中的婴儿回爱婴室打理去了。我一个人，焦急万分等在手术室外。

凌晨一点半，小艾在手术车上，盖着厚厚的医用被褥，闭着双眼，脸色苍白，打着点滴，被护士推出手术室。看到小艾的模样，我吓得脚瘫手软，哆哆嗦嗦走上前去，抓住手术车被褥一角，大声叫唤小艾名字，眼泪不争气地流淌着。

"年轻人，不要着急。"我身旁一个中年女医生说，"对，就是要不断呼唤她的名字，她很快就会醒过来。"

"小艾、小艾……"

我不管不顾周边人的目光和言论，只管大声叫唤小艾名字。小艾一时没醒来，午夜的医院走廊里，白炽灯发着刺眼的光，四周到处是我呼喊小艾的回声。直到把小艾推回爱婴室，我仍在不断呼喊小艾名字。

回到爱婴室，小艾被我唤醒！她用极度虚弱的眼神，满怀深情地看我一眼，便开始闭目养神。安放好小艾，我看了一眼我的女儿。浑身粉红色，胖嘟嘟的小脸蛋，眼睛还没睁开，额头上有一小块暗红色胎记，小脑袋长了不少的毛发。她的四肢有事无事扭动着，小嘴巴得闲了便开始啼哭，真是淘气。

女儿长得像谁呢？我说不出来。母亲和几个姨妈，看着女儿相貌，她们神情阴郁。我突然想起了，女儿的相貌与大舅公有些相似！

小艾剖宫产，需住院疗伤，我们只能住在医院里。母亲和几个姨妈，还有后期赶来的岳父岳母，帮我照看女儿，我配合医生照看小艾。

医生给小艾换药时，我看到她小腹上那道十几厘米长的伤口，像一条张牙舞爪的蜈蚣。我心里，有说不出的疼痛和怜悯。按医生嘱咐，我定时送小艾到烘烤室，照看她烘烤伤口。配合她给孩子哺乳，扶着她围着病床缓慢行走，做产后康复运动……

初为人母的小艾，看着我忙里忙外，悉心照看她和孩子，她虚弱的脸蛋上，一直挂着甜美的笑意。有好几次，我看到她，笑着笑着就流下了眼泪。五天后，我们出院回家。

回到家的第二天早上，艾团把三舅公接到我家。家里更热闹了。是母亲打电话让三舅公来。三舅公喝过我给他沏的茶，抽过香烟后，把褪褓中的女儿抱在怀里端详。女儿在三舅公怀里,既不哭也不闹。三舅公看着女儿脸上胎记,沉思许久。

"像,像我大哥!"三舅公喃喃自语。

"大伯这是转世了吗?"母亲着急地询问三舅公。

"也许吧,他认为没能及时制止荒对村寨的祸害,用身体镇压了荒六十年。"三舅公说,"他真是苦啊!就算有罪过,也偿还清了。"

"他要是转世在我这孙女身上,这孩子要遭劫吗?"母亲问出她最担心的话。

"不会了。他转世在一个女娃娃身上,因果就消去一半。小艾剖宫产那一刀不是白挨的,几乎把他生前所有戾气都割断了。这个孩子会大福大贵的!"三舅公说。

"那就好,那就好⋯⋯"听了三舅公的话,母亲和几个姨妈连连喃喃自语。

"艾赕,你们要记着,多做善事,莫做恶人。多为你女儿积点功德。等会儿,我再给娃娃念诵一遍消灾祈福经文,拴魂线。"三舅公说。

"艾赕,还不快过来拜谢你三舅公!"母亲催促我。

"是、是、是,三舅公,都听你的。"我边说话边到三舅公身前,磕了三个响头。恭恭敬敬给三舅公敬上早准备好的礼信钱。

随后,我端出母亲为我准备的漆器篾桌浪摆,盛着用芭蕉叶包裹好的旱烟叶、茶叶、蜡烛⋯⋯三舅公接过浪摆,盘腿端坐在神龛前,为女儿念诵消灾祈福经文。念完经文后,三舅公在女儿右手腕上,拴了一截魂线。吩咐我拿一面小圆镜子和一把剪刀,挂在卧室门头上。仪式完毕后,三舅公吃过早饭,让艾团送他回去了。

小艾在家坐月子,单位给我半个月陪产假。家里很热闹,我每天下厨做菜饭忙得够呛。有点空闲时间,还要陪小艾做产后康复运动、给女儿洗澡、喂奶粉……女儿穿纸尿裤，皮肤过敏，只能用母亲从乡下带来的旧布料，裹着她娇小的身躯。每天，洗屎布尿布是我的必修课，时间就在洗屎布和尿布间穿梭。小艾不让母亲或岳母她们，代替我做照看女儿和她的活儿。

小艾在家坐月子一星期后，依团来到我家。他整个人都变了，着装邋遢，胡须老长，面容憔悴。他不说，我也能猜到发生了什么。既然他不说，我也不便于过问。

依团到我家，便把我家当成他的安乐窝，天天大吃大喝。有时，他一顿喝光我储存的一瓶茅台酒。我心疼那些酒，自己买不起，都是帮朋友办事朋友送的。但想到秀秀，想到回村扫寨子那晚发生的事，我觉得对不住依团。

十

依团在我家，连连大醉几天后，有一天晚上，他在厨房里放声大哭。母亲和几个姨妈问他话，他一句不搭理。我放下手中活儿，陪他去小区园林散步。从来不抽烟的依团，一支接一支抽，呛得眼泪直冒。我抢过他手头的烟，一支接一支抽，呛得我满眼是小星星。

"秀秀要和我分手。"依团泪眼婆娑地说。

"你惹她生气了？"我问。

"她说她是病人，我们在一起不会幸福。"他说，"她回东北，再也不会回来了！"

"你能怎么办？"我问他。

"我不在乎！我不在乎她生什么病。我就是要和她生活在一起！"他扔掉烟蒂，跳到我身前大声吼叫。

"你去啊！"我也大声对他说，"你去东北找她！她在哪里你就在哪里！"

"好！"依团哼了一声，转身离去，走出我们小区。我没阻止他。看着他离去的背影没入夜色中，我心里五味杂陈。

依团离开我家后，没几天的一个深夜，小艾和孩子都睡去，母亲和姨妈们也休息了。我在洗手间搓洗女儿屎布和尿布，接到秀秀电话。

"艾赕哥，你还没休息？"电话那头，秀秀声音有些沙哑。

"没有。"我心脏狂跳，压低声音回答她。

"艾赕哥，医生说我的老毛病又犯了。"她顿了顿说，"说不准哪一天，我会变成一个疯人。"

"你是天使！"我加重语气，一字一字说，"不，你是莲花公主。"

"莲花公主只能活在勐傣地方，"她说，"之前给我算过命的那个先生说，我迟早要吃他们那碗饭。"

"你是律师。"我情绪激动，声音颤抖，极力辩解着说，"秀秀，你是律师。"

我知道自己失态，精神处在奔溃边缘，随时会大声喊出来。秀秀在电话那头，察觉到我失态。我们的通话，陷入短暂沉默。

"艾赕哥，依团找到我家来。我没让他进家门。我不配得到他的爱，不配做你们勐傣人。"她说。

"为什么？"

"不为什么，我有母亲陪伴。还有父亲，也会时常回来陪我说话。我不孤单。艾赕哥，不要为我担心。"她说。

"是我对不起你！"我发自内心向秀秀道歉。

"不，艾赕哥，"她有些激动地回话，"说对不起的人是我。你关心我，嫂子更关心我。有些事你会知道的，我们是闺蜜。"

"哦！"我好像突然明白些事，大脑里有一颗原子弹炸开了，人也呆住了。

"艾赕哥、艾赕哥，你还在听我说话吗？"秀秀在电话那头急切地喊我。

"在，我一直都在。"我平静地回答。

"忘了那个夜晚吧，艾赕哥！"秀秀说。

"好。"我回答。手里捏着电话，在洗手间呆了半晌。等平复情绪，秀秀早已挂电话。我把没来得及发泄的情绪，全部出在洗衣桶里。女儿的屎布和尿布，几乎被我搓碎。

等我晾晒好衣物，已过凌晨一点。为了照看女儿和妻子，卧室里一直开着暖灯。我蹑手蹑脚推门进入房间，在墙角沙发上躺下。我感觉后脑勺被人注视着。回过头看去，小艾盖着暖被，斜靠在床头边，用久违而熟悉的笑脸看着我。这种笑脸，谈恋爱时她经常显露。结婚后便少了，特别是她怀孕这十个月间，几乎没有过。

"艾赕，辛苦吗？"小艾笑盈盈问我。

"不辛苦。"我勉强笑着，对她说。

"艾赕，以后我和女儿的幸福就交给你了。"她略带歉意地说。

"你怎么了？"我不解地问她。

"我怀孕这段时间，"她露出一丝狡诈的笑意说，"如果秀秀对你做了出格的事，你不要当真，不要多想。这是我们闺蜜之间的小秘密。"

"呵、呵……"我脑袋里，有千颗万颗原子弹一起被引爆。我呆在沙发上，一时缓不过气。

"不要在沙发上睡。"小艾柔声对我说，"难为你睡了这么长时间沙发，上来睡在我身边。看看你姑娘多可爱，她会笑了。不信，你看看。"

我从沙发上站起，走到床边，俯下身去看躺在床面里侧，用睡毯裹着的女儿，她果然露出了笑脸。女儿还在襁褓中，她的时差还没调整过来。白天，母亲用布条松垮垮捆着她的小手。晚上，她挣脱了束缚，一双粉嫩的小手，在睡毯外慢慢挥动着。甚是可爱！

看看女儿卖萌样子，看看妻子甜美的笑脸，我心里有种说不出的幸福感。妻子轻轻掀开她身边的被子，我顺势钻进去。头贴到枕头，无边无际的睡意席卷而来。很快，我便进入梦乡。

梦里，我又回到户东村。

静悄悄的夜晚，月光努力撕开黑暗的脏器，大地沉沦在介于黄昏的光亮中，万物戴上模模糊糊的面具。我看见荒从色林深处，灰色的大白塔石基下钻出来。它羊头牛身。一双似牛非牛，似羊非羊的长角下，长着一张奇怪的脸。在夜色掩盖下，荒一步一步向我逼近。我慢慢看清它的脸庞。那是一张女人的脸，一张熟悉的脸。

模模糊糊中，我看到荒的长相，与表弟艾团的妻子安柄相似，显现出女性成熟、稳健和温婉的气息。荒离我越来越近，我看到荒的脸，更像小艾的脸，美丽、端庄、知性的面颊上，透露出城市生活的高冷、倔强和陌生感。

荒来到我身边。我终于看清了它的面庞。原来，它长得和秀秀一模一样，精致的瓜子脸蛋，粉嫩如婴儿的肌肤。一双卡姿兰大眼睛，对着我眨呀眨。一股清纯、浪漫、绝美、魅惑的气息，刺破昏暗的光幕，击碎我内心深处那道最坚固的防线，带给我无边无际的致命诱惑。

月光愈加明亮，我再细细看。荒的脸，又变成我女儿粉嘟嘟的小脸蛋，额头上的暗红色胎记，非常显眼。再后来，荒的脸，又变成一个个我所熟知的人的脸……

女儿的啼哭声，吵醒了我。我强行睁开疲倦的双眼，已是凌晨四点。妻子正给女儿哺乳。她的乳汁分泌得少，不够女儿吮吸。我得赶快起来烧点温水,冲泡六十克的乳液。女儿一次性吃不饱,就要哭闹小半夜。

妈的!荒早就现世了,这个世界到处都是荒。

2023年8月发表于《中国作家》第八期,
2023年8月转载于《中国作家网》

豹 子

一

他为什么叫豹子，他也弄不清楚。三十年前，他就来到这个山村。如今，他缺了一颗门牙，村里人都叫他缺牙豹。

"哦呀！给我支烟，"豹子说，"我的烟没了。"

我和豹子，同住在村委会接待室。我，斜靠在被褥上打盹。豹子，在我侧面的木板床上盘腿坐着。他咧着嘴，惨兮兮看着我，伸出右手，停在半空中，收不回去。我瞟了他一眼。门外，院子里，蒙蒙细雨刚下完，雾帘又锁上来。山村的八月天，不是雨就是雾。搞得屋里的被褥和衣服，又酸又臭。

"没有。"我说。但手，还是在衣袋里摸索着。

"最后两支。"我说着话，抽出一支香烟，顺手丢过去给他。顺便扔掉烟盒。豹子接住香烟，宽大的脸庞上嘴角笑出两条八字痕皱纹。他连忙点上火，深深吸了一口。空气中，飘满香烟气息。我也点燃香烟，慰藉肺叶里、骨子里，乃至周身，到处蠕动的烟虫。

"男人不抽烟，"豹子说，"白活在世间！"

我没搭理他。来到这个小山村，我与豹子同住一个房间，他不是第一次与我讨要烟抽。豹子有钱，裤兜里揣着一大包人民币，还有一张农行卡。听说我来之前，他才从勐傣坝一个寨子，帮人家定做棺木回来。他是个手艺人，估计银行卡里存着的钱，不是七位数肯定也是六位数，就是不肯为自己买一包烟。

豹子爱讲雪山的故事，我经常用香烟换他故事听。他来月华村三十多年了，他是哪里人，鲜为人知。他没在月华村安家、开枝散叶，也没离开月华村，就住在村委会，把村委会当成家，成了村委会免费保安兼厨师。

说到抽烟，我心里来气。一年前，我开始抽烟。之前，一个反复戒烟的朋友，常来我家做客。我们喝下几口小酒后，另一个朋友，总是把香烟送到那个戒烟朋友的嘴边。戒烟的朋友不抽。抽烟的朋友就说，"男人，连烟都可以戒掉，够狠，不可深交！"于是，戒烟的朋友又开始抽烟。

我好奇，不顾妻子投来的异样眼光，学着他们抽。半年后，成了烟民。来下村那天，妻子买给我一条玉溪和谐牌香烟。我把香烟放进旅行袋时，妻子边看电视边用余光瞟我。

"买给你一条玉溪，"妻子说，"够我买十条裤衩，可以穿一年了！"

我没搭理她。下村一个多星期，我和豹子抽完一条香烟。一个月来，我到村头银花小卖铺，先后买了同一个牌子的四条香烟。现在，又抽完了。妻子经常来电话，问我需要什么，她买了让农村客运带来。我不好意思说烟没了，没让她带过东西。

半年多了，我状态不好。给领导写讲话稿，不是数字打架，就是语病多。我也是一把年纪，领导不好明说我，把我从办公室调到收发室传送文件。收发室那个大姐快退休了，正值更年期。她耐着性子，给我讲了几遍，怎样送急件，怎样送平件。我缺心眼，硬是没记住。大姐给了我几次脸色，我还是不长记性。她没辙，找领导打小报告。

一个月前，领导找我谈话，让我下乡搞经济普查工作。于是，我便来到这个叫月华的山村。这个地方偏僻，连接勐傣城的公路经常坍塌，几个星期回不了一次家。我来了，没回去过。

"乌龟，"豹子说，"上厕所去。"

"不去，"我说，"我怕老母猪。"

他顺手丢掉烟蒂，挪动几下，从床榻边站起，穿着拖鞋，拿起竹棍走出门，走进院子的雾帘里，没了声音。下雨天，到处湿滑，我懒得走动，除了在宿舍填写表格，就在农家书屋看书。吃饭了，大家要吼我几遍，我才走出房间。村主任李大康，说我慢得像乌龟。没几天，村干部和工作队员都喊我"乌龟"。几个星期下来，一村子人都喊我"乌龟"。

比起"乌龟"这个名字，我更讨厌村委会厕所。厕所在村委会外面的马路边，离村委会只有几十米远，路面用石块、泥沙和红土参半铺垫而成。走一趟下来，一个鞋面全是泥巴。更可恶的是厕所蹲坑和化粪池。蹲坑又宽又浅，粪池又大又没有盖板。每次上厕所，总有几头老母猪，带着一群猪仔候在蹲坑边。有几次，老母猪的舌头舔到了我屁眼。

享受过这种"待遇"的，不止我一个。来这里下村的女同志，有被老母猪"伺候"哭过鼻子的。是豹子教给我，上厕所要带一根竹棍。那些母猪和猪仔，皮子再厚也怕挨棍子。豹子每次上厕所，不会忘记带他的专用竹棍。

这几天，经济普查摸底工作干完了，表格也填写完了。李大康带着村干部去乡上开会。工作队员回家了，除了我。我女儿上学去了，住校。妻子一个女人在家，在外的男人总会胡思乱想。昨晚，给妻子打电话，家里有人。妻子说，是她的几个同学来串门子。我脑海里，莫名其妙闪现出抓奸念头。

人到中年，什么创意也没有，除了给社会添加一些急躁和不安因素外。其实，妻子多半是坐在沙发上，边看电视，边给我织毛衣罢了。偶尔会有人来家串门子。几个月前，她学会织毛衣，在微信里加了一个毛衣群。说是要在冬季来临前，给我和女儿各织一件毛衣。

好多年，没人给我织毛衣。我们这代人，谈恋爱时女朋友要给男朋友织毛衣。我的初恋阿萍，就给我织过一件灰色的，开司米毛线，双针平角勾织。我一直留着。有了妻子，她多次翻出来，长长短短问了很多遍，关于我和阿萍的恋情始末。她学会织毛衣后，做的第一件事，就是把阿萍给我织的毛衣一针一针拆了。说是要用灰色的开司米旧毛线，重新给我织毛衣。

拆毛衣那天，天空飘着毛毛细雨，妻子坐在阳台边，翘着嘴角，眯着眼睛，颇为费力地一针一针拆。拆了很久。我听她嘟囔，说是开司米毛线太旧，太细，不好织。她要买新毛线，给我和女儿织新款毛衣。我估计，她是学艺不精，无法拆开那件旧毛衣。

阿萍织毛衣的手艺，在当时是出了名的。不知道她嫁到何方，嫁给了什么人？还织不织毛衣？想起初恋，我就想起现在村头小卖铺的银花，她颇像当年的阿萍。

真奇怪，与阿萍分开二十年后，会在这个小山村遇见和她相貌相似的人。正因为月华村，有长得像阿萍的银花，有爱讲故事的豹子，我才勉强留下，才经常跑去小卖铺买烟。这件事，我没给妻子说过。女人的直觉很准。不知道，在家织毛衣的妻子，对我在村里生活，是否像我一样，闪现过抓奸念头。

村委会的农家书屋，是一个能打发时间的好去处。书屋只有四十几平方米，摆放着六组钢架书柜，两千多本书，涉及农业科技、教育、文学、医学、娱乐等读物。我没来之前，这个书屋做过接待室、储藏室、杂物室……屋内的读物和书柜，积满一层厚厚的灰尘。我来后，很多时间就窝在里面。

工作之余，我用几个星期时间，把书柜和图书打理得干干净净，摆放得整整齐齐。干工作时，如果找不到我，李大康就在农家书屋外"乌龟、乌龟……"叫唤我。

门口挂着的签阅簿和借书簿，记载着进书屋读书和借过书的人，基本上是村里的小学生和中学生。除此之外还有一个人，就是银花。她的学名叫李银花。以前，我的初恋阿萍喜欢读琼瑶的小说，我爱读金庸的小说。我们经常到勐傣图书馆借书。现在我的妻子，不爱读书，喜欢追剧。

妻子不明白阿萍织毛衣的精妙所在。我不敢对她说，阿萍是把琼瑶的一个个经典爱情故事织在毛衣里，所以她拆不开阿萍织的毛衣。

知道银花也喜欢读书后，我便幻想着，她要是会织毛衣就好了。

豹子厨艺特别好，月华村及周边人家有红事白事，厨房里少不了他。上级领导下来检查工作，要在村委会用餐，下厨的就是豹子。几年前，豹子还是月华村的农家书屋管理员。县图书馆张馆长是我同学。我在她那里求证过，豹子的确当过月华村的农家书屋管理员，还参加过几次县里举办的图书管理员培训班。只是后来，豹子经常外出，搞些木工手艺活儿，没时间打理月华村的农家书屋，才淡出了农家书屋管理员身份。

既然与豹子和银花相遇，我就要弄清楚他们的来头，才能离开月华村。

二

傍晚，村委会静悄悄，只有雨和雾笼罩着整个村庄。我走进农家书屋，胡乱翻书。两天前，我曾看到一本汪曾祺的小说集，里面有《受戒》和《大淖记事》这两篇小说，我想重读一遍。可今天，怎么找都找不到。四大名著倒是有几个版本，还有马尔克斯的《百年孤独》、海明威的《老人与海》、巴别尔的《骑兵军》、安妮·普鲁的《船讯》……真幸运！阴雨连绵的八月天，还有那么多好书等着我重读。

要是像其他同事，急匆匆跑回勐傣城去，我多半是蹲在沙发上，陪妻子追韩剧，帮她绕毛线，被她一次次盘问与阿萍的过往。只可惜，香烟抽完了，钱包里票子没几张，微信钱包也快刷空了。

"乌龟，吃饭！"豹子叫我。

"哦，就来。"我边答应边放下手中书，走出农家书屋，走进烟熏火燎的厨房。

豹子揉着眼睛，蹲在火塘边煮一罐百抖茶。门口黑漆漆油腻腻的大木桌上，摆放着两大碗面条。掺杂着洋瓜茎、南瓜茎、腊肉、土豆片等食材。这就是我们两个的晚餐。不错了，还有腊肉可吃。至于洋瓜茎、南瓜茎之类的菜蔬，村委会大门头上就有。

这些菜蔬，豹子出门伸手便可以采摘一大把。盛夏，这些瓜藤，才是这个山村真正的主人。它们像一张张大网，又像一块块雨棚，霸占着村里每户人家屋顶，把整个小山村染成一片草绿色，与村后的林野无缝衔接。

"你又要读什么书？"豹子问我。

"打算重读《百年孤独》。"我说。

"哪个写的？"

"加西亚·马尔克斯。"

"都写些什么人?"

"写奥蕾莉亚诺·布恩迪亚一家六代人……"

"哦呀!停、停、停!这么长的名字,哪个鬼儿子会记得住,"豹子说,"比我的名字都长。"

"你的名字叫什么?"我追问。豹子蹲在火塘边,扭过头瞪了我一眼,一言不发,然后低下头,专注地烘烤百抖茶。他几乎脱口说出了他的名字。

三十多年,月华村知道豹子真名的那一代人,几乎老死了。就要揭开真相,然而豹子就是不愿意说。我心里堵得慌。就像得到一本心爱的书,打开扉页却没了正文,叫人难受。

"你倒是说啊!你叫什么名字?"我大声问豹子。豹子不理睬我。他把煮好的百抖茶,倒在两个粘满茶垢的大玻璃杯里,盛了两大半杯。一杯递给我,一杯端在他手里。黑乎乎的茶汤,在玻璃杯里腾起一股股热气,茶香味塞满整个厨房。

"快吃面,再不吃变成面糊了。"他压低声音说。好像不是说给我听,而是说给空气听。

"吃不下,"我说,"说话只说半句,吊胃口!"

"一个早被人忘记的名字,不知道更好。"他说着话,慢悠悠吸了几口气。明显是烟瘾犯了。

"你现在告诉我你的真名字,待会儿我去小卖铺给你买一包香烟。"我说。豹子盯着我看了半晌,浓密的眉毛如一根根飞针,右眼皮微微跳动几下。

"哦呀!你说话算数?"

"算数。"

"扎西尼玛。"他说,"我的名字叫扎西尼玛。"

豹子终于说出他的名字。我狂喜。茶杯里腾起的茶香味,和着碗里的面条气味,混杂着厨房里刺鼻的烟熏气息,掩盖我们各自的真实想法。我们开始吃面条,不知是什么味道,感觉嘴巴里要淡出个鸟来。我不怪豹子的厨艺,他也是巧妇难为无米之炊。

"你读过《红楼梦》吗?"豹子打破沉默问我。

"废话,《红楼梦》都没读过,"我说,"我还有脸进出农家书屋!"

"你喜欢《红楼梦》里的哪些人?"

"都喜欢!"我说,"《红楼梦》里面的每个人物,都有各自独特的人格魅力,所以我都喜欢。"

"我就喜欢王熙凤和袭人。"

"为什么?"我问。

"哦呀!王熙凤够骚、够狠,从来没有哪个男人占过她便宜。"他说,"袭人乖巧、顺从,宝玉让她给身子,她就把身子给了宝玉。"

"有道理。"我喃喃自语,《红楼梦》里这两个女人,的确是那么回事。我赞叹豹子的见解。

"你说,王熙凤和袭人哪个屁股大?"豹子问。他油腻腻的脸颊上,充满期待的表情,显现出独居老男人的另一番玩味。

"我哪知道?"

"你白读《红楼梦》了,"他说,"肯定是王熙凤。"

"为什么?"

"因为王熙凤出行都坐轿子。"

"坐轿子就屁股大,这是什么歪理!"我说,"曹雪芹要是知道你这样解读他笔下的人物,非得从坟墓里爬出来与你理论。"

"哦呀!你看,你这人一点常识都不懂。"他笑嘻嘻说,"王熙凤不是生过一个女儿吗？生过孩子的女人屁股更大。袭人就没生过孩子，屁股肯定更小。"

"也是。"我嘟囔了一声，找不到反驳豹子的理由。我们吃完面条，大口大口喝着滚烫、苦涩、浓香的百抖茶。我们没抽烟，因为没香烟了，该去买烟的人是我。我还想再蹭听豹子的故事，故意磨磨蹭蹭，没去买烟。

小山村的天，慢慢被黑夜笼罩，雨点打在村委会平顶上。厨房里，铺天盖地的寒意和潮气，压得我和豹子退守到火塘边。

"你们这里的茶，喝着没有酥油茶有味道。"豹子咂着嘴巴说，"你们的肉类食品太少，不像我们那里有整腿的牦牛肉，可以烤着吃煮着吃。还有，你们的大米饭软绵绵的，嚼着没劲。哪像我们的糌粑，吃一把管饱一天。你们的香烟倒是好抽……"

我没反驳豹子，静静听他讲。他是催促我去买烟，兑现之前的承诺。几年前，因为出差，我相继去过迪庆、阿坝等地。喝过酥油茶吃过牦牛肉，嚼过糌粑。那时，我也像现在的豹子，对那里的朋友说过与之相反的话。

"你再煮一锅小罐茶，回甘味会更好，"我说，"我先去买烟。"

说完话，我站起，拿着雨伞跨出村委会，向村头银花小卖铺走去。

走过两条湿漉漉的水泥路，村头岔路口立着一栋小平顶房，就是银花家小卖铺。站在小卖铺门口，我的鞋溅湿了大半，脚下冰冷，极不舒服。才入秋，山村已是一场雨一场冬。一盏明亮的白炽灯，挂在小卖铺门面的吊顶下，照得货柜里摆放着的商品，无处遁形。

银花坐在货柜前，看着我到来，有些吃惊。她扎着马尾辫，粉嫩的苹果脸颊，配着弯弯的睫毛和卡姿兰大眼睛，发育得凹凸有致的身型，是个男人看了都会有想法。特别是她身着天蓝色的贴身连衣裙，怎么看怎么像我的初恋阿萍。

"给我来包烟。"我避开银花温润润的眼神，不好意思地说。

"是谁？"货柜后面传来警惕的责问声，还有噼噼啪啪的麻将声。

"哦，没事，"银花回答，"是乌龟，乌龟哥来了！"

"哦，乌龟！"货柜后面嘈杂的声音中，带着讽刺和嘲笑意味，"龟哥，龟哥来了，哈哈哈……"

"以后你还是叫我乌龟，别叫乌龟哥。"我对满脸尴尬的银花说。

"这样不好，"银花小声说，"以后我叫你哥。"

货柜后面，继续发出噼噼啪啪麻将声。与冷冷的夜雨声混杂在一起，不和谐，但总算有些人气。我看到银花身前柜台上，放着余秋雨读本《文化苦旅》《山居笔记》……

"余秋雨的书，"我说，"还有一本《千年一叹》可以读读。"

"那本没意思，"银花勉强笑着说，"没有什么深度，都是凤凰卫视带着一群人，陪作家中东游玩写的见闻，没多少看点。"

"这个世界都没有什么看点，"我说，"每个人最精彩的看点和故事，都埋藏在自己内心深处。"

"哥，你说的话太深奥了。"银花用水汪汪的卡姿兰大眼睛看着我说，"读了余秋雨的《道士塔》，知道王道士卖掉了敦煌窟价值连城的经书，我觉得我在这个小山村，也在一天天卖掉我的灵魂。"

"你这妮子，说话怪瘆人的。"我说。

"就是、就是，你没有灵魂，我们这个小山村就没有活路。"货柜后面又有声音传出，是村里的王老五。他每年发动村民进山采野生松茸、木耳等山货，由他统一收购后贩卖给外面商贩。雨季天，月华村许多人家经济来源，都靠他维系着。银花小卖铺，就是他收购和贩卖野生菌的中转站。王老五发话，其他赌客附和着说话。小卖铺，再次被与冷雨夜不和谐的声音覆盖。

"给我拿包软珍云烟吧!"我指着烟柜里的香烟,对银花说。

"你平时不都是抽玉溪和谐吗,今晚换口味了?"她不解地问我。

"没钱了,抽软珍。"我说。

"没钱了,明天过来打几把三匹,桌子头上送给你点生活费。"王老五在柜子后面大声说。

"哦,好。"我答应王老五。银花拿着一包软珍,慢吞吞放在我手上。她细长的手指,滑过我手心,传来一丝丝温热。

"哥,你推荐给我几本书看看。"银花细声细气说。

"农家书屋里的读物很多,你可以去挑几本来看看。"我说。

"妞,不要再读书了,担心读成一只大乌龟。"王老五大声说。

"哈哈哈……"一群赌客,在货柜后面发出夸张的笑声。我不理会他们,拿起香烟扫码付款,撑起雨伞走在湿滑的水泥路上。走出一段距离,我回头看去,银花站在柜台前呆呆看着我。当年我与阿萍相恋,在乡下无数个冷雨夜,阿萍也这样无数次,呆呆看着我离去。我不敢也不愿去多想,那段已尘封多年的美好时光。加快脚步,赶回村委会。

豹子斜靠在床榻上。他煮了一大罐百抖茶,倒在两个玻璃杯里,褐黄色的茶水快凉了。

"哦呀!才回来,烟呢?"他问,"我以为你回去勐傣城,去了快一个小时。真是名不虚传的乌龟。"

"就你急。"我边说话,边把揣在衣袋里还未焐热乎的软珍,丢给豹子。他咧开嘴笑。随之撕开烟盒,抽出两支,丢给我一支,点火,大口大口猛吸。然后闭上眼睛,一副享受的样子。抽完一支,他喝下一大口茶,接着又抽一支。我没接着抽第二支,只是慢慢喝杯子里快冷却的茶水。一股股浓稠的茶香味和苦涩味,在我喉舌间荡涤,滋生出无穷无尽回甘味，让我脑瓜子愈加灵光。

烟瘾和茶瘾没过足，豹子的故事讲不起来。我脑子里不断浮现出，妻子坐在沙发上织毛衣，女儿在学校上课，银花站在柜台前与货架后的赌徒对话，阿萍与我分离的那个冷雨夜……心里五味杂陈，真希望豹子赶快讲故事，冲淡我无聊又无趣的回忆。

"喂，"我说，"你要什么时候讲故事？"

"哦呀！这个软珍的劲够大，"豹子说，"但没有和谐的香味浓。"

"你就知足吧！"我说，"我连软珍都快买不起了。"

"你一个发工资的人，不要太抠门。"他狠狠吸了几口烟，喝了一大口茶，慢条斯理说，"在我老家那个地方，有高得没有顶的山，终年积雪覆盖，就像这软珍，非常带劲。有一马平川的大草原，牛羊走在上面，如雪花落在大地上，一片白茫茫。那又像和谐牌香烟，虽是软绵绵一片，却是柔中带刚，让人流连和怀念……"

"讲重点！"我打断他的话，催促着说，"没让你背诗。"

"你这个人，一点浪漫情怀都没有。"他点上第三支烟，慢吞吞说，"我爷爷是个淘金人……"

豹子说，七十年前他爷爷带着一群人，在月华村给勐傣土司爷淘金。他们在山寨四周山脉与河流中，到处捣鼓。淘金冶炼的人很多，山上山下、河流边、林子里，到处是帐篷和茅草屋。月华村，是淘金人建起的村庄，方圆几十里淘金人的大本营。

那个年代，月华村四周林野深处，蕴藏着大量铜矿、银矿、金矿……矿工们，比蚂蟥还贪婪，吮吸着大地精血。他们用不同方式赚钱，用相同方式花钱。月华村一带，矿山、怡红院、街道深处，居民庭院里，都能听到骰子声。山野村夫，可以衣不遮体，只要骰子抛起，就会掷地有声。他们迷离的眼神，伴随没有名字的碎银子，或整锭银两、银票、金币，从庄家移向闲家，抑或从闲家流向庄家。

怡红院里，青楼女子钟情于男人的钱袋子。千娇百媚的眼神，是她们的大杀器，叮得爷们骨头酥。矿工十天半月，踩着死亡印迹，赚来的血汗钱，可以在怡红院销魂一回。街道上，小贩吆喝声此起彼伏，迎来明天和意外……

豹子讲得口干舌燥，他喝下一大口百抖茶，接着讲。

那个年代月华村疟疾肆虐，如果立夏还不离开，等到立冬淘金大军再入驻时，留下的人多半坟头长满野草。那时，银花外公就是豹子爷爷的小喽啰。月华村现在的赌根，是淘金人留下的。淘金人在这里开枝散叶，在这里播下五湖四海的民风民俗……

我斜靠在被子上，偶尔抽上一支香烟，喝上一口百抖茶。豹子讲累了，一支接一支抽烟，大口大口喝茶。他的故事就在香烟和浓茶中，如一幅幅雪山草原画卷，慢慢铺开。他越往后讲，我越不敢抽烟。我怕给他买的香烟，熬不过前半夜。我后悔，只买一包香烟。

豹子说，为了安抚四方神灵，勐傣土司爷在月华村周边，方圆几十里的林野中，修建了三座大庙。庙前石狮把门，足以让人畏惧。庙里，香火日夜不熄，观音慈祥不语，罗汉笑纳众生供品。大地上，人神共存，万物生辉……

"哦呀！还是和谐香烟好抽。那股柔和的香烟味道，让我想起朝阳从雪山后面升起，柔柔的，很暖和……"豹子喃喃诉说，"阿爹手里拿着转经筒，一遍一遍念诵六字真经。阿妈拿着羊皮口袋打酥油茶……"

听豹子讲故事，我如酒鬼泡在酒池里，如痴如醉，亦梦亦幻。分不清是他讲故事，还是我自己想象，感觉自己就是他故事里的角色。

我想起了金庸的《射雕英雄传》《天龙八部》《倚天屠龙记》……看到一百多年前，尘起尘落，风起云涌的月华村。我作为一个淘金客，在那个时代，被那个时代的尘埃埋进坟墓。历史，没流淌一滴眼泪，默默翻开新的一页。百年后，矿工们鲜活的脸谱消失了。曾经繁华的集市消失了。三座大庙里的佛菩萨，流干了慈祥的眼泪，种下足够多的善因，换来今天大山深处，幽静的月华村。我看到，唯一能见证山乡繁华过的，是被抛弃在村口、路边、河道上，长满荒草荆棘，变成山丘的矿渣。

当年，淘金人留下许多玩意儿，山乡人都忘了。但掷骰子，这种牵动大脑神经元的玩意儿，月华村人没忘记。譬如说，躲在银花小卖铺货柜后玩麻将的王老五他们，已把掷骰子手法，练到炉火纯青地步。没了骰子声，他们算是不活人了。

等我从豹子讲述的故事中回过神来，他梦呓般说着话，已在床榻上沉沉睡去。床边水泥地上，丢满烟蒂。茶罐和玻璃杯里的茶水，凉透了，喝完了。没茶喝，没烟抽，没人陪我说话。我又想起妻子坐在沙发上，独自织毛衣。银花守着小卖铺，货柜后面打麻将的王老五他们还在酣战。阿萍在不知名的他乡，过着平平淡淡的生活……

这些想象，太过于平淡和无聊。于是，我便联想到月华村周边，无边无际的绿。联想到豹子家乡，高得不见顶的雪山。高原上一片连着一片的青稞，成群的牛羊……之后，雪花就从某座幻想中的神山上，洋洋洒洒飘落。一个世界都是银白色……

三

等我被尿憋醒，外面天已亮，雨陆陆续续下着。豹子裹着棉被，还在呼呼大睡。我极不情愿上了趟厕所，钻进农家书屋，找到余华的《在细雨中呼喊》，坐在窗前书桌旁慢慢品读，打发下乡工作乏味时光。正读到主人公父亲和哥哥，埋葬溺水身亡的弟弟，期待着得到政府褒奖，幻想成为光荣之家时，院子里有人说话。

"不要拿来，你爸知道会不高兴的。"

"我没有那样的父亲……"

是豹子和银花对话。银花给豹子送东西来。上次，也是工作队回家，银花给豹子送来一块腊肉。被我撞见，她有些不好意思。这次，不知她送什么东西来。不管送什么东西来，我的伙食又可以改善了。豹子吃什么都会分给我，就如我分给他烟抽。

我怕银花害羞，蹲在农家书屋里，没出去搭理他们。过一会儿，农家书屋的门被推开，是银花。我坐在书桌前，向她露出笑脸。她向我笑了笑，轻声走到书架前，挑选读本。一大早落着雨。银花身着紫檀色羽绒服外套，配着天蓝色牛仔休闲裤，凸显出她别样的身材，苹果脸蛋配着卡姿兰大眼睛，端庄、清秀，不乏妩媚。

"哥，你看什么书？"银花问我。

"余华的《在细雨中呼喊》。"我说。

"余华的作品，"她说，"我更爱读《许三观卖血记》，许三观在床上给他饥饿的孩子们，口述着一道道菜肴，以此来充饥。那种描写方法，给人心灵冲击太大了。我读多少遍都不嫌多。"

"我也有同感。"我附和着说。

"昨晚，你不是要推荐给我几本书读吗？"她从一个书架空格里，探出脑袋问我。

"你喜欢外国文学吗？"

"外国文学，我读得少，读得懂的不多。"

"不奇怪，主要还是看翻译的人。"

"你推荐给我读两本外国作品吧。"

"你读一下美国作家安妮·普鲁的作品《断背山》和《船讯》，"我说，"是马爱农翻译的，很好读。"

"《断背山》写些什么？"

"嗯，"我不好意思地说，"写一对男同性恋的故事。写得很感人，你不要误会。"

"是吗？"她吐了吐舌头，调皮地向我笑笑说，"那就听你的，我就读《断背山》和《船讯》这两本。"

我如释重负，在文学类一栏书架上，找出《断背山》和《船讯》递给银花。这两本书，前些天才被我擦过一遍，没有一点灰尘。她接过书，与我随便聊了几句，离开农家书屋。

一股熟悉的香味，从厨房里飘来。那是农村特有的煎炒土鸡蛋香味。我跑进厨房，豹子站在灶边，正在下面条。

"银花给你送什么好吃的来？"我问。

"你不是闻到了吗？"豹子头也不抬答复我。

"豹子，银花是你什么人啊？"我问，"我来了一个多月，她好像给你送了好几次菜。听其他工作队员说，只要你在村委会，她都会送东西给你，是吗？"

"哦呀！你管这些干吗，鸡蛋面你还吃不吃？"他说，"想听我讲故事，还不快去买烟。我这一大早上烟都没的抽。"

"不买。"我说。

"为什么？"他问。

"待会儿，我们去银花小卖铺逛逛。"

"不去。"

"随你……"

豹子煮的鸡蛋面真好吃。我们一起吃鸡蛋面。这是一个多月来，我吃到的最可口的一次早点。吃完早点，豹子冒着稀稀疏疏小雨，去寨子里转悠，我重新回到农家书屋看书。我打算再住几天，听豹子多讲几个故事，等天气好些就回去。来了一个多月，我想妻子想女儿，想家了。

我找了一本《汪曾祺散文集》，没看几页便接到李大康电话。李大康说，他们在乡里开会，提交的月华村经济普查表错误太多。好在凡是我填写的普查表，出错率比较低。各单位抽来的工作队员，大部分人都是应付。上级部门给的普查经费，还不够工作队员伙食费。他考虑再三，决定遣散其他工作队员，只留下我配合村干部填写普查表。他与我们单位领导沟通过，我们领导同意让我继续留在村里。

我没有反驳李大康的理由。他都与单位对接好了，我只有服从的份。李大康挂电话后，我们单位领导给我来电话，向我嘘寒问暖后，委婉地说明让我留在月华村，继续协助村里干经济普查工作。我暂时回不了家。

中午，太阳终于想起大山深处的月华村，肯把温吞吞的阳光照射到村庄上。来到月华村，大半个月没见过太阳，换下的衣物都长出霉菌。我放下书本，把卧室里脏衣物和床单清洗干净，拿去村委会楼顶晾晒好。豹子不知从哪家，讨要来一把鲜嫩的小白菜，与鸡蛋、面条混合煮成一锅。太好吃了！我觉得亏欠豹子越来越多，不给他买烟抽，实在过意不去。

趁着天气好，我再次怂恿豹子，去银花小卖铺转转。他烟瘾正上头，经不住劝说，我们一起去银花小卖铺。

阳光下的月华村，通达、宽敞、明亮，四周漫山遍野的绿，配上一丛丛怒放的山花，还有阵阵轰鸣的瀑布声，抹去大山深处的阴郁。特别是纵横穿插在村庄中的几条水泥路，有些小乡镇雏形。可以断定，豹子说当年他爷爷在这里淘金的繁荣景象，十有八九真实存在过。只是百年时光，历经战乱、匪患和瘟疫等天灾人祸，村庄当年的繁荣，一去不复返。

现在，占地几百亩的村庄，稀稀疏疏，散落着百十户人家。走在村道上，我似乎又回到昨晚豹子讲述的故事中，回到我亦梦亦幻的想象中。仿佛百年前，我就出现在这里，不曾离开过。

道路上行人很少。年轻人外出务工，逢年过节才回来。平时只有儿童、老人、大龄光棍和为数不多的村妇留守。像银花一样的大姑娘，没外出务工，村里只有她一个。

走到村头，远远便看见，银花小卖铺院场上有好几群人围坐着，酷似吃席场面。这些是村里留守家院的老头子、老太婆和为数不多带孩子的村妇。他们聚在一起，多半是耍牌、打麻将，搞点有彩头的娱乐活动。

院场上人多，银花的食品、香烟、酒水、小玩具、生活用品等，更好销售。特别是小卖铺里，货柜后面的房间。她在那里摆了两张麻将桌，给村里人提供娱乐场所，收取点场子费。几乎天天爆满。一个多月来，我发现整个村庄有四五家小卖铺，就银花小卖铺生意最火爆。年轻人，特别是大龄光棍，有事没事便在银花小卖铺前闲逛。

我们走进人群中，有几个熟悉的大头、大妇人与我们打招呼。一群耍牌赌钱的人，把目光集中到我们身上。银花仍旧坐在小卖铺柜台旁，边看书边卖东西。

"缺牙豹来了、缺牙豹来了……"

"乌龟，来、来、来，玩两把……"

"不了，我玩不来。"我回答。

"试试手气嘛，玩两把。你来不来？"豹子问我。我摇头，表示不参与。银花放下书，站在小卖铺柜台前，瞪着卡姿兰大眼睛看我们。豹子默默低下头。

"乌龟，每天领工资，下乡来钱都不送给群众一点，怎么搞好群众关系。"是王老五的声音，从小卖铺里传来。

"就是，牌也不会玩，还不如躲在被窝里玩卵子……"货柜后面几个赌徒，边数落我边发出讥笑声。

"不了，我一个公职人员，下乡参与群众赌博，影响不好。"我说。

我在小卖铺走廊边，一张篾桌前站定观局。桌面四周，几个裹黑布巾包头的大妇人，与几个背着娃娃的村妇，正在打三匹。豹子走到院子里一张木桌前，在几个大龄光棍身边坐下。桌边围着十几个男女老少，是院子里最热闹的一桌，他们玩抓"豹子"。

"缺牙豹，去哪里发财了，好久不见你来赌牌？"一个同坐的老光棍问豹子。豹子没回答他。

"缺牙豹，你来当庄，赢得快，我们也好抓。"对坐的一个小媳妇说着，让出了坐庄位子。豹子应允，起身坐到庄家位置上。他从裤兜里摸出一沓百元大钞，放在桌面上。引来一桌人"啧啧啧"赞叹声，众人兴趣大增。我听豹子讲过，他在银花小卖铺这个坛子里，不是第一次耍牌赌钱。

"哦呀！下注、下注，豹子就要出来了。"豹子洗好牌，手里拿着两颗花花绿绿的骰子，瓮声瓮气吆喝着。

"抓豹子了、抓豹子了……"豹子对面，一群男女老少兴奋地喊叫着。他们把皱皱褶褶的纸币，分成几个小堆，压在桌面上。一颗颗满是期待的头颅，顶着正午温吞吞的太阳，看桌面上四家人，是庄家抓到豹子还是三个闲家抓到？是赔？还是赚？

"别挤、别挤，我庄家八点大，按顺序赔钱！"豹子声音提高一个八度，大声喊叫着。

"我们这堆抓到了天豹,缺牙豹你庄家赔钱……"三个闲家中的一家,与身后站着押注的人大声嚷嚷着。村头热闹劲,赶走四周袭来的山风,超过阳光温度。

"大舅妈,你跟不跟?不跟就跳墙。我闷十块,不要把着茅厕不拉稀。"我正关注豹子坐庄,身前打三匹人群中,一个小媳妇大声质问。把我的目光和注意力,吸引到小篾桌上。一群老妇人和一群小媳妇,围着篾桌。桌面上堆着十几张一块、五块、十块面值的纸币。

一个年近七旬,裹着头巾的老妇人。她眼睛不好使,赌虫却钻到骨子里。她眯着一双老花眼,两只手把三张纸牌,捏得只剩下一条连她自己都看不清的缝。说话的小媳妇,怀里抱着大半岁的娃娃,娃娃正吮吸着她鼓胀的乳房。她把三张纸牌扣在篾桌上,其他人把纸牌紧紧捏在手里。

"不要忙,侄媳妇。我眼睛老花,手脚不灵便,你慢点……"老妇人边说话边搓开牌看。

我悄悄凑到老妇人身后,看到她松树皮般的手掌,手指枯瘦如鸡爪。她双手一点一点搓开纸牌,神情专注,嘴角挂着一串皱皱褶褶笑意。在众人焦急等待中,她终于搓开两张纸牌一角,两张都是红色方片,第三张隐隐约约看到一点红色。老妇人激动得双手颤抖。

"他妈的,清一色到幺,天火烧的,吃烂了。"老妇人嚷嚷着。

"快点跟,我闷十块。你要跟三十块,不跟赶快跳。"闷牌的小媳妇,再次催促老妇人。她怀里吃奶的娃娃,蠢蠢蠕动。

"我跟!"老妇人左手紧紧捏着纸牌,右手塞塞窣窣往裤裆里掏。几下便捞出一个松紧口红色小布袋。她探手从红布袋里,取出一小沓十元纸币,点出三张放在篾桌上。

"咋不跟,来多少跟多少,挨万刀的,给你尝尝瞧大舅妈的厉害!"

老妇人盯着小媳妇说。

小媳妇再闷，老妇人再跟，反正是血战到底。

五六轮后，小媳妇心虚了，老妇人红布袋里的钱没了，两下商量。老妇人瞪着眼珠，极不情愿地开牌。

老妇人自信满满，把纸牌往篾桌上一扔，两手只管去捞钱。手中飞出的三张纸牌，落在纸币堆里，依次呈现在众人眼前，红桃一点、方片三点和方片七点。

年轻人，手脚快，就算怀中娃娃要吃奶，也不影响她收钱的速度。小媳妇一个闪电手，挡住老妇人即将揣到衣兜里的一堆零碎钱。她瞪着大眼睛，大声说："大舅妈，爹们家是一对七，比你的幺点大。"

"侄媳妇，大舅妈年纪大，一样不好，就是眼睛好，清到幺就是清到幺。"老妇人语气强硬，但往兜里揣的手，开始左右晃动，暂不往兜里送。她两只浑浊的眼球，像被炊烟熏黑的白炽灯，重新看她丢在篾桌上的纸牌。

"大舅妈，你的才幺点大，不是清一色。"小媳妇嘴说话手打卦，不依不饶使出龙爪手，扣住老妇人拿钱的手，往回一收。一老一小，二人三只手十五个手指头，隔着篾桌，你来我往，酷似二龙戏珠。

大舅妈又能怎么样，照样往死里整！赌桌上没有亲人。

"天火烧的，我这双眼睛，着老娲啄瞎啰，这样都看不清。"老妇人大声嚷嚷。她输了，垂头丧气，转过身来，用浑浊的眼珠瞪了我一眼。仿佛在说，我为什么不提醒她，她的牌不是清一色。有要把输了牌的火气，发泄在我身上的架势。吓得我哆嗦了一下，不敢直视她双眼。

随后，老妇人转过头，去看篾桌上正被小媳妇收走的钱，无奈地叹息。她脸上皱纹，让她老得不成样子。小媳妇忙着收钱，动作幅度有些大，肘子蹭到怀里吃奶的娃娃。娃娃大声哭叫。我们这桌，发出的声音，终于盖过院子里豹子他们那桌的声音，一个村头热闹起来。

我不参与耍牌，插不上一句话。只好在小卖铺走廊上，找个位子坐下，等着豹子决出胜负。

走廊上坐着两个老头，他们慢条斯理卷着旱烟，吸着闷筒。貌似在这个坛子里，有出淤泥而不染的世外高人风范。其实不然。这二位"高人"，之前我见过他们在坛子里酣战。估计，今天二老是因为手气背，抑或被人出老千，输得只剩下一袋旱烟。见我坐在他们身边，二老勉强挤出笑脸，问我抽不抽旱烟。我摇头，表示不抽。

说到烟，我得赶紧买，要不然晚上听不了豹子的故事。昨晚，豹子的意思，我还得买玉溪和谐，今晚他的故事才更精彩。钱包里还有几张百元大钞，我咬紧牙关向柜台走去。银花看到我过来，放下手中的《断背山》，眨着卡姿兰大眼睛。她端庄与妩媚并存的苹果脸蛋，似笑非笑看着我。在村头老老少少人群中，银花美得不真实，让照射下来的阳光自惭形秽。她盯在我身上的目光，让我不能自持。

"哥，你来了。"

"嗯，"我说，"《断背山》好读吗？"

"好读，就是还不习惯翻译者的语言风格。"她说，"安妮·普鲁这个作家的写作视角，与我之前读过的作品视角不同。"

"你读的外国文学名著不多吧？"

"不多。"

"以后，你多读些外国文学名著，你就会知道世界之大，文学天地有多广阔……"与银花聊文学，我更有自信。想家的念头，冲淡了许多。

"给我来一条玉溪和谐香烟。"我说。

"你昨晚不是只买了一包软珍吗，今天要买一条和谐？"她不解，疑惑地询问我。

"买一包也是买,买一条也是买。"我嬉皮笑脸说,"家有贤妻抽玉溪嘛!"

"是有钱人嘛,昨晚还说没钱……"她也嬉皮笑脸跟我开玩笑。我把钱包里仅剩的四张百元大钞递给银花。她用一个黑塑料袋,把一条和谐香烟包好,递给我。我们两个,一个站在柜台内,一个站在小卖铺门口,有一句没一句闲聊着。

"赔钱、赔钱,输了钱不给,是开黑宝吗,狗日的豹子头……"院场中央,豹子坐庄那桌,有人突然吵闹。男女老少睁大眼睛,瞪着豹子嚷嚷。

"哦呀、哦呀!狗日的狗,日狗的日。"豹子站在人群中,大声自言自语,"汉子家三个月帮工钱,才半小时就整丢球,不活人了!"

当豹子头的豹子,输光了。他佝偻着身躯,站在人群中,咧着嘴叫骂,眼神慌乱四处张望。他在寻找我,想让我给他解围。

"缺牙豹,不要磨蹭,赶快给钱。再不给,就算五块钱一挑猪粪,帮我家挑粪去核桃地。"豹子身后一个老妇人嚷嚷。

"就是、就是,输了不给钱,给老子手中镰刀开一回荤,一镰刀整下去,要你两个狗卵子。"豹子对面,一个年近四十的老光棍大声叫嚷着。

老光棍手里,果真拿着一把弯弯缺缺,又像石块,又像黑火炭的缺镰刀,上下舞动着。他围着桌子,小步向豹子靠近,比划着镰刀,做出就要往豹子胯下掏的动作。桌子周边一群人围着豹子,你一言我一语,跟着那个老光棍起哄,用污言秽语咒骂豹子。

人群中有几个老妇女,她们包裹的头巾有点歪,分明是赌红了眼。看着男人们有所行动,她们伸手去扯豹子衣角。估计是盼望着,可以从豹子身上,某个衣袋里,抖落出几块钱来。

"乌龟、乌龟……"豹子大声叫唤我。场子里所有人,目光立刻集中到我身上。

"乌龟,缺牙豹当庄输了的钱,你先帮他垫上……"一个老光棍向我大声叫唤。

"就是了,你一个吃国家粮,发着工资的乌龟,先帮缺牙豹垫着……"一群人跟着起哄。

"我没有钱。"我说。

"你哄鬼,不要以为我们大头老百姓好糊弄……"众人盯着我嚷叫。

突然间,我有种行走在雪峰利刃上的感觉,寒冷、孤独而无助,莫名其妙的无奈和恐惧。

"在这个坛子里抓豹子,庄家输光了钱,不用再赔桌面上欠下的赌债。"银花在我身边小声提醒我。

"大家先抽支烟,消消火、消消火。有话好说……"我边说话边撕开两包和谐香烟走到人群中,不分男女老少,一一发烟。

所有人,看到我发的是和谐香烟,一一接在手里。小媳妇们把烟揣进衣袋,老妇人和男人们当场点烟。院场上,烟雾缭绕。把太阳吓得躲进云层里。众人责骂声少了些许。豹子抽着烟,不敢言语,用愧疚的目光,来回扫视我和银花。他被众人谩骂是难免的。场面一片混乱。我又撕开两包香烟,不断发烟安抚众人。

"贼杀的,不要吵,影响爹们家手气,爹们家给你们死。"一道声音,从货柜后面房间里传来。是王老五的声音。

听了这话,闹嚷嚷的人群,突然像被擒住喉咙,一个个哑巴了。闹得最凶的几个大龄光棍,抽了几口闷烟,乖乖走人。

四

不知何时，王老五和一个年过四旬的中年男人，已站在小卖铺门口。王老五叼着大重九香烟，得意洋洋看院场里的人。他身边那个中年男人，叼着大重九，萎靡不振，瞟了我、豹子和银花一眼，又去看其他人。这个人是村完小杨校长，是这个村子里唯一一个端"铁饭碗"的人。背地里，村里人叫他"一小时"。

听李大康说，杨校长之所以得了"一小时"别号，就是因为好赌，逢赌必输。王老五嗅觉灵敏。每当杨校长领到工资，他就会嗅到。随后，领上几个小弟，一小时之内，准时把杨校长口袋里的钱骗光。杨校长成了王老五的定时提款机。看杨校长表情就知道，他这个月工资，已落到王老五手里。

"狗日的缺牙豹，有钱也不进来跟我们玩玩，送给那些老头、老奶和老光棍、小媳妇，对你有什么好处！"王老五说着话，拿眼睛瞪了一眼站在我身边的豹子。

"哦呀！我输钱关你屁事，"豹子说，"就是有钱也不输给你。"

"就你那穷样子也没几个钱。"王老五说。随后，王老五看着站在我身边的银花，嬉皮笑脸说，"哎哟哟，女大十八变，这屁股越来越大了！"说完话，他伸手往银花翘臀打去。银花一闪，躲到我身后。王老五手掌擦着我裤腿而过，没打中银花翘臀，打在小卖铺门前的阳光里，赶跑了凑热闹的山风。

"王叔，"银花勉强挤出笑脸说，"大白天，你毛手毛脚。"

"叫王哥，"王老五坏笑着说，"我老吗，叫什么王叔！"

"我爹也没大你几岁，叫你王哥不好吧！"银花说。

"你父亲那个废物提他干什么！你这小店没有我怎么开？一个月卖

几条大重九，卖给谁？不是我叫你在店里摆几张麻将桌，你吃什么？"王老五不屑地看着我们说话，使劲吸了口大重九，把浓稠烟雾像扔手雷一样，喷向我们。

我和银花本能地躲开脸，豹子瞪大眼珠直视着他。我突然发现，豹子眼睛与银花卡姿兰大眼睛，何其相似。杨校长站在王老五身后，尴尬地假咳嗽几声，没说话。王老五提到银花翘臀，我脑海里自然而然浮现出王熙凤的影子，想起豹子对王熙凤臀部的见解。我一时想入非非，分不清自己是在《红楼梦》脚本中，还是身处月华村。

"算了，不跟你们一般见识。"王老五叼着烟，伸了一个懒腰说，"下个月村委会就要换届选举喽，等我当选村支书和主任，看我怎么收拾你们。来，抽一支大重九，下个月好好帮我填写选票。"

王老五说完话，摸出大重九香烟，拔出一支递给我。我扫了一眼身边的豹子，他还在怒目瞪着王老五。

"不了，王哥。"我说，"我抽不习惯大重九。"

"你是抽不起大重九，"王老五哼哼地说，"就你那点工资，一个月够买几条大重九。好好帮我填写选票，我送给你几条抽抽……"

王老五说着话迈步往外走去，几分钟便消失在众人视野外。豹子还在怒目横视着王老五离去的方向，他鼻子不争气地在空气中嗅着，感受着大重九香烟独特气味。小卖铺里间的赌徒，一个个走出来，伸着懒腰，哈着大山深处的氧气，向院外走去。院子里，众人一个个相继离去。只有我们身边的杨校长，垂头丧气杵在小卖铺门口。

"乌龟，听说你和县图书馆张馆长很熟？"杨校长问我。

"算不上很熟，只是工作上经常来往而已。"我说。

"我和她不熟，方便的话你约他们来我们学校搞一两次读书宣传活动，顺便送给我们学校一点图书。孩子们的图书旧的旧，丢失的丢失，快没了。"

"嗯,我试试……"

我们聊了一会儿,杨校长离开小卖铺。院子里只有几个老妇人,领着几个幼儿,站在小卖铺门口看货柜上的糖果。银花走进柜台里,一边卖东西一边看《断背山》。我和豹子觉得无趣,各自抽了支烟,与银花说了几句话后,回了村委会。

回到村委会,豹子趴在床上,没说一句话。明显是为刚才输掉手艺钱生闷气。我找不到安慰他的话,只好去煮小罐茶。雨和雾,再次把月华村染成灰蒙蒙一片。我收起中午洗晒的衣服和被褥,把烧好的小罐茶端到宿舍。豹子一支接一支抽着闷烟。摆在床头柜上的香烟,被他抽了大半包。我舍不得多抽一支,怕剩下的五六包香烟不够他抽几天。没烟抽,他不肯讲故事。我忍受着难耐的烟瘾,大杯喝茶,找些话题与他攀谈。

"这个王老五是什么来头?"我问。

"哦呀!这个家伙不是个好东西!"豹子愤愤地说,"他有四个哥哥,大哥王老大是当年的村霸。"

"这个我听村主任李大康讲过,"我说,"后来好像发生一桩恶劣的刑事案件,他家弟兄几个劳改去了。听说王老大被枪毙了。"

"是的,王老大那个狗日的做了人不该做的事,该死!其他三个还在监狱里。这个王老五放出来早了,就知道祸害村里人。"

"你能给我讲讲当年发生的事吗?"

"不要提那件事,提起那件事,你就会知道生活在这个小山村会有多绝望!"豹子回答我后,痛苦地闭上眼睛。表情比刚才输钱还难看。我不敢多问,怕他以后再也不讲故事。只能任由他不断抽烟喝茶。如若没有茶水灌进他肚子里,我估计他的肺叶会自燃。

"豹子，"我说，"你能讲讲为什么村里人只叫你'豹子'，不叫你'扎西尼玛'？"

"哦呀！这些狗日的，三十年前我来的时候，他们问我叫什么名字，我说叫'扎西尼玛'。他们听了很愤怒，甚至还有人出手打过我。他们说我骂他们，骂他们'砸死你妈'。我好好听自己名字的发音，还真有些像。我就不跟他们说我的名字。"他说。

听了豹子的话，我恍然大悟。的确，豹子对"扎西尼玛"的发音，与我们这里人说"砸死你妈"几乎同音。叫这个名字，在这个地方，的确会引来麻烦。

"那他们为什么叫你豹子呢？"我追问。

"哦呀！这个、这个……"他支支吾吾不想回答我。

"不会又是同音吧！"

"不是！"

"那你倒是讲啊！"我催促豹子。

"三十年前，我来到这个村庄。那时我才二十出头，身强力壮，就住在银花外公家牛棚里。有一天晚上，一头豹子窜进村子里，伤害村里牲畜。全村人起来围剿那头豹子。豹子亡命乱窜，窜进我落脚的牛棚里。我一个人手握一节杵棒，硬生生把那头豹子打死了。他们赶来，刚好看到我打死豹子的一幕，因为不好叫我名字，就叫我'打死豹子'。后来就直接叫我'豹子'了。"说到自己名字由来，他明显神气了许多。"可是，后来在一次搏命中，我的门牙被人打掉一颗，他们就叫我'缺牙豹'。"说到"缺牙豹"这个名字，他满脸羞愧和悲伤。

"你和谁搏命过，是怎么回事？"我追问。

"哦呀！不要提，"他说，"那是我永生永世的伤痛！"

看到豹子难过的表情，我也觉得自己问得直接和唐突。只好一个劲儿给他倒茶水、敬烟,与他闲聊些不痛不痒的琐事。一天时间,很快过去。夜幕在豹子做的鸡蛋面香味中,笼罩了整个月华村。李大康他们还在乡上开会审表,村委会就我和豹子两个人守着。

晚上,我没去农家书屋看书,而是去银花小卖铺,买了两斤纯正的玉米酒,与豹子痛饮。我酒量不行,二两下肚便晕乎乎的。豹子喝下一斤多玉米酒后,变成一头真正的豹子。他面红耳赤,眼睛睁得比灯笼还大,讲话声音提高好几个八度。剩余的玉米酒,他一杯接一杯痛饮,和谐香烟一支接一支抽,故事一个接一个讲。

豹子说,那个时候月华村四周山林里,土司爷修建了三座大庙,巍峨壮丽,比他们家乡寺院还壮观。他爷爷是个木匠,应土司爷要求,分别给三座大庙各做了一张供桌。三张供桌非常气派,是用当地名贵的金丝楠木制作,人见人爱,佛见佛笑。土司爷看了赞不绝口。可惜三座大庙在战火中被毁。仅剩的大庙石基,也被村里人挖来盖仓库和学校。唯一保存下的证物,还有一张大供桌。现在,就藏在村委会里,老值钱了。好几个玩文物的商贩来收购过,村里人没敢卖。

豹子说,就在他爷爷带着众人放开手脚大干时,勐傣土司军队与来抢夺金矿的膘国军队打仗。土司军队打不过膘国军,就抓淘金人去充军。来不及逃走的淘金人,在月华村四周山林里与膘国军作战,像割麦子般,被膘国军一茬一茬放倒。那个死法,真叫尸横遍野。他爷爷手下,有一大批人被抓去打仗,都是有去无回。他爷爷拿了一大堆金矿石给土司老爷部将,才没被抓去征战。银花外公也被保住,没上战场。眼看整个矿山都要被膘国军占领,他爷爷只好带着几个人,匆匆忙忙把淘好的金沙,埋在一个废弃矿洞里,带着部分提炼好的金子跑回雪山去,留下银花外公看守藏下的金沙。不想银花外公,在后来乱战中被打死。

豹子说,他爷爷回到雪山,他的家乡相继解放。他爷爷用从月华村带回去的金子,给他们寺院里一个圆寂的活佛塑了金身。寺院里的喇嘛,传授他爷爷塑佛像手艺,他们家成了当地有名望的家族。他爷爷最大的愿望,还是想回到月华村,带走他们藏下的金沙。他父亲受他爷爷声望影响,是个藏香制作人,偶尔也塑些小佛像,手艺远远不如他爷爷。他的木匠手艺,就是他爷爷教的。他爷爷临终,反复叨念着藏金沙的废矿井位置,嘱咐他回到月华村,寻找那些金沙。于是,二十出头的豹子背井离乡,来到月华村寻找了三十多年。

豹子还往下讲。我醉酒了,在豹子面前入梦,不知道豹子后来讲什么。等第二天早上起来,头昏脑涨、昏昏沉沉。豹子早就下好鸡蛋面,喝足小罐茶。火塘边,丢满烟蒂。半包和谐香烟早被他抽完。我为自己的小酒量喊冤,担心剩下的香烟听不了几个故事。

趁李大康他们还没回来,豹子经不住我软磨硬泡。白天,只要不落雨,他便带我进入周边大山林里,与他一起寻找那个埋藏金沙的废矿洞。我们查看了几十个废弃矿洞,没找到想象中的金沙。把我累成老狗,舌头伸得老长。豹子习以为常。后来,豹子带我去参观,曾经的三座大庙遗址。

丛林深处某块平地上,我看到满地断壁残垣。佛陀的石像被敲得粉碎,佛菩萨身首异处,十八罗汉缺胳膊少腿,残破不堪。只有曾经把门的石狮子,还在幽静的丛林里面目狰狞,震慑着丛林深处的妖魔鬼怪。

遮天蔽日的森林里,太阳偶尔投下斑驳光点。我看到胳膊粗的蟒蛇,静静躺在破碎的石像堆上晒太阳。惊魂不定的小鹿,在某棵老树后面,对我们投来畏惧的目光。每遇到一座佛像,豹子都会点燃一支香烟,代替香火,敬重地跪拜磕长头。后来几天,他甚至带着土陶罐,在佛像身前煮茶敬献。晚上,我都到银花小卖铺买上一斤玉米酒,守在豹子床榻边,给他斟酒、倒茶、敬香烟。让他开金口讲故事。幸好,有一家报刊编辑部,在微信里给我转了一笔稿费,我们的烟酒钱才续上。

李大康他们回来的前一夜,我的一个问题让豹子暴跳如雷,向我疯狂咆哮。

"豹子,我问你。"我说,"据我仔细观察,银花眼睛与你眼睛很像。她不会是你女儿吧?"

"哦呀!你给老子滚!再胡说八道,瞎问烂问,老子把你舌头扯出来下酒……"

那个晚上,豹子听了我的问话,给我一顿愤怒输出后,一口气喝光一斤玉米酒。抽光大半包和谐香烟,喝下大半罐百抖茶。一个故事也没讲,蒙头呼呼大睡。第二天早上,我起来,他还在蒙头大睡。我的鸡蛋面早点,没了。我只好蹲在农家书屋,饿着肚子懊恼。好巧不巧,银花提着一小块腊肉来看豹子。她看到豹子没起床,就把肉送到农家书屋,与我闲谈。

"哥,"银花问我,"豹子叔怎么还不起来?"

"嗯,哦,"我支支吾吾回答,"他,他昨晚喝高了。"

"不是吧,豹子叔从来没喝醉过。你们两个是不是像安妮·普鲁写的一样,昨晚上一起去钓鱼?"她一脸不正经笑着问我。

"你才去钓鱼,你全家都去钓鱼。"我几乎是吼着说,"你再胡说,以后不推荐给你书看!"

银花"哦"一声,苹果脸蛋被我的言语吓得煞白。她用卡姿兰大眼睛怯生生看着我,一言不发。我知道自己失态。但看着银花大眼睛,愈加像豹子眼睛。不免呆呆盯着她看。

"哥,以后我不开这种玩笑。对不起!"她说着话,眼眶里泪花在打转。

"对不起，银花。"我说，"我这几天找了好几本外国名著。有马尔克斯的《梦中的欢快葬礼和十二个异乡故事》，有安德鲁·米勒的《氧气》，有福克纳的《献给艾米丽的一朵玫瑰》，还有……"

"哥，我看不了那么多。你不生我气就好。只要你推荐的读本，一定是好书，我拿回去看。腊肉，你和豹子叔一起煮着吃，家里还有。我回去了……"银花不等我说完，她眨着卡姿兰大眼睛，轻轻摸了摸额头，捋了捋额头上的青丝，边回我话边走出农家书屋。我为自己无端发火，悔得肠子都青了。

五

中午，李大康带着几个村干部回来。为了安抚我，他特意给我买了一条和谐香烟，一只烤鸭。村委会人多，自然热闹起来。豹子操起厨师行当，把银花送来的腊肉下了锅。吃午饭时，李大康看到我和豹子竟然还有腊肉吃，呆了好一会儿。用几句试探的玩笑话，套我和豹子腊肉从哪里来。我和豹子守口如瓶，他什么也问不到。晚上，我把李大康买给我的香烟送给豹子，又去银花那里买了一斤玉米酒，一起放在他床头柜上。他似乎忘了昨晚发生的事，我又可以听故事了。豹子抽烟，我忍着不抽。他喝酒，我忍着不喝。我怕他故事没讲完，我的烟酒就断供了。

豹子抿着玉米酒说，我们勐傣地方的酒，味道淡了些，不像他们雪山的青稞酒，还有马奶酒。他爷爷、父亲经常喝的就是青稞酒，六十多度。一口酒下去，从喉咙到肠胃，酒水到哪里就像一团流动的火苗，烧得整个肚子热烘烘。他们那个地方，喝上一壶青稞酒，吃上一只烤羊腿，抑或一大块牦牛干巴，再多的冰碴子打在脸上都没事。就算迷失在冰天雪地里，只要身上还有一壶青稞酒，还有一只羊腿子，就有活下去的希望。我们勐傣的酒,只能解解闷消消愁,喝多了还会上头。要是带进雪山,酒水都会变成冰坨坨……

豹子大口大口吸着香烟说,他家乡有一座神山,高得不见顶端,终年积雪,从来没有人能登上神山顶端。山顶住着一头纯白色的攒角公牦牛,它是神山的护山神,法力强大无比,能移山填海,能呼风唤雨,能抵御外来的所有妖魔鬼怪侵扰。

他们那个地方,天空是神灵的,大地是牛羊的,魔鬼种类繁多且无处不在。大地上所有生灵,都有神灵护佑,也会修行成神灵。满月的雪山下,美得不成样子的狐仙,会走进牧羊人家,成就一桩桩人间美事。要等每个甲子羊年,才是神山吉祥年。到甲子羊年,有条件人家,都要携家老小一起去朝拜神山,围着神山磕长头。生活在神山周围的人,都期望得到那头纯白色攒角公牦牛护佑。

豹子说,他还在母亲肚子里时,那一年就是神山甲子羊年。他在母亲子宫里,与家人一起围着神山,磕长头跪拜。如今,离神山甲子羊年没几年。他一定要在甲子羊年,回去磕长头跪拜神山。

等豹子玉米酒喝不下了,和谐香烟抽不动了,只能喝我给他熬煮的小罐茶时。浓稠的茶汁,凝实了他飘飘忽忽的思绪。

豹子一脸虔诚,眼神里满是敬畏地讲,他们家乡寺院里的喇嘛,个个法力高深,修行各种神秘莫测法门,能够预知未来和死亡。他还小时,赶上一个道行高深的喇嘛圆寂。那个老喇嘛坐在佛堂大殿正中央,接受所有人膜拜,等待他预定的死亡时间。死亡降临时,老喇嘛身上发出刺眼白光,没有温度,像一团白磷燃烧,他身边的人没有被灼伤。在白光中,老喇嘛肉身慢慢消亡,他脸庞始终带着慈祥笑容。一天后,老喇嘛肉身彻底消亡,只剩下一堆僧袍和少许毛发,他灵魂变成一束凝练的白光,射向浩瀚无际的宇宙天穹。

豹子还讲，他们寺院里曾经有位神秘的老喇嘛，一生超度过无数苦难灵魂。老喇嘛知道自己大限已至，沐浴更衣后，走进一间密闭石室，嘱咐三日内所有人不得去看望他。人们从石室细微的石缝里，看到有神秘红光射出。三日后，人们打开石室。看到石室中央地砖上，一套整洁的僧袍里，有一堆大小不一、五彩斑斓的舍利子，发着耀眼光芒。人们都说老喇嘛虹化成佛。那些舍利子，成了他们家乡寺院里供奉的圣物，现在还有人去膜拜……

接下来几个星期，我白天校对经济普查表，豹子当村委会厨师。晚上我们共处一室，他喝酒喝茶抽烟讲故事。我听他讲故事，给他斟酒倒茶敬烟。空闲时间，我窝在农家书屋看书写东西，银花和村里一些学生，陆陆续续来借阅图书。

听豹子讲故事，我文思泉涌，犹如神光附体，短短十几天写了一篇两万多字的《月华村前世今生》的纪实散文，投给市日报社。市日报社用两周时间，在副刊版面上连载。

单位领导第一时间来电祝贺我。含蓄地表达等我回去后，要重新负责单位公文写作工作。单位领导还转给月华村几千块慰问经费，让李大康他们好好关照我的生活。把李大康高兴坏了。我虽然在月华村下乡，单位领导还是陆续让我给他们写讲话稿。每篇稿子，我几乎一气呵成。

因为银花隔三岔五来借书的缘故，在干经济普查工作，听豹子讲故事的同时，我也没忘记杨校长的话。通过与县图书馆张馆长电话联系，月华村进入初秋，天气好转的时日里，张馆长带着馆里工作人员，把图书流动大篷车开进月华村小学。在学校操场上，摆出几千本儿童读物。十几个阅读宣传展板一字摆开。

月华村小学的孩子，一个个抱着书，乐呵呵蹲在操场上翻阅。张馆长和工作人员，忙着给学校宣讲阅读的重要性，指导学校图书室的图书上架管理，给学生拍照留影。我跟在张馆长身边，做些协助工作。张馆长对月华村孩子渴望知识，喜欢阅读的习惯感到欣慰，愉悦地送给了学校一千多册儿童读物。杨校长，又是感谢张馆长又是感谢我。整得我尴尬至极，去也不是留也不成。

张馆长率众来月华村，多多少少与我有些关联。她提出要到村委会农家书屋看看，这既是她业内的事，也算他们走访基层一线的见证。李大康让我陪同张馆长众人，他去准备伙食，豹子下厨。

张馆长和工作人员走进农家书屋，看到各类书籍分门别类，摆放得整整齐齐、干干净净，借阅登记簿里记录得清清楚楚，众人既吃惊又感动。她知道我爱读书，喜欢写点小文章。料定，农家书屋是我打理。来之前，我在电话里向她委婉表达过，书屋里农村科技种养殖、病虫害防治等，农村实用书籍偏少，希望她能支持一些。检查了农家书屋，她给月华村留下五百册农村科技类书籍，几十套农村种养殖教学视频光碟。她还自带伙食费，交给村委会三百元钱。搞得李大康一群村干部，又是羞愧又是感动。

为感谢张馆长慷慨捐赠，李大康硬是从一家农户里，购买一头五十多斤的小乳猪，拉到村委会杀了做晚餐。有豹子在，不怕做不出好饭菜。一头小猪，加上月华村的洋瓜、南瓜……豹子用了一下午，做了猪肉红生、酸生、精肉小炒、油炸排骨、炸粉肠、红烧肥肠、茶叶凉拌猪肚、卤猪肝、卤猪蹄、火烧脆猪皮……炒洋瓜丝、煮南瓜、猪头骨炖洋瓜、猪血煮酸腌菜……

我们一群人在村委会大院里，拉出四张木桌拼接成一张大桌子，满满当当摆上二十多道菜肴。张馆长一行人，看到如此丰盛的农家菜品，个个拍手称绝。

开饭了，杨校长屁颠屁颠提着一大壶自酿玉米酒来参加宴席。酒席从下午吃到晚上，李大康醉了，豹子醉了，杨校长醉了，张馆长等人勉强能自持。我一个人送县图书馆众人上车出村。等送走了众人，上旬月已偏西。我也是酒气上头，头重脚轻走回村委会。

路过一块玉米地时，我看到银花一个人站在路边。她身着一套深蓝色牛仔休闲装，白球鞋，扎着马尾辫，卡姿兰大眼睛出神地看着坡地上已经成熟的玉米发呆。酒精使然，我以为看到豹子讲述雪山下偶尔会显现的狐仙，抑或是我当年的初恋阿萍。一时间，我竟移不开目光，痴痴看着她出神。

"哥，"银花问我，"你怎么了？"

"你是人还是狐仙？"我痴痴傻傻问银花。

"我有那么好看吗？"

"有、有，"我说，"你是月亮底下最好看的人。"

"豹子叔呢？"她羞怯怯问，"豹子叔怎么没和你一起来？"

"他喝高了，"我说，"你怎么一个人站在村边？"

"哥，你看玉米地里，那些已经开着白色小花的蒲步草，它们埋藏着我童年最美好的记忆。"银花没正面回答我的问话，她指着月光下，玉米地里一片灰蒙蒙的小草对我说。

我看不清楚，歪歪斜斜走到路边。果然看到玉米地里，长得齐腰高的蒲步草，开着白色小花。在勐傣坝，这种小草到处都有。它的汁液，微麻且苦涩，是很好的刀口药。牲口不吃这种草。它们在哪，都能大片大片生长。小时候，赶上冬天夜晚，我们经常四仰八叉躺在这种草地上看月亮。

"你们村子的玉米酒劲够大，这月光真好！想念你们这个年纪的好时光。"我说着话，跟跟跄跄走到地边，按倒一大片蒲步草，坐在上面。

银花走到我身边，也按倒一大片蒲步草，与我并肩坐下。月光怯生生打在我们身上，把我们两个的影子拉得老长。她身上淡淡的香气，和着蒲步草的中药味，一股脑儿灌进我肺叶里。

我脑袋里飞进去一只花蝴蝶，翅膀不停扇动着，眼前幻灯片般出现阿萍的影子，妻子的影子。还有刚刚送走，脸蛋喝得绯红的张馆长的影子。她们个个女人味十足，令我想入非非。

最老火的是，银花井喷式的小萝莉气息，熏得我手不知往哪放，眼睛不知往哪看。我们就那样静静坐着，听入秋后夏虫在玉米地里不甘心地嘶鸣，感受月光下月华村无边无际的安静。我体内，雄性荷尔蒙气息疯狂分泌。我在心里一遍遍喊着：该死的玉米酒！月亮真会惹祸！！

"你们这里的夜晚真美，我都不想回家了！"我故作镇定地说。

"哥，我给你讲讲小时候我在蒲步草地上的故事吧，你愿意听吗？"

"愿意！"虽然银花没接我的话，我却迫不及待回答。

"我十几岁时候……"

银花用如月光般幽静、温婉的口吻，慢慢向我诉说她美好的少女时光。我脑袋里那只蝴蝶，随着血液里酒精的沸腾，疯狂舞动。

银花从月光里开始讲述，故事多半埋藏在蒲步草丛里。她说早已掰完玉米苞的山地里，灰白色的蒲步草花开满山坡。这些花儿略带香气，朵儿满是灰白色花粉，粉儿粘在衣物上无关紧要。这种很有集体意识的花儿，它们能够在玉米坡地上连片开放，有些地方一个谷地连着一个坡地，一个坡地又接着一个谷地，开得甚欢。月光掩盖下，放眼望去无边无垠，成了花的暗洋。更美妙的是这种草儿，枝叶和花朵柔软，不长毒刺和怪毛，高不过半腰，借着点坡度，很适合人体在它们身上翻滚。这种翻滚，银花只管叫"滚草坡"。我们勐傣城里，有人叫它"滚鸳鸯坡"。这种游戏，是银花儿时最爱玩的。

银花说，坐在月光下，会让她兴奋，特别是冬天有月亮的夜。她小的时候，瞧不起她、把她当作小屁娃娃的大哥哥大姐姐们，都是怕羞鬼和自私鬼。月光下，大哥哥大姐姐们，躲在黑暗的树荫底下蠢蠢欲动，成双成对抱作一团，干着两个人的私活儿。而银花她们一群小孩子，总是披着月光，在蒲步草花开得正欢时，去收完玉米苞的坡地滚草坡。

银花说，滚草坡是一项技术活儿，是培养男士风度的实地课堂。滚草坡时，要把衣扣扣紧，把裤腰带扎紧。免得滚到半坡时，如同青蛙敞开肚皮，或把裤子滚脱了。那样在异性朋友面前，会颜面扫地。滚草坡时，要双手抱着头，尽量用双肘护住嘴脸，特别是鼻子。冬天的夜晚，让鼻子碰到裸露着的硬土块，会钻心疼痛。如果痛得哭出了声，那会彻底没面子。滚草坡时，一定要先让男孩滚下去，开辟出一条稍微光滑柔软的通道，并在坡脚充当人墙，挡住随后滚下来的女孩。

听银花这样讲，我感觉自己，已在蒲步草花开满山坡的地块上，率先滚下去。

银花越讲越兴奋。她扬起粉红的苹果脸蛋，眨着卡姿兰大眼睛，看着醉眼蒙眬的我说，在月光下，在彼此欢呼声中，小伙伴们一个接一个往下滚，然后是一群接一群往下滚。滚了一遍又一遍，滚得身上衣服统统变成草绿色。在滚动中，无意中碰到异性私处，谁都不会在意。他们欢快的喊叫声，把月光彻底搅碎在坡地上，干着大集体活计。

当然，滚草坡也有玄机，特别是年纪大些的小伙伴。他们会一对接一对，滚着滚着便消失在草坡上。遇到这种情况，银花很着急，她会在蒲步草丛里拼命寻找，结果是徒劳的。第二天，小伙伴相约到河边，清洗滚成草绿色的衣服。便会发现，前一晚在草坡上滚"丢失"的那几对，他们会避开伙伴们，到河岸另一边清洗。于是，大家便明白。用不了多久，有人会离开滚草坡队伍，逐渐发展成树荫下干私活的家伙。

银花讲到干"私活",我心里莫名地惊悸与期待。我想,现在我和她算不算干私活。我很遗憾我的少年时代,没与阿萍滚过银花说的草坡,没和妻子滚过。乘着酒兴,如果现在就是冬天的月夜,我会恬不知耻地邀约银花,在某个开满蒲步草花的坡地上,弥补我的遗憾。

"我儿时的玩伴们,就是在这种滚草坡的游戏中,一个个滚大,两个两个滚成一对,一对一对滚成新的一家,过着现在我们所谓的家庭生活。现在只剩我一个人,真希望有人能陪我一起滚草坡!"银花说着话,眨着卡姿兰大眼睛,痴痴看着我。在她眼神里,我只看到一个意思:你敢陪我滚草坡吗?

我不敢与银花对视。脑袋里疯狂飞舞的那只花蝴蝶,扯下它斑斓的翅膀,鲜血淋漓。我看到花蝴蝶残缺的翅膀上,映照着在一片开满蒲步草花的山坡上,有一个我心仪的女人,搅碎满世界月光滚下来。我用双手接住她。她不是阿萍,不是妻子,也不是银花。而是豹子给我讲述过的,他们家乡雪山上,一场万马奔腾而至的雪崩!

我突然间想抽烟,在口袋里摸了半天,才想起烟放在宿舍里,豹子的床头柜上。近一段时间,我买烟买得勤快,但身上几乎没带烟。

"这玉米地太潮,"银花说,"我的屁股都湿了。哥,你的湿了没有?"

"哦,好像也湿了。"我说。

我们的确在蒲步草丛上坐了很久。沉默,成了我们彼此间最后一道防线。我晕乎乎站起,银花也站起。我们开始往村子里走。月亮已慢慢移步向西山头。山村静悄悄的,水泥路面变成灰蒙蒙的长带子,多数农家院子里的灯光已熄灭。酒精还在持续麻痹着我的大脑,我走路跟跟跄跄。好几次,银花打算伸手扶我,但我始终没让她搀扶。

"你今晚不用守小卖铺?"

"我给自己放一个晚上的假。"她说,"没意思,小卖铺一开门,一群赌鬼就挤满整个屋子。"

"你要留心些，提供赌博场所和器具，人家要是来查处你，你背的责任可大了。"我说。

"我知道，"她说，"如果没有那群赌鬼，我的东西也只能卖给空气……"

银花怕我摔倒，把我送到村委会门口，她才自个儿回去。我站在村委会大门口，看着渐行渐远的银花，有一句话，我很想问她：你会不会织毛衣？但我始终没问出口。

六

夜已深，我推开村委会大门，里面静悄悄的，李大康他们早回家了。我走进宿舍，豹子四仰八叉躺在床上呼呼大睡，一个地面全是烟蒂。豹子真的醉了。我打开他的被褥，给他盖上。

我整个脑袋晕得不行，打开被褥准备入睡，妻子打来视频电话。她斜靠在沙发上，鹅蛋形的小脸蛋贴着沙发靠枕。细碎的散发，懒懒地铺在身后。她的眼皮有些浮肿，明显是没休息好。妻子拉了拉衣角，给我一个甜美的笑脸。

"还没睡？"妻子问。

"就要睡了。"

"最近天气有点凉，"她说，"一个人睡在大床上有些冷。"

"你可以盖凉被。"

妻子听了我的话，笑容僵硬了些，但仍旧对着我笑。她一手拿电话，一手抓过一件织了一半的毛衣，在手机那头晃来晃去。

"女儿的毛衣我已经织好，"她说，"你的织了一半，拆了又重新织，织成这个样子。"

"不要太辛苦,天气还没转冷,不着急。不会你可以问问你们毛线群里的人。"

"我怎么就织不出你那个初恋阿萍的水准呢?"

"她编织的每一针里都有故事。"

"就你们有故事!我让你们有故事!"妻子边说话边把毛衣扔在茶几上,坐直身体,鹅蛋形的小脸蛋气得红扑扑的,瞪着杏眼鼓着腮帮看我。我感到后脑勺的头发都竖了起来,酒气吓退一大半。我们默不作声,注视对方十几秒钟。妻子意识到她失态了。她捋了捋身后散发,重新靠在沙发上,露出甜甜的笑脸。我喜欢她靠在沙发上,露出笑脸的样子,像只撒野的小馋猫。在沙发上,她这个笑脸,曾经为我们制造与保留了多少美好的往事和记忆。

"你在下面村里要注意身体,不要整天疯疯癫癫。"妻子说,"我听说月华村的姑娘,勾引男人贼厉害,你要小心些。还有,你天天和那个豹子抽烟喝酒,两个老男人同处一室,不要闹出什么笑话来。"

"你放心,不会的。"我说。心里却想起银花,想起之前和银花坐在蒲步草地上的场景。再看看睡得像死猪一样的豹子,不得不相信,女人的第六感准得吓人。

"都快两个月了,没抽烟钱了吧?"

"哦,还有。"我说,"这里不费钱。"

"不要硬撑着,转给你两千。"妻子说。

"好吧。"

"夜深了,我挂电话了。晚安!"她说完话,挂了视频电话。在微信上给我转了两千块钱。

妻子很少一次性给我转超过千元的生活费。自从我们结婚后,我的工资卡就归她管，她在家里做全职太太，照顾我和女儿。她未过门之前，她父母对我提的唯一要求，就是过门后要由她掌管家里的经济。我应允了他们的要求。因为我的父母、阿萍的父母都不同意我和阿萍在一起，我和阿萍分手后，阿萍便远走他乡。我的青春和爱情，与阿萍的出走一起死亡。妻子是长辈之间做媒嫁过来的，为讨长辈们欢喜，我成了工具人。

上旬月早已沉下西山头。夜，黑得不成样子。村庄四周丛林里，不知名的夜鸟拼命卖唱着，撕破了黑暗脏器。一个人面对黑暗，内心会平静下来。就像电脑硬盘被格式化，回到初始化状态。我想家了。也忘不了过去与阿萍在一起的美好时光。

上高中时，我因身体原因，休学在家务农过一段时间。那段时间，我经常去县图书馆借阅图书，认识了同样爱借阅图书的阿萍。我们生活在勐傣城周边村落里，栽秧、薅秧、割谷子、收玉米、砍柴、放牛、割胶、收胶……是勐傣农村人永远做不完的农活。我与阿萍也不例外，阅读不耽搁我们干农活。

阿萍家所在的寨子，四面都是丘陵，种满橡胶树，离我们寨子不远。她比我小一岁。我们相恋在冬天，勐傣坝子开始栽种霜季稻时节。那个清晨，她和她们寨子的姑娘，系着刀篾箩，戴着不新不旧的笋叶帽。她们叽叽喳喳像一群喜鹊，从她们住的那个橡胶林寨子，赶来我们寨子栽秧。我内心窃喜，外表却颇显狼狈地挑着秧，在田埂上走过、滑倒、散秧，最后和她们一起栽秧，爱情的火花就那样擦起。

从那以后，每到夜晚，我们以交换图书为借口，常常在她们寨子外的橡胶林里幽会。夜空下，我和阿萍时常坐在某棵橡胶树干下，借着月光偷看对方一眼。如果谁的手先触碰到对方的手，都会为此羞愧沉默不语。

有时我们双方邀约小伙伴，在橡胶林边打嘴皮战。闹得她们寨子里的狗全都吠起来，睡在木板楼里的老人们，便用脚后跟使劲跺着楼板叫骂我们。可青春的荷尔蒙，岂是他们那些老人类和不知情的狗能够阻挡得了！就算他们把楼板跺垮了，把账算在我们头上，让我们赔偿又有何妨！！青春有的是气力和激情！！！

现在，穿过岁月编织的网，我与不知在何方的阿萍，彼此都只剩下回忆。

张馆长回去了，银花也可能熟睡了，经济普查工作也干完了。不出意外，过两天我也可以回家了。想想正在读书的女儿，靠在沙发上的妻子，我还是想家。就要回家了，我想着想着，终于沉睡过去。等我醒来，天已大亮，豹子还在呼呼大睡。我口干舌燥，去厨房煮茶水喝。李大康笑眯眯从村委会大门口走进来，腋下夹着一个鼓鼓的黑塑料袋。

"乌龟，乌龟，"李大康叫我，"这么早就起来，没事就多睡会儿。"

"有事吗，李主任？"

"给你买了两条和谐香烟，银花小卖铺里就只有这两条。"他说，"自酿的玉米酒都放在厨房里，你要喝自己去拿。你又是写文章又是给我们和学校讨要书，真是感激不尽。"

"哪里，哪里。"我不好意思地说。

"走，我带你去看一下我们村的镇宅之宝。"他边说话边把香烟塞给我，又拉着我往村委会后屋的储藏室走去。

走过几道门，一楼一间不起眼的小屋子，门板上挂着一把大锁。这是村委会重要的储藏室，我没进去过。李大康三下两下，打开大锁。里面黑漆漆一片。他顺手在墙边，拉亮屋子里的白炽灯。三十多平方米的屋子里，摆放着一件两米多高，三米多长，两尺多宽的东西。用一大整块半新不旧的车棚布，严严实实盖着，看不出是什么东西。

"你猜是什么东西？"李大康对我神秘一笑，问我。

"不知道。"我回答。

李大康没绕弯子，走上前去，几下把整块雨布掀开。一张古铜色的八仙大供桌，穿越无尽岁月，呈现在我眼前。

"这是土司年间留下来的宝物，听说是豹子他爷爷制作的。以前放在山林里的大庙中，大庙被毁之前，被人抬回来了。"李大康兴奋地说。

我走到大供桌前，带着震惊和无比虔诚的心情，伸出右手轻轻抚摸大供桌的一角。过去的无尽岁月往事，无数个神灵，一件件一个个向我涌来，奔进我脑海里，豹子的爷爷就是其中最鲜活的一个。豹子的故事，全在我脑海里活过来。我直挺挺杵在大供桌前，说不出一句话。

"以前我们周边有三座大庙，每座庙里都有这样一张大供桌，可惜其他两张都被毁坏了。"李大康说，"这个大供桌高二米四，长三米二，宽二尺六，四个柜脚的厚度在七寸以上，三块供桌板厚度在四寸以上。是用上千年的金丝楠木材质做出来的。板面上的金丝纹路，手都可以触摸到，供桌的每个卯榫拼接，没有一根铁钉……"

李大康不停地解说，我什么也听不进去。因为他说的内容，豹子说得更详细。我感叹豹子他爷爷精湛的木工手艺。惊叹百年前月华大地上天才地宝之多。敬畏神灵在这块大地上行走时，留下的每个印迹。

"几年前，一个古玩家给这张大供桌出过价，都快到六位数了。"李大康说。

"你们要卖掉它？"我惊讶地问。

"不是、不是，"他连忙摆手说，"我们哪敢卖老祖宗留下的东西。市文物部门来鉴定过，这东西不能单独用金钱来衡量，它承载着我们村的历史。只要我在村委会一天，就不会卖掉它，也不许别人打它的主意。"

"你是个有良心有担当的好主任！"我由衷夸赞他。

"那是必须的，"他自豪地说，"带你来看呢，主要是想让你再帮宣传一下我们村深厚的历史文化底蕴。"

"好，我一定尽力！"

"乌龟，我得提醒你，王老五那群人你少接触，他们不是好人。好好的月华村，就是因为有他们那一小撮，把一个村子名声败坏了。"

"哦，我记着了。"

"还有，豹子你让他少喝点酒。他酒后脾气大得很。"李大康说，"再说他酒醉了，谁来给我们下厨？"

"我记住了，李主任。"我说，"我就想问问你，豹子和银花是什么关系？"

"你想知道？"

"想！"

"你得答应我一个要求。"

"答应。"

"好，我先说要求。"李大康嘿嘿诡笑着对我说，"明天开始，我们要进入村级换届选举，你留下帮我们村写写公告，写写新闻报道，帮搞一下换届选举宣传。"

"这……"

"你们单位领导我很熟，我向他们请示要人，"他说，"再说，全县都搞村级换届选举，你们单位也要抽调人。你在我们村也算是你们单位抽调的工作队。"

"好嘛。"我说。

"我告诉你，"他把嘴巴凑到我耳边小声说，"银花就是豹子的女儿。"

"是吗？"我惊诧地问。

"你看看他们的眼睛不就知道了。"他说，"豹子和银花家有许多纠缠不清的往事，这和王老五他们那几个狗日的黑心兄弟有关，一言两语讲不清楚……"

李大康的手机响了，他站在屋角接听电话，半天没讲完。我们的对话被迫中断，我最想获知的信息被卡住，心里极难受。我回到宿舍，豹子懒洋洋地靠在床榻上。

"一大早去哪里了？"豹子打着哈欠说，"你们这个玉米酒，喝多了头痛。去，给我煮一罐早茶来喝喝。要不然没力气给你们做早饭吃。"

我默不作声，把李大康买给我的两条香烟，丢在豹子床榻上。他毫不客气地撕开一包，点火抽烟。我跑到厨房里，给他煮了一罐浓稠的小罐茶。喝了茶后，豹子精神多了。他开始下厨，给我们做早饭。

中午，我接到单位领导电话。与李大康说的没两样，他们果然让我继续待在月华村，参加村里换届选举工作。下午，有几个县级单位抽调的工作队员陆陆续续到来，其中还有两个女同志。村委会愈加热闹。

七

吃过晚饭，我在厨房里找到一大壶玉米酒。我烧好一罐百抖茶，连带玉米酒一起端到宿舍。给豹子斟酒倒茶敬烟，让他开讲。豹子讲得兴趣正浓时，宿舍门被人踹了一脚。"咣当"一声，有一个人叼着烟，大摇大摆走进来，是王老五。

"哟、哟，两个老男人，还抽烟喝酒喝茶，日子过得滋润嘛！"王老五斜着眼，吐了一个烟圈对我们说。

"哦呀！这里没你的位置，你滚！"豹子从床上站起来，毫不客气向王老五下逐客令。

"你这缺牙豹，我没工夫搭理你。我是来看乌龟的。"王老五的目光从发怒的豹子身上扫过,停在我身上,勉强挤出一丝笑意,看着我说话。

"找我何事?"

"不是要换届了吗,"王老五说,"你是个文化人,好好帮我在报纸上写几篇文章,等我当选了村主任和支书,有你的好处。"

"这我做不了主,选谁是你们老百姓说了算。"我说。

"他们算个屁,月华村能有今天,不是他李大康那个舔狗干出来的。是我带着村民发家致富,才有月华村的今天……"王老五大声说着话,他从衣兜里掏出两包大重九,丢在我床榻上,大摇大摆走了。

等王老五走远,豹子从我床榻上夺过两包大重九,撕开一包,取出一支点火就抽。他长长地吞吐了几口烟雾,一脸享受。

"哦呀!这王老五就不是个东西。"豹子说,"大重九抽着就是带劲……"

那晚,豹子的故事讲得特别多特别顺。他讲了他们家乡除了喇嘛法力高深外,还有一些单独存在的法师。那些法师不住在寺院里,独自成一个教派,多半在山林或崖壁上修行,他们即使是身首异处也死不了。去哪里都能御风飞行。那种教派,是他们先人最早信仰的教派,现在还有许多人信仰。

随着故事讲得越多越玄,豹子抽大重九就越狠,玉米酒一杯接一杯喝,小罐茶被他喝得干干净净。我怕他不讲故事,舍不得抽一支大重九。后半夜,豹子讲到他和几个朋友徒手打死过一头熊。我不知道真假,没有反驳他。再后来,我们都睡着了。

第二天早上,李大康召集工作队,召开村级换届选举工作动员会。安排给我的任务,是书写换届选举公告,搞好宣传报道。会议后期,工作队员发表个人意见。

两个县城来的女同志抱怨，村委会生活条件太差，特别是厕所。那群在茅坑里抢屎吃的老母猪，把她们吓得半死。李大康只得尴尬地赔着笑。我说，要吓退那群老母猪，得找豹子。一言既出，我的发言成了焦点。

会议结束后，豹子把他上厕所专用的竹棍，靠在村委会门口。几乎所有工作队员上厕所，都不会忘记带那根竹棍。

换届选举工作，是一件累人的事。很多个晚上，我们跟随李大康，到各个村民小组召开群众会议。每次会议，李大康都要让我给群众讲换届选举工作纪律、要求、意义等。我不喜欢在人多的场所抛头露面，更别说发言讲话。开始几次，我赖着不讲。李大康想了个法子，晚餐让我喝上几杯玉米酒。到会场，我晕乎乎的，胆子却大了很多，开口就讲，但都跑题了。

记忆中，我参加过十几次群众会议，讲了十几次话，都在宣传农村科技种植、养殖，冬早蔬菜栽种技术，讲科学、卫生、读书学习等方面知识。换届选举的事情，我没讲过。李大康没生我的气。群众看我东拉西扯，讲了许多废话，就小声"乌龟、乌龟"地叫我。我听了，不生气。走进人群中，掏出香烟发给大家抽，缓解尴尬氛围。后来，孩子们遇到我就喊"乌龟叔叔、乌龟大爹！"我也不生气。

通过半个月群众会议，换届选举工作宣传效果如何，我不清楚。但到农家书屋借书的人多了，都是村民和学生。高年级学生来借《格林童话》《一千零一夜》《安徒生童话》《古希腊神话》等读物，低年级学生借连环画书籍看。识几个字的村民借《大牲畜养殖》《人工培育木耳》《土鸡养殖》等书籍，不识字的借与农村科技相关的光碟。银花三天两头来借汪曾祺、于坚、莫言等作家的著作看。她每次来农家书屋，要翻看小半天。

白天，我除了写换届选举公告外，多半时间守在农家书屋。晚上，仍旧继续听豹子讲故事。

单位领导知道我在月华村，大力宣传农村科技种养殖技术，就给月华村捐赠了上万平方米的塑料遮荫网，十几吨大棚钢架，还有一批猪仔和鸡苗。李大康发动愿意搞种养殖的农户，到村委会免费领取材料，搞种养殖产业。绝大部分村民，到村委会登记领取遮荫网、大棚钢架、猪仔和鸡苗。

大半个月后，我走到村组，群众对我客气了许多。各家园圃地里，都搭着大大小小的蔬菜棚，栽种着小米辣、西红柿、茄子、花菜、扁豆等反季节蔬菜。院子里跑满小猪小鸡。"乌龟"这个名字没人叫了，都叫我"兄弟"或"叔"。

豹子的故事永远讲不完。他讲他们家乡魔鬼种类之多，魔法千奇百怪。讲生长在雪山上的虫草，传说中的雪莲花……只是讲到关键处，他就说大重九好抽。我没办法，只好一次一包两包到银花小卖铺去买。自己一支舍不得抽。实在忍不住，就抽一支和谐香烟。

每次，我到银花小卖铺买香烟，王老五他们都在货柜后面的房间里打麻将。银花的小卖铺，一直是村里最热闹的地方。有一次，王老五出来拦住我问话。

"乌龟，"王老五问，"我的文章你写了吗？"

"写什么？"我反问他。

"写我发动月华村老百姓采摘松茸、木耳这些山货的经历。写我收购村民的山货，给老百姓增加收入，为群众谋发展的故事啊！"王老五恼火着说。

"我写不好，文笔有限。"

"我的大重九不是好抽的，只拿好处不办事，那不行。"王老五说。

"我买还给你两包大重九。"我说。

"不稀罕你买的烟。我的烟想抽就抽,没有那样便宜的事情……"王老五忍不住吼我。银花用眼神告诉我,赶快走。我放开脚步就走,回去听豹子讲故事。王老五在后面骂骂咧咧,咒骂空气。

听豹子讲故事之余,我写了几篇月华村换届选举工作的开展情况。譬如《村级换届选举工作深入大山的月华村》《月华村三个抓实营造风清气正的换届选举工作氛围》《换届选举工作月华村这边风景独好》等,先后在县讯、市日报等处发表。乐得李大康见人就夸,我文笔如何了得。我得意忘形。晚上听豹子讲故事,听到兴奋处,在宿舍里大吼大叫。有时候,学着豹子豪饮几杯,跟着豹子瞎唱他故乡的山歌。夜里,一个村委会只有我和豹子的嚷嚷声。

同住的几个工作队员,特别是女队员,对我和豹子意见很大。她们反映给李大康,让我和豹子收敛些。有一次,李大康趁着没人,找上我。

"乌龟,虽然你会写文章,但你不是李白。"李大康不好意思地说,"晚上喝酒,拜托你和豹子声音小点。"

"哦呀!是啰、是啰。"我学着豹子口吻回答李大康。

到了晚上,我和豹子仍旧我行我素。几个男工作队员没办法,相继跑到我们房间,一起喝酒喝茶抽烟闲聊。独有两个女队员,用床单严严实实堵住宿舍门窗。白天相见,不搭理我们。

白天,工作松闲些,我和豹子带着砍刀和铁锹,按照他的记忆,满山林寻找废弃矿洞。我们在大山林里,唱"大王叫我来巡山,我把人间转一转……"惊吓得鸟群和小动物,四处逃窜。

我们始终没找到豹子爷爷藏下的金沙,就去膜拜三座大庙遗址。豹子教我堆玛尼堆。我们拾起大庙的部分断壁残垣,拾起残破的佛菩萨石像,分门别类堆砌。豹子在玛尼堆边,拿出我给他买的大重九,三支又三支点燃,虔诚地敬献在玛尼堆上。我嗅着浓香的大重九香烟气息,心疼得要死,却不敢说他半句不是。

豹子给玛尼堆敬献他煮的小罐茶,让我学他围着玛尼堆磕长头。他说能给我们祈福消灾,带来好运。他磕得极认真,一遍又一遍围绕着玛尼堆匍匐跪倒又起来,一次次五体投地,一磕就是几个小时。我学着他的姿势,磕了几次,嘴巴总是啃到泥巴和枯叶,感到无趣。只能静静坐在林子下,忍受蚊虫叮咬,等待他磕完长头才下山。

八

我在月华村的生活,的确有些肆意忘形。银花经常来农家书屋,找我聊文学。她的卡姿兰大眼睛,眨呀眨,比每本名著里的女主角都勾人魂魄。若不是妻子一次次与我视频,周末女儿一声声清脆地喊我"爸爸",我真会在农家书屋,发生一些我这个年纪不应该有的故事。

换届选举工作,接近尾声的一个晚上,我和豹子在宿舍里谈天说地。王老五带着几个兄弟,踹开我们房门。他气势汹汹上前来,一把揪住我衣领,把我拽起。

"乌龟,你是嫌自己活得长了,不长记性。"王老五说,"你是真正的乌龟王八蛋!"

"我、我惹你什么了?"我吓得结结巴巴反问王老五。

"你在村委会吵吵闹闹,影响我们休息。"王老五大声吼我。

"就是,就是……"王老五的几个兄弟附和着说。

"哦呀!放下他,你个王老五算哪根葱!村委会在村西头,你们家在村东头,隔着几百米远,咋个影响着你们!"豹子跳到我前面,手里拿着酒壶,对着王老五吼。

"你狗日的缺牙豹，敢跟我们凶。信不，敲掉你所有的牙齿，让你变成无牙豹！"王老五怼豹子。

"哦呀！凶你又怎么样，别废话，有本事就先把我打死。像以前你那几个哥哥一样，下死手打我。怕你们，我就不叫扎西尼玛！"豹子一把推开王老五揪住我衣领的手，用酒壶指着王老五大声吼。

跟王老五来的几个年轻人，齐刷刷围上来，就要动手打我和豹子。豹子站在我前面，眼睛瞪得比灯笼大，震慑住几个围上来的人。关键时刻，李大康带着几个村干部，冲进我们宿舍。

"你们干什么？"李大康大喝。

"干什么，与你无关！"王老五说。

"王老五，你目无法纪，换届工作队员你都敢殴打。还有你们几个，跟着王老五胡闹，你们不知道这是犯法吗！"李大康指着王老五一伙人，大声指责。几个跟着王老五的人，看着围拢来的人越来越多，心虚了。豹子仍旧站在我前面，没退让半步，我感到从未有过的安心。

"你李大康算个球，就是政府的跟屁狗。"王老五说，"兄弟们，咱们走，以后山不转路转。"

王老五说完话，带着他的人走了。李大康询问我一番后，嘱咐我要多加小心，带着村干部回去了。众人退去，我和豹子一夜无话。我不敢问他，关于他和王老五兄弟之间的过往。那一晚，如果没有豹子站在我身前，我肯定会对下乡生活产生阴影。

两天后的早晨，我和豹子还没起床，李大康把我叫醒，拉去一边问话。

"大供桌被人盗走了，最近只有你和我去看过。"李大康说。

"我有盗走它的理由吗？"我反问。

"我们都有嫌疑。这几个晚上，你住在村委会，发现什么异常没有？"

"我和豹子每个晚上窝在宿舍里,外面的事我不知道。"

"这件事,你先不要声张,我已经报案了。上边会派人来调查,很快就会有结果。"他说。

"好……"

我们没事一样,向其他人隐瞒了大供桌被盗事件。借着与李大康独处,我向他询问豹子与王老五之间的恩恩怨怨。李大康把他知道的告诉了我。

李大康说,当年,豹子的爷爷在月华村带人淘金,银花外公就是他的小喽啰。因为战乱,豹子的爷爷将一大堆金沙,埋藏在一个废弃矿洞里,逃回雪山去,留下银花外公看守。可惜银花外公在战乱中死去,只留下银花年幼的母亲。王老五家有弟兄五个,人丁兴旺,个个霸道不讲理。在过去的三十多年里,村里哪户人家都怕招惹到他们家。王家人把银花的母亲当作童养媳,打算养大后嫁给他们五兄弟中的一个,顺便再去寻找金沙。银花的母亲长成少女,没几年就要与王老大成亲。不想,豹子来到月华村。

王家人知道豹子来寻找金沙,故意把他留在家里好生招呼着,想让豹子帮他们寻找金沙。豹子住在王家,寻找了几年,无果。银花母亲长成大姑娘后,爱上豹子。二人私下有了鱼水之欢,怀了银花。王老大知道后,恨死了豹子。

就在那个节骨眼上,豹子的妹妹,一个叫央金卓玛的女人,找到月华村来。奉豹子父母的命,要带豹子回雪山去。王老大看到央金卓玛长得漂亮,起了歹心。

五兄弟一番谋划后,让王老五把豹子支开。其他四兄弟,把央金卓玛强行拉到后山,四兄弟轮流强暴了央金卓玛。并把她活活打死,丢进矿洞里。豹子知晓后,与王家兄弟展开殊死搏杀。被五兄弟打得只剩下一口气，还敲掉一颗门牙。王老大不解恨，强行把银花母亲，配给他的一个跟班兄弟。就是现在银花的养父，一个从小患小儿麻痹的男人。

如此恶劣的奸杀事件，上级公安部门介入调查，把王家五兄弟拿去严惩了。王老大被判枪决，王老二、王老三和王老四被判处无期徒刑，现在还在服刑。王老五判了五年有期徒刑。刑满回村后，王老五一如既往霸道。但他带领村里人采山珍，贩卖山珍，为村民增加收入。可他染上赌博恶习，村里凡是与赌有关联的事项，都与他脱不了干系。

央金卓玛的惨死，彻底改变豹子的人生轨迹。他认为是他害死了妹妹，祸害了银花的母亲，罪孽深重无边，要留在月华村做牛做马赎罪。豹子父母和亲人几次来请豹子回去，他硬是不回去。他父母没办法，说等他在月华村罪赎够了，如果神山羊年他还健在，就回去绕神山磕长头消灾祈福。他们给了银花养父一笔钱，让那个患小儿麻痹的男人，好好抚养银花长大。

豹子留在月华村，哪家有事，他都去帮忙。村里人慢慢接纳了他。银花出生时，她母亲难产死了。银花小时候，家里农活基本上是豹子帮着干。农闲季节，豹子常出去做些木工手艺活。周边村寨的人，都认识豹子。村委会的厕所，就是豹子捐款建盖。银花长大了，读书、开小卖铺的本钱，是豹子给的……

听了李大康讲述，我说不出是痛还是悲。回到宿舍，看到还躺在床上的豹子，我默不作声去厨房给他煮早茶。用微信里剩下的最后一点余额，给他买了一条大重九香烟。干完一天工作后，晚上我不疯癫，只是坐在豹子床前，给他斟酒倒茶敬烟，默默听他讲故事。

九

村主任大选前三天,被盗的大供桌有了下落。是王老五指使村里几个老光棍盗走的,卖给一个古玩倒卖贩子。被县公安局人赃俱获查处。当天,公安局的警车开到月华村,把大供桌送回来。带走了王老五、银花、杨校长等一大群人。第二天,豹子离开了村委会,去向不明。

午饭后,我到银花小卖铺去。小卖铺开着门,我以为银花回来了。走到店门口,看到一个面容苍老,拄着拐杖的老男人坐在柜台前。货架后面,没了麻将声。没人喊我"乌龟"。那个老男人,看到我走到门口,没买东西,就知道我来做什么。

"你来看银花?"

"是的,她还没回来?"

"她怕是回不来了。狗日的李大康告她给王老五他们提供赌博场所,还有赌博器具。公安局要处罚她十几万的罚金,她哪里有,被扣押下了。"

"我们可以想想其他办法。"

"还能有什么办法,听天由命。王老五不是好人,李大康也不是好人,这个世界没有一个好人。我一个残废人,还能做什么……"

老男人越说越激动。他说着话,用拐杖在地板上使劲敲击。我知道他想说,我也不是好人。我找不到与他交流的方法,干巴巴站着听他咒这骂那,又是敲地板又是吹胡子。最后,我也不知道自己怎样走回了村委会。

我只感觉,银花穿着深蓝色的牛仔休闲装,扎着马尾辫,眨着卡姿兰大眼睛,在我眼前晃动。与我交流某本名著里的某个人物,我们的观点不谋而合。直到我问她"你会不会织毛衣"时,我才发现自己回到了村委会。豹子的床榻空空荡荡，床头柜上还丢着几包抽剩的大重九。我不习惯这个房间里没有豹子。我突然就想家了，想看妻子鹅蛋形的脸蛋，靠在沙发上对我投来温婉一笑。想听女儿铜铃般的言语声。

村主任大选日子正式到来，李大康顺利当选为新一届村主任。三天后，通过党员大会选举，李大康又当选为村党支部书记，实现了村委会主任和村党支部书记一肩挑的目标。

选举前后几天，我们一群工作队员忙里忙外。我白天黑夜蹲在会议室里，不是计票就是唱票，不是写公告就是填报统计表。做完相关业务工作，应市日报约稿，我写了一篇《月华村新班子新气象》的通讯报道，一个星期持续忙碌。新当选的李大康几次劝我注意休息，我不理会。因为，我觉得忙碌可以忘记一切。

我怕回到宿舍，看到豹子空荡荡的床榻。怕走到村头小卖铺，看不到银花的影子。唯有忙碌，把自己变成工作的机器，才能抵御最可怕的孤独带来最致命的打击。

换届选举工作结束。抽调的工作队员，先后回城去。我与自己较劲，一定要等到豹子和银花他们回来。与他们当面道个别，才肯回勐傣城。

每天晚上，我帮李大康他们把村里所有文书档案，按要求认真归档。白天，我一遍又一遍打扫农家书屋。深夜，每次推开宿舍门，我心里忐忑、失落。

银花离开月华村整整九天，豹子离开村委会八天。我想，我是再也等不到他们两人归来了。好在每天，妻子都给我打来一个视频电话，让我感觉到自己还活着。于是，我告诉李大康，我要回家。

就在等待豹子的第九天傍晚，李大康给我提来几大袋东西。我打开看，全是干木耳、晒红菌、土鸡蛋、大葱等，月华村的山珍土特产和菜蔬。

"李主任,这个我不能要。"我说。

"不是我给你的,是村民送给你的。"他说,"你整天在会议室里忙着,好多人想和你说说话,感谢你一声,你都没时间搭理。"

"可是,我们工作人员不能随便收群众的礼品。"

"好!你不要是吗,"他说,"来、来,我领着你一家一家去退。你一家一家去跟人家说……"

我拗不过李大康,只得收下。李大康与我客套一番后,回去了。村委会只剩下我一个人,静得可怕。天色暗下来,会议室里灯亮着,我杵在办公桌前,怕回到空空荡荡的宿舍。

我打算去农家书屋,通宵达旦看范稳的《水乳大地》打发寂寥时光。但想到第二天一早要回去,还是回宿舍收拾行装。我无精打采回到宿舍门口,抬头一看,发现昏暗的夜色下,宿舍里白炽灯亮着。这是豹子离开后的九天中,我宿舍灯亮得最早的一个晚上。前八个夜晚,我宿舍的灯,只在后半夜我回去睡觉时才会亮几分钟。

豹子回来了!

"豹子、豹子、豹子!"我冲进宿舍大喊豹子的名字。豹子果然斜靠在他的床榻上,嘴里叼着烟,脸庞略显疲惫,却挂满笑容。

"哦呀!乌龟,你是多久没回宿舍睡觉了,一个房间冷得像冰坨一样,一点人气都没有。"豹子说。

"你回来了,"我自顾自地问,"什么时候回来的?"

"不要嚷嚷,我又不是进了土洞,能不回来吗?老子口渴,快去煮一罐百抖茶来喝喝,要浓稠一点才带劲。"他说。

"好嘞!"我说着话,奔进厨房。在生火煮小罐茶的同时,翻找到小半壶玉米酒。等煮好了茶,我抓起几个玻璃杯,端着茶和酒跑回宿舍。一个劲儿给豹子斟酒倒茶,撕开一包床头柜上的大重九,给豹子敬烟。

豹子懒洋洋伸手接过烟，点燃，缓缓吸了几口。他从床边被褥里，拿出一个黑塑料袋递给我。

"什么东西？"

"给你买的两条大重九香烟，"他说，"天天蹭你烟抽，给你买一回烟。"

"不要。"我说。

"随你。"豹子看我没接他的烟，说着话把两条烟丢在床头柜上。

"你去看望银花了？"

"嗯。"

"她怎么样了？"

"还能怎么样，交罚款赎人。"他说。

"罚金肯定得十几万了。"我说。

"差不多。"

"她回来了吗？"我问。

"算你还有良心，知道问她的事。"豹子说，"她不回来了。我用我所有的积蓄帮她交了罚金，还剩余一些，全给了她。"

"那她去了哪里？"

"她说月华村她没脸再待了，她的灵魂也不在月华村。"豹子说，"她要到省城去开一家小店铺卖土特产。她让我感谢你，给她推荐那些好看的书。如果以后有缘再见，她说她还想读你推荐的书。"

"是吗？"我失落地自言自语。宿舍陷入短暂沉默。豹子自顾自地抽烟喝酒喝茶。我已习惯，他抽烟我就不抽烟。

"哦呀！不要多想，一切随缘。"他说，"我要是再不回来，你乌龟再爬得慢也爬回勐傣城去了。"

"你再不回来，我的确要回去了。明早，明早我就回去。"我说，

"你今后有什么打算?"

"没什么打算,"他说,"如果活得够长,等我们神山的羊年,我要回去绕神山磕长头。"

"豹子,"我说,"你木工手艺好,去勐傣城开一家棺材铺吧,我们还可以时常见面,相互也有个照应。"

"哦呀!以后再说……"

我们聊一会儿沉默一会儿,相互给对方留足了思考空间。后来,我问他王老五的情况。豹子说,王老五因为聚众赌博、恐吓换届选举工作人员、倒卖重要文物、放高利贷等,蹲大牢是铁定的事。与王老五有关联的一群人,都逃不脱法律制裁。杨校长因经常参与赌博,也要吃些苦头。听到这个结果,我无话。山村就这样,平常中带着不寻常,没什么大惊小怪。等头鸡打鸣,我们才各自睡去。

十

第二天,天刚亮,豹子还在呼呼大睡。我起床去农家书屋挑选了《包法利夫人》《红与黑》《沉默的世界》《建水记》等几本书,打算哪天去省城,带去给银花。又想想我们各自不同的命运,各自站在平行而不相交的生活轨道上,只能像豹子说的,一切随缘。毕竟我已经失去过深爱的阿萍,才有了现在的妻子和家庭。人到中年,我什么都输不起。再说,农家书屋里的书,是村上的书,我没有占有和支配它们的权利。

一大堆问题,在我大脑里相互质疑、碰撞与和解。最后我沮丧地把书放回书架上,走出农家书屋。趁豹子没醒来,我提着大包小包行李,来到村头农村客运候车点,坐上村里唯一一辆跑勐傣城的农村客运面包车。

太阳初升，面包车驶出月华村，路两边坡地上玉米已收干净。满山坡的蒲步草，开满灰白色花朵。我眼前浮现冬天月光下，银花滚草坡的画面。她漂亮的苹果脸蛋，卡姿兰大眼睛对着我眨呀眨，晃得我满脑子是五彩斑斓的花蝴蝶飞舞。

我盛夏来月华村，一来就是三个月，回城已是深秋时节。快到中午，离勐傣城只有十几公里路程。月华村满山坡的蒲步草花，银花的苹果脸蛋和美眸，才在我眼前慢慢隐退。

透过车窗，我看到曾经熟悉的五三寨子。这个寨子，原来叫芭蕉林寨子。是后来知青下乡，在这里编成一个建制的连队，才叫"五三"寨子。勐傣大河从这个寨子中央横穿而过，知青在河上搭了座铁索桥。除了这个寨子人外，其他人过一次桥要交五角过桥费。

离五三寨子不远处，有一个割胶牌，路边有一间老平顶房，筑了个很深的胶池，用来盛放胶水。有人曾经在胶池里看到过一个貌似人样，遍体通红，全身长毛的怪物。

穿过割胶牌，路边有棵高大的枇杷树，树上住着一个吊脖子鬼，我小时候最怕走这段路程。想起这些，我又无端想起豹子，想起他给我讲，他家乡数不尽的鬼怪。后悔着，出来时应该叫醒豹子，与他打个招呼，告别一番。

面包车在坝子的柏油路上飞驰，离勐傣城越来越近。两边田野里全是香蕉林，还有看不到头的特色蔬菜大棚。里面栽种着茄子、豆角、西红柿、辣椒、冬瓜、南瓜、西瓜、甜瓜……空气中飘满农药味。

小时候，这些田野全是稻花飘香，蛙声连成一片的水田。我突然怀疑自己，在月华村给群众普及农村科技种养殖技术，给他们提供搭建种植冬早蔬菜大棚材料的做法，是对还是错。我惊讶自己，自从在城里工作后，竟没到城外游玩过几次。真把自己当城里人了。

回到家，已是中午时分。妻子等着我吃午饭，女儿还在学校上课。我把行李放在阳台上，跑进厨房里吃饭。妻子给我做了粉条炖腊排骨、青椒爆炒牛肉丝、腌菜煮草鱼……我好久没吃妻子做的饭菜。一桌丰盛的菜肴，吃得我眼眶发热。

吃过午饭，我去阳台上收理带回来的东西。妻子凑过来帮忙，她让我收拾几大包菜蔬。我的衣物行李，她亲手帮我收拾和清洗。我知道一个全职太太的小心思，她是要检查一番我衣物和被褥里，有没有残留着不属于我的毛发，抑或不属于我的体液气息。

我把村里人送我的干木耳、晒红菌、土鸡蛋、大葱、大蒜、洋瓜、南瓜、青椒、白菜等山珍和菜蔬分类出来，放在冰箱和橱柜里。妻子收拾小半天，看得出她有些小失望，也有些小激动。我的衣物、被褥中，除了我的毛发和浓浓的汗臭气息外，没有她担心或期待出现的异物。

"你的衣袋里，怎么连半包香烟都没有？"妻子看着我，不解地问。

"哦，是吗？"我说，"被我抽完了。"

"不对，"她惊讶地说，"你平时吃完饭都要抽烟，今天你没抽！你戒烟了？"

"我戒烟了？"我也在问自己。我记得自己好久没抽烟了。我的香烟都供给了豹子，还有什么烟可抽？

"唉，可惜了！"妻子漂亮的鹅蛋脸上，泛着玫瑰红晕，用挑逗的眼神看着我说，"可惜我给某人买的三条和谐香烟，只能送人了。"

"随你，"我说，"只要你舍得……"

收理完我带回来的东西，我们坐在沙发上，一起看韩剧。妻子兴冲冲拿出一件格子相间的灰白色毛衣，在我眼前晃来晃去，尺码与我体型差不多。但感觉那些灰白格子有些不对称，像幼儿园孩子在画纸上画出的图画。有些僵硬，不协调。

"嗯，还是可以的，"我说，"就是这些格子之间好像少了些故事。"

"你还要有故事！"妻子把毛衣扔在沙发上，站在我面前，双手叉腰大声说，"这不是在写书！"

"什么都要有故事嘛。"我低头，辩解着说，"不光是写书！"

"你要我织上故事是吗？"她气冲冲说，"等我像红太狼一样，准备几口平底锅。我保证你听到的每一个故事，都会有清脆的声音！"

妻子说完话，狠狠瞪了我一眼，气冲冲走进卧室刷抖音去了。我一个人呆呆坐在沙发上，看着电视屏幕上的韩剧女主角，在榻榻米房间，起床、穿鞋、洗脸、刷牙、贴面膜……无趣得要命。我打开沙发抽屉，果然放着三条用塑料袋包裹着的玉溪和谐香烟。这是妻子买给我的。我会抽烟后，她都记得我抽什么牌子香烟，每个月给我买一条。我已经下乡三个月了。

我拆开香烟，点上一支，深深吸上一口。和谐香烟味道真好！

回想起在月华村，为弄清豹子的名字，我给他买了一包软珍。他当时使劲抽烟的样子，就是大口大口猛吸，然后闭上眼睛，慢慢享受。我学着豹子，猛吸了几口香烟，被狠狠呛了几下。然后闭上眼睛，大脑进入一种空灵状态。想象力，得以无极限拓展开去。

等吸完一支香烟，我看到电视里那个女主角，竟然长得像阿萍，又像银花。细细欣赏，她更像我的妻子。

我不敢看电视。到洗澡间舒舒服服洗了个热水澡，认认真真刷牙，不留一点烟味。等把自己彻彻底底清洗干净，我发现身体的每一个细胞，都进入空灵状态，一切妙不可言。我轻轻推开卧室门……

创作于 2023 年，2023 年 11 月发表于《四川文学》，
2023 年 11 月转载于《中国作家网》

第二十四坨银子

一

月光下,叶亮搀扶着曾祖父布陶依团,肉身下沉灵魂上升。他们驾驭的清风,轻盈、温顺、清洁、祥和、自由。清风包裹着他们,扶摇直上,飘出村寨、越过佛寺和白塔。叶亮的脚尖,点了点凤尾竹轻如薄丝的叶片,一路向西,向佛国飘去。清风手执钢鞭,赶着乳白色云雾,向遥远的天梯匍匐前行。

东边的太阳,西边的月亮,同辉于天体间。星光高远,忽忽闪闪洒落在铜体般山岗上。五百罗汉,就在山之巅。白云之上,有朗朗诵经声传来,有五彩莲花漫天飘舞。远处天梯隐匿处,佛菩萨若隐若现,霞光万丈,钟鼓齐鸣。

前面,就是彩虹与金丝编织的天桥,横贯于天体间。彼岸,佛陀智慧、威严、慈祥,端坐于莲花宝座上,向布陶依团招手点头。此岸,叶亮搀扶着曾祖父,无限虔诚地膜拜。曾祖父,双手紧紧抱着一个十几方寸大小,包了浆,表面流着锃亮的光,呈紫黑色的铁力木小匣子。匣子里盛着老人一生,虔诚行善修行的往事。往日里,它被放在家堂中央的神龛里，现在被他紧紧抱在怀中。

曾祖父轻轻摆了摆手，挣脱叶亮搀扶他的手。他把小木匣子，郑重地放在叶亮手里，魂体徐徐向佛陀飞升而去。

"叶，"曾祖父笑盈盈地说，"回去吧，我要过去了。"

"布，你要去哪里？"叶亮眨着美眸，大声叫唤。

"回去吧，叶。时间到了。"

"布……"

"我最后那坨银子，"曾祖父微微叹了口气说，"就靠你帮我收集了。"

"布……"

叶亮惊醒，窗外月光洒满一地。她感受到怀里有一只锃亮的小木匣子，闪着乌亮的光芒，轻轻飘起，越飘越高。穿过新亮的玻璃窗，飘向天际，变成一颗闪亮的星星，在天际眨着眼看着她。

"这仅仅是个梦吗？"叶亮揉了揉睡眼蒙眬的美眸，捋了捋如瀑的青丝，自言自语。

窗外马路边，几盏路灯洒出淡淡而又幽远的橘黄色光晕。偶有一辆小汽车驰过。那些孤独的光，被拖曳着奔向远方的黑夜，与黑夜达成某种不可告人的密谋。

叶亮目送那些温暖的光，渐行渐远。揣摩它们，与黑夜密谋的交易。她意识到，她的睡眠正被黑夜一丝一丝抽走。恍然回想起刚才的梦，想起梦中挣脱她的手臂，飞升佛国的曾祖父，想起从她怀里飘向天际的木匣子。一丝恐慌与不安，占据着她渐渐清醒的脑海。

"曾祖父是要飞升佛国！"叶亮惊呼。

她顺手抓住一束照在床边，来不及躲闪的月光，急忙从床上起来，在月光惊慌挣扎下，信步向窗边走去。走到窗边，她打开半透明的落地窗。月光犹如洪水般涌进她卧室，救走了她紧握的那束月光。随后，又把如玉的光亮，全部倾泻在她身上，让她变成异乡月光下的一棵凤尾竹。袅袅婷婷，风情万种，却又楚楚动人。

"江南的月光真是狡诈！"叶亮喃喃自语，"不像勐傣坝的月光，忠诚、憨厚、质朴、明亮、动人，叫人感到踏实、舒适而祥和。"

站在窗边，叶亮看着窗外银白的月光，被汽车拖曳破碎的灯光，陷入沉默。她想念家乡的月光，想念曾祖父布陶依团，不禁潸然泪下。

来江南小镇，展示手工白棉纸技艺近一个月，魂魄如水般的叶亮，仍难以融入江南水乡。她的魂魄，始终萦绕在勐傣坝的凤尾竹林下，曾祖父始终是她最牵挂的人。

叶亮脑海里，浮现出杨逍的影子。这个三十出头的年轻人，有着英俊的外貌，丰富的学识。年纪轻轻，就成为省民间文艺家协会主要负责人之一，将来定能有一番大作为。这样的年轻人，放在勐傣坝也找不出几个。这次出来搞非物质文化展演，便是他策划和负责。叶亮在杨逍灼灼的目光里，感受到来自男性追求的强烈爱意。可她不想成为大城市人，不想关在金丝鸟笼里。繁华的城市，安放不下她的魂魄和思念。

勐傣坝波高村的老人，像芭蕉林里的芭蕉树一样多。但像曾祖父一样长寿的人，没有第二个。勐傣坝的朝代换了三代，勐傣坝的芒果树绿了一百二十回，又黄了一百二十回，世事变迁、光阴溅落。只有曾祖父，能细数时光的每一个皱褶。他把皱褶深处的光阴抚平，把时光当作自己儿女，熟悉了它们又忘记了它们。

今晚，梦中日月同辉，丢下她飞升佛国的曾祖父，毅然决然是要离开她了。叶亮想。

"是啊！再收集到一坨银子，就攒够二十四坨，"叶亮对自己说，"曾祖父的心愿，就能够完成了。"

可是，这最后一坨银子，老人却要留给她来收集。布陶依团不止一次，把小木匣子打开给叶亮看过。里面躺着大小不等，最大只有小指粗半寸长的一堆碎银子。它们，酷似一群裸身酣睡的婴儿。乌青的体肤，透着一丝丝光亮。

叶亮回想起，曾祖父用粗糙的大手一遍又一遍，百般怜爱地抚摸着那些碎银子。一次又一次，给她讲过每一坨银子的来历。只是每讲到精彩处，老人总是把地上行走的人，变成了天上飞驰的神。众多魔鬼的名字，闻所未闻。叶亮理解和记忆起来，很是吃力。

随着她年岁增长，由过去光着屁股，光着脚丫跟在曾祖父身后放牛的孩童，慢慢经受岁月雕琢，变成今天勐傣坝手工白棉纸技艺传承人，出落成亭亭玉立的傣家小卜哨（傣族未婚少女）。可记忆中，曾祖父怀里的小木匣子，碎银子没增加过几坨。老人守着木匣子慢慢变老。现在，他期待用这个小木匣子里的银子，在生与死相连的时光轴里，飞升佛国。

布陶依团活得太长了。他被魔鬼诅咒过，被佛光普照过。他是人也是神。他和魔鬼做过交易，虔诚地侍奉着佛菩萨。勐傣坝人如是评说布陶依团，叶亮也这样认为。

二

叶亮来江南之前那天早上，她手持一对蜡条、一包草烟、一包茶叶、一碗米和六元钱，去看望曾祖父。向曾祖父讨要出行江南的吉祥好运，驱赶潜伏在森林、草丛、路边、河流和黑暗中的魔鬼。

知道曾孙女要远行，老人准备了蜡条、糯米饭团、谷花等祭品，领着叶亮拜见了波高村年迈的祭司，说明来意。祭司按照勐傣人出远门习俗，亲自下手炸谷花、煮茶、舂牛干巴、蒸糯米饭，做了一桌颇为丰盛的祭品。砍来与叶亮身材等高的芦苇秆，带上七色棉线。让布陶依团和叶亮手持蜡条、谷花、茶叶、烟叶，一起到寨子中央菩提树下的寨神宫，祭拜寨神。

"曾祖父，你还不能飞升佛国！"叶亮在沉重的回忆中，嘤嘤哭泣诉说着，"你的第二十四坨银子还没有出现，你不能丢下我！"

回忆变成一条坚韧的魂线，牢牢拴住叶亮的魂灵，牵引她的思绪，循着曾祖父过往时光，飞速向后驰去。

叶亮看到她出走那个早上，曾祖父领着她跟在祭司身后，站在寨心中央老菩提树下。阳光，透过密密麻麻的菩提树叶，犹如碎花，在寨神宫光滑的水泥地上，铺出一层光斑。

祭司在寨神宫祭台上点燃蜡条，飘出袅袅青烟，与光斑一同冉冉升起。四周静悄悄。连那些争先恐后洒下来的晨光，也被吓得在半空中打了个嗝，躲闪到一边去。祭司一手拿谷花，一手拿烟叶，双眼微闭，口中念念有词，一脸诚惶诚恐祭拜寨神。布陶依团手持蜡条，站在祭司身后，虔诚地看着祭台，附和祭司祷告寨神。叶亮手持蜡条，双膝跪在两个老人身后，聆听祜词。

风从老菩提树上醒来，轻轻摇晃枝叶，幽幽飘下几片菩提黄叶，滑过叶亮脸颊，唤醒祭台上的寨神。祭司恭敬的祜词，布陶依团虔诚的眼神，让寨神睁开了慈祥、威严的双眼。寨神借着冉冉升起的烛光青烟，嗅着醇香的糯米饭团和牛干巴气息，把神灵的祝福，赐给将要远行的叶亮。

祷告结束，祭司把与叶亮身材等高、代表她魂灵的芦苇秆，用七彩棉线牢牢拴在老菩提树干上。叶亮，有寨神和老菩提树护佑，不论走到哪里，受到什么惊吓，魂灵都能紧紧依附在她肉体上。她的灵魂就算丢失了，也能在尘世中，寻着勐傣坝波高村千年老菩提树归来，回到养育她的故土，不受侵扰和伤害。有寨神和老菩提树护佑，叶亮在江南小镇得以平安生活。

现在，曾祖父要飞升佛国。寨神才会在月光如流水的夜托梦给她。这是神的昭示。叶亮想。

"是这样吗？"叶亮越想越害怕，脱口自问。

窗外，月光慢慢消失。马路边，橘黄色的灯光渐渐暗淡。东方，泛起一抹鱼肚皮白光。叶亮呆站在落地窗前，回忆与曾祖父的点点滴滴，犹如抽丝剥茧。越是深入，她越害怕、慌乱，只好止住回忆琴弦，不敢往下想。但她大脑，仍旧飞速运转着，搜索着每个神经元里，存储着关于曾祖父的信息和记忆，不肯遗漏一丝。最后，她让昨天的展演场景，强行闯入脑海，才止住对曾祖父的点滴记忆。

昨天，来自勐卯的傣族民间剪纸技艺，惊艳绝伦。几个勐卯剪纸妇人，她们与勐傣坝召莫村的土陶制作妇人一样，年龄相仿，着装相异，美如田间飞舞的花蝴蝶。她们把一沓沓整洁的白棉纸、宣纸，放在身旁的漆器篾桌浪摆上。她们一手拿剪刀，一手拿白棉纸，两只手分工又合作，上下翻飞摆动。在彼此谈笑间，剪出了一幅幅精美的图案。

外行人眼中，每幅剪纸作品，都是精雕细剪。刀法更是刁钻、泼辣、老练，图案栩栩如生。处处体现着傣族温婉细腻、刚柔相济，美如流水浮云的性格。

"你们的手指太灵巧了！"一个游人由衷夸赞。

"剪纸算不上活计，"一个剪纸的妇人说，"只是我们闲着时的消遣方式而已。"

"是啊，"另一个剪纸的妇人说，"这些东西，是我们做绣花鞋做衣服用的模具。"

说完话，几个妇女又用游人听不懂的傣语，补充了她们剪纸的用意。可惜，参观的人听不懂。于是，双方只能对视点点头、摇摇头，表示无奈或理解。

"你们剪出来的这些佛、塔、花、鸟、鱼、人、牛、麒麟等的图像，用来做什么？"有人在惊叹中发问。

"我们泼水节、关门节、开门节，拿去赕给佛寺。"一个剪纸妇人用生疏的汉语，回答提问者。

"那这些联合在一起的图案是什么？"有个游客，指着有虫、鱼、鸟、兽、花、草、人等纸艺画卷构成的图册，问剪纸的妇人。几个妇人，你看看我，我看看你，相互交流着傣语，对游人笑而不答。

"这是剪纸汇成的连环画，"一个老学究模样的参观者出来解答，"就像我们曾经消失的皮影戏。这幅是牛王《婻窝弄》的雏本，这幅是《二十八尊菩萨》肖像，这幅是傣王子《壁虎阿銮》的传说故事，还有这是《三只鹦鹉》里的阿銮……"

众多参观者在老学究解说下，听得一愣一愣的，分不清东西南北。几个剪纸妇人，仍旧看着众人，笑而不语。

"她们不简单，能用剪纸的方式，把傣族古老的传说制成连环画册保存下来……"老学究仍在为众人解惑。

许多游客和参观者，在一旁小声议论。要到勐卯、勐傣、车里等傣族聚居地方走走，看看这些心灵手巧的民族，他们究竟是生活在现实中，还是诗意的世界里。

在众人的惊呼和赞叹中，坐在几个剪纸妇人中间的一个老妇人，从她旁边的浪摆上，捻起一张手帕大小的宣纸。娴熟地把纸张对折几次后，她连眼睛都不看，就用指甲在纸张上快速掐动。待她把对折的宣纸依次打开，铺平在浪摆上，纸面上出现一只瑞兽麒麟，用调皮的眼神，看着芭蕉树上的芭蕉果出神。

"这是什么图案？"有人惊呼大叫。

"这是《麒麟望芭蕉》!"仍是老学究为大家解惑。他说话的声音都有些颤抖，一脸充满不可思议的神色。

"如果给这幅纸艺添上水彩，"一个画家模样的人，指着《麒麟望芭蕉》说，"这只瑞兽就会从芭蕉林里跑出来！"

众人呆愣在几个剪纸妇人身边，挪不开脚步。许多游客已下定决心，一定要到勐傣、勐卯、车里等，傣民族聚居之地走走。

展厅旁，许多少男少女匆匆走过。偶有几个年轻人，驻足观望片刻，随后带着疑惑的眼神走开了。这些古老的技艺，提不起他们兴趣。即便是那个老妇人用手撕出《麒麟望芭蕉》图案，也没能留住他们脚步。

叶亮回忆着昨天，展厅上发生的一幕幕景象，江南小镇迎来了新的一天。游人和观众对她家乡的向往，更是触发了她思念家乡的情愫。勐傣坝的山山水水，留给她太多神圣、美好和自然的记忆。

千百年来，勐傣坝的勐神、山神、水神、寨神、路神、谷神等，众多隐秘而又强大的神灵与佛菩萨，一起活在傣族人民心中，记载在勐傣人自己制造的白棉纸里。雪一样的白棉纸上，有色泽纯黑形如蚯蚓的傣绷文或傣泐文记载着傣族人谜一样的过去。那些文字，在各路神灵加持下，带着傣族人的虔诚与敬畏，在勐傣大地上腾云驾雾、呼风唤雨、风驰电掣。把神灵旨意与民众信仰，变得更具体、更真实，深深根植在勐傣大地上。

神灵们行事如苍岩般古老，又恰似脱兔萌动，远在人们冥冥臆想之外。有人说，白棉纸是东汉蔡伦的绝活手艺。可它怎么跑到十万八千里外的西南边关生根发芽，没人能说得清楚。

昨天，那个手撕《麒麟望芭蕉》的老妇人面孔，和着清晨第一缕阳光，浮现在叶亮脑海里。她慈祥的目光，与曾祖父的眼神极为相似。叶亮又把思绪拉回到曾祖父身上。

叶亮听曾祖父说过，佛陀他老人家日行八万里，飞行在历史长河里。佛陀在不同时空穿梭，看到造纸术，认为是个好东西，便用佛法把造纸术传送到勐傣人的梦里。于是，在某个久远的早晨，勐傣人一觉醒来就会造纸了。

叶亮知道，在勐傣坝手工制造白棉纸不是稀奇事。把白棉纸做成一门技术活儿，得到国家文化部门承认，被列为国家级非物质文化遗产，也就只有他们波高村人咀嚼着光阴，把时光融进白棉纸后得来。

布陶依团一家，是波高村制造白棉纸最具代表性的人家。生长在时光里的构树，其树皮是制造白棉纸的原料。

叶亮小时候，曾祖父经常带她在河边放牛。须发雪白的曾祖父，手执砍刀，爬到河谷上，砍下一棵棵碗口粗的构树。他顺着坡岭，把构树连枝带叶拖到河床边，浸泡在河水里。水牛嗅到构树枝叶气息，像傣族人吃糯米饭嚼到牛干巴，憨蚂蟥咬住牛尾巴。它们顾不上炎热，冲出水面，三五成群争着啃食构树枝叶。

曾祖父不怕水牛把构树枝叶吃光。毕竟水牛啃食的只是构树叶片、细小枝条。制造白棉纸的原料，是构树干表皮。水牛吃光枝叶，乖乖回河里躺着。剩下的活计，留给老人和叶亮。他们一老一小，不慌不忙围住没有枝叶，只有主干的构树，用力扯下构树皮。这是用构树制造白棉纸的第一道工序。叶亮从小就和曾祖父干这种活计。

近一个月里，叶亮无数次为八方游客展示，制造白棉纸的工艺流程。她一个二十出头，如花似玉的少女，把勐傣白棉纸制造的原料采集、浸泡、拌火灰、蒸煮、洗涤、捣浆、铺浆、抄纸、晒纸、砑光、揭纸等五个流程，十一道工序，娴熟地展示给前来观光的学者、专家、文人墨客等诸多游人，实属不易。

叶亮喜欢穿绯色紧身小背心，胸前缝有各色花边，外套是紧身短上衣，圆领窄袖。她下身是金色筒裙，一直长齐脚背，色彩鲜亮美丽。腰间，系一根一寸宽的精细银腰带。艳丽的服饰，将她婀娜的身姿紧紧包裹住。把少女身段的曲线，勾勒得如银蛇般流畅、自然。配上她漂亮的瓜子脸蛋，萌动的大眼睛，犹如《诗经》里走出来的罗敷。

当叶亮的展厅被人围观得水泄不通时，杨逍就在展台前凉棚里，眯着眼睛偷偷看她。

"人间不配有如此美人坯子！"杨逍反复自言自语。他内心，有说不出的爱慕，有些非分之想。多看叶亮几眼，他脸颊会红到耳根。

叶亮心灵手巧，她的造纸技艺，打破了曾祖父的传统手艺。她把曾祖父故事里的人与神，勐傣坝常见的物与景，融在铺浆过程中。用蕨类、花朵等，风干的叶片和花瓣搭配其中，穿插在纸上。形成各种精美、原生态图案。让纯白色的白棉纸，不再单调和孤独。让曾祖父生活中的神灵和往事，游走在她所造的白棉纸上。

更为有趣的是，通过叶亮细心琢磨，她把传统白棉纸经过构思加工，制成各式各样笔记本、书写本。有供钢笔书写的，也有供毛笔书写的。竖着书写、横着书写，或竖着翻阅、横着翻阅都可以。笔记本封面，是她自制自绘的白棉卡纸和彩色图案。

有些白棉纸，还被叶亮制成工艺品。譬如折叠纸扇、窗花、屏风等生活用品，件件轻巧可爱，艺术感十足。她独特新颖的造纸技艺，赢得观光者青睐。整个非遗展厅中，叶亮制成的白棉纸及小工艺品，购者不问价格，只问有无。带队的杨逍，对她既赞叹又爱慕。

三

　　勐傣坝召莫村，一个妇人展示土陶制作技艺。她把黏性极好的泥土，与细沙混合在一起。犹如北方人揉面团般，加工一番后，不用任何机器辅助，凭着她灵巧的双手，捏出造型精美多样的土陶坯。她使用的工具，只是一个合手的鹅卵石，一块薄厚适当的竹片。

　　召莫村特有的黏土，让召莫村人随手就可制出古朴、野性、自然、美轮美奂的土陶工艺品。把农耕文明技艺，完美地演示给世人，再现了历史划过的痕迹。让久浸在城市大工业下，习惯过灯红酒绿、物欲横流的现代工业文明生活者，深感不可思议。

　　一群老者围着制陶妇人，又是拍照又是议论。几个年轻人走过制陶展厅，稍稍驻足，离开。

　　"妹子，"一个老者问，"你捏出来这个陶罐算是成品了吗？"

　　"不是。"制陶妇人说。

　　"那要怎么做，才算成品？"老者追问。

　　制陶妇人咧嘴笑了笑，露出两排洁白的牙齿，脸颊上泛着红晕。没有回答老者问话。一旁观看的杨逍知道，这个妇人与勐卯剪纸妇人一样，汉语表达能力有限。杨逍尴尬地笑笑。他作为这次非物质文化遗产技艺展演负责人，美中不足，就是传承者汉语表达能力偏弱，除了叶亮外。

　　"这只是半成品，"杨逍走到一群围观者旁解说，"真正让土陶活过来，还要把捏出来的土陶坯晾上几天，借助阳光风干土陶表面水分。然后再用稻草和枯枝铺地，把土陶坯垒在上面，盖上一层干稻草，点火焚烧。等火焰熄灭后，拂去灰烬，才算成品。"

　　"妙啊……"听了杨逍解说，几个老者在一旁看着制陶妇人，连连赞叹。

有人帮解围，制陶妇人又开始制作土陶坯。围观的人越来越多。几个搞旅游文化的年轻人，摆弄着摄像机，认真拍摄土陶制作的整个过程。等妇人停下手中活计，一个观看的美妇人，盯着制陶妇人手中工具问话。

"大姐，你手中那个椭圆形的石头，是玉石吗？"

"不是，"制陶妇人笑了笑，用生硬的汉语说，"是从我们寨子小河边拣的团石头。"

"哪一天，我要去你们寨子小河边拣一堆这样漂亮的鹅卵石！"美妇人似自言自语，又似回制陶妇人的话。

"阿姨，你手中那块竹简是戒尺吗？"一个学生模样的小女孩，盯着制陶妇人握着的竹片发问。

制陶妇人不知戒尺为何物，她红着脸，对一脸期待的小女孩笑了笑，没有任何言语。

"小朋友，"杨逍替制陶妇人回答小女孩，"这不是戒尺，是勐傣人制作土陶的竹片，用勐傣坝的凤尾竹制成，非常有韧性。"

"我听妈妈说过，凤尾竹非常漂亮，还会随风起舞。"小女孩眨着大眼睛说，"就像那边做白棉纸的那个大姐姐一样……"

小女孩还没说完，众人哈哈大笑。许多人的眼睛，不约而同地看向不远处正在展示白棉纸技艺的叶亮。杨逍忍不住，多看了叶亮几眼。

"妹子，"一个学者模样的中年男人问制陶妇人，"这种活计你们勐傣人个个都会吗？"

他的问话，把本来就腼腆羞涩的制陶妇人给问住了。她红着脸不知要怎么回答他。

"这是勐傣召莫村特有的民间技艺，"杨逍给学者模样的人解说，

"过去他们村庄的人,几乎人人都会,现在会的人不多。"

"那,为什么不让大家都去学呢?"

学者追问,杨逍一时不知怎么回答,尴尬地杵在一边。不想颇为羞涩的制陶妇人,用不太流利的汉语回答了他们。

"在我们那里,做土陶的人都是上了年纪的女人。传女不传男,这是规矩,不是所有的人都能学。"

"哇!不得了,还有这种规矩?"有人惊呼着问。

"规矩还多着呢。"制陶妇人红着脸说,"其实,制作土陶最重要的是烧制过程。一般人是看不到的,就算村里人也很少看到我们烧土陶。"

"为什么不能让人看?"学者问。

"因为我们烧土陶的时间都选在晚上,"制陶妇人回答,"去烧土陶的人不能穿衣服。"

"哇,还有这样新鲜的事儿⋯⋯"

听了制陶妇人的话,众人笑得人仰马翻,展厅沸腾了。杨逍笑得上气不接下气。制陶妇人红着脸,不敢去看哄笑的众人。

其实,制陶妇人还想说,她们制作土陶、烧制土陶都是有神灵护佑,每一件陶器都有生命。离开了神灵护佑,烧制成的土陶就没了灵性,没了生命。但她没勇气阐述,参观者也没给她表达的时间。

笑声和议论声慢慢消失了。围观的众人,开始向展厅四周涌去,特别是叶亮所在的展厅。

制陶妇人颇具玩味的表达,与众人的笑声,让杨逍回想起为挽救民间非遗文化传承技艺,几年前他在勐傣大山深处的奇遇。那是一个关于种辣椒的故事。

那次,杨逍跋涉在勐傣大山深处,与小伙伴们走散了。他走到一个腊人村寨,又累又饿又渴。一户腊人热情招待了他。吃饭时,篾桌上只摆着一锑盆苦青菜,一碗舂碎了的火烧鲜辣椒。辣椒特别香特别辣,杨逍在任何地方,没吃过那种可口的香辣味。饭后,腊人烧了一罐雷响茶与他共饮。杨逍的口腔和味蕾中,满是辣椒味道,一罐茶都冲不淡。

"这是什么辣椒?"杨逍问腊人。

"是什么辣椒不重要。"厨房里的女主人走出来说,"重要的是,栽种这种辣椒过程不一般。"

"怎样不一般?"

"这种辣椒只能是女人去栽种,"女主人得意地说,"挖地松土后女人要一丝不挂站在地里,然后一次一次扑倒在地上,用奶包砸出一个个坑来,再栽上辣椒秧。这样种出来的辣椒,味道就不一样了。"

女主人说完话,当着她丈夫面走到杨逍身前,双手叉腰,抬头挺胸,抖动着她丰腴的身躯。一对健硕的乳房在她衬衣内乱颤,她满脸自豪。

"要有我这样的身板和奶子,"她说,"种出来的辣子才有味道……"

那次奇遇,杨逍感受到勐傣大地上,永远都蒙着一层神秘面纱。由此,他把自己不可言说的情感,根植在勐傣、勐卯、车里等傣家大地上。

四

新的一天,叶亮穿上新靓傣装,努力忘记昨夜的梦,克制住对曾祖父的思念,把精力投入到白棉纸技艺展演厅。她同其他艺人一起,给游人如织的江南小镇带来一场场视觉盛宴。经过一天精彩展演,众人虽疲惫但皆欢喜。

傍晚,展演工作结束,杨逍带大家在小镇一家餐厅吃饭。这是一家近水楼台的小餐厅,楼下流淌着一条小河,清波潺潺,两岸尽是翠柳。几支柳条,在河风相送下飘进餐厅客桌上,胡乱点餐。绝大部分柳条,垂到河面上，鱼儿肆意地调戏着它们。这与勐傣坝波高村小河环绕的景象颇相似。

餐厅背靠一座山丘，算是这个小镇的靠山，也是全镇制高点。山丘后面有一湾湖泊，叫黑龙潭，是这个小镇的水源点。流经小镇的溪河，源于黑龙潭。餐厅与黑龙潭，一座山丘之隔。算得上一处休闲、娱乐、聚餐的好地方。选这家餐厅请大家用餐，杨逍费尽了心计。

参加展演的民间艺人，几乎都是傣族，彼此间有共同兴趣爱好和信仰。来江南小镇展演近一个月时光里，众人在杨逍带领下，亲密无间。特别是叶亮，她最小，长相最迷人、可爱，性格活泼、开朗。大家都宠着她，把她当成团队的活宝。

可这顿晚餐，爱说爱笑的叶亮像换了个人似的。皱着眉头，只顾埋头吃东西。明显是有心事。

"叶，遇到什么事了？"

"是哪个欺负我们的小公主？"

召莫村的妇人和车里的妇人，几乎不约而同询问叶亮。杨逍和其他人，也用关切的目光注视着叶亮。叶亮吞吞吐吐，不知要说什么。

"我、我昨晚，"叶亮犹豫地说，"昨晚做了一个梦。"

"梦到什么了？让你这样不开心。"杨逍关切地问。

"梦见我的曾祖父丢下我，去往西天佛国！"叶亮一脸凄然地说。

"布陶依团他老人家是勐傣坝活得最长的寿星，"召莫村的制陶妇人说，"他老人家福大命大，你不要担心。"

"今天下午我接到阿爸的电话，"叶亮说，"阿爸说曾祖父昨天突然病倒在床上昏迷不醒，一直在喊着我的名字……"

同行的艺人，不论是勐卯人还是车里人，作为同根同源的一个民族，虽然路程上相隔千里，但大家都知道，勐傣坝有个活过120岁的傣族老人。死神忘记了他,魔鬼害怕他,他已经活成傣族人的神。布陶依团的相貌与言语,丝丝缕缕在杨逍脑海中浮现。

几年前,杨逍拜访过布陶依团。听老人给他讲,勐傣坝的勐神、山神、树神、水神的由来。从老人遥远、生动,富有戏剧性的故事里,杨逍对过去掌管勐傣地方的二十六位土司爷,有了大致的了解。只是,杨逍弄不明白,在老人的回忆中,他是与人生活在一起,还是与神灵住在一起。总之,说布陶依团是人,他又活成了神。说他是神,他又食用着人间烟火。

杨逍从回忆中扯回思绪。众人七嘴八舌安慰着叶亮,她低落的情绪有所缓和。这次展演活动快结束了。不论哪个提前退场,展演都不算圆满,特别是叶亮这样的核心成员。杨逍断然不能接受,叶亮会因为她曾祖父生病,提前退场回家。

"我想找一个地方,给曾祖父祈福。"叶亮低垂着眼帘说。

"黑龙潭那边,有一棵长得高大又茂盛的菩提树。"勐卯艺人说,"那里一定居住着善神。"

"明早,太阳刚刚升起的时候,我们去给布陶依团祈福吧!"车里艺人说,"太阳出来,魔鬼就退缩到黑暗中去了。"

"叶,拿我的浪摆装盐、米、烟和蜡条去,神灵会保佑布陶依团的。萨图(善哉)!"

"叶,我的土陶罐刚好可以装茶水。"

"我在佛寺的时间最长,我可以当祭司。"

"给佛菩萨的佛幡,我这里有现成的。"

……

叶亮要为曾祖父祈福,众艺人纷纷表示参与,相约在异乡一起为布陶依团祈福。地点就选在黑龙潭边,一棵老菩提树下。

杨逍看到众人齐心协力，叶亮不用提前退场，心里暗喜。杨逍经常在勐傣地方搞非遗文化田野调查。他清楚，只要有菩提树生长的地方，傣族人就会认为有神灵存在和护佑。在菩提树下祷告，可以得到神灵应允。冥冥中通过菩提树搭桥，可以在异乡与亲人进行心灵沟通。

"明天，我们的展演活动停展一个早上。"杨逍对众人说，"我们一起到黑龙潭边的菩提树下，为布陶依团祈福！"

……

感受到众人的善意和关爱，叶亮感动得嘤嘤哭泣。众人又一番劝说和安慰，她才止住哭声。

吃过晚饭，众人回到住所，开始为明天早上祈福活动准备祭品。众人都相信，神灵享用了他们丰盛的祭品后，一定会照看布陶依团，给他带去健康和好运。

叶亮回到公寓，靠在落地窗前躺椅上，舒展着她如水一般的娇躯。窗外，天色渐渐暗下来，月亮挂在东边丘陵上，泛出淡淡银光，洒在江南小镇上。马路边，几盏路灯发出橘黄色光晕。小城的喧嚣慢慢退去。她眨动美眸，看着窗外马路上，拖曳着橘黄色光晕来来往往的小汽车，想起众人对她的好。特别是杨逍，为了让她给曾祖父祈福，停止半天展演活动。她心里暖烘烘的，前所未有的舒坦。

"曾祖父，你一定要挺住，等我回去。"叶亮自言自语，"我要在波高村做一次大赕，给你聚齐最后一坨银子。"

窗外，月光愈加浓稠，浪花般覆盖小城。曾祖父的影子在叶亮眼前晃来晃去。她的思绪，完完全全卷入对曾祖父的思念中。

未上学之前，父母忙着下地干农活，叶亮天天跟着曾祖父，在勐傣坝田间地头、山谷河边放牛。曾祖父把她看作男孩子，让她骑在老水牛背上，渡过波涛汹涌的勐傣大河，教她在秧田沟边拿鱼抓黄鳝。

有一次，勐傣大河发洪水，布陶依团依旧带着叶亮到河对岸放牛。过河时，老人把她抱起，放在个头最大的水牛背上，让水牛驮着她，从湍急的河面上游过去。她在牛背上，害怕得大声哭叫。曾祖父则像条憨蚂蟥，紧紧抓住一头水牛的尾巴，跟在后面，眯笑着与她一起渡过河。

现在回想起，曾祖父过河时在波涛里仰起头颅，对她眯笑，那是一张多么沧桑、坚毅、不屈和慈祥的脸。叶亮才意识到，曾祖父无时无刻不在抗拒着死神的靠近。

那时候，叶亮就是看着曾祖父的笑脸，生起无边无际的勇气，再大的洪水她也不怕了。那些经历，为她在后来的岁月里面对困难时，有了对抗困难的勇气，并成了她索取勇气的最大源泉。

在勐傣大河边，叶亮不知道自己如何学会的游泳。她只记得，曾祖父总是让她泡在勐傣大河的浅滩里。有时候，是和水牛泡在一起，她就变成了一头小水牛。

有一次，叶亮掉进一个漩涡里。她晕头转向，拼命拍打旋转着的水花，试图挣脱漩涡控制。但事与愿违。她越是慌张，越是辨不清方向。没多大会儿工夫，便灌了一肚子水。曾祖父就站在漩涡旁，傻呵呵看着她笑。好像要沉下的不是他曾孙女，而只是一块无关紧要的石头，或一截木头似的。到最后关头，她几乎被水呛晕了，曾祖父才像拔萝卜一样，伸出苍老的手，一把抓住她的发辫，把她从漩涡里提出来。扑在岸边沙滩上，她剧烈咳嗽，吐出许多河水，哇哇哭叫。

"我恨死你了，布！"叶亮恨恨地说，"以后，我再也不跟你去放牛！"

曾祖父没说话，只是笑呵呵看着她，微微点点头，又微微摇摇头。

过后几天，叶亮果然没和曾祖父去放牛，也不搭理老人。没过多久，她再次跳进勐傣大河游泳时，发现自己的水性比以前好了许多，便忘记了曾祖父的不是。

关于勐傣大河，叶亮不会忘记，她和曾祖父在河对岸放牛，大河突然涨洪水的变故。

那次，叶亮和几个小伙伴，跑到河边丛林里掏鸟窝，忘记了时间。傍晚，勐傣大河突然涨洪水。可怕的洪浪，携带着枯枝败叶，散发着泥土腥臭味，一浪高过一浪拍打着岸边岩石，发出恐怖嘶吼声。

布陶依团找不到叶亮，又怕牛群被大水冲走，只能趁着河水还未全面暴涨，把牛群赶过河。因看不到叶亮，老人只好在河对岸波高村边，焦急地等待。

等叶亮他们隐隐听到轰鸣的河水声，跑出林子看到勐傣大河涨洪水，他们被隔在河对岸。太阳已落下山，没了曾祖父和牛群的影子，眼前是气势汹汹的勐傣大河，身后是茫茫丛林。一群小伙伴，急得在河边哇哇大哭。

就在众人哭喊声中，叶亮隐隐约约看到河对岸，曾祖父拿着一截干竹子，一次次举过头顶。她便明白了。

"我们找干竹子漂过去！"叶亮大声告诉伙伴们。

伙伴们别无选择，一人找了一根几排长的干竹子，跳进波涛滚滚的勐傣大河洪流中，死死抓着竹子顺河漂流而下。那情景，叶亮现在想起，还心有余悸。

当时，叶亮和伙伴们都不知道，汹涌的波涛会把他们冲到哪里去。但她相信曾祖父，教给他们的方法一定管用。于是，她和伙伴们在波浪里各自抓紧竹子，像一群水鸭顺河而下。漂出几公里远后，洪浪把他们推送到对岸的浅滩上。他们爬出浅滩，天已完全黑透。曾祖父上气不接下气，赶到他们身旁。回到老人身边，他们忘记了涉水的惊险。除了一身湿透后，冷得上牙磕碰下牙外，似乎什么事都没发生过。他们赶着牛群，高高兴兴回家。

想到趣事，叶亮便记得童年时，曾祖父数次带她在勐傣坝秧田边，拿鱼摸虾的事。那时候，勐傣坝是一片水汪汪的稻田。稻田中，沟渠密密麻麻，如蜘蛛网般交织着。稻谷由青变黄时节，沟渠里的水较少，甚至会干涸。有些沟渠，永远不会干涸，渠内的泥巴没入小腿。

曾祖父带着叶亮，在稻田中选一条合适的沟渠，扔几块土块或是一把杂草，加上几捧泥巴。把渠内的水流横截堵住，或让水流改道，流入旁边稻田里。渠内被堵住一方的水，曾祖父让叶亮学着他，把两手掌并拢当作瓢，慢慢舀干。没有水的渠面，鱼儿没命地蹦跳着。看着它们逃命的姿态，叶亮高兴得"咯咯咯"笑出声。

曾祖父在沟渠边，随手扯下一节韧性十足的水草，在水草的一头打上一个结，便是串鱼用的草绳。他把草绳递给叶亮。

"叶，下去，抓住那些鱼，串起来。"曾祖父说。

"布，我害怕蚂蟥！"叶亮接过草绳，站在沟渠边的田埂上，眨着大眼睛，怯生生地说。

"没有蚂蟥，"曾祖父眯笑着说，"再不抓它们，它们就钻泥巴了。"

听了曾祖父的话，叶亮不再迟疑。跳进沟渠，捉拿木鱼、罗非鱼、江鳅、细鳞鱼、泥鳅，还有躲在泥巴深处的黄鳝。凡是抓到的鱼，叶亮从它们鳃部把草绳穿进去，从它们大张的嘴巴里把草绳抽出来，统统判了死刑！不一会儿，草绳上大大小小、长长短短穿成一串。她站在没过膝盖的泥塘里，身上、脸上，甚至头发上都沾着泥巴。她不在乎。看着一长串鱼，笑得合不拢嘴。

"啊！疼。布，有蚂蟥！"

兴奋中的叶亮，突然感觉到脚上传来疼痛感。她知道，被蚂蟥缠绕上了。急忙从泥塘里跳出来，站在田埂上惊呼。果然，一条墨绿色的大蚂蟥，如橡皮筋般缠绕在她小腿上。

"怕什么!"曾祖父走到叶亮身边说,"一条蚂蟥也怕。"

老人在自己手掌上吐了一口唾沫,把唾沫抹在蚂蟥身上。蚂蟥像喝醉酒的老头,蜷缩着身躯,从叶亮脚上滑落,掉进田埂边草丛里。

叶亮缓过神来,又跳进沟渠里,继续捉拿漏网之鱼。曾祖父也迈进泥塘里,在渠边的草丛底下仔细搜索。把藏在草丛里的大家伙,全部打扫干净。等把沟渠里的鱼虾捉完,祖孙两个把鱼串挂在竹竿上,由叶亮挑着,哼着小调优哉游哉回家去。

五

想到她幸福的童年,叶亮满脑子都是曾祖父影子。她有些疲倦,却无法入眠,于是她强迫自己什么也不要想。可白天展演活动的另一番场景,就像一台连场演出的大戏,在她脑海里展开。

连日来勐傣的造纸、陶艺出尽了风头。勐卯的剪纸技艺,让游人惊讶得找不到称赞的词语。车里的艺人们,则把民间技艺与市场经济结合起来。叫人赞叹傣家人精湛技艺的同时,不得不佩服他们精明的商业头脑。

来自车里的傣家妇人,她们用勐卯妇人剪的纸艺图案做模具,金丝银线在各色的丝布上游走。不一会儿,纸上的白象、孔雀、鹦鹉、虫、鱼、鸟、人、牛、塔等,就在丝布上活过来。她们在柜台上展示绣花鞋、枕头套、门帘、佛幡、虎头帽等刺绣品,精美绝伦。最走俏的,是她们纯手工刺绣的绣花鞋。

游人看着款式多样,刺绣图案活灵活现的绣花鞋,联想着各种图像所代表的美好寓意,心一动,咬咬牙再贵都买了去。车里傣家妇人绣的绣花鞋,与叶亮做的白棉纸工艺品一样,成了抢手货。

众多民间技艺展演中，勐傣坝的傣族男性老者，也有拿手绝活儿。譬如编蒲葵扇、虎头扇、篾饭盒，制作象脚鼓等。最为出色的，要数漆器制作。几个男性老者坐在展厅里，破篾、编织、上漆、绘画……忙得不亦乐乎。一个参观漆器制作的学者，忙给他的朋友解说。

"傣族人，全民信佛，他们有颗虔诚的心，甘愿做佛菩萨的侍者，向往极乐和轮回。他们都离不开神龛，离不开浪摆，离不开撒豪。这些献给神灵的漆器器具，是傣族男性擅长的技艺……"

游人看到那些绘画绝美，做工精湛，色泽斑斓，形状各异的浪摆和撒豪。听着解说，个个张大嘴巴不知所言。

"制作浪摆和撒豪，不但要会编织篾具，还要懂得绘画知识。"杨逍给参观者介绍，"就比如说浪摆，从选竹、破篾、编织、上漆、绘画、装饰等，要经过三大步骤十几个流程……"

杨逍的解说，让参观者听得入迷。很多人不解，傣族人的脑袋里，藏着多少农耕文明密码。这些记忆对于时下的商业文明有什么意义？

"你们傣族人是把生活过复杂了，还是诗意化了？"有个搞文学创作模样的人，开口询问杨逍。

杨逍一时语塞，答不上来。他把问题翻译成傣语，给几个做漆器的老者听。一个老者，与杨逍说了几句傣语，便忙着编织手中篾具。杨逍整理了老者的言语意思后，笑眯眯对询问者说。

"对佛菩萨的虔诚，没有什么是麻烦和复杂的事……"

杨逍把问题翻译给老者听时，叶亮刚好从她展厅走过来，听到老者的对答，她心里泛起了涟漪。关于佛菩萨，叶亮听曾祖父讲过许多，她也是一个虔诚的佛教徒。曾祖父的形象又浮现在她眼前。曾祖父带她在波高村南磨河边放牛的往事，漫过了她脑海。

叶亮还在迈开步子学走路时，布陶依团就经常把她抱上水牛背。带她去南磨河边放牛、洗衣服、洗澡、找蕨菜、掏鸟窝、捞鱼、捞青苔、堆沙丘……

南磨河清得出奇,随意扔出一块石子,都可以看到它荡起的波纹,沉没的痕迹。南磨河极其温顺,温顺得像一只躺在草地上打盹的羔羊,任由秋雨春风抚摸。

刚学会洗衣服的叶亮,伴着照射在河边的阳光,坐在某块被晨雾洗涤过的石块上,光着脚丫子,随意在河水里摆动。带玩带耍,揉搓着被河水浸泡过的衣物。如若腿脚停止摆动少许,便会有叫不出名儿的小鱼,来啃食她脚面肌肤,酥酥痒痒的,滋生了让她说不出的快感。

叶亮趁曾祖父去赶牛的空当,把尿床的毯子拿到河床里拖来拖去,算是清洗一回。奇迹,总是在出乎意料中发生。当她把拖得满是泥沙的毯子拉上岸那一刹,几条拇指粗的木鱼或泥鳅,竟然躺在其中。看着它们,呆头呆脑暴露在河岸上,叶亮惊喜不已。

南磨河边,生长着种类繁多、香味可口的野菜。叶亮只记得她比较爱吃的几种。譬如水蕨菜、鱼腥菜、野芹菜、水香菜等。

清晨或傍晚,或是某个恰当时段,在叶亮和布陶依团放牛的某个河湾边,波高村的老妇人,总是三五成群出现在他们爷孙俩眼前。她们一手提筒裙,一手拄拐杖,身后背着一个篾背篓,嘴里嚼着槟榔,逆河而上或顺河而下。她们心无旁骛地掐着她们酷爱的水蕨菜、野芹菜……如若有一条水蛇,在她们身边"嗖"一声窜出来,躲进水里去。她们就会"咩哎(妈呀)、咩哎(妈呀)"惊慌失措大叫。逗得叶亮"哈哈"大笑。就连在河边啃食水草的牛群,也仰头竖耳朵,跟着她一起笑。

曾祖父虽是年过百岁的老人,可他身体出奇地硬朗,眼不花耳不背,是波高村出名的捞鱼能手。只要他出手,南磨河里的黄鳝、泥鳅、木鱼、镰刀鱼、鲤鱼等,都是手到擒来。

叶亮记得，有一次曾祖父从南磨河的石缝里，捞起一只外壳印有花纹，色泽青里带黄的乌龟，足有锅盖大小。那厮懒得出奇，曾祖父把它放在河边草地上，它连头都懒得伸出来。叶亮拿着棍子，把缩在壳里的乌龟，在草地上推来推去。乌龟仍旧没伸出头来。在一旁吃草的一头牛犊，好奇地走过来，用鼻子"扑哧、扑哧"嗅了嗅乌龟。乌龟才勉强伸出头脚，在草地上爬动。牛犊被乌龟伸出的头和脚，吓了一跳。它忙用刚长出头皮，才有寸许长的牛角去碰撞乌龟。乌龟看到庞然大物的牛犊，感受到粗短的牛角给它传来的危险信号。迈着粗短的腿，急急忙忙爬进河里。

"布，乌龟跑了！"叶亮急忙大叫，"它钻进石头底下去了。"

先前还看着牛犊欺负乌龟大笑，转眼便看到乌龟钻进河底岩缝里，叶亮哭喊着跑到曾祖父身边，央求曾祖父帮她把乌龟重抓回来。

曾祖父坐在河岸边草地上，两手轻轻抚摸着他两道雪白的眼眉，笑眯眯看着叶亮。金色的阳光，照在曾祖父满头银发上，照在河边水草黄嫩的叶片上，照在正吃草的水牛灰白色脊背上，时间便停止流动。曾祖父没去抓那只逃跑的乌龟，等叶亮走近他，他用松树皮般布满皱纹的苍老大手，轻轻抚摸着叶亮的头。

"叶，不要去抓那只乌龟。"曾祖父说。

"我不管，"叶亮在曾祖父身边，倔强地说，"我就是要玩那只大黄乌龟！"

"叶，乌龟是驮起地球的神兽。"曾祖父语重心长地说，"你把乌龟抓了，地球就会落下去。你不害怕吗……"

从那以后，叶亮就牢牢记住，大地是被乌龟驮着。她知道敬畏南磨河，敬畏被这条河豢养的神兽。

南磨河边的水草，一片连着一片。水牛吃饱了草后，多半是半闭着眼睛，悠闲地躺在小河深处的泥塘里。让河水漫过它们的脖颈，只留一个头在外面呼吸，享受着沐浴山泉的舒爽感。

剩余时光，爷孙俩完全自由了。曾祖父操起他老本行，带着叶亮在河边捉泥鳅挖黄鳝。如果有必要，他们还会捞起河泥，把独自向外延伸十几米长的岔河切断挡住。用手做瓢，把岔河里的水舀干。顷刻，活蹦乱跳的鱼儿们，无可奈何地暴露在河床的鹅卵石上，亡命蹦跳着。稍微大一点，聪明一点的木鱼或鲤鱼，自作聪明，躲藏在水蕨菜丛底下，负隅顽抗。用不着曾祖父动手，叶亮主动承担起逮捕那些大家伙的任务。

如若是受惊的水蛇，突然从某个草丛里蜿蜒着逃窜出来，叶亮便惊叫着跳到岸上去。

"蛇也怕，真是个姑娘。"曾祖父笑呵呵地看着叶亮说。

随后，曾祖父拿起一截树杈，把受惊扰的蛇赶出河床，任由它在河岸的草地上匍匐着溜走。

"叶，"曾祖父抚摸着受惊吓的叶亮说，"蛇是神王英叭用身上的污垢造出来的神。如果它不对英叭傲慢，它没有引诱我们的先祖去偷吃英叭果园里的神果，就不会被英叭惩罚它永世在地上匍匐行走了……"

是曾祖父，让叶亮知道了神王英叭、神果等，这些未知的谜。现在，叶亮长大了。她看过《巴塔麻嘎捧尚罗》才知道神王英叭，是傣族创世神话中至高无上的神。蛇，曾经是多么聪明机智！

等到鱼捞够了。曾祖父就让叶亮在河边掐些鲜嫩的水蕨菜。他砍来一截竹筒，在河里舀上半桶清水，架起火烧水煮鱼。他们把混在糯米饭里的豆豉，拿出来和着鱼煮在竹筒里，再配上水蕨菜或水香菜。等竹筒里的水发出"嗞嗞"沸腾声后，一股原生态的香味弥漫在河边。那一股香味，至今还悠悠飘荡在叶亮梦境里，成了她童年最幸福的味道。

六

窗外，月光如水银，把整个江南小镇填充得满满当当。远处马路上的灯，发出橘黄色光晕，在银色月光映照下，叶亮心头升起一丝丝暖意和睡意。可惜，川流不息的汽车，一次次拖曳着橘黄色光晕极速奔驰着。这种感觉，她难以接受。就像她精心制作出来的白棉纸，被人无情地涂画，颇显残忍。她更加思念故乡勐傣坝，怀念远方亲人，想念昏迷不醒中，不断呼唤她名字的曾祖父。

勐傣大河、南磨河、放牛、同伴、学游泳、抓鱼、乌龟、蛇、神王英叭等，家乡的景、物、人和神，在叶亮脑海里模糊了又清晰，清晰了又模糊。最后，在她眼前，所有景象都化成一道影子站在她身前，那就是曾祖父布陶依团。

叶亮看到曾祖父头发是银白的，眉毛是银白的，胡须也是银白的。他两颊苍瘪，凸显出下颌骨尖得像把锥子。他牙齿没了，鼻梁塌陷了，只有两个眸子还算明亮、锐利。他曾经魁梧的身材，在一百二十年光景中，被时光雕琢得只剩下一把苍老的骨头。

现在曾祖父病了，他要拖曳下叶亮飞升佛国。他珍藏在神龛下的小木匣子里，那些光泽不太明亮的乌银，只有二十三坨。他的愿望是攒够二十四坨后，铸造一口钵盂敬献给佛祖。这是曾祖父一心向佛和毕生的愿望。明天，同行的傣家艺人们，要在太阳升起时，一起为远在故土的曾祖父祈福……想到这些，叶亮愈加清醒和期待。

想念着曾祖父，叶亮就觉得离开老人，来江南小镇参加展演，似乎是在逃避什么，或要得到什么，心里充满内疚和期待。究竟是逃避什么，她说不上来。要得到什么，她心里没底。她只知道，这次展演机会来之不易。这是她第一次离故土远行。

这次展演，除了杨道的策划外，与一个叫李文的人有关。这个人的前半生，身背一个小药箱，不分黑天白日，行走在勐傣坝村村寨寨。他做过接生员，医治过疟疾病，赶走了勐傣坝大部分屁迫鬼（疟疾病）。他是勐傣人眼里的好医生，是魔鬼的克星。后来，他在勐傣坝娶妻生子，把自己变成地地道道勐傣人。

因为工作需要，因为勐傣人民的信任，因为赶走了屁迫鬼，李文成了勐傣地方主政人物之一，成了勐傣人心目中的"召（王）"。李文喜欢勐傣人造的白棉纸，勐傣人烧的土陶，还有精美的刺绣、漆器、篾器、蒲葵扇、牛角琴……

波高村布陶依团一家传统造纸技艺，给李文留下了深刻印象。特别是叶亮，在传统造纸技艺上，融入现代艺术风格，更让李文大为赞赏。因为民间技艺，他与布陶依团家结下深厚友谊，叶亮亲切地称他为李伯伯。她参加江南展演，是李文和杨道与省文化厅多方面沟通协调下，由勐傣、车里、勐卯等几个傣族聚居区，与省文化厅、省民间文艺家协会，共同主办的傣族民间技艺展演活动。

夜已深，叶亮躺在床上，她的思绪早已打开窗帘，飘浮在茫茫月色中。江南小镇投射出的灯光汇聚在一起，生长出意识，向高冷星空投射去人间的暖意。突然，有一颗星星，流淌着亮晶晶的眼泪，从星空高处滑落，慢慢向她窗前靠近。星星耀眼的光，渐渐变成乌黑锃亮的光，慢慢飘落在她怀里。

"这是曾祖父供奉在神龛下的小木匣子！"她失声自语。

叶亮打开木匣子，一堆碎银子，惊慌失措、毫无秩序躺成一片。她轻轻抚摸它们，安抚它们受惊吓的魂灵。她细数着它们。不多不少，正是二十三坨。它们被木匣子闷坏了，张着青亮的小嘴，吐着锃亮的光芒，毫不相让，争相向她诉说曾祖父收藏它们的故事。其中，一坨个头稍小，全身散发着锃亮光芒的银子跃到她眼前，毫无争议地诉说它与曾祖父的故事。

叶亮的娇躯，被锃亮的光芒笼罩着，逆着时间的流而上，返回到曾祖父小时候的陈年往事中。在时间的流里，她看到勐傣土司爷赶大摆做大赕的盛况。

根据土司爷旨意，勐傣各勐的各个召法、召朗，以及大小村寨头人，备足税赋和礼品来朝拜。土司府里，茶叶、甘蔗、大米、腊肉等食品，堆满仓。鸡、猪、牛、羊、鱼等新鲜肉品，堆满院落。金杯、银碗等贵重器皿，比比皆是。大象、马鹿等奇珍异兽，应有尽有。虔诚的信徒，无偿地把自家的漆器、篾器、佛幡、白棉纸、贝叶经等礼佛用品，送往官佛寺。

叶亮看到，那时的曾祖父还是一个孩童。在去往赶大摆的路上，他与母亲走散了。他衣不遮体，食不果腹。站在官佛寺广场上，他出神地看着佛寺大殿。

官佛寺大殿里，大长老引领土司爷和众多信徒，他们脱下鞋袜，整整齐齐摆放在大殿门口，按各自身份，盘腿坐在指定位置，听高僧诵经。大殿里，点着一排又一排数不清的蜡条。烛光映照下，大殿中央的佛祖神像熠熠生辉。一打一打由白棉纸誊抄的经书，还有许多已被翻阅得破损的贝叶经，被高僧们一遍又一遍念诵着。

远道而来的信众，他们自带草席，源源不断涌入佛堂大殿，加入盛大祈福活动。大殿里坐不下了。信众在官佛寺广场上，铺开草席，盘腿坐好。他们手里拿着蜡条和谷花，听僧侣诵读经文，不时跪拜抛撒谷花。曾祖父没有草席。他被信众不断向外排挤，挤出了官佛寺广场。挤出广场后，他站在一棵老菩提树下，不时挠着头，眼神炽热地眺望着佛堂大殿。

在佛爷朗朗诵经声中,在所有信徒跪拜下,佛堂大殿中央升起一道白光,向勐傣城上空的天际射去。天神、勐神、山神、谷神、路神等众神,在白光里显身。它们个个眉目慈祥,聆听佛爷给它们诵读的颂词,接受万人虔诚跪拜。众神挥手向勐傣地方,洒下无限的祥瑞之光。有一道光晕打在曾祖父头顶上,他伸手去触摸。那道光晕极速没入他身体里。

"佛光普照到我了!佛光普照到我了……"曾祖父跳跃欢呼。许多人站在他旁边,向他投去羡慕的眼光。

勐傣城内,白天人山人海,夜间灯火通明,到处人来人往。许多没能挤进官佛寺跪拜的老人,拿出他们积攒多年的碎银子,在大街上购买了许多小鱼、小虾,甚至是田螺。他们把购买来的生灵,放生到穿城而过的大河中去。他们在河边、白塔下跪拜佛菩萨,为自家亡灵滴水祈福。默默祈祷,今生苦难定能换得来生吉祥安康。

从各村各寨、四面八方,潮水般涌来的年轻人,他们汇聚在勐傣城中央广场上。男人们肩背象脚鼓,手拿锣铓,三五个一群,围着大大小小的白塔,模仿着各种动物的身姿步伐,跳着刚劲有力的舞蹈。他们把象脚鼓和锣铓敲得震天响。女人们围着象脚鼓,分年龄段和群体,各自跳着孔雀舞、马鹿舞、蝴蝶舞等古老的民间舞蹈。

曾祖父没参加放生的人群,他买不起放生的生灵。曾祖父没去敲象脚鼓,他的个头没有象脚鼓高。他衣衫褴褛,站在老菩提树下,观望官佛寺大殿,观望冲天佛光,观望天穹上众神的慈祥面孔,足足三天三夜。直到他吃完母亲留给他的糯米饭团,肚子饿得不行,才离开老菩提树,到大街上寻找食物充饥。

土司府前,摆放着七大甑子糯米饭。许多信徒自发上前去,把甑子里的糯米饭捏成拳头大小的饭团,偶尔把一小疙瘩红糖,塞进糯米饭团里,用芭蕉叶把糯米饭团包裹好,摆放在一张张篾桌上,供给过往的人群食用。有个别信徒，把手指大的一小坨银子，塞进糯米饭团里，用芭蕉叶包好，一同放在篾桌上。等待有佛缘的人食用到他们奉献的银子。

叶亮知道，现在波高村赶摆做赕，仍旧如此。被施舍的人，谁吃到糯米饭团里的红糖，将无灾无难，生活甜甜蜜蜜。有佛缘的人，才能吃到包裹着银子的糯米饭团。

据说，佛菩萨给了虔诚的勐傣人，一个成佛的机缘。那就是有生之年，能在赶摆做赕时所施舍的糯米饭团中吃到银子，并攒足二十四坨。用二十四坨银子，铸成一件佛祖使用过的法器，献给佛祖。就不用再受轮回之苦，可以飞升极乐净土成佛。

站在时间的流里，叶亮看到曾祖父蓬头垢面，踉踉跄跄赶到土司府门口的大街面上。七个大甑子里已没有一粒米饭，篾桌上也没有一包糯米饭团。周边，三五成群的人，狼吞虎咽吞食着饭团。曾祖父在篾桌前站了许久，呆呆注视着吞食饭团的人。他眼里射出的光，全是一双双饥饿的手，抢食别人的饭团。可惜他身体单薄，精神萎靡，什么也抢不到。

就在曾祖父转身踉踉跄跄离开时，他一头撞到一个挂着竹棍，头裹白布巾，身着白衬衫黑筒裙的老妇人。老妇人周身泛着淡淡光晕，手里拿着一包饭团，一脸和善，用慈祥的目光注视着曾祖父。

"孩子，"老妇人说，"愿你有一颗人间最纯洁的心，一生一世好好侍奉佛祖。"

说完话，老妇人把饭团递到曾祖父眼前。曾祖父弯下腰，恭恭敬敬接过饭团。他来不及说话，急急忙忙撕扯掉芭蕉叶，大口大口吞食糯米饭。吃了几口，他停住咀嚼。他的脸庞上，显现出痛苦而又惊诧的表情。他把嘴里的糯米饭吐在手掌心，咀嚼过的糯米饭，带着唾液和血丝，还有一坨散发着锃亮光芒的银子。

"我吃到银子了！我吃到银子了……"

曾祖父不顾牙口疼痛，忘了饥饿，兴奋地叫喊着。周边食用饭团的人，一个个看着他手中的银子发愣。等他兴奋过后，四下张望，想找到那个赠给他饭团的老妇人。可他没有找到。

这就是曾祖父吃到的第一坨银子。吃到第一坨银子，曾祖父就把他的一生交给了佛。那时候，曾祖父只是一个毛头小子。

叶亮怀里，小木匣子中，二十三坨银子锃亮的光芒慢慢暗淡，已在平静中沉沉入睡。叶亮的意识，逐渐从时间的流里退出。她看到夜空慢慢下沉，所有的星光，慢慢向她靠近，最后融入她怀中的木匣子里。叶亮才意识到，她抱着木匣子，整个人进入空灵和冥想状态许久。

"是时候把它们还给夜空了，"她自言自语，"这些都是曾祖父从凡人走向极乐净土的天梯，我不可以占有它们！"

叶亮放开怀中的小木匣子。小木匣子在夜空中渐渐上升，而她却在慢慢下沉。最后，在公寓窗前的灯火阑珊下，叶亮的意识发现，她修长的肉身犹如一条美人鱼，早就在席梦思床上入睡许久。

七

清晨，太阳刚刚染红东边云彩，江南小镇的黑龙潭边，一群衣着别样的异乡傣族人，跪拜在一棵古老的菩提树下。他们借着他乡的菩提树，为家乡的亲人祈福和祷告。蜡条的青烟，在菩提树下袅袅升起，与天边的红霞相连。浪摆上放着用芭蕉叶包裹着的茶叶、烟草、盐巴……撒豪里放着芭蕉、谷花、糖果、白线……有一个头裹白布巾的老人，手持经书，呢喃诵念着。

老菩提树粗大的主干上，已用棉线缠绕着与人体等高的芦苇秆。五彩的佛幡，刺绣着一幅幅佛经故事，一面面挂在菩提树四周，与天上出现的彩霞遥相呼应。土陶里冒着一股股茶叶清香气息。地面上摆放着，用芭蕉树皮制成的四方小食盒。食盒里堆满糯米饭和牛干巴。食盒四周，用竹签插满龙、虎、牛、马、羊、鱼、鸟、麒麟、荷花等纸艺品。

呢喃的诵经声，融入众人虔诚跪拜的祈祷声中，从老菩提树干里，向整个黑龙潭扩散开去。向上，直射霞光万丈的朗朗乾坤。向下，通过老菩提树根须，扎入大地深处。叶亮和众人的祈祷，通过菩提树连天接地，冥冥中与勐傣坝的山山水水相连在一起。

太阳初升，霞光万丈。众人双手合十，久久跪拜着老菩提树。他们为远方，千里之外的布陶依团，送去祈祷和祝福。

2021年3月发表于《边疆文学》第三期，同年5月被《中篇小说选刊》第三期转载。2022年获第九届云南文学奖，2023年6月转载于《中国作家网》

通灵鸟

这只鸟儿通灵。它赤色眼睑中，包裹着黑漆漆的眸子。死亡降临时，它羽翅丰满，全身乌黑，在黑暗中绽放出重生光芒。

一

一个秋高气爽的午后，一望无垠稻田中央，黄澄澄的稻谷为勐傣坝创设了灿金色梦境。大片稻田中间，一条条深浅不一的沟渠作为界线，勉强划分出村寨与村寨、户与户之间的田畴界线。沟渠里淤泥过膝，渠心大部分暴露在阳光下。太阳把渲染给秋天的金色，填充到渠底泥坑里，使整个坝子和谐划一，变成金灿灿世界。沟渠低洼处，汇集着一摊摊水泊。大大小小鱼虾，在水与泥之间成群游动，制造浑浊而不真实的假象，想借此逃过鹭鸶饥肠辘辘的眼。

一群毛孩，浑身糊满泥巴，从田畴边嬉戏打闹着奔跑而来。搅碎了秋天的宁静，带起一层层金色光晕，惊吓到伸着长喙准备捞鱼虾的鹭鸶。孩子们，来到一湾满是鱼虾的泥塘边，叽叽喳喳嚷闹观望着。一个身材高挑的男孩，注视着逃命的鱼虾。

"你们,"身材高挑的男孩,用不容置疑的口吻命令,"跳到泥塘里,捉鱼捞虾。"

"凭什么?"一个男孩抗议。

"对,凭什么让我们下去……"更多孩子抗议。

"凭我家比你们有钱!"身材高挑的男孩,在金灿灿稻田边,一脸傲气地回答同伴们。

"下去吧!你。"一个身材矮胖的男孩,大吼一声,推了一把身材高挑的男孩。

"啊……"

我突然从梦境中惊醒过来。

"依团,你这条养不乖的白眼狼,你怎会对我下如此狠手!"我自言自语叫骂依团。

这个梦让我生气!梦里,是我童年时带领伙伴们,在勐傣坝捞鱼虾的场景。

现在,我不在家里。不在我私下购置的,厮混的小别墅里。究竟在哪里呢?我也不清楚。我只记得,一大早开着车出来散心,在离城十几里的凤凰山脚下,登上一条人工栈道。

我不知攀登了多高。在一片松树林边有个八角亭,稍作歇息。昨晚啤酒喝多了,一大早尿泡胀疼,两脚发软。大活人不能被尿憋死。我顺着八角亭边,踏着被雨水打湿的松叶穿过松林。在离亭子百米远处,斜陡的一块巨石后面,拿出家私给野花野草浇水施肥。常年熬夜和过量饮酒,导致我气血两亏,尿尿时打了一个寒战。顿感脚下一软一滑,随即头重脚轻,滑入巨石下的石缝里。下坠中,头、身躯和四肢,与突兀的石块碰撞。疼痛感闪电般传入大脑。几个呼吸间,眼睛一黑,什么都不知道了。

从梦中醒来，浑身刺骨疼痛，眼前黑漆漆一片，我意识到还活着。身上疼痛过度，我心慌，呼吸困难。衣物被撕扯碎了，肌肤多处擦伤，浑身一片黏糊糊的，极为疼痛。黑暗中，对照身体各个部位传来的痛感，我估算着身体受伤程度。想象着自身伤势，完全清醒了。脸上，被一大片黏稠的液体，带着腥臭味连着头发，紧紧粘住了双眼。左手完全使不上劲，左臂骨折。右手也受伤不轻，无名指和小拇指骨折。庆幸的是，脊椎好像损伤不严重。忍着剧痛，我用右手仅听使唤的三个指头，费力地触摸左臂肱二头肌。一大片肌肤没了。

"萨图（善哉）！这是文着青龙尾巴的位置。"我失声惊呼，"青龙尾巴没了，以后叫我怎样震慑邪魔！"

左胸口也是一片辣疼，轻轻抚摸上去，衣物没了，只触碰到一片黏稠液体和翻卷起的皮肤。手指触碰到，如撒了一把辣椒面，痛得我哼哼唧唧，就要晕厥过去。

"这里文着青龙的头！"我再次失声惊呼，"一条腾云驾雾、吞云吐雨，上天下地无所不能的青龙，没了尾巴没了头。怕是连被斩去头颅，跪地匍匐前行的蚯蚓傲气都没了……"

我发泄一通怒气，右胸痛得不行。忙用右手摸了摸右胸口，黏糊糊一片。手指触碰到肌肤，传来阵阵刺痛。完了，这是文着战神白虎的虎头位置。虎头没了，何来战神！当初为了文这头白虎，请了勐傣坝最好的文身师，选了一个属虎日，服用了一小坨鸦片，昏迷小半天，才把这头威风凛凛的白虎文上去。白虎没了，我没惊呼怒吼。我得留着气力保命。

漆黑中，弥漫着血腥臭味，还有尿臊味。我下体潮湿、刺痛，黏糊糊的。是血液与尿液混合物，我小便失禁！小时候经常尿床，现在是身不由己尿裤子。整条右腿都痛，但勉强能移动。左腿很不幸运，小腿骨折,膝盖骨伤得不轻。左右小腿上文着的驱魔符咒,还有诱惑女性的经文,定是因肌肤破损残缺不全。从腿部到脚趾,每寸肌肤犹如千万根钢针扎着。

我无法抹去面部黏糊糊的液体,睁不开眼睛。额头一片刺痛。我想,额头上定是开了个大口子,像一只天眼。黏糊糊的液体,就是从口子里流出,粘住了眼睛和大半张脸面。

"萨图!佛菩萨保佑,总算脑袋还没摔坏,还能思考问题!"我庆幸自己,自言自语。

心理学家弗洛伊德说过,一个人处在极度疼痛状态下,最好的缓解方法,就是转移注意力。我强迫自己忘记当前处境,回想刚才的梦,我对依团有气。他竟敢违抗我的命令,还在后面推我。真该死!我暂不去回想依团。试着去回想我生活的勐傣城。糟糕,我对勐傣城一片空白。我再努力想,关于勐傣城的文字描写。有一个人,他是勐傣城小有名气的写作者,叫阿当。

阿当有一本描写勐傣城的集子,叫《勐傣记忆》,写了许多关于勐傣城的东西。这本集子,连书号都没有。阿当自己掏腰包,在某家复印店印制了百十本,送给他的文友。我有幸得到一本。当时我还表示,愿意出资赞助他,在正规出版社把《勐傣记忆》出版了。没想到,阿当不领情。这个家伙自以为是,真迂腐!

"……清晨,太阳把光倾泻在勐傣大地上,如金箔的光宇和着轻薄白雾,一层层铺垫在道路、村庄、农田、河流、竹林、佛寺、佛幡和人们脸上。勐傣城背靠凤凰山,坐视一望无垠勐傣坝。勐傣大河小心翼翼清洗着凤凰山脚下每一块岩石,绕过勐傣城,匍匐前行在田野间,向着天空与大地衔接的远方流淌去。风从菩提树上醒来,拉扯着晨光,搅动层层薄雾,翩翩起舞。勐傣坝活跃起来了,勐傣城有了喧嚣气力……"

这就是阿当《勐傣记忆》的开篇。我记得清清楚楚。这段话，我刻意熟背过。让我在许多朋友跟前，有了些许吹嘘资本。

关于勐傣城由来，《勐傣记忆》有一个章节，如是解说："勐傣城原叫凤凰城。相传，很久以前有凤凰飞来此修行。在凤凰护佑下，蒲人和巴绕克人相继迁徙于此，汇集成一个小城，得名凤凰城。"

其中，有一段文字描写蒲人和巴绕克人，离开凤凰城的悲伤情节，我熟背下来了。"天底下烧火，大地上搭棚。离家的狗不敢咬，离乡的人胆子小。麂子离不开山箐，蒲人和巴绕克人离不开护佑他们的凤凰……"有些诗的味道。阿当这个人，不要太自以为是，我还是愿意帮他一把。想起阿当，我便想起他在大街上捡烟蒂抽的穷酸样。真是个可悲的文化人。

《勐傣记忆》还写着，"后来，一种永生不死叫屁迫的魔鬼，入侵了凤凰城。它们无影无形，释放出一种剧毒瘴气，人呼吸后就会浑身忽冷忽热，打摆子。熬不过几日就丧命了。受屁迫迫害，凤凰城里死人比活人多，臭气熏天。修行于此的凤凰，认为这片土地已被玷污。于是，迁徙到凤凰城背后的大山里去。蒲人和巴绕克人，跟随着凤凰迁徙进了大山里。他们在大山里建造了一个大村落，就叫凤凰村，大山以凤凰村得名，叫凤凰山……"

这段描述我不敢苟同。我觉得，阿当没有好好听我们勐傣老人讲故事，没有搞实地调查。凤凰山里有个凤凰村，是真实的。我父亲就在凤凰村，发了一笔横财。听父亲讲，凤凰村的祭司还是个老中医叫陇依，是个非常神秘的老头。父亲好像与那个老头很熟。父亲在世时，经常在我耳边提起陇依家的事。

弗洛伊德转移注意力法，对我有作用。想其他事情，我会忘记一些身体痛感。特别是对《勐傣记忆》篇章的回忆,对缓解疼痛效果明显。书真是好东西!可惜,我没有把《勐傣记忆》读完,没几下就把我记住的内容回忆完了。

我努力去回想家人和朋友,以此来减轻我全身疼痛感。

妻子叶俸三天两头与我争吵,这次我失踪了她怕不?摔得这么重,她在乎不?情妇阿娇,若是知道我的伤势,肯定心疼死了!还有依团那帮哥们儿,现在肯定满世界找我。从刚才的梦就可以想象到,依团已在寻找我。就连大长老,也会为我诵经祈福……

果然,我原先的恐慌、后怕、焦虑、绝望,减少了许多。舒口气,平缓思绪,我臆想着,摔进石洞的不是我,是一个我憎恶的人。我只是在等待,等待这个人向我低头,我会以一个胜利者姿态蔑视他。这种奇妙想法,再次减轻我的疼痛感。可惜我对身边的亲人,印象不够深刻。由此看来,我也是一个自以为是的人,与阿当有相似之处。

为缓解身上疼痛,我只能切换想法,重回醒来时梦境中。泥塘里的鱼虾,争先恐后游进我身体,在我血管里奔走,躲藏在我脂肪与肌肉夹层里。

第一次敬畏神灵,就从那次捉鱼虾开始。生在勐傣城富户人家,我从小养尊处优,伙伴们个个让着我。年少时,我是勐傣城小霸王。那次去捞鱼,我命令伙伴们跳进泥塘里,用手当瓢把水舀干。告诫他们,看到大的鱼虾必须留给我捉拿。巧了,那天果然有大家伙。伙伴们碰到大家伙,都说有手腕粗,是湿滑难抓的黄鳝。

"你们都上来!"我命令小伙伴们,"我亲自下去抓。"

小伙伴们不情愿地从水沟里爬出来,一个个站在田埂边,等我下去抓。我跳进泥塘伸手去摸,几下便逮到了。比手腕还要粗一些,只是感觉那个大家伙,比平时捉到的黄鳝要粗糙得多,不钻泥巴,没有黄鳝的滑腻感,还长着鳞片。我心里暗暗叫苦,不会是抓到水蛇吧!我忐忑着,把"大黄鳝"捞出水面。

"啊,是水蛇!艾芒,快把它拽丢……"

"快跑,他会把蛇丢给我们的……"

伙伴们哇哇叫着,窜到稻田里四下避开。我定睛看,这哪是黄鳝,是一条灰黑色的水蛇,足有两斤重!我刚好抓住它脖子,它半圆形的小脑袋上嵌着一双灰黑色小眼珠,冷冷地盯着我。大概一米长的身子,带着一串串灰色泥浆在空中狂舞。眨眼工夫,它身躯死死缠绕住我的手臂。

"你们敢骗我!!!"我提着水蛇,撕心裂肺大喊大叫。

我被吓坏了,忘了松开手中的水蛇。水蛇挣扎着,伸长脖子,送出三角形嘴巴,几乎触碰到我脸颊。奇怪的是,它没吐信子,似乎没有要咬我的意思。只用冷冷的眼神,带着死神的审判,轻蔑、冰冷、神秘而又空洞地盯着我。

短暂对视,我感到时空静止了,仿佛过了几个世纪。那一刻,它冰冷的眼神穿透我双眼,直射后脑勺上。后脑勺的头发,全部竖了起来。那是一种让灵魂为之战栗的眼神,是来自神灵的眼神!现在回想起,我仍战栗。后来,是水蛇挣脱了我的手,还是我主动放了它,就搞不清楚了。总之,水蛇逃之夭夭。

那次,我受惊吓过度病倒了,躺了好几天,像现在一样小便失禁。后来的许多个梦里,那条水蛇冰冷、空洞的眼神,经常与我对视。每次对视,我都哭喊着从梦中惊醒,整个脊梁冒冷汗。那条水蛇的眼神,成了我的梦魇。父母知道我被蛇惊吓到,给我拴线叫魂。

我家在勐傣城地位特殊。给我拴线叫魂的人不是一般祭司,而是总佛寺大长老。总佛寺,是勐傣地方级别最高的佛寺,属一级佛寺,也是过去土司官佛寺,统管着村村寨寨千百个二级佛寺和三级佛寺。大长老德高望重，是总佛寺住持。老一辈都知道，大长老年幼时和我爷爷，一起进佛寺做小沙弥。

大长老年幼时家境贫寒，做不起小沙弥。我爷爷家境富裕，我曾祖父是个乐善好施之人。为了当小沙弥，大长老拜我曾祖父为干爹，由曾祖父资助他，完成升小沙弥入教仪式。后来，大长老升大和尚、升佛爷，被推举为总佛寺二长老、大长老的过程，都与曾祖父和爷爷的支持有着密切关联。

我爷爷与大长老，同升为大佛爷时已二十出头，同时恋上了我的奶奶。情爱上，大长老选择退让，住寺修行。爷爷则还俗，与奶奶结婚生子，过世俗生活。曾祖父和爷爷都过世了，仙风道骨、慈眉善目的大长老还健在。老俗老礼，只要大长老活着，他就是我们家的一分子。他念我们一家对他的恩德，我家做赕等与佛有关的事，都由他主持完成。就连给我拴线叫魂这种日常习俗，他也会亲自来主持。由此，我家在勐傣坝，便显得神秘和高贵了些许。

想到大长老，密密麻麻的疼痛感消失了。比回忆阿当的《勐傣记忆》还管用。我充满自豪感。

黑漆漆的石洞里，我已看到大长老，驾驭着一团金光，慈祥的面庞目光深邃，看得我全身温暖、舒畅和通泰。就在他要张口叫我时，他和金光消失了。取而代之，是一双深灰色的眼睛，眼光里只有冰冷和空洞。眼光不断放大。最后，变成整个石洞黑暗的源泉。大长老带来的温暖舒适感，在冰冷的眼光中消失，有的只是无尽寒意、恐惧和迷茫。

"该死的水蛇，"我愤怒地狂吼，"你的眼睛里住着魔鬼！"

事实上，我没睁开过眼睛，只是幻象，在大脑里像幻灯片，一幕幕闪过。水蛇眼睛突兀地出现，令我颓废和沮丧。我把跑偏、跑远的思绪强行拉扯回来。在内心原野浩瀚的空间里，寻找大长老影子，慰藉和抵挡时下的苦楚、危险境况。童年那场拴线叫魂仪式，重现眼前。

那天，母亲穿着白色对襟下摆衣衫，系着黑筒裙，头缠浅色浴巾，佩戴金耳环、金项链、金手镯。这样的服饰，她只有在浴佛节、关门节、开门节、千灯节、烧白柴，或到佛寺给过世的爷爷奶奶滴水祈福才会穿。父亲一身深蓝色西服，我则是一身儿童素装。

许多亲朋好友，应邀来参加拴线叫魂，家里挤满人头。大长老端坐在神龛前蒲草垫上，我们一家跪在他身前。中间隔着三个漆器篾桌浪摆。浪摆上放着一对熟鸡，一篾合糯米饭，一束叫魂线，一个立在盛满米粒瓷碗中的生鸡蛋，碗底压着一沓钱币。除外就是芭蕉、柑橘、杨桃、甘蔗等水果，还有用芭蕉叶包裹着的草烟、盐巴、大米、蜡条等祭品。

大长老右手握蒲葵扇。自下而上，遮盖住大半张脸，只露出他深邃祥和的眼睛。他小声极快地念诵招魂经咒。那些经文我听不懂。念完后，我们一家上前一步，单膝跪地，各伸出右手食指，按在盛生鸡蛋的碗和米上。大长老放下蒲葵扇，露出慈祥面庞，对我们一家和所有人高声念诵安魂经文。大意是：

"山神、水鬼你是哪一路的鬼，哪一路的神？

请给艾芒手下留情，宽宏大量，释放他的魂魄。

让艾芒的魂魄安安全全回归附体。

魂魄归来、魂魄归来。

魂魄沉入水底也要浮起来，掉进深坑也必须爬出来。

神鬼勾去了请神鬼归还……"

念了片刻，他用右手小拇指当勺子，在米碗上铲起十几粒米粒，撒在生鸡蛋上。有几粒米粒，落在光滑的鸡蛋上，没滑落到碗里。大长老让父亲细数落在鸡蛋上的米粒，是单数还是双数。父亲数了一遍又一遍，是单数。大长老看了一眼鸡蛋上的米粒，又高声念诵：

"人有人的世间，鬼有鬼的世界；人有人的去向，鬼有鬼的归途。

人不侵犯鬼的领地，鬼不得惊扰人的生活。

艾芒回来、艾芒回来。

回归你熟悉的村庄、回到你久别的家、回到你温暖的大床上。

从今天开始给你恢复食欲，给你嚼槟榔有味，给你生活正常。

人在魂魄在，相依为命，同属一人，形影不离……"

念完了，大长老又把一小撮米粒撒在神龛下，说我的灵魂已归来附体。最后，在我们一家三口手腕上拴好叫魂线，拴线叫魂才算结束。

二

童年生活，一幕幕在我脑海里闪过。回忆往事，身上疼痛感减少了许多，我忘了时间的存在。

"现在，我的魂魄吓丢了吗……"黑暗中，我反复问自己。回答我的只有无边无际黑暗。石洞里，空气带着死亡气息，一层又一层紧紧包裹着我。

反问无果，徒增恐惧。我的伤口，又开始隐隐作痛。那条水蛇空洞、黑暗、死寂的眼珠，又出现了，并不断放大。生出浓郁的绝望和死亡气息，压得我喘不过气。

"这真是一条让人心生畏惧的蛇！"我自言自语。

"愿佛菩萨保佑我脱困！"我诚心祈祷。

关于蛇，阿当与我聊过一些。他搬出勐傣人创世史诗来讲，讲得很认真。为此，我还送给他一条香烟。讲完，他拿起香烟就走，没半点感激我的意思。真是一个高傲的文化人！

回想起阿当故事的原话，他说，"勐傣人创世史诗上写着，蛇是大地上存在的强大物种，也是曾经的天神之一。从创世神王英叭，制造了第一代无名天神，到第五代天神加都罗神，神界井然有序。到了第六代天神帝娃达，神开始狂妄自大，帝娃达甚至敢藐视神王英叭。英叭盛怒，拔下毛发变成神棍，把帝娃达驱出天庭，赶下人间。帝娃达到人间也不安分，总是寻找机会报复英叭。英叭在人间有一个神果园，让两个憨神贡曼看守。帝娃达变成一条大绿蛇，钻进神果园，诱骗贡曼吃下仙芒果。从此，贡曼变成人类古丽玛和古丽曼，吃完了果园里所有仙果。英叭知道了暴怒，把帝娃达变成一条真正的蛇。惩罚他永远都只能在地上匍匐而行，永远不许开口讲话、申辩。所以说，大地上的蛇是天神，只是它们受到神王惩罚，不能直立行走，不能说话罢了……"

"阿当，如果你讲的是真话，也就不怪蛇的眼里总是充满着空洞、神秘、仇恨、控诉、不甘与冰冷。"我自言自语，在想象中与阿当对话。

"你童年抓住的那条水蛇，"阿当在我想象中出现，与我对话，"就是帝娃达的化身。"

"是神有话要对我说，只是我听不懂，"我回应阿当，"所以那条水蛇没有咬我，只是与我对视，让我解读它神秘、冰冷的眼神。"

"这是它没有咬你，最好的解释。"阿当说，"大地上行走的神灵何曾少过？就在我们栖息的勐傣大地上，蒲人和巴绕克人走了，勐傣人来了。先人遵从寨前渔，寨后猎，依山傍水建城邦的祖训。用大刀劈断屁迫的腿，用弓弩射瞎屁迫的眼睛，把屁迫赶出凤凰城……"

阿当在我想象中喋喋不休解说着。我没讨厌他。现在，我需要他不断给我解说勐傣地方的前世今生，慰藉我深受创伤的心灵和肉身。可惜，我现在不能送给他一条香烟。

"先祖们在天神帕亚英指引下，建造村舍、修道路、开沟渠、种水稻、筑起白塔和佛寺、栽下菩提树和凤尾竹。"想象中的阿当，兴致勃勃地说,"坝子中央有一片较为宽阔高地,就是原来凤凰城遗址……"

听着阿当的故事,我脑海里突兀地出现一片高地。我不知道,这块我想象出来的高地,是不是在勐傣坝。总之,我看到高地上,一条条写满经文的佛幡,高高挂在指向青天的竹竿上,四周是几棵忽视年岁生长着的菩提树。中央,矗立着稳健的白塔,建盖着白墙青瓦四壁贴金的大佛寺。佛祖饱满、庄严、慈祥的塑像,就供奉在佛堂大殿中央。高地,成了这块大地跳动的心脏。

"这座佛寺,不就是我们勐傣城的总佛寺吗?"我惊讶地问自己。

勐傣城的轮廓,在我脑海中不断放大、清晰。平日里,总佛寺的诵经声,村寨老人呢喃的祷告声,寻常人家早晚飘起的炊烟,勾勒出勐傣城的轮廓。那些横躺在凤凰山脚下,在勐傣城前方跪拜诚服,向着远方延伸去的众多村寨、道路、河流、沟渠、稻田和竹林、原野,全在我内心世界里活过来。我意识已钻出山洞,矗立在苍穹中,凝视着勐傣城,仰望凤凰山。看着由村寨、田野、丘陵构成的一道道城墙,一圈圈扩散开去,越围越稀、越围越远。最后,消散在天边薄雾与丛林黏合的远方,变成了勐傣坝。

"先祖们尚未迁徙到勐傣地方之前,帝娃达就在此留下神迹。"想象中的阿当说,"它曾与你五百五十世前轮回转世的灵魂对话过,这一世也不例外。"

"童年时代神就有话要对我说,"我说,"那我也释怀了。"

我与想象中的阿当对话,梳理我家发生过的许多事,神灵在其中左右的痕迹,变得有迹可循。

"我是坠落在帝娃达眼珠里,"我说,"它冰冷、空洞,满是黑暗的眼神笼罩了我。"

"算是吧!"想象中的阿当,点头答应我。随后,他的影子在我脑海里突兀地消失。

"阿当、阿当……"我疯狂呼喊阿当名字,想以此来抵御我创伤、孤独、恐惧的身心伤痛。

该死!阿当消失了。我扯回思绪,休息片刻。使出浑身力气,忍受着关节与骨头脱位后,又迫切需要相互衔接发出的疼痛感。抬起右手,慢慢拭去粘在眼皮上的污血,睁开眼睛。眼前一片黑暗,什么也看不见。

烦躁、愤怒、恐惧和无奈,在我大脑里狂生疯长。全身血液快速流动,疼痛感几何倍增加。在疼痛刺激下,我眼前闪现出一只生长在我灵魂深处,被我幻化过无数次的黑色雏鸟。黑暗中,它的轮廓愈加清晰,浑身长满黑色羽毛,细小的眸子,被带着火红光晕的眼睑包裹着。它张开嘴巴,口吐人言。

"艾芒有难!艾芒有难!"

这只暗藏在我心灵深处的鸟儿,出现了。它吓跑了与我对话的阿当,张口说话。

"是神灵告诉身处绝难中的我,"我自言自语,"必须丢掉幻想,开展自救才能脱离险境吗?"

我期望,浑身包裹金光的大长老出现,或我想象中的阿当出现,陪我聊天。但生长在我灵魂深处的鸟儿暗示我,必须丢掉幻想,开展自救。

长时间处在黑暗中,我无从知晓外面是白天还是黑夜。我浑身疼痛,就像躺在无数根竖立着的竹签上。长时间没挪动过,身体不能自制地颤抖。肌肤,一寸寸失去对冷暖和疼痛的感知,开始麻木,不可控制。我有种预感,生命大限将至。在心理某些方面,我已体验着死亡带来的恐惧,任由生命将归结为零的无助感威胁着。

幸好摔下来时,放在裤兜里的手机没摔坏。我摸出手机,就要报警求救。可细思,近来与依团在勐傣城犯的事,打消了报警念头。不报警，只能向亲人和朋友求救。石洞里信号极差。在等等停停的一段时间里，我反复给三个至亲好友打了求救电话。

第一时间，我给妻子叶俸连续打了多个电话，无法接通。明显是被她设置为黑名单。家里人靠不住。

"被子不如席子，茅草不如杂草……"我自言自语咒骂叶俸。

我给铁哥们依团打电话求救，遭到他恶意回复。我相信了，之前的梦里他是有意把我推进泥塘里。神灵已通过梦境，告诉我这个事实。只是，想到平日里我给予他的太多，不愿意接受而已。

几番折腾，在恐惧和绝望中，随着肌体功能衰减，求生意志力消耗殆尽，我精神颓废、恍惚。就在手机电量剩余不多时，我吸取了给依团去电的教训，在心里祈祷一番，向阿娇打电话求救。

阿娇是我最后的救命稻草，必须十二万分慎重和小心。我用身体里发出的剧烈疼痛感，强烈阻断颓废和恍惚意识。克服黑暗中袭来的阵阵恐惧，拨通她的电话，与其展开博弈。

电话那头传来"老公、老公我爱你，阿弥陀佛保佑你……"的彩铃声。

"阿弥陀佛，谢天谢地！"我自言自语。紧握手机贴在耳边，等着往日阿娇甜蜜温柔的话语传过来，驱赶我心头的绝望。

阿娇接听电话了！

"喂，艾芒！是你吗？"

"是我，娇！"

"都快十二个小时没看到你了，"阿娇说，"不要我了？"

"娇，特别想你！"

阿娇的声音满是激动和惊讶，不乏温柔和甜蜜，犹如蜜汁流入我嘴里。这是我为她疯狂，为她着魔的关键所在。听着她悦耳骨酥的声音，心里舒坦极了。

"又骗我！叫你去办的事，办得怎样？"

"就要办成了，叶俸已经答应过几天签字办手续。"我说，"我们的好日子就要到来了，娇！"

"又耍嘴巴，"她撒娇，"去、去，谁跟你过日子！"

"娇，你是八哥不识水牛，眼花缭乱辨不清哥哥。"

"谁是八哥谁是水牛？快把城南玉石店那块弥勒佛玉坠买来。"阿娇下命令，"没有佛菩萨保佑我不踏实，总怕你家母老虎找上门。"

"我像那种说了不算，跟鸭子一样只下蛋不会抱窝的男人吗？"我忐忑着说，"不就一块玉坠吗！提前给你的生日卡，可以让你开玉石店。"

"知道你有钱，给了卡却不给密码！"

"不急，跟了我还怕少了那样的卡？连我也是你的，等我回去就告诉你密码。"

"嗯！我现在就要密码，你快告诉我。快！"

通话出现短暂停顿，这是我故意停顿。我与阿娇是鸡看见蛇的脚，蛇看见鸡的奶，彼此知根知底。与她厮混一年，除了金钱外，我在她心里是有一席之地的。在金钱魔力下，我自信可以抓住阿娇这根救命稻草。

"娇，你真的想我了？"我故意问。

"我不像某些人，朝三暮四。"她在电话那头撒娇。

我已看到阿娇正款款迈步而来，献出妩媚娇怜的眼神，火热的香唇。伸出香臂，一把将我拉出这死亡的恐怖绝境。我要沉住气，十二万分谨慎。恐慌和绝望不是我的朋友，我的朋友是冷静。

"好，娇。告诉你一个很不幸的消息。"

"什么消息？母老虎不答应签字？我就知道！"

"娇，你听我说。"我把心脏提到嗓子眼上，慎之又慎地说，"今早我来凤凰山散心，失足掉进一个不知名的石洞里，浑身多处骨折，万分疼痛动弹不得，你快找人来救我！"

"你个老骗子！怎么不说掉进你家母老虎胯裆下的洞里。"阿娇愤怒了，"不想理我就算了，何必开如此恶毒的玩笑！"

"娇，我怎么敢拿性命和我们的幸福来开玩笑呢？手机快没电了，你赶快来救我！"

通话暂停。是阿娇有意暂停，我有些沉不住气。她的声音，突然从手机听筒里消失在我耳边。这个风情万种的女人，似乎从未闯入过我的世界，我第一次对她产生恐惧的陌生感。这是鸡落架挨棒打的前奏。短短几秒钟停顿，我感觉到与她的关系，如高山与大江大河间划断的鸿沟。

"你掉到石洞里去了？"她语气沉重地问我，"很深，伤得很重，真的没骗我？"

阿娇的疑问，让我惊恐加剧。持续的痛感，如长江大河绵绵不断袭来。大脑出现短暂空白和断片。我强迫自己保持清醒和冷静。但颤抖的语音，出卖了我。

"娇，听话，不闹。"我耐着性子说，"我的确掉进石洞里，具体多深我不知道，四周黑蒙蒙一片，什么也看不清。我早上十点左右就掉进来，当时被砸晕了，现在醒过来第一个就给你打电话。你快来救我，这个石洞在进入凤凰山不远处，栈道旁的一个小亭子附近，在一片松树林边巨石下的缝隙里。"

一个饥肠辘辘的生意人，没讨价还价资本。我用乞求的语气，一口气把自己坠落点清清楚楚说给阿娇。凤凰山离勐傣城只是十几里路程，已开通往返公交车，阿娇马上过来顶多只要半个小时。

"你现在还清醒吗？艾芒！"她在电话那边狐疑地问我。

"娇，我还清醒。"

"你没骗我？"

"都什么时候了，我哪能骗你！"

"我不信，"她用质疑的口气说，"除非你能把前几天送我的银行卡密码说出来，就能证明你说的是真话。"

通话再次陷入短暂沉默，我们彼此安静下来。出于本能，我对阿娇有了戒备。她的话，硬生生把我给噎住。

"娇，密码就是我们别墅的门牌号。"

用钱能够解决的事，那就不叫事，我不缺钱。我想通了，率先妥协。把密码告诉阿娇，她定能第一时间来解救我。

"嗯，我带人去救你。"

没了打情骂俏，少了关切、疼爱和焦急语气。我们的交谈变得干练、简洁和诡异。电话就此挂断。

"不符合逻辑！"我自言自语。

打完电话，我绝望了，先前的负气感没了。

"嗜酒的人不能让他守肉锅，口袋里有钱的人不能让他去看赌博。"我脑海中，阿当的影子跳出来，讥笑着对我说，"你忘记了我们勐傣人的古训了吗？"

"呵呵，"我苦笑着说，"我还是太天真，把一个钻钱眼子的风尘女子，看得太单纯。"

"呵呵，"阿当也笑着说，"你要承受大火烧沙滩，逼公象下仔的灾难……"

三

勐傣城不大，怪事不少。阿娇，一个身材姣好，穿着时髦，姿色过人的风尘女子，不知从何方，为何事而来，落脚勐傣城。是生活太平凡了，让我们年轻人生出许多新想法。异性之间，只要情趣相投，没什么不可能的。我和阿娇就是最好的例证。

以前的阿娇，是一家茶室的茶艺师。我们相遇，就有了故事。轰轰烈烈的婚外恋情，灵魂在肉体交往中放飞。为做长久打算，在城外郊区，我购买了一套别墅，与她过起浪漫小生活。

"老人说锅不歪，甄不斜，姑娘不轻佻，伙子不出格。"想象中的阿当影子，在我脑海里数落我。

"你能拯救危难中的我吗？"我怨恨地怼阿当，"没有，就请你闭嘴！"

想象中的阿当，不言语，只是默默注视着我。身陷绝境，再想起方才与阿娇的通话，有种从山巅滚雪球，引发雪崩的体验感。我绝望的种子就种在小雪球里。从上往下，过程是排山倒海和无边无际的恐惧，结果是没有半点招架之力的一场雪崩。

等待救援的时间，一分一秒流失。阿娇的背叛实锤了！我灵魂已从肉身上抽离出来，飘浮在半空中，冷眼看着血肉模糊、破损不堪的肉身。面目变得凄厉而冷静，肉身的疼痛感已不明显。肉身，成一具不知名的尸首，抛弃在黑暗、偏僻、阴冷的乱石堆里，与我的灵魂没有多少关联。

我肉身向旁边石块上，滑动了些许。就是这样一点移动，肉身突然有了痛感。钻心、刺骨的痛感，把我的魂灵硬生生拉扯回肉身。

就在肉身疼痛感，即将超出我意识承受范围时，大长老驾驭着金光，飘浮在我眼前。金光里充满磅礴的生命气息，附着在我肉体上，消除了大部分疼痛感。

"大长老，你救救我！救救我！"我哀求大长老。

大长老没开口，他用怜爱、慈祥、深邃的目光看着我。想象中的阿当，用平静的目光注视着我，没有半句言语。

我燃起了生的希望。缓缓抬起勉强能移动的右手，试图抓住大长老抛来的眼神和金光，来缝合身上创伤，试图站起来。右手还没抬起，金光和大长老突兀地消失。取而代之的是帝娃达冰冷、空洞和满是黑暗的眼神。我燃起的一丝生的希望，被冰冷的黑暗吞噬。心里莫名其妙想起，父亲说过凤凰山深处，建寨的蒲人和巴绕克人，被恐惧和痛苦一代又一代层层包裹着。我也被包裹在其中，陷入更大的绝望和痛苦中。

"你想起了你父亲说过，追随凤凰迁徙到凤凰山上，建立凤凰村的蒲人和巴绕克人。"沉默中的阿当开口说话。

"你知道我在想什么？"我惊诧地问。

"当然知道，"他说，"因为我就是你幻化出来的影子。换句话说，我就是最真实的你！"

"原来是这样！"我顿悟了。

"告诉你吧，"他说，"那些在凤凰山建寨的蒲人和巴绕克人，他们仍旧没能摆脱厎迫迫害。"

"他们怎么样了？"我急忙追问。

"凤凰村的人，他们在忽冷忽热的痛苦和惊恐中，不断打摆子死去。大寨子变成小寨子。人们在绝望中祈祷，期望能得到凤凰护佑。"

"后来呢？"

"后来，凤凰化作白发老者来到凤凰村。他从口袋里掏出一些绿叶子交给村里人，让他们泡水服下。蒲人和巴绕克人，喝了叶片泡的水后，摆子病治愈了。在老者帮助下，他们打败屁迫。屁迫被赶走，老者返回凤凰山。蒲人和巴绕克人怕屁迫再找上门来，舍不得老者离去。问老者叫什么名字，住在哪里，那种能医治摆子病的叶子是什么药？老者告诉他们，他叫叭艾冷，在凤凰山隐居修行，那种叶子叫茶，他已在凤凰山上种下许多茶树……"

"停，"我不屑地对阿当说，"你是要说，那个神秘的老者说完话后就消失了。蒲人和巴绕克人为感恩老者，从此尊叭艾冷为守护神。找到叭艾冷留下的茶树，世世代代栽种茶树，饮用茶叶，成了我们的茶祖。这种茶因产于凤凰山，得名凤茶。"

"你怎么知道？"他惊讶地问。

"因为我就是你啊！"我说。

阿当无语。如果我能渡过此劫，活着出去，我一定要给真正生活在勐傣城的阿当，多买几条好烟。免得他老是在大街上，捡别人的烟蒂抽。

关于凤茶的传说，父亲给我讲过，阿娇也给我讲过。我不陌生。黑暗中，蒲人和巴绕克人与凤凰村、凤茶的身世，在我眼前时空中一幕幕交错上演，让我想起了我的身世。

我本是勐傣林产公司大股东贺艾芒的独生子，已是而立之年。五年前，我大学毕业，与同班同学叶俸步入婚姻殿堂。我们结婚前一个月，在外出差的父母，赶回来给我们办理婚事，横遭车祸双双殒命。

"俊俏的人有汗斑，漂亮的人也有黑痣！"想到叶俸，我叹息着自言自语。

"地不薅锄茅草多，田不管理成草窝。"阿当说，"你们小两口虽然是大学生，但都贪图享乐，没有干事创业心。"

我不置可否。叶俸虽然生长在农村，但嫁入我家后，花钱速度不比我慢。吃的用的，她样样讲排场喜欢品牌。

"水牛要拉屎，尾巴先翘起。"阿当嘲讽我说，"你在外面有女人的事，她早就知道，但她没有心思管你。"

"是啊！男人如流水，女人似坝堤。"我说，"我是一股污浊的洪水，叶俸是一道蚁穴遍布的坝堤。我们小两口想吃不想做，就像鸭子不会抱窝，只等坐吃山空。"

"我喜欢你坦诚的样子。"阿当点头微笑着对我说。

他的微笑，让我心头颤动，感到莫名的踏实。我知道，现在的阿当，只是我脑海里幻想出来的影子。但我需要他陪伴我，与我渡过这个危难。我的思绪，被阿当的微笑，拉回往日挥霍无度、风流倜傥的生活中去。

我疏于对父母留下的林产股份管理，提出退股请求，林产公司股东们，按法定程序给我办理退股手续。得到父母全部遗产，我们小两口挥霍无度。平日里，我遇水恋水，见鱼喜鱼，眼花缭乱五色迷离地活着，成了勐傣城大名鼎鼎的花花公子哥。过了一段安逸日子，叶俸守不住我。我结识了三教九流朋友，身前身后陪着一群讨好我的人，个个与我称兄道弟，陪我到处寻花问柳。我们做好事犹如针挑沙，干坏事就像水牛顺坡往下滑。众多弟兄中，依团与我关系最铁，鞍前马后伺候着我，很顺我心合我意。

"群猪入菜地，总有一个带头。"阿当说，"特别是依团，处处为你当开路先锋，不论你捅出多少岔子事，他总能帮你摆平。"

"是啊，我们感情上好得只要我愿意，他就可以把肋骨拔出来给我要。"我说。

依团身上，我投入不少。只要他张口与我借钱，少则千多则万，我没说过半个不字，也没让他偿还过。

"依团黏上你，"阿当说，"就像憨蚂蟥吸住黄牛尾巴，你怎么会甩得掉。"

"我有了一把好使的刀子,在勐傣坝没有什么事我不敢惹。"我有些小得意地说,"背地里,人们都说我俩的关系是水牛皮只配狗啃吃。"

"你和依团,算是狼狈为奸吗?"阿当问我。

"你说呢?"我反问他。他陷入沉思,没有回答我。

我不需要阿当回答我。因为,我所思即他所想。沉思中的阿当,定然和我一样,想起勐傣凤茶的不凡,想起与阿娇的邂逅。

凤凰山产凤茶,勐傣城便成了茶城。凤茶产量不多,春茶更是少得可怜。春凤毛茶一芽两叶,一枪枪一旗旗,色泽圆润,气味芳香。泡在杯里,青绿汤色美如玉人。喝到口里,流露出大自然的芬芳。若有若无的古树茶清香气息,清幽持久的回甘味,喝过就忘不了。作为勐傣城殷实人家,我口不离凤茶,日日品夜夜喝。但凡家有来客,都要与人品茶论道,彰显我以茶会友的不凡身份。

依团为迎合我的喜好,把阿娇介绍给我。他第一次带我去阿娇那里品茶,阿娇身着紫色旗袍,端坐在一块古色古香的金丝楠木大茶板前。犹如楠木中金丝纹路形成的金莲花,美丽、端庄、文雅而又性感。

"水在于挑的人,菜在于摘的人,茶在于冲泡的人。"阿当说,"阿娇是算准等大象伸舌头赶快割,看见老虎伸舌头赶快躲的时机。"

我没反驳阿当,努力回忆与阿娇喝茶的往事。阿娇给我沏茶、讲茶。喝着春凤毛尖芳香回甘的茶水,听着她珍珠落地般的声音解说。我感觉已不食人间烟火味,顷刻便可以腋下生风、羽化成仙,腾云驾雾寻找蓬莱仙岛而去。

"三条山溪水不可同灌一垄田畴,经三座佛寺还俗的和尚不宜交朋友,与离异过三次的孀妇相结合就是大憨包。"阿当用讥笑的口吻对我说。

我找不到反驳阿当的理由。我与阿娇背着叶俸厮混在一起后,她便催促我和叶俸离婚,明媒正娶她。对于阿娇的要求,我是伸舌头顶住上天棚,吃果子卡住喉咙。只要她提起与叶俸离婚的事,我就跑回家和叶俸小住几天。叶俸给脸色看,我又躲到阿娇的安乐窝里去。

绝望中,人的第六感特别灵敏。直觉告诉我,阿娇和依团是一伙的,或许现在依团已鸠占鹊巢。把密码告诉给她,是一个错误的抉择。他们在我身上获取了太多利益,巴不得我早点人间蒸发。我现在的遭遇,正是他们脱离我掌控的绝佳时机,正好免去他们亲自动手除掉我的棘手问题,省去背负杀人犯的罪名和惩罚。

"哎,你是种田忘了留水口,盖窝铺忘了蒙顶棚!"阿当叹着气对我说。

我没理会阿当,任由他叹气数落我。虽身处绝境,但我还是不愿把家人和朋友想象得太坏。就像现在我想象出来的阿当,平日里我懒得理他,我们之间没多少交情,现在他却能在脑海里陪伴我。

往日,阿娇只要没见到我几个小时,就会没完没了打电话,而今天我却主动给她打电话。不会是昨晚她问起离婚进展状况,我不悦跑回家,伤了她的心吧?平日里,叶俸不接我电话是常态,但未曾把我电话设为黑名单,怎么今天就设了呢?昨夜我回家,她深夜未归。我在电话里问责她几句,就把她惹火了?一大早邀约依团出游,他不去。说了几句伤他自尊的话,就把他惹恼了?萨图!不可能!

我想不通。我生他们的气,更生钱的气,大脑里许多结打不开。平日钱那么好使,到生死关头,便失去以往魔力。搞不好,还会成为我走向死亡的加速器。

"他们要为我的死负全责!"我不甘心地怒吼。

感受到我的愤怒,阿当的影子沉默不语,静静飘浮在我脑海里。我躯体有些僵硬，必须最大限度疏通筋脉。我吃力地蠕动着腿脚和手，黑暗的石洞里，回荡着我大口喘息声。经过长时间挣扎，忍受着巨大疼痛，几乎耗尽全身所有能量，我终于半坐着，斜靠在凹凸不平的石壁上。

我心中那只幻化已久，已长满黑色翅羽的鸟儿，又出现在眼前。它展开翅膀，梳理着羽毛。黑暗中，用一双透着火红色眼睑的眸子，死死盯着我。这只通灵的鸟儿，就在我心里说起话来。

"艾芒要死了！艾芒要死了！"

四

十几个小时煎熬等待，手机电量即将耗尽，我机体能量也将耗尽。我要死了。听到心灵中这只鸟儿反复诉说，面对绝境，面对亲人、好友和情人的背叛，我是真的要死了。再借给我一百条命，怕也活不成。

"唉，艾芒啊，"阿当再次叹气说，"整治别人时，就算只有虱子那样微小，受到报应也会像大象一样庞大……"

我没接阿当的话，任由他叹气诉说。

我试着放下心中仇恨，调动全身力气，调整好呼吸。忍受着每动弹一次，全身肌肉和骨骼就会剧烈疼痛的极度不适，缓慢挪动身躯，平躺在地面上。通过蠕动，我用右手把骨折后不能动弹的左手，平放在裤腿破碎处，黏糊糊满是污血的左大腿上。强忍着右手无名指和小拇指骨折后带来的刺痛感。把还能勉强运动的大拇指、食指和中指贴在颚下。用中指堵住右鼻孔，两腿慢慢伸展开后又稍稍弯曲。这是佛祖涅槃姿势。

关于佛祖涅槃姿势，大长老讲过，是一种右侧卧的睡狮姿势。我去过许多佛教圣地，目睹过佛祖涅槃塑像。

阿当看我摆出睡狮姿势，在我身前转动、查看。我有些小得意，心想他是我意念幻化出来的，也有他不知道的东西。

"大长老讲过，三千大世界，中阴六道，生死相连，轮回不止。生是神圣，死亦是神圣。种下因收获果，终将不断交织与延续。"我得意地说，"这是睡狮姿势，就是为了更好地迎接死亡到来。"

"当死亡降临时，人身躯右侧的气脉会镇住即将游走的灵魂，使你因惊慌迷失方位，看不到本性中升起的地明光。"他不屑地说，"我说得对吗？"

"是啊！"我说，"当年，佛祖选择睡狮涅槃，就是让即将出窍的灵魂躺在躯体气脉上。如果再闭上右鼻孔，就可以堵住这些气脉，让烦躁不安的灵魂镇定下来。"

"唉，当真正死亡降临时，引导灵魂出窍轮回的地明光就会出现。"阿当说，"你镇静下来的灵魂，才会第一时间辨别出地明光。"

"在地明光引导下，我的灵魂从肉身顶轮脱离躯壳，不被身体其他孔道卡住。"我说，"我要跟随地明光飞入中阴六道，辨别出能轮回的神道、人道或阿修罗道，避免坠入饿鬼道或畜生道。"

"可惜，你这具伤痕累累的肉身，很难摆出当年佛祖涅槃时的睡狮姿势，灵魂怕是会被躯壳卡住……"

阿当所言极是。我现在全身伤痕累累，很难摆出佛祖涅槃时的睡狮姿势。待我肉身死亡时，难免要卡住我出窍的灵魂。可我又有什么办法呢？

提到前世、今生和来世的轮回观，我又想起凤凰村。想起父亲生前给我讲过，救治过他的老中医——陇依。

我就要死了。想到父亲讲到陇依一家时，就如讲自己的家庭故事。父亲说在凤凰村，陇依半人半神。我有一种预感，冥冥中，我的命运与这个老人会有关联。据说，现在生活在凤凰村的蒲人和巴绕克人不多，许多年轻人常年外出务工，或举家搬迁到外地居住去了。就连陇依家，也只有陇依和他的小孙女两个人。

身处绝难中的我，猜想着从未谋面过的人的模样。臆想着凤凰村的村前屋后，满山坡的凤茶，是陇依和未迁走的族人，愿意留在凤凰村的唯一理由。

"你居然想到陇依一家，那你知道三年前，凤凰村发生的那场罕见的地质灾难吗？"阿当冷不丁问我。

"不知道。"我故意回答。

"我告诉你，"他说，"现在的凤凰村，从老村旧址迁出一段距离，在一片茶园边重建。村前横淌着一条小河，房舍是青瓦白墙，四周绿山清水环抱。那块挂在老村后山的陡坡，已过去了三年，可仍旧灰蒙蒙一片。那是凤凰山一道不可愈合的伤口，是亘古大地与创世之神英叭搏斗留下的创伤，也是令凤凰村人悲伤和惊悸的巨大伤口。那道伤口就长在陇依身上，将他一次次活生生撕裂。无数个梦魇，就潜伏在被撕裂的每一寸肌肤里……"

"我现在的伤痛，"我打断他的陈述，"与陇依的伤痛一样，是一种实实在在，发自肉身和灵魂的阵痛。"

"你的伤痛，无法与凤凰村的灾难相提并论。"他说，"据说那场灾难，与你父亲有一定关联……"

提到父亲，我脑袋里乱成一锅粥。父亲死了，母亲死了，现在我也要死了。如果父亲犯下的错，用他和母亲的生命来偿还还不够的话，现在刚好用我的生命去偿还。

我没理会阿当的质疑。边想着凤凰村、陇依家和我父母的事，边艰难地挪动身躯，硬生生完成涅槃姿势。等待死亡降临，等待地明光出现。

等待中，我想起常坐在佛堂竹椅上，为我解惑的大长老，想起阳光下他暗紫色的袈裟，想起他面庞泛着的祥和笑容。他深邃的眼眸中射出怜爱、慈祥、睿智的目光，那是洞察人间疾苦的目光。我精神了几分，往事浮现在眼前。那只长着黑色羽翼的鸟儿，第一次出现在我心灵的眼里，是在父母的灵堂上。

父母因车祸惨死在外面，遗体不能抬进村寨，只能在城外举办葬礼。好在我家在城外有几个大仓库，亲人们选了其中一个仓库布设灵堂。给忙碌一生，不得善终的二老举行葬礼。

父母的灵堂大气、庄重，充满悲伤气氛。他们的遗像，挂在灵堂正中央，二老面带微笑注视着来向他们道别的人群。作为他们唯一的子嗣，我没有众亲人期待中的悲伤神情。身着丧服的我，不时把头斜靠在已和我订婚，同样身着丧服却异常艳丽的未婚妻叶俸肩上。嗅着她淡淡的乳香气息，昏昏欲睡。

为父母主持葬礼，诵经滴水和拴线的仍旧是大长老。大长老带着总佛寺的几个大和尚，几天几夜端坐在人们为他们临时搭建的帕萨里，给父母诵念超度亡灵经文。

来向父母道别的人，特别是男士，都向我们小情侣投来异样眼光。目光久久停留在，叶俸耸起的胸部和俏脸上。

"果然是妻子漂亮就怕外出经商之时，妻子丑陋就怕过节赶摆之日。"我在心里自言自语。

无所谓了。办完父母丧事，接着就要办理我和叶俸的婚事。

我不屑去顾及那些异样眼光，我关注的是设在灵堂门口的收礼桌。每张桌子边各坐着一对中年男女，男的忙着记录来吊唁者的名字，女的忙着接收清点丧礼金。父母灵堂没撤之前，他们一直忙碌着。

来往者，多是附近村寨的亲朋好友。他们抬来一篾箩又一篾箩大米，拿着一包又一包用刺桐树叶包裹好的糯米饭包，送上一份份为数不多的钱币作为礼金。送了礼金，他们各自到丧场帮忙去了，与做自家事务无二样。办完丧事，总管移交给我的礼金之多，着实让我大吃一惊。看着礼金，我还臆想过，要是父母能够风风光光死上几回，我何止少奋斗二十年。

就在为父母守灵的最后一夜，当我在叶俸肩上沉沉入睡时，模模糊糊中，看到躺在棺椁里的父亲活了过来。他老人家爬出棺椁，惨白无血色的面孔，对着众人诡异地怪笑。众目睽睽下，他机械式地走到母亲棺椁旁，用力推开棺椁盖子，爬进去脱掉母亲身上的寿服，无所顾忌地与母亲上映活春宫。

我惊恐羞怯地看着父母不雅行为，想起身去制止，发现自己动不了。就连怒斥、制止的声音也发不出。四周守灵的亲朋好友，他们各自闲聊着，装作没看到父母的举动。叶俸脸上没泛起半点羞怯的红晕。我只能怒视，任由父母在灵堂上草率、羞怯而又不真实的胡来。苦苦等待着一切尽快结束。

许久，父母交合结束。母亲赤裸的肚皮，以肉眼可见的速度鼓起，然后产下一个硕大的肉红色巨蛋。那个巨蛋，径直向我"咕噜咕噜"滚过来。我害怕极了，拼尽全力要喊叫。突然，那个巨蛋裂开。一只全身通红不长毛，眼睑包裹着一道红光的雏鸟破壳而出。它颤颤巍巍站起，向我迈进几步，睁大眼睛战战兢兢与我对视。我极度惊恐，要向守灵的人群喊叫求救，那只鸟儿率先开口说话。

"艾芒的父母死了！艾芒的父母死了！"

遭受如此惊吓，我从叶俸肩上惊醒过来。原来是一场梦，吓得我浑身都是鸡皮疙瘩。自从做了那个怪梦后，这只破壳而出的鸟儿，一直生存在我心灵最深处的黑暗中。它啄食着我心中的黑暗和戾气，渐渐长大。

父母遗体火化后，骨灰在大长老和众僧人诵经声中，由亲人们拾起投放到勐傣城外的大河里去。

父母离世后，我想不通。去总佛寺找大长老解惑。

"大长老，"我虔诚地跪在大长老身前问，"我父母一生乐善好施，大大小小的赕做了多少次，最后却不得善终。这是为什么？"

"艾芒，我们勐傣人的词典里没有死这个字，人死不叫死，而是轮回，是生前包来的饭包吃完了。"大长老说，"今生寿命的长与短，是看前世饭包的多与少，吃完走人。今生离世的人不是因为这样或那样的问题，而是命中注定……"

大长老的话，让我想起父母灵堂前，乡亲们供给父母的糯米饭包，多得堆成小山。我想，来生父母食用那些饭包，定会长命百岁。

"我们勐傣人把一个儿子送进佛寺做小沙弥，父亲就会得福。"大长老说，"把第二个儿子送进佛寺做小沙弥，母亲才会得福。"

"像我家只有我一个儿子该怎么办？"我问大长老。

"你升过小沙弥，你父亲得福了。你母亲要得福，那你就要在你母亲有生之年，去参加得以善终的老人葬礼。"他说，"亲自参加抬棺出殡五次以上，积攒下来的功德，相当于你又升了一次小沙弥，你母亲就得福了……"

我短暂的一生没做过几件好事，对不起许多人。但我升过一次小沙弥，先后不止五次为各村寨善终的老人抬棺出殡过。这样算来也不枉父母养育一场，我已各自为父亲和母亲造了一次福业，也算尽了孝道。人活过，尽了孝道，可以死了，不算夭折。

父母一生，或许做过不清白的事，或许对佛菩萨不够虔诚，抑或荼毒了不计其数的生灵，但他们轮回时，已被勐傣大河洗得干干净净。

我为自己感到遗憾。在这黑不溜秋，满地污浊的乱石丛中，即将死去，走向来生。今生不洁，来生不净。可我有的选吗？萨图！我期待大长老驾驭着金光而至，给我受损严重的肉身再拴一回魂线，洗尽污垢。让我的灵魂轻快、整洁，不再彷徨，好跟随即将升起的地明光，在中阴六道中，不会坠入饿鬼道，顺利轮回人间，积德行善，好好做人。

身处绝境，大长老说过的话，又在我耳边响起。我对死亡的到来，少了恐慌和畏惧，多了平静和坦然，没留下多少遗憾。

日后，如果有哪个好人来替我收理尸骨，我会冒着灵魂破碎的危险，给那个好心人念上一段大长老教过我的安魂曲。也算是给自己即将轮回的灵魂，念上一段古经文里的引路经。说念就念，我在脑海里默念。阿当与我同念。

佛菩萨保佑的人啊！
愿大地上的一切灾难都远离你。
所有阴间的鬼怪都不敢侵犯你。
水有水路，火有火道。
我就要去过我阴间的日子了。
你要走好你人间的道。
我们各行其道，各走其路。
你也安好，我也走好……

默念完安魂曲和引路经文，我没多少放不下的事了。阿当平静地看着我，不再开口说话。我没想过，陪伴我死亡的人，是与我没有多少交集的人。我在大脑里，双手合十，给飘浮的阿当影子鞠了一躬。

"来生为人，"我说，"还赶上现实中活着的你，你的烟钱、酒钱、茶钱，我都包了。"

阿当笑而不语。如果石洞里有一面镜子，可以看到，我虽满身污垢，但仍旧流露出满足而安详的笑脸。这是我留给人间，最后一丝笑容。也是我开启中阴六道轮回，寻找地明光的一把钥匙。心里那只长满羽毛的鸟儿，在黑暗中与我对视。我不想惊吓它，免得它大声叫唤。比起依团、阿娇或叶俸，那些沾满金钱臭味的人，这只我用心灵气血喂养出来的鸟儿，还有阿当的影子，才是真正的朋友和至亲。

危难中，这只鸟儿和阿当的影子，不离不弃陪伴着我。阿当是我想象中的我，这只鸟儿是什么？它似乎有所图，似乎在警告我，不能随随便便抛去肉身，我的肉身是它的栖身之所。我快消散的意识，又清醒过来。肉身发出微弱生命气息，艰难地延续着。

"是不是我生前，还有哪些难以释怀的事没有回想起？这只鸟儿，才不愿意让我告别今生？"我问自己。

要说难以释怀的事，自然是有，而且很多。只是不想再回忆罢了。不想搅碎现在平静、坦然面对生命终结的意境。可有些事如果现在不回忆，今生怕没有平息它们的机会了。特别是之前打的三个电话，我最在乎的三个人，他们给我的回应。瞬间，我又开始愤怒、暴躁、仇恨、不甘和绝望。破损的身躯，剧烈疼痛。刚刚忘却的往事，一幕幕浮现在眼前。

用金钱喂养的人性，危难时刻，不堪一击？萨图！我要怎么宽恕叶俸、阿娇和依团他们？我臆想着，叶俸不再生我气，她漂亮的脸蛋，泛着迷人的笑容，带着淡淡乳香气息，正对我微笑。阿娇和依团叫唤了许多朋友，正来寻找我。说不定，他们马上就要找到我了。我不会这样不明不白死去。于是，我又充满生还的毅力和勇气。

看了看手机微弱的电量，再次拨打叶俸号码。电话那头传来的，仍旧是标准的女播音员声音"对不起，您所拨打的电话无法接通……"我有些气馁。叶俸是我的妻子，法律上承认的合法配偶，在这个世上除了父母以外，是我最亲近的人。

感情上还接受不了，第二个给依团打电话的念头，因为从梦中，我意识到依团背叛了我。犹豫几分钟后，我给阿娇打去电话。阿娇的号码，在手机电量不足的警报声中拨了出去。在我焦急而又满怀希望的等待中，电话那头，传来标准的女播音员声音，"对不起，您所拨打的电话已关机……"没关系，也许阿娇的手机电量耗尽了。我驱赶着心头狂涨的失望与恐惧，拿出让人背叛后心灵还在滴血的阵痛感，艰难地拨通依团的电话。电话那头，再次传来女播音员的声音，"对不起，您所拨打的电话已关机……"

我不愿意放下紧贴在耳边，有些发热的手机。即使再次遭受一连串打击，我仍旧臆想着叶俸、阿娇或依团正与我通话，询问我遇险的具体位置，正在安慰我……

五

冥冥中的求生欲，把我的魂魄牵引到凤凰村，那个不曾谋面过的陇依身上。这种奇怪的感觉，让我在意识的冥想中，清晰地看到陇依的一举一动。老人须发雪白，一身灰长衫，靠在院落躺椅上，手握抖茶罐，编织过往岁月故事。凤凰村遭遇山体滑坡，家人的罹难是他记忆中最难翻过去的一页。是守护神叭艾冷让他活下来，给予他失去亲人的最严厉惩罚。

"我刚到凤凰村时，村周边参天古木遮天蔽日。"我听到父亲说，"许多蒲人和巴绕克人的房屋，都从树上长出来……"

凤凰山有极其珍贵的金丝楠木种，在外面卖价很高。父亲和城里的木材商，到凤凰村的目的，就是要砍伐凤凰山的金丝楠木。

手机时钟提示，我在石洞里待了十六个小时。洞穴黑暗潮湿，一些看不清不知晓的虫子，有毒的无毒的，全都向着我蜷缩的身躯奔袭而来。它们把尖锐的吸管扎进我血管里，尽情吮吸我体内黏稠的血液。它们舔食着凝固在我伤口上的淤血，在翻卷裂开的伤口上嬉戏打闹。我血液里浓稠的酒精气味，让它们疯狂。它们在黑暗掩盖下，宣泄着亢奋和狂躁的情绪，洞内一片繁忙和骚动。我用伤口上无数毒虫啃咬、嬉戏带来的痛感，对抗着精神上在危难时刻，遭遇众叛亲离的种种打击。因失血过多，我逐渐失去对周边环境的感知能力，意识慢慢模糊，开始出现幻觉。

"唉！几条烂鱼臭遍全筐，变坏几个人影响一个村庄……"我想象中的陇依在叹息，在喃喃自语。

我脑海里，呈现出一些蒲人和巴绕克人，被尸迫附体，着了魔，神志不清。他们跟着城里人，砍伐自己家园的参天古木，贩卖楠木。见有利可图，全村人投入到砍伐大军中。没几年光景，凤凰山的林木倒在斧口锯齿下，村周围树木被砍伐光了，留下一座座光秃秃山头，低矮的茶林散布其中。村里人建起的洋楼像火柴盒，插在灰色的山谷里，散发着新型建材的刺鼻气息和灰白刺眼的光。人们僵硬、麻木的脸上，泛着对物质欲望奢求的笑容。凤凰山每一片森林，响彻着森然、刺耳的电锯声、刀斧声。

为了不让自己昏厥过去，我在记忆的海洋里寻找和筛查，我最难忘的事件和言语。原先向依团拨去的求救电话，与他的对话，一言一语，重新在我耳边响起。

"喂，艾芒，你又有什么事了？"

"你小子少废话，快来救我！"

"艾芒，你贵人有洪福，怎么轮到我们这些人渣救你！"

"依团，我们是一根线织成的筒帕，是一片竹篾编成的篱笆，"我说，"更是竹离林成篾，云贴天成雨的患难兄弟。早上就骂了你一句人渣，你还当真！"

"艾芒，劈竹子绕不开竹节，说话不必拐弯抹角。"他说，"以后我们豪猪走豪猪路，麂子行麂子道。你们有钱人，我依团高攀不起，以后你的事不关我屁事。"

"依团，你这个人渣，你是小狗记不住主人，谁的饭团子大就跟谁！"

"对，我是人渣，就是因为整天跟着你才变成人渣。"他大吼，"我这两年救过你命的次数比脚下踩死的蚂蚁还多。你是虼蚤吃饱了就跑掉，麻烦事全留给我虱子来担着。"

"依团，你还算个人就赶快来救我。"我气急败坏地说，"只要这次你把我救出来，你前几天和我拿走的十万块钱不用还了，另外我还要再给你十——"

"闭上你鸟嘴。艾芒我告诉你，被压在山底的木料不会腐掉，像我一样被压在社会底层的人死不了。"依团用森然的语气说，"不要以为你有钱就可以为所欲为。你出得来我把钱还给你，你出不来死在哪个石洞里，到阴曹地府，我买十万块冥币烧给你去花。"

"依团，你这头驯不乖的牛，迟早要被人穿鼻桊的！喂……喂、喂……"

依团挂了我的电话，从没过的事。回想起就让人生气。

"依团，老子出去把你劈成八块。"我恨恨地大吼。

石洞里传来"嗡嗡嗡"回响声，一些细小的石子从高处震落，变成一群魔鬼，嚎叫着靠近我。我怕了，怕被魔鬼撕碎，怕朋友在危难时刻与我决裂。

"夫妻打架可以同入睡,兄弟厮杀小命垂危矣。"阿当在我脑海里,摇头叹气对我说。

"是啊,平日里,我名声大如三牙象,"我在脑海里苦笑着说,"但离开依团一伙哥们,也就只有三根茅草的威力……"

时间,一点一滴消融着我的生命力,通过在脑海里与阿当对话,之前与依团对话的恨意,慢慢淡出我脑海。我把手机从耳边移开,平放地上,节省最后一点电量。保持安静,保存最后一点生命力。乞求奇迹出现,让我有生还机会。可越是想平静,内心越汹涌澎湃。被至亲和好友叛离,是我无尽恨意和怨念的源头。

我越想越气愤,身体各个受伤部位剧烈疼痛,已不能保持先前睡狮姿势。仇恨的种子,在我体内疯狂发芽生长,愤怒的气焰生出许多根须和枝枝杈杈,就要撑破身体的破损部位,在黑暗洞穴中狂生猛长。思想深处萌发的恨意,撑破我肠胃,刺穿心、肝、胆、脾、肺,拉扯着脊髓里每条神经元。传送着巨大疼痛感和仇恨气焰,远超身体破损处带来的痛楚。脑海里,阿当的影子被我生出的仇恨气焰吓到了。

"艾芒,你是有多大的仇恨和不甘啊!"他惊奇地说,"再这样下去,你的肉身会被你仇恨的戾气崩碎的。"

"我不甘心……"我在脑海中,愤怒地嘶吼。

我渴望着,大长老驾驭着金光再次出现。长满黑色羽毛的鸟儿,快些跳出来和我对话。可先前生起的异象,全都匍匐到更黑的黑暗中去了,除了阿当影子还在关注我外。有的只是帝娃达,冰冷而空洞的眼眸,释放出无边无际的黑暗,占满我精神意识空间。是死神要给我凌迟。要在我灵魂和肉体上,剐九千六百刀,把肉身削成肉泥,把灵魂击成齑粉。

"啾、啾……"

"啊……啊……"

几声刺耳尖叫,我左膝盖破裂处传来剧烈刺痛。肯定是有一只硕鼠盘踞在那里,张开獠牙大口大口咀嚼膝盖上的骨肉。这突如其来的钻心疼痛,把我的思绪打断。我满心恐惧,痛苦喊叫,用仅能稍作移动的右手,艰难地去触摸左膝盖。

"啾……"

右手指尖才触碰到左膝盖疼痛处,又是一阵诡异的刺耳尖叫。我手指尖,触电般传来一阵刺痛。被怪物咬到了,痛得我心头一阵痉挛,本想大声喊叫,但没了喊叫的气力。长时间没喝过一口水,没进过任何食物。对于一个娇生惯养的公子哥来讲,疼痛、饥饿和恐惧,早就到达生命所能承受的极限。我离死亡,只有一步之遥。

听说,凤凰山有一种食人血肉的血蝙蝠。大如碗口,牙齿锋利,叫声刺耳,能轻易咬开牛羊毛皮,吮吸和残食动物血肉。这种血蝙蝠极易传播各种病毒,被咬到的牲畜和人,难逃厄运。现在舔舐我伤口,咬伤我手指的怪物,肯定是血蝙蝠。我不被困死在石洞里,也要被血蝙蝠活活咬伤,再传染上某些超级病毒,浑身腐烂而死。

"我还年轻啊!多少美好生活还没享受过。"我在心里嘶吼,"父母留下的遗产,大部分还没花。就要死了吗?萨图!"

"砸不碎铁锅摔木勺,劈不动铁甄砍甄脚。"阿当的影子突兀地说,"艾芒,你想让背叛你的人,在臆想中怎样死去?"

"是啊,我可以在臆想中杀死他们!"

"你臆想中,想让他们怎样死?"阿当问我。

"我对所有人都充满恨意。"我在脑海里对他说,"我要把叶俸、阿娇和依团他们三个捆起来,卸掉他们手脚,把他们丢进这个石洞里。

让他们体验比我现在恐怖和绝望百倍的苦难，最后在痛苦绝望中被折磨死。"

"你这是狗尾巴塞进竹筒里。"他说，"你没必要恨所有人，但你对他们三个的惩罚太轻了。"

"你有更残酷的折磨人方法，让他们极其痛苦地死去？"我问他。

"有，待我想想。"阿当边回答我边沉思。

我的亲人朋友是撵猪撵到篱笆根，逼狗逼到墙旮旯的绝境，我不疯狂都不行。仇恨、暴躁与报复的念头，占据我整个脑袋。在阿当沉思时，我大脑高速运转，再度燃烧剩余不多的卡路里。我想到古今中外那些最严厉的酷刑，那些最为血腥暴力的行刑手段。譬如剖腹、投掷、十字架、凌迟、车裂、抽肠等极刑。

时间在流失，我的虚弱感愈加明显，我脑袋里，完全被泄愤和复仇的烈焰点燃。臆想中我已看到叶俸、阿娇和依团他们受到我设定的酷刑惩罚。

"我为你的仇人设定了一种极端的酷刑。"阿当说。

"什么刑罚？"我问。

"中世纪西方的饿刑。"他说。

"一种不够，他们有三个人。"我在脑海里狂吼。

"你听我讲，"他说，"我让你妻子叶俸接受饿刑。把她四肢死死钉在烈日下的石板上，她嘴里装上一个铁舌头，还戴着一副铁嘴皮。这样她不能进食不能说话，也不能动弹，只能被活活饿死或被烈日烤死。她的花容会一点点干枯下去。女人最注重的就是容貌，她会惊恐、会痛苦。然后不断摇着头向你求饶。你可以冷酷地看着她，在烈日下，通过漫长的时间，看着她被活活地晒死、饿死……"

在阿当描述的酷刑中，我看到叶俸最终熬不过折磨，浑身戴着刑具被晒死和饿死在石板上。她曾经漂亮的脸蛋，颧骨高高隆起，嘴巴干瘪。她曾经高挑而丰满的娇躯，被饥饿和烈日双重折磨，变成干尸，与一棵干死的枯树无二样。我高兴极了。

毒虫们，欢快地吮吸着我的血液和体液。它们"咔嚓、咔嚓"咀嚼着我体内的仇恨。仇恨的种子，在它们身上落地生根发芽，反过来吮吸着它们体内的血液，与我意念有着切不断的联系。我大脑里的仇恨和怒火，变成马尔克斯笔下光的激流，如长江大河冲破脑壳。顿时，一道道红色光流喷涌而出，瞬间填满整个石洞。

借着红光，我看到身上爬满无数叫不出名的毒虫，正舔舐我的血肉。四周飞满血蝙蝠，石丛中还有眼镜蛇、蜈蚣、蜘蛛、蝎子等毒虫。它们看着我，嘲笑我，向我涌来。潜伏在心灵中的鸟儿，被红光照得异常清晰。它正视着我的眼睛，拍打着乌黑的翅羽，红眼圈变得清晰而明亮。片刻，鸟儿对我喊话。

"艾芒死了！艾芒死了！"

我万念俱灰，浑身痉挛不止。"啊……"堵在胸口多时的一口闷气，终于被我悲愤之力逼出体外，发出震动山谷的吼声。一声怒吼后，身体极度虚弱，我失去意识昏死过去。

六

昏迷中，在一个特殊空间里，我看到父亲的伐木车队，满载着木料从凤凰山开出来，前不见头后不见尾。一棵棵古老粗壮的金丝楠木，躺在卡车上。它们泪眼婆娑，向我靠近，与我擦肩而过。它们的啜泣声，逐渐被卡车发动机的轰鸣声代替，回荡在凤凰山岭中，大地微微颤动。陇依听到凤凰尖锐刺耳的悲鸣声。森林没了，凤凰要离开凤凰山，叭艾冷不再保佑他的子民。每次祭祀寨神，蒲人和巴绕克人把从外界购买来的，越来越多的，形形色色、五花八门的祭品摆上祭坛。以此压制他们诚惶诚恐的心，在守护神叭艾冷面前，尽显虔诚本色。

"山猪不会吸食田螺，山人不会把牙齿漆黑！"陇依站在山巅巍巍颤颤自言自语，"我们蒲人和巴绕克人的钱袋子，是靠着砍伐山里的木材鼓起来的。我们还有更多的钱要去赚，还有更漂亮的洋房等着建盖，还需要砍伐更多的林木……"

陇依上山采药时，不止一次听到凤凰悲鸣声。那愤怒、凄惨、尖锐、刺耳而又神秘的声音，是他听过的鸟类最悲惨的鸣叫声。他无法用言语表达、描述那种声音。

"我们的保护神啊，您早就绝望和愤怒到了极点……"陇依站在山巅哭诉、祷告。

是手机时钟闹铃，让我在昏死中有了一点意识。我已在山洞里待了十八个小时。我无法判断，自己是死了还是活着。我有意识，身体却动不了，肌体失去知觉，没了先前的疼痛感。我想，我的灵魂肯定离开了伤痕累累的肉身，飞越到另一个世界去了。是天堂还是地狱，我说不清，只知道四周黑漆漆一片。

面对黑暗，我怀念人间温暖的阳光，新鲜的空气，翠绿欲滴的林野，蔚蓝的大海，形形色色的善男信女……可现在什么都没了，除了黑暗。活着真好，哪怕像一个乞丐，甚至像一只流浪狗一样。只要能活着，一切皆美好。离开人间，生前之物已无可恋。之所以会死，叶俸、阿娇、依团他们之所以没来救我，就是金钱的缘故。

如果我不是勐傣城首富的独生子，如果我生长在一个穷苦的山村，或许现在已与妻儿默默地在乡间田野里耕作着。没那么多钱，就不会结识专拍我马屁的人，没有去包养阿娇之类闲散女子的机会。生在富有之家,受过高等教育,在物欲横流的社会里扭曲了灵魂。失去对美、丑、善、恶的辨别力。我这是自作孽。村寨的老人们曾多次劝诫过我,做人要像一条穿行在荷池里的小船,别搅浑水,别碰坏荷花。可我就是不听劝,一意孤行。

想到父母,我极其愧疚。自始至终,父母把我当成心肝宝贝,而我却成了烧坏他们身子的红火炭。

上小学时,有一次同班同学神侃汉堡如何美味,听得我目瞪口呆,回家逼着父母买汉堡。那时勐傣城没有一家汉堡店,父母也不知道什么叫汉堡。为顺着我,他们向省城朋友询问汉堡为何物,得知是一种西式快餐后,托朋友千里之外驱车送来给我。

小学的一个暑假里,我和父母到一个远在百里之外的林场去度假。一天晚上我发高烧,急得他们连夜驾驶吉普车,在高山深涧的林间泥路上飞驰。后来,道路被山体滑坡阻断。他们轮流背着我往勐傣城疾奔。那次父母走了多少泥路,我不知道。我昏昏沉沉扑在他们背上,被他们替换背着赶路,衣物被他们的汗水浸湿。等天明醒来,我躺在医院里,高烧退去。父母浑身是泥巴,瘫倒在病床边的座椅上,没个人样。

为了我成长,父母究竟付出了多少,我说不清楚。敢肯定的是,世界上再没有谁,像父母一样对我好。就是为了关爱我,为了让我幸福,他们在赶回来为我操办婚事的路途中双双遇难。他们活着为我操心操肝,我为他们做了什么?除了蛮横无理耍脾气,毫无感恩地索取,我找不到回报父母的记忆碎片。

有液体从我被污血粘住的眼帘下,泉水般涌出。流淌到已划出深沟的脸颊上,一阵阵刺痛传来。

"我流泪了,我还活着!"我呜咽着自言自语,"让我死吧,死了更好!"

我在心里告诉自己，死了可以到西方极乐、天堂或阴曹地府，寻找父母。跪拜在父母身前，请求他们原谅我的不孝。就算化作一丝阴风，也要为他们再尽一些孝心，减少我心中的罪责。我企图用后脑勺使劲碰撞身后石块，尽快了结充满罪恶的一生。再努力都是徒劳！身体极度虚弱，我无力抬起头。

"竟然死不了！"我在心里无奈地说着。

思绪变成瞎马驮着我，甩开飘浮在我大脑空间中的阿当影子，再次回到过去那些糟粕、蛮横跋扈的生活中去。

大学四年里，我过着标准的花花公子哥糜烂生活，凭着口袋里的钱，欺骗了多少女同学的感情。作为女友的叶俸，容忍着我的胡作非为。叶俸是个农村女孩，家里贫穷，但她是人见人爱的校花，可以无数次抛弃我，与条件更优越的男生相处。可叶俸始终对我不离不弃，就算我对她再粗暴再出格，她还是一直陪伴着我，走进婚姻殿堂。

我们大婚那天，叶俸家请了祭司，给我们拴线系魂祝福。大长老，放不下父母双亡的我，主动到叶俸家，给我们系上相亲相爱、相互扶持的魂线，给我们念诵祝福经文。现在，我还记得他念诵的片段系魂经文。

"天下的物种该成对，任何人兽该有雄雌。

鸟儿配成对，斑鸠结成双。

无双不成家，无对不成户。

再美的花儿要绿叶配，再强的男儿要女人伴。

即日起你们就是恩爱夫妻，从现在起你们就是终身伴侣。

两人携手成伴，双双白头到老。

让寨神照看你们两个，让勐神护佑你们两个，让佛菩萨保佑你们两个。

……"

在大长老经文加持下，拴了婚姻魂线，我们小两口就把灵魂融在一起。我们勐傣人背靠凤凰山，依山傍水而居，骨子里融合着水一样柔美、善良、包容的品性。婚后，我是过分了，很少尽到丈夫责任，不遵守夫妻人伦道德，多次出手打伤叶俸。后来，我整天在外面拈花惹草，包养其他女人。叶俸始终为我守着家，我有什么权利责怪她？阿娇亦是如此，人家好好一个茶艺师，为大众表演茶道，尽显凤茶风采。凭什么我一个好色之徒，就要把她占为己有？萨图！

特别让我伤心、自责的还是依团。依团原是勐傣城的小霸王，看中我有钱，挥金如土，甘愿做我的左膀右臂。本来依团也要像我一样，在左胸左臂文上青龙，右胸右臂文上白虎。这与我文身雷同，我就强迫他左胸左臂文水蚺，右胸文玄龟。依团依了我。表面上看，他与我是国王轮着当，冷饭分着吃。事实上，他只是我的跟班和打手。有他撑腰，我胆大妄为。勐傣城里只有我不想做的事，没有我不敢做的事。我惹多少麻烦，都能大事化小，小事化了。我的金钱和淫威，他为我顶了几次罪，吃了几次官司。

"谁勇敢谁身上留伤疤，谁勇猛谁把命搭。"我在心里默念。

有一次，我们在一家迪吧遇到一个绝美的小卜哨，一股淫意袭上我心头。大庭广众下，我上去强行搂抱小卜哨。她失魂惊呼求救，招来众多男士群殴。依团挺身而出，替我抵挡住雨点般的拳脚、椅子、酒瓶和棍棒殴打。事后，他多处骨折，头骨有几处被利器击穿，在医院里躺了一个多月，留下中度脑震荡后遗症。

我的金钱诱惑下，依团愈加放纵，在纸醉金迷的泥塘里越陷越深。最近，他和我借了十万元现金，购买毒品。因卖家过早暴露行踪，被公安局逮捕，打草惊蛇，未交易成功。我与他成了嫌疑犯，案件正在调查中，导致我现在遇险，不敢报警求救。

第一次毒品交易失败，依团又与其他毒贩秘密联系，准备再次交易。十万元毒品，要是被逮捕，够枪毙他十回了。说不定，他已在交易毒品，被公安机关抓捕才会关机。

对于做赈施舍的社会功德心，我难以启齿。各村各寨自发修桥、补路、建亭、挖井、筑塔等筹款活动，我不愿多捐助。三年前，凤凰村遭遇特大泥石流灾害。勐傣城自发为其灾后重建募捐，我没捐过半文钱。

"跛了脚的懒汉也要勤快起来，失了火的蠢夫也要学会谨慎。"我的意识在大声呼唤忏悔，"罪恶的灵魂要转世轮回，必先洗心革面，认错悔过。我罪孽深重啊，死上一百回都不足惜……"

我的意识彻底悔悟！应该接受饿刑的人是我，不是叶俸。阿娇、依团他们有过错，但他们所有人的错，加在一起，不顶我一个人的罪。我是应该死了。感谢上天还让我活着，让我彻底悔悟。

"佛菩萨，为了惩罚我，你没给我在佛堂前忏悔的机会，而是在这黑漆漆的石洞里。面对黑暗，面对石壁，面对各种毒虫忏悔，让我悔过泯灭，轮回再生。"我的灵魂颤颤巍巍说，"你的做法是对的！"

"佛菩萨，我乞求你，"我的灵魂匍匐跪地说，"因果轮回的道上，我期待能够再与父母见上一面。我想念他们！"

可能是我的灵魂跪地乞求有了作用，佛菩萨怜悯我这将死之人，给我开启第三只眼！我眼前浮现出一幕幕影像，是关于父母生前的影像，关于我儿时生活的过往。我看到年轻时的父亲，他在凤凰山掘到的第一桶金。

三十年前，父亲在凤凰村建起木材加工站，在勐傣城成立勐傣林产公司。把从凤凰山砍伐来的参天古木，粗加工后，贩卖到更远的大城市去。那些上等金丝楠木，给父亲带来巨额财富，让凤凰村跟他一起伐木的蒲人和巴绕克人富裕了。十几年工夫，凤凰山的森林被砍伐光。父亲又到离勐傣坝更远的偏远山区，建盖更多林木加工厂，继续伐木。直至周边百里森林，基本上被伐光，森林保护法明令禁止砍伐，父亲赚得盆满钵满，成了勐傣坝首富，才停止砍伐。

"萨图！父亲，你的刀口夺走了亿万生灵之命……"我的灵魂失声痛哭。

父亲拿出许多钱财，到各村寨佛寺做赕礼佛，修建大大小小的塔、亭、阁，挖了无数口功德井，甚至还修建过一条公路三座桥梁。修桥补路，是做赕行善的最高标准。父亲把他伪装成不折不扣的大善人。所以，我以为父亲和母亲要长命百岁。可佛菩萨，从来不会记糊涂账。

我小时候的影像里，我看到父亲几乎奔走在家与各个林场的路上。有时间，他就亲自下厨，给母亲和我做美味佳肴。父亲擅长烧烤。勐傣坝的冬天不算冷，漫漫冬夜，皓月当空。我们一家，在宽大的庭院里，用麻栎树炭燃起火炉。我们围着火炉，欢声笑语塞满庭院。父亲开怀地喝着茅台，在火炉上烤猪肉、烤牛肉、烤鱼、烤虾、烤红薯、烤糯米粑粑、烤韭菜、烤茄子……只要能吃的都烤起来。

父亲，最拿手的烤鱼影像，让我感动不已。只要计划着晚上要烤鱼，早上他就跑遍勐傣城各个巷道旮旯，找野生鲜美的鱼，母亲在农贸市场买的鲜鱼他看不上。烤鱼的个头有讲究，半斤到一斤野生罗非鱼，是上好食材。父亲料理烤鱼颇有讲究，他先去掉鱼鳞片，再从鱼脊背下刀剖开，拿掉内脏冲洗干净。一条完整、干净、椭圆形的备烤鱼才初步弄好。

鱼洗干净了，还要配料和腌制一段时间。把鱼肉内外两侧均匀撒上适量食盐、酱油和一点陈醋或柠檬汁。再涂上一层母亲腌制的豆豉，然后腌起来，等着晚上烧烤。

父亲烤鱼，不会放在火焰上直接烘烤。他只用火炭的余热烘烤。刚把鱼皮水汽烤干，立刻用刷子给整条鱼涂上一点菜籽油，然后来回不间断翻动烤架，慢慢烘烤。等鱼肉厚实处冒着"滋滋"香气，跳着白色小水泡，再先后分几次，给烤鱼涂上适量的由酱油、食盐、芫荽等制成的香料蘸水，接着继续烘烤。

父亲烤鱼的影像里，我看到自己含着口水围着烤炉，等待着吃烤鱼。可火候不够，父亲不让我吃。

"鱼肉厚实的地方水汽太重，"父亲和声对我说，"虽然味道鲜美，但食用起来腥味重，会让人倒胃口，还得继续烘烤……"

等烤鱼身上"滋滋"的水汽全跑光，白色小水泡没了，鱼身呈黄褐色，鱼尾巴烘烤脆了。整个庭院里，飘满烤鱼香味，父亲才让我和母亲大快朵颐。这种烤鱼的香味，是我们勐傣坝冬天的香气，也是父亲留给我记忆不多的味道。

我十一岁那年，父亲从林场带回来一个透着淡淡木质清香气味的木甑子。父亲说，是林场木工用上等金丝楠木凿成的木甑子。从那以后的十余年里，每天早上母亲就用那个木甑子，蒸糯米饭给我们一家人吃。

影像里，再现了我小时候的一个早晨。父亲赶着去林场，我赶着去上学。母亲把蒸好的糯米饭捏成饭团，装在篾饭盒里。她又麻利地从火塘上的竹串里，扯下几条烘干了的牛干巴，焐在热火灰里。等牛干巴冒着香气，母亲刨出牛干巴抖掉火灰，合着生姜、生蒜头、野芫荽和几粒新鲜小米辣，在石臼里舂捣一气。一丝丝牛干巴，酷似鲜红透亮的楠木金丝，与作料汁液完全混合。她把牛干巴与糯米饭合在一起，算是我们父子俩的早点。那股舂牛干巴香辣味，合着糯米饭的甜香气息，是我童年生活的味道，也是母亲的味道。

母亲在勐傣大河捞青苔的影像，定格在我灵魂里。她与许多老年妇人，结伴去勐傣大河捞青苔。母亲身着白衬衫黑筒裙，涉水过河的样子特别美，她肩上斜挎着篾背箩。过河时，她提起快被河水亲吻到的筒裙，跟在一群老妇人身后，或摸着鹅卵石捞青苔，或蹚过一道道河湾。那种诗意般场景，制造了她们不是在劳作的假象，而是勾勒出，在月光与凤尾竹相伴下，一群孔雀翩翩起舞的艺术画面。

母亲把捞回来的青苔洗净后，放到金丝楠木甑子里蒸熟，再配上作料，像舂牛干巴一样舂捣一气，就变成我童年最难忘的味道。如今母亲已随父亲而去，只留下骄横、顽劣的我。

还有一些杂乱的影像，我梳理了一番。是我在外上大学的几年间，父亲和母亲，已是虔诚的礼佛人。为了不杀生，日常生活中，他们不会打破一个鸡蛋食用。父亲关闭了所有林木加工厂，不再去砍伐森林。转而在各村寨中，承包上千亩农田，与千千万万的勐傣人，一同种植冬早蔬菜。那些绿豆、黄瓜、苦瓜、茄子、丝瓜、西瓜、南瓜、冬瓜、辣椒等瓜果菜蔬，使用大量农药和化肥，摘下来放在冰箱里还在疯狂生长。我们勐傣人，不吃自己种出来的瓜果菜蔬。把这些农产品，统统销往大城市，再拿着大把大把赚来的钞票去礼佛做赕，向佛菩萨供奉我们虔诚的心。

"佛菩萨心如明镜，给每个行走在世间的人，都记了一本善与恶的明细账。"我的灵魂呜咽着说，"时间到了，该福报该惩罚的，就以不同方式带走不同人的灵魂，重新进入中阴六道，开始下一个业报轮回……"

最后的影像，惨不忍睹。我看见，父母遭遇惨祸瞬间，他们没来得及摆出睡狮姿势，但他们离开肉身的灵魂并不惊慌。母亲挽着父亲的手，他们一起飘向天穹。

"萨图！比起父母来，我是幸运还是不幸？下一个轮回，我希望自己少一点自我拷问和悔过……"我的灵魂不断自责和忏悔。

所有影像呈现完后，我的气力和意识慢慢消融。原先愤怒、无奈和仇恨的情绪完全消除。黑漆漆的眼前，大长老驾驭着金光显现。他不语，只用怜悯、慈祥、深邃的目光静静注视着我，一圈圈金光，附着到我有些僵硬污浊的躯体上。我感到身体柔软舒服了许多。意识，沐浴在金灿灿的光芒中，与童年时站在金色的稻田中央相似。内心平静，充满喜悦感。

"艾芒，你的意识空间就要崩塌。"阿当说，"我的影子无法停留在你脑海里。"

"阿当，谢谢你！"我的灵魂说，"在我生命的最后时光，一直陪伴着我。可惜了，我就要离开这个世界。如果有来生，我要给你买最好的烟抽。我不会让你去大街上捡烟蒂抽。"

"我有吗？"他表情古怪地问我。

"你有，"我说，"我不止一次看见你捡烟蒂抽过。"

我的灵魂与阿当的影子，默默对视。他的表情有些无奈，似乎是想表达什么，而又难以启齿。我却异常平静。

"你是有什么难言之语吗？"我问阿当。

"唉，其实，"他叹了口气说，"我曾经是《勐傣杂志》编辑部的一个编辑，有过固定收入的安稳生活。"

"那你为什么不好好待在杂志社，拿安稳工资过生活？"我问，"非得像现在一样，吃了上顿没下顿。"

"我与杂志社那群老坏蛋尿不到一个壶里，"他说，"他们太无耻了！"

"他们怎么无耻了？"我追问。

"那群老坏蛋不干活就算了，他们竟然拿着我编辑出来的杂志，去大街上吹嘘领功。"他恨恨地说，"甚至、甚至他们还拿杂志，与卖菜的大妈们换葱韭辣蒜！他们太无耻，玷污了勐傣文化。我不屑与他们为伍……"

他还没讲完，我的灵魂就笑得前仰后合。这是我临死之时，听到最好笑的一个笑话。我足足笑了一刻钟。阿当静静地站在我脑海里，听我大声发笑。

"艾芒，你的意识空间越来越不稳，马上就要坍塌。"阿当平静地说。

"所以，你……"

"所以，我不得不离开你的意识空间了。"他说，"如果你能够逃过这次劫难，或我能认出你来生转世的人，我们再把酒言欢。"

"好，不管是生是死，我都会记得你的好！"我说。

之后，阿当的影子，彻彻底底消失在我脑海里。我还担心，住在我心灵中的鸟儿，会因我的死亡而牵连到它。唯一期盼的就是，大长老的金光还会再出现，像阿当一样，与他做最后道别。

七

手机整点的时钟再次响起，我遇险时间已过去二十个小时。在流失的一分一秒里，我送走了阿当，虔诚为自己的罪责忏悔。负伤的身体已到极限，死亡只是时间问题。我不再害怕死亡，我期待着死亡早一刻降临。我拼尽最后气力，将身体尽量保持原先睡狮姿势。这个姿势，会让我死得更从容、更端庄、更舒适、更有尊严。

"满地毒虫，你们尽可能在我身上饱食一餐吧！"我的灵魂充满喜悦地说，"少去叮咬其他无辜的人畜。我用我的肉身来施舍，我用我的肉身来做赎……"

我合上极度干涩的眼皮，尽可能把眸子里的黑暗赶出去，给内心腾出一块光明洁净之地，等待地明光出现。

等待中，我的精、气、神，一点一点消散。平日里，轻轻松松就能坐卧或站立的姿势，现在竟成了无法企及的动作。唯一能够活动的右手，不是因为有两个指头折断失去气力，而是因为生命力的流失没了气力，就连握住一片羽毛的气力都没了。在睡狮姿势中，我感到头被一座大山压着，不断下坠。整个头被压扁，两颊下陷。身体极不舒服，保持什么姿势都不舒服，甚至连眼皮都抬不起。情绪却异常激动，但又极其错乱，什么都能想起来，又什么都记不住。

更糟糕的是，鼻涕、口水、眼泪竟然不受控制流淌着，小便再次失禁。眼睛干涩，眼珠子转不动，嘴角下垂，舌头难以移动。喉咙里有黏糊糊的液体堵塞着，呼吸就要被切断，口腔干渴难耐。身体抽搐颤抖，肌体忽冷忽热，心里说不出是苦还是乐。意识逐渐变得模糊、沮丧、暴躁和紧张。我整个人落入意识生起的激流里，苦苦挣扎着看不到岸边。

"死亡就要降临了吗？"我还是控制不住问自己。

"让我这样安安静静死去吧，我已了无牵挂！"我叮嘱自己，"让我早点见到地明光，在地明光引领下，去往中阴六道的人道轮回，积德行善，好好做人！"

贝叶经里有记载，除了战场上被敌杀外，如果不好好爱惜自己肉身，自杀或其他方式严重损坏肉体，灵魂也将破损，不能轮回人道，只能坠入饿鬼道。我不知道，我的躯体受损到什么程度，灵魂受损了没有？我不想坠入饿鬼道。

佛经里讲，当年阿难陀佛游历三千大世界时，在饿鬼道看到他母亲的灵魂枯瘦如柴，容貌奇丑。在地上不停抓着土石、污垢、蛆虫、排泄物等往嘴里塞，是一个极度饥饿的饿鬼。阿难陀来到母亲身边呼唤她，母亲神情呆滞，什么也听不到，什么也看不见，只管抓食着地上残物。阿难陀极度痛心，就用佛法幻化出无数美食放在母亲身边，让母亲享用。哪知，他幻化出的美食，他母亲根本看不见，也吃不到，反而被周边一群饿鬼抢食光。

我仅存的一点意识，记起了这些，不禁沮丧、暴躁和紧张。肠胃有了强烈的饥饿感。如果手脚和嘴巴还能动，我会像阿难陀的母亲，抓食地上的毒虫和土石。

死亡在即，我肉身不断变化。嘴巴和鼻子，干涩得可以点着火。肉体温度不断下降。感到冰冷的，是从脚趾骨和手指骨开始，顺着各个关节和骨骼肌肉，一直延伸到心脏。随后，我头顶有一股热流涌入，到了嘴巴、鼻子呼出来的却只有冷气。之前的饥饿感，全部消失。记忆时而清楚时而模糊，甚至错乱。我已分辨不清谁是母亲，谁是阿娇，谁是叶俸，父亲与依团的模样也混淆了。我呼吸愈加困难，喘息声粗重，吸气短而费力，呼气较长。躯体动弹不了。意识愈加混乱，能感知到的东西模糊成一片，融入周边黑暗的石洞中，又逐渐清晰过来。

童年金色的稻田边，那条被我抓住的水蛇的影子，清晰了。那条帝娃达化身的蛇，正用空洞、冰冷、死灰的眼神与我对视。我不再有畏惧感，内心平静、喜悦。一望无垠的金色稻田，耀眼得如同大长老驾驭的金光，一圈圈荡开去，把整个勐傣坝渲染成一片金色世界。后来是父亲、母亲、叶俸、阿娇、依团等众亲人好友的音容笑貌，他们以影像形式，在我意识里一幕幕闪过。

许多往事，在我心中浮现。不过让我喜悦和欣慰的不多，所忆及的几乎都是我对父母的顽劣，对亲人和朋友的恶作剧。让我感到惊恐，想放声大哭，却没了眼泪。欣慰的是，大长老用慈祥的目光静静注视着我。他紫红色的僧袍，在阳光下发出金灿灿的光芒，与勐傣坝秋天的稻田一个颜色。这种光芒耀眼、清晰而慈和,让我平静、舒坦、安详和温暖。

"我带来的饭包吃完了,"我的灵魂叩问自己,"死亡真正降临。地明光在哪里?"

肉身仍在不断变化。我整个人进入一种奇妙状态,头顶上有一股白色的光晕灌进来。我有喜悦感。光晕从头顶慢慢向心脏移动,彻底消除我原有的暴躁、焦虑和恐惧。我的肚脐下,有一股红色而温润的光流涌入,让我浑身舒畅,极为通泰。这股红色光流向着心脏汇合,与白色光晕结合在一起。顿时,我全身温润、舒适,肉身与灵魂得到前所未有的升华。

就在一瞬间,我看见黑蒙蒙的石洞里,升起无边无际白色光芒,石洞已不复存在。天与地被白光无缝衔接。白光无限放大,目之所及,一切皆白色,是纯净的白色。白光普照下,我肌体开始剧烈疼痛。我知道,这是我的灵魂,真正从我肉身上强烈撕扯剥离。

我肉身短暂疼痛后,便发现自己一丝不挂飘浮在空中。身体的每一寸肌肤,被一层淡淡白光包裹着。所有破损的肌肤、筋脉和骨骼完好如初,浑身上下极为舒畅。飘浮在白光中,我身体轻盈灵活,不由自主向远处较为强烈的白光源点飘去。

等我到达白光最强烈的中心点,眼前突然变了。白光消失了,前面是迤逦的凤凰山,青翠欲滴的树木,生长在起起伏伏的山峦上。如一棵棵绿针,插在无尽起伏的海绵上,把天与地渲染成无边的绿。我脚下生出风,飘过一座座山岗,前面出现一望无垠的金黄色大坝子。这是童年铺满稻谷的勐傣坝。顷刻,天与地被渲染成金黄色。

我俯瞰,田野间一条条沟渠,已露出了满是泥巴的渠心。一湾湾少许的泥水,蜿蜒在一道道渠心深处,叫不出名儿的鱼虾,在泥塘里蹦蹦跳跳。一条水蛇从泥塘里钻出来,它抖动着躯体向天空舒展开,无限接近我，用空洞、冰冷和死灰的目光看着我。我知道，这就是帝娃达化身的那条水蛇。我不再惧怕它，没时间环顾它，任由它惊讶地与我擦肩而过。

我飘浮在无边无际的黄色光晕中，脚下大片大片金色田野中间，偶尔掺杂着一个个被凤尾竹和大榕树包围的村庄。竹林间，一座座灰色的白塔，像草地上冒出的蘑菇。

再往前飘去，一栋栋房舍高低错落有致，马路纵横有序，被绿树原野包围着的城池，出现在我眼前。空中俯瞰，有些陌生，但我很快就辨别出，这是勐傣城。城中央宽阔的坡地上，矗立着大白塔，飘扬着佛幡，建有金碧辉煌的大佛寺。我敬仰的大长老，就住在那里！

穿过勐傣城，远处是无边无际的田野和橡胶林，田野不再是金黄色，而是绿油油一片，其间掺杂着许多白色塑料大棚。这个景色，我说不出是喜悦还是悲伤。黛色的勐傣大道上，甲虫般的卡车来来往往。勐傣人种植的黄瓜、冬瓜、西瓜、辣椒、豆角、茄子、西红柿等瓜果菜蔬，通过大道运往遥远的大城市。曾经，父亲与千千万万勐傣人，用这块土地赚钱养家糊口，虔诚地敬献佛菩萨。我们勐傣人，生生世世都在心灵深处，干干净净打扫出一个房间，恭恭敬敬迎请佛菩萨住下来。

勐傣大河横躺在前方。我看不到身着白衬衫黑筒裙，肩挎篾背篓的母亲，缓缓蹚过大河的身影。沿着河岸往前漂去，湛蓝的水波，层层叠叠相拥着向天边流淌去。

跨过勐傣大河，天边是看不到头的绛红色，远处的天和地被渲染成绛红色。这是一种大气端庄的红，红得让人心头舒坦，完全没有因为单纯的颜色，而让人心生压抑感。

我不受控制，向着满是绛红色的天边飘去。等被无边无际的红色包裹在其中时，才发现已落到大地上，站在一片红色的花海中间。原先包裹住我的白光，已被温暖、圆润的红色光芒代替。我感觉自己是从这些花海中生长出来，天生就带着一种高贵的红色气质，与周围景致极为协调。站在花海中，我赤裸的膝盖，完全没入红色的花朵里。

"这是一种怎样的花啊！"我惊叹出声。没人回答我。

膝下的花儿，每一株花茎长两尺有余，有四至六朵花呈伞状盛开。花瓣生长在花茎顶端，长成倒披针形。花被是通红色，花被管极短，向后卷曲式舒展着，花朵整体成皱波状。这些花儿一株连着一株，一片连着一片，向着天边延伸去，看不到尽头。就是这些花儿整齐划一的颜色，把天与地，渲染成大气磅礴的绛红色。

"花开不见叶，叶在不见花，花叶两不相见。"我脱口而出，"这是传说中的彼岸花！"

我在一本古籍里看过，在天地阴阳两界交汇处，开着一种极美的花，叫彼岸花。

"我真的死了！"我惊呼。

迟疑间，远处出现两个人影，一男一女，一个深蓝色，一个黑白相配。

"波（爹）！咩（妈）！"我大声呼喊。

他们正是我日思夜念，愧于面对的父母！我顾不上赤裸着身体的窘相，急速向远方的身影奔去。大片大片彼岸花，在我脚下被踩倒，随后又重新生长出来。我急速狂奔，但他们始终与我相隔着一段距离。好像我始终没奔向过他们，他们也没移动过，只是时间静止了而已。

我只能看着父母迷迷糊糊的身影，就在前方彼岸花海里。我能看清，母亲穿着白色的对襟下摆衣衫，系着黑筒裙……儿时，我被帝娃达吓丢魂魄，大长老给我拴线叫魂那天，他们就穿这样的盛装。

"是轮回转世的时刻来临了！"我自言自语。

"波！咩！等等我！"我大声呼叫着，再次向前冲去。

"艾芒，不要再往前了！"一道沉稳的声音从我身后传来，这声音我熟悉，是大长老的声音。

我转过身，看到花海上空，飘浮着一团金黄色光晕。大长老的身影，包裹在那团金光中，他的面庞清晰可见，依旧镇定、慈祥，双目射出深邃而祥和的光。

"艾芒，不要再往前跑了，你所看到的都是假象。"大长老的声音，从金光里传来。

我看了看大长老，又扭头看了看远处的父母，站在绛红色的花海中，不知所措。

"艾芒，你好好看看，你的身体破损得多严重。你再往前，就要坠入饿鬼道了。"大长老的声音再次响起。

我定睛向金光看去，金光没了。只剩一道乱石丛生的黑暗石洞。一个衣衫褴褛，浑身多处破损，到处是深可见骨的伤口，流出的污血结成一块块结痂，却做着奇怪姿势的男人，一动不动躺在那里。

"那就是我吗？"我惊讶地问。

没人回答我，大长老的身影消失了。我扭过头，再去看远处的父母，父母的影子消失了。原先他们所在的位置，生出一朵旋转着的巨大黑色云团，以肉眼可见的速度变成一个巨大的黑暗无底洞。许多混沌、尖锐、恐怖的声音，从那个黑洞中断断续续传来。

"人打招呼吉利，鬼打招呼见阎王。"我惊恐地自问，"这是饿鬼道吗？"

没人回答我。黑洞里，不断涌出一股股碗口粗的黑雾，凝结成章鱼触手般的黑色藤蔓，一条条向我袭来。四面八方生出一股股巨力，拉扯着我向黑洞滑去。无数绛红色的彼岸花，在这些力量作用下，以肉眼可见的速度，凋零、枯萎，变成一片死灰色。

我惊恐、无助。任由那些恐怖的藤蔓缠绕着，撕扯着向黑洞飘去，毫无办法。

突然，一只黑色巨鸟，拍打着黑羽从天而降。它挥动黝黑宽大的翅羽利刃，切断缠绕着我的黑雾和藤蔓，隔绝拉扯我的巨力。巨鸟钢铁般的双爪，牢牢勾住我的双肩，猛然扑翅，带着我急速腾空而起，向那个躺在石洞里的男人身上，狠狠撞上去。

瞬间，彼岸花、黑洞、黑雾、藤蔓、天空、大地、金光、红光……全都消失了。

黑暗中，那只黑色的大鸟，安安稳稳站在我身前，梳理着它黑色的翅羽。它的羽翅长得特别丰满，火红的眼睑闪闪发光。

我突然感觉到身体一阵剧烈疼痛，我的灵魂被硬生生撞进我躯体里。睁开眼，黑鸟注视着我。

"你不用再陪伴我了，你的羽毛已长丰满，快展翅飞走吧，"我苦笑着对黑鸟说，"飞出我这污浊的躯壳。"

黑鸟一动不动看着我。我明白，它是由我意念生长出的灵物，它只能与我同生死，共进退。我的负罪感加重了。我不愿意这只啄食我内心黑暗之光长大的鸟儿与我一同死去，腐烂在我污浊的肉身里。

"你飞走吧！权当是为了我。"我再次用乞求的口吻对黑鸟说，"飞到外面的勐傣坝，告诉人们那个作恶的艾芒死了。他的躯壳已被凤凰山吸纳，他的灵魂在忏悔中得到升华，请求大家原谅他，来世他会做个好人！"

这只通灵的鸟儿，果真被我的言语打动，它拍打着翅膀开始说话。

"艾芒重生了！艾芒重生了！"

说完话，它振翅飞出石洞。我满意地闭上眼睛，笑了笑。身上没了疼痛感，心里无牵无挂。上天堂，下地狱，无所谓。

意识完全模糊之前，有一只羊羔来到我身边。一个胡须雪白、面目慈祥的老人，轻轻抚摸我。

"孩子，休息吧。你太疲劳、太虚弱了。"老人对我说。

是啊！普度众生的佛菩萨，无法原谅我。只有高远星空里的上帝，还没放弃我。这是他的羔羊，我也是他的羔羊。上帝这个伟大的牧羊人！通过忏悔，他原谅我的过错，我得到上帝的宽恕和安慰，于是，我舒舒服服、安安心心闭上眼。

八

凤凰山深处，裸露着一块巨大的灰色泥沙坡。若视线不被遮挡，十里之外肉眼可辨。这是勐傣地方自记事以来，抹不去抚不平的一块伤疤。泥沙坡下方左右两边，依稀有些石墙、石棉瓦等废弃建筑物。那里，曾经是一个村庄，叫凤凰村。有名的凤茶就产自凤凰村。

现在，那里已没人居住。三年前，那场罕见的泥石流，几乎摧毁了整个凤凰村。在社会各界爱心捐助下，凤凰村又在离原址一里开外，较为平坦的林地边重新建盖。凤凰村的人永远不会忘记，那次毁天灭地的泥石流灾害。

现在的凤凰村，一栋栋白墙青瓦的小楼房，错落有致地建盖在如画的茶林中。山水相辉映，白鹭与村民共同栖息，透露出自然的灵性，格外幽静绝美。一次特大自然灾害，完成一次涅槃重生。

早饭后，凤凰村沐浴在阳光里。采茶姑娘背着竹篮哼着调子，三三两两往村边茶林走去。各家各户羊圈里的羊儿，闻到村外坡地上青草鲜嫩清甜气息。"咩咩"叫唤着，让主人心里发慌。

放羊的老叟们吃过早饭后，斜靠在自家火塘边，从斜挂在火塘边烤得油亮的小篾箩里，抓出一把地地道道的凤茶，塞进土陶罐，在火塘中慢慢烘烤。凤茶在土陶罐里，经过上百次翻抖，茶叶片烤黄了，茶秆烘烤脆了，整个火塘边飘着浓浓茶香气。老叟们提起煨在火塘边的铜罐，把冒着白水花的沸水，注入土陶罐。随着"隆隆"的闷雷声响起，酱红色的茶水和着浓香的凤茶味，从土陶罐里溢散出。这种烤茶叫百抖茶，也叫雷响茶。

村子里，只要有一户人家烤百抖茶，香味便溢满全村。于是，家家户户烤着百抖茶。谁家若慢了半拍，家里的老者会急得跺脚。老人家肚子里的茶虫，叮咬得他们坐立不安。迷迷糊糊中，我嗅到浓烈的凤茶香味。

早茶一盅，一天威风。喝早茶，是凤凰村人的习惯。用凤茶烤的百抖茶，第一道涩味重，第二道苦味重，第三、四道回甘味润口。越往后冲泡，回甘味越明显。

勐傣地方，烧出的第一盅茶，雷打不动的规矩是先敬给长者喝，小孩子不准喝这种茶水，老人说喝这种茶会上瘾。如果每天不按时喝，头就会裂疼。在凤凰村，茶是自家茶地里采，自制的晒青毛茶，水是箐里引来的山泉。就连大小不一、形状各异的烤茶土陶罐，也是村民用山里的黏土捏制，淬火而成。

村东头的一户人家，一个须发雪白的老人，手拿土陶罐，正在火塘边专心翻抖茶叶。茶罐里，已有一股股若隐若现的青烟腾起，浓烈的烤茶香味四下飘散。老人满脸笑意，嘴角挂着一滴不易察觉的唾液，他的喉结不停蠕动着。火塘边，躺着一只毛发雪白的小羊羔，看着老人烤茶喝。

小羊羔四肢受伤，站不起。茶烤好了，香味塞满整个屋子，飘散到村庄里。混在各家各户的茶香味、酒菜味、炊烟味、牛屎羊粪气息中。最后被村庄周围飘荡着的青草味、鲜茶叶味、山泉水味和林木气息,给吸纳和消融了。小羊羔嗅到正宗凤茶香味,伸长脖子,要舔一舔老人的茶罐。老人轻轻抚摸着它的头,与它讲话。

"你也知道香?"

"咩咩,咩——"

"不急、不急,"老人说,"待会儿抱你上山啃点嫩青草。"

"咩——咩咩。"

老人一脸祥和。他一边抚摸羊羔,一边喝着烤茶,陷入深深的遐想中。一个十几岁、头上扎着两个羊角辫子、一脸清纯可爱的小女孩,急匆匆从内屋跑到火塘边。

"布(爷爷),那个人醒了。"

"嗯,他是应该醒了。"老人微微点头说,"一天一夜了。再不醒,我也没办法喽。"

"布,你快去看看嘛!"

"嫡(小女孩的爱称),不要慌。喝口茶就去。"

说完话,老人抬手把头一仰,一盅热乎乎的烤茶下肚,再用大手去抚摸小羊羔,又和它讲话。

"小乖乖,要不是你,那个家伙就彻底完蛋喽。来,让我们一起去看看他怎么样了。"

"咩咩,咩——"

老人站起往内屋走去,小女孩抱着羊羔跟在后面。他们步入屋内,看到一个浑身伤痕累累、扎满绷带、躺在床榻上的年轻人。

凤茶的香味越来越浓烈,离我越来越近。我睁开眼睛,一个须发雪白、面容慈祥的老人,一个清纯可爱的小女孩,还有一只"咩咩"叫唤的小羊羔，映入我眼帘。

我没有死。我获救了，是凤凰村的祭司兼老中医陇依救了我。第一眼看到陇依，我还以为到了天国，投入到上帝的怀抱里，眼前须发雪白的老人，是我想象中的上帝。

"我没有死？"我惊讶地看着白胡须老人问。

"孩子，你没死。你现在安全了。"

"我没有死！"

"孩子，你命不该绝。"老人说，"昨天早上，我家小羊羔失足掉进你坠落的那个石洞，我们爬下去找它，发现重伤昏迷的你，把你救起来。"

陇依说我命大，他们一辈子生活在凤凰村，凤凰山的沟沟箐箐，他都去放过羊采过药。包括我摔下去那个石崖边，他从没发现过那块巨石下有个石洞。如若不是小羊羔失足掉下去，我不可能会被发现救起。

陇依很能抚慰人心。他看我心事重重，就以一个过来人的经验，找话题与我攀谈。诸如凤凰村就是勐傣城的前生，百抖茶的烘烤手艺等，这些我以前不大了解的人和事。谈到凤凰村的事儿，就绕不过三年前发生的泥石流灾害。那次特大自然灾害，凤凰村死了许多人，陇依的儿子、儿媳和孙子都遇难了。老天爷只给陇依一家，留下他和孙女叶婻两个人。

"我是越老越去背藤篾，越活得久越遭劫。"陇依说，"那场自然灾害是凤凰村的一场劫数，是人们对大自然的不敬和贪婪索取引发的灾害。"

"我和孙女像昨天的你一样幸运。发生泥石流灾害那个晚上，我带着孙女到勐傣城采购药品，未能按时返回村庄。"他说，"我们离开村庄那个晚上，村里人听到凤凰愤怒、绝望的悲鸣声。就在那个深夜，后山那块裸露了十几年的坡地,把几万方砂石和泥土,像倒一锅黏稠的面汤灌进村庄里,埋葬了大半个村庄。不少村民在睡梦中,永远离开了这个世界……"

关于那次大灾难,陇依的陈述很平静,没有太多悲伤气息。让思想起伏不定的我,深感吃惊、内疚、惭愧和不安。

阳光透过窗户,照射着屋内浓浓的茶香味。陇依讲到社会各界为凤凰村伸出援助之手,满脸是感激之色。我极其内疚。想不到,会以这种方式与凤凰村相遇。当年,是父亲带人伐光了凤凰山的森林。凤凰村在大灾难中需要援助时,我嗤之以鼻。现在,他们救了我。

历经生死别离,我想起阿娇,曾经为我冲泡过的凤茶,想起妻子叶俸,好友依团。想起过世的父母……还有多少生命群体被我漠视过。我感到深深自责。

陇依家热闹了。村里的老人聚了过来,他们来看望素不相识的我。用关切的口吻宽慰我,把我看成他们中的一分子。晌午过后,一辆沾满泥巴的救护车开进陇依家院落,把我接走了。

一天前,凤凰村的陇依救了一个年轻人。对于凤凰村来说,是一件大事。村民立即上报勐傣城公安局。雨季天,通往凤凰村的道路多处塌方。我重伤昏迷不醒,得到陇依及时救治,在凤凰村待了二十四个小时。失踪一天,离开勐傣城两天后,我再次回到勐傣城。离开凤凰村时,我与陇依有过简短对话。

"陇(大伯),你救了我,你不想知道我是谁吗?"

"孩子,你是谁不重要,重要的是要好好活着。"陇依笑眯眯拉着我的手说,"我们凤凰村遭遇灾难时,有多少人帮助过我们,我们也不知道他们是谁啊!"

"陇,我走了,你们多保重!"

"回去吧，孩子。年轻人别让自己闲着。"

……

救护车驶过村边小溪，涉水过河，速度缓慢。溪边栖息着一群白鹭，受惊吓飞起。透过车窗玻璃，我看到一块大石头上，站立着一只白鹭。它没飞走，而是与我对视。车驶近了，我清晰地看到那只白鹭，眼睑有一圈火红的光晕。很像居住在我心中那只鸟儿。

"是我心中的鸟儿飞出来了？"我在心中暗暗问自己。

"是的，定然是它飞出来了！"我坚信地回答自己。

我纳闷，这只鸟儿纯黑色的羽毛，竟然蜕化成一身纯净的雪装。让它显得尊贵而气宇轩昂，褪尽凡鸟印迹。

车驶过小溪，我暗暗发笑。笑自己过去的认知，幼稚、狭隘、阴暗、无知。原来，居住在我心灵深处的鸟儿，不是一只普通的鸟。

九

三年后，凤凰山建成森林公园。我个人出资，为勐傣城通往凤凰村，修建一条宽阔的水泥大道。凤凰村边小溪上，架起一座别致的石拱桥。是村民们就地取材，用小溪里的鹅卵石混着水泥砌成的石桥。离凤凰村不远的大道边，依着森林公园，建有一栋星级度假酒店。酒店门前，有一座纯黑色的鸟儿雕像。

有一天，我和阿当坐在酒店花园的凉亭里品凤茶。阿当惬意地抽着我买给他的大重九香烟。

"最近，来入住酒店的人，都是要去凤凰村买凤茶的人。"我说。

"不一定，"阿当说，"很多年轻人，他们只是来凤凰山森林公园游玩，没去凤凰村买凤茶。"

"那些年轻人，"我说，"他们来住酒店，太消耗我们的洗漱用品了，特别是免费提供的成人用品，每天送一次都不够。"

"谁统计过？"

"打扫酒店的服务员，天天给叶俸提这件事。"我说，"叶俸跟我说过几回，让我注意购买，别脱货了。"

"你开不起酒店，关门算了！"阿当愤愤地说完话，甩掉手中大半截大重九香烟，拂袖而去。

我习惯了阿当喜怒无常的性格，没在意他离去。过不了几个小时，他又会回来。他是我们酒店的文化顾问。

我静静坐在凉亭里，品味回味无穷的凤茶，心里生起说不出的惬意感。一群游客，走到纯黑色的鸟儿雕像下，不断议论着。

"这个雕像是秧鸡吗？"

"应该是凤凰。这里是凤凰山，雕的应该是凤凰！"

"依我看，像雄鹰！"

"我看像鹭鸶。"

"这明显是乌鸦嘛，你们看它的颜色。"

……

2021 年 5 月发表于《民族文学》第五期

木鼓响起来

小麻雀机灵，从这棵树飞到那丛竹棚，难射中。我只能在草丛中寻找目标，射杀趴在蕨草丛里抱蛋的鹌鹑。然后，拔掉雀毛，撕开鹌鹑肚皮，掏出肠肚，拽丢。叶香架起柴火，我把鹌鹑放在火焰上……

一

一个八月天，腊勐大山深处，雨水异常多。毛毛小雨下完，瓢泼大雨又来，大雨才过，小雨又下起。我们芒嘎村，被雨水冲洗过，又被山风梳理着。被山风梳理完，又被雾帘锁住。

一大早，我爷爷达保躺在床榻上，盖着牛肚毯，清理他一生记忆。生硬的床板，垫着一条毛毯，协助爷爷击退寒气和潮气。牛肚毯，汗迹斑斑，好些地方棉线已破损，变成一把大号拖把。这是死去多年的奶奶亲手织的，留给爷爷不多的想头和纪念。现在，我估计爷爷怕是记不清奶奶模样了。明天或下一刻，抑或不久，他就可以与奶奶，在大地之神咩西雍的葫芦里相见。

小牛才学会叫，鹌鹑还长着尾巴时，天神达西爷用大火焚尽大地，我们巴绕克人，跟着癫蛤蟆走，遵从魔苇示喻，寻找到大山深处的福地，落地生根，开枝散叶。

爷爷床板下，藏着两寸宽三尺长，寒光闪闪，乌黑发亮的长刀。这是一把猎头刀，凝聚着爷爷所有骄傲、威武、精气和恐惧、忏悔的刀。在他手里，有两个人头，被这把刀砍下过。一个是奔跑在山涧的活人。一个是躺在棺椁里的死人。

山风携手雨珠，节奏欢快。爷爷的时空，被卷进过往时光隧道，重现部落与部落间，争夺狩猎林地，砍人头献谷地时代。那时，爷爷身材魁梧，能吐出炸雷，可以抓住山风。巴绕克人，世世代代砍头献谷地。没有人头，谷种发不出芽。那时，芒嘎部落强大，人畜兴旺。小伙子彪悍、勇猛。木鼓声，震天撼地。

神灵魔苇，掌管着巴绕克人的天，魔巴是神灵的舌头，人们日常活动，遵从魔巴安排。旱谷地里，谷种发芽、拔节、抽穗、灌浆和饱满，是魔巴神性显现的最重点。猎手在鸡卦里，预知猎物大小，寻找捕猎方位。女人在祷告声中，奶水流淌得像小溪。孩童，比旱谷地里的小麻雀还活跃，比草丛底下的鹌鹑还会窜。

爷爷那一代，能成长为猎头勇士，是活着的荣耀和象征。他从小苦练绝技，变得比狼还凶狠、敏捷。最终脱颖而出，成为部落第一猎头勇士。在魔苇示喻下，人们敲响通天神器木鼓，杀死一头水牛，把牛肉四下发送给周边部落。十几个部落，收下牛肉，臣服于芒嘎人，只有达永人拒收牛肉。于是，我们猎头对象，就是达永人。

"那个时候，我们也怕被猎头。"爷爷说，"为防止被偷袭，我们在村落周边深挖壕沟，插满竹签，栽种刺藤……"

在爷爷的往事中，我看到我们芒嘎人，白天聚在一起劳动，晚上闭门不出。风吹草动，树叶"唰唰唰"响，人们竖起耳朵，万分警惕，生怕背着麻布筒帕、挎着长刀的达永人来。有声音，人们拨亮火塘，盯着篾笆墙外，彻夜不敢眠……

猎头刀生出寒光，狗不敢发声，黑夜宽广无边、漫长如斯。如若猎头刀闪过，就会有人头不翼而飞。夜突然静默下，凄厉哭嚎声，多半从孤儿寡女人家传出。但这样的夜，多数留给达永人。

有一年，布谷鸟叫了，旱谷地要下种。魔巴吹响牛角号声，召唤回密林深处挖老鼠、诱飞鸟、抓蛇捕麂，兼监视达永人的爷爷和众人。魔苇喻示，魔巴把猎头刀交到爷爷手上。备齐烟、茶、米和老鼠干巴。爷爷按时辰带领十余勇士，外出猎头。

上次猎头行动，爷爷虽未能直接砍到人头，但他死死堵住被猎者退路，把被猎者击成重伤，助其他勇士顺利砍到人头。被猎头的是达永人，长着一脸大胡子。那颗头颅，连续几个年头，带给部落五谷丰收。正是芒嘎人，一而再，再而三猎取达永人头，我的二曾祖父达尼色，一个胡须旺盛的小老头，才被达永人猎去头。导致两个部落，仇恨越来越深。

平日里，爷爷在山涧狩猎，严密监视达永部落。特别是长满络腮胡的人，他熟悉得如掌心纹路。临近达永部落的一处林野，一对叫艾伞和尼克的兄弟，常来狩猎。那里林子深，果子多。鹌鹑、貂鼠、飞鼠、果子狸、蟒蛇很多，甚至是麂子，也经常出来捡多依果、橄榄果吃。那片林野，虽临近达永部落，可芒嘎人才是它的主。上次，我的二曾祖父达尼色在那片林野狩猎，被达永人猎去头。

爷爷决定猎取达永人头，目标是艾伞和尼克。艾伞一脸络腮胡，掌管五谷生长的神灵最爱。

两兄弟，在林野深处的老鼠洞边，布满吊脚扣。几只干洞老鼠，挂在吊脚扣上，做垂死挣扎。天黑前，两兄弟要来收吊脚扣。爷爷带着勇士，秘密潜伏在林野里。太阳快下山前，猎物来了。只是，两兄弟迟迟不肯走进林野。林野外,他们发生争执。

"哥,算我求你,"尼克说,"今晚我们就不要进山坳里收扣子!就算有多少老鼠来钻扣子,我们也不稀罕。"

"尼克,你怕什么?"艾伞质问,"如果不带点野味回去,你坐月子的嫂子要吃什么?"随后,他语气柔和了些,说,"这两天你侄儿天天哭喊着,就是因为你嫂子没有奶水了。阿爹阿妈也是快有一个月没吃过一嘴肉!"

"可是这不久要撒旱谷种,"尼克带着恐惧的语气说,"正是芒嘎人出来猎头的时候。我们是去人家山林里狩猎,不要中了他们的埋伏。"

"尼克,我们不会那样倒霉……"林野都听得出,艾伞的语气如同他弟弟,带着恐惧气息。他不停地给尼克打气,"你想想,上次我们在这里猎到一只果子狸,还有十几只又肥又大的白肚皮老鼠。你嫂子的脸才红润起来,奶水才像小溪一样流进你侄儿嘴里。今晚的收获,肯定比上次更多。"

"哥,你忘了今天中午,嫂子从睡梦里惊醒过来的事吗?"尼克说,"嫂子在梦里看见大滴大滴白花花的雨点,从大地往天空倒下来,这个山坳里白光一片,你和以前被我们猎去头的那个芒嘎人,坐在山坳里大笑着。"听到那个被猎去头的芒嘎人,大滴大滴白花花的雨点,也浇不灭爷爷心中怒火。那是他二叔达尼色!爷爷手中的猎头刀,因握得太紧,刀柄在微微颤抖,影响了尼克讲话的语速。尼克感觉到,林野中,有一股股恐惧气息袭来,他战战兢兢往下讲,"那个被猎去头的人,脖子上流淌着一股股脓水。嫂子来叫你回去,你就是不肯回去,她准备一个人回去时,转身看到你也和那个人一样没了头,脖子上流淌着脓水。这是凶兆,凶兆啊!"

"尼克,不要怕,"艾伞说,"我们有魔苇护佑。再说芒嘎人要砍我的头,还得问问我手里的长刀同不同意。"

……

是猎物的诱惑,弟弟劝不住哥哥进山收吊脚扣的步子。巴拆鸟拍打着山风,在树林里"别、别别、别……"叫得急、叫得慌。爷爷手里的猎头刀,握紧了又松下,松下了又握紧。曾经的二叔,冒着生命危险猎取野兽,也是为了抚育孩子。他想,猎取艾伞,他们家刚出生的孩子怎么办……

但是,谷物要生长!后山土地贫瘠,叫不醒旱谷种魂灵。小麻雀和老鼠吵,需要艾伞的人头召唤和看守谷魂。想起二叔达尼色,一个年迈的小老头,被达永人猎去头,爷爷的仇火再次被点燃。但爷爷产生另一个念头,猎取尼克的头。虽然,尼克胡须不够旺盛,但不会留下遗孀。

两兄弟走进埋伏圈。爷爷他们,从四面八方风一般袭向尼克。艾伞抽出长刀,横在尼克前,用身体和刀刃挡住一道道寒光。这些寒光,有些落在艾伞肩上、手上、腿上,有些被他手里的长刀挡住,极少落到尼克身上。落日如血。林野里,多把长刀与一把长刀疯狂碰撞,只求饮血。叮当之声,惊落飞雀。爷爷他们,有几个被砍伤,热血喷洒,山野腥臭。艾伞身上,一道道伤口可见白骨。他仍旧挥舞长刀,铁塔般挡在弟弟身前,一次又一次挡住众人合击。

时间的小马车,载着众多寒光穿透艾伞身体,落在尼克身上。尼克瘫坐在哥哥身后,不知道躲闪,只会哭叫。艾伞的血,洒在弟弟身上,满身都是。他终于明白,那个黄昏、那趟狩猎、那片林野,遇上众多芒嘎猎头勇士,注定有来无回。他把长刀横在胸前,放弃抵抗,与爷爷他们谈判。

"不要再打了,芒嘎的勇士们。"艾伞说,"我的胡须比我弟弟的长得浓密,我愿意帮你们守旱谷地!"他接着说,"但我有个条件,请放过我弟弟！我家里还有老人要照看，有妻儿要喂养，你们就让我弟弟回去吧！"

艾伞转身，不再与十几把猎头刀对抗，把长刀递给尼克。被砍头的命运，前世已注定，不怪谁。要怪，就怪选错出行日子。保住尼克，是艾伞最奢侈的愿望。爷爷挥出的寒光，告诉艾伞，芒嘎人志在必得。巴绕克人，个个爹娘生，谁不报父母恩？艾伞的话，说到爷爷心坎上。他慷慨赴死，用这种头颅祭谷魂，谷穗饱满。爷爷用眼神默许了他，尼克可以活着回去。

"是好汉就不要哭，"艾伞对尼克说，"拿着长刀赶快跑回家，阿爹阿妈在火塘边等着你。拿着这把刀做达永人的勇士。"

艾伞说的话，爷爷现在还记得。鲜血如小蛇乱窜，从艾伞身上四处流出。那些如劈柴般的伤口，达西爷看了都会颤抖。

打斗声停止，林野寂静，空气凝固。尼克接过长刀，颤颤巍巍站起，捂住哭喊声，跟跟跄跄往原路回跑。等尼克跑远，艾伞扫了爷爷他们一眼。他咬紧牙关，站直身体，挺起胸脯，捋了捋浓密的络腮胡和长发。他要在仇敌面前，保持最后的尊严，兑现最后的承诺。

若不是布谷鸟叫得欢，旱谷种要发芽。若不是遵照魔芇的神谕行事，若不是与达永人有世仇，艾伞就是络腮胡再茂盛，爷爷也不愿意挥刀砍向他脖颈。爷爷狠下心，手起刀落，一道寒光掠过，艾伞的头颅"嘭"一声落地。一双果决、平静、温润的眼珠，平视前方，准备好看守芒嘎人旱谷地。无头之躯缓缓倒下，拉下腊勐大山灾难深重的夜幕。

爷爷常说，如果是现在，他只想与艾伞一起在火塘边，喝上三天三夜水酒。

爷爷他们，回到部落壕沟边，发出"唔唔唔"狂吼声，宣告猎头胜利归来。芒嘎部落，男女老少敲响木鼓，出寨门迎接。爷爷送出人头，与众猎头勇士狂吼猎头调，挥舞猎头刀，做上上下下、左左右右，劈砍、刺杀、防身等舞动。这是荣耀之舞，属于猎头勇士胜利归来的刀舞。魔巴念经咒。老人们把一坛坛水酒，递到爷爷他们手上。

女人们梳洗猎来的人头，痛哭流涕地说，"你的眼睛瞎了啊，有路你不好好走……"她们的哭诉声，与汉子们起起伏伏跳跃着的刀舞一样，充满山野最原始的节奏感。她们仍在继续哭诉，"偏要撞上砍头刀，我们的汉子才砍了你的头……"小孩们争着往他嘴里塞食物。把鸡蛋磕在他门牙上。一头头毛色漂亮、旋涡好、体格健壮的黄牛，被男人们牵出来，拴在剽牛桩上。一双双绝望的眼神，在魔巴祭词中被剽死。木鼓敲响了。人头桩上，恭恭敬敬供奉着新人头。

大榕树下，木鼓声中，魔巴祭词里，芒嘎人迈开步子甩起长发，跳起娱神舞。敬请各方神灵，护佑部落平安、五谷丰登。

"今天把人头送到人头桩，保佑我们有吃有穿。"魔巴大声念，"多多打得谷子，多多收获小红米，寨子的狗会咬，鸡会叫，人畜兴旺，以后我们多找伙伴和你在一起……"

沉睡在山坳土地上的谷魂，听到芒嘎人的祭词。它们舔着雨水，钻出地面，摇头晃脑生长着。

是腊勐大山深处的粮食和牲畜，在淡淡的甜腥气息中，养育了一代又一代芒嘎人。

艾伞的人头，兑现他生前承诺，用平静的目光看守旱谷地，守护部落平安。在他护佑下，我们寨子风调雨顺十几载。爷爷猎到吉祥人头，坐稳第一猎头勇士交椅。我们家，享受部落特殊供奉。

爷爷说，艾伞人头被猎走后，达永人饱尝猎头之苦，他们举寨搬迁。谁也不知道，他们迁到何方！听原野的风传讯，他们迁徙到一个流淌蜜汁的地方，谷粒比鸡蛋大。他们拔掉人头桩，改信赛玛教，不再猎人头，不再剽牛祭祀木鼓。他们献旱谷地还是敲响木鼓，只用小猪做祭品。

二

日过晌午，大雨转小雨，没有停下来。我躺在客厅沙发上。右手拿酒瓶杵着地板。左手抚摸着汗汲汲油腻腻的沙发。我的思绪神游飞驰，偶尔停留在带给我无尽快感的叶香温柔梦乡里。叶香瀑布般的长发，大眼珠如黑宝石，一对小酒窝嵌在玫瑰红的脸蛋上。我曾经年轻的心，满怀激情的梦，就徜徉在她两座山峰般挺拔的乳房间。酒精的作用，越往深处想，愈加麻痹舒服。我黑黝黝的脸膛上，一撮小胡须在下巴颏上微微颤抖，表示欢快或愉悦。

悠悠然，我进入梦乡。梦里，正在射杀鸟雀。小麻雀机灵，从这棵树，飞到那丛竹棚，很难射中。我只能在草丛中寻找目标，射杀趴在蕨草丛里抱蛋的鹌鹑。然后，拔掉雀毛，撕开鹌鹑肚皮，掏出肠肚，拽丢。叶香架起柴火，我把鹌鹑放在火焰上，烧燎一气。从竹筒里，抓出一把盐巴，抹上。叶香把鹌鹑穿在竹棍上，架在火塘中央慢慢烘烤。等鹌鹑胸脯上水汽烤干，我倒出一盅老烧酒。叶香吃雀翅膀，我吃雀头。一盅酒一个烤鹌鹑，我与叶香慢慢撕咬，慢慢吃雀肉。

梦中吃饱了肚子，我半梦半醒，思绪持续神游。叶香对我说，天天只知道喝酒，她要出去打工，再也不回来。果然，她再也不回来了。我跟跟跄跄赶往村委会。要向村支书艾嘎，下村工作队长何峰，讨要新电视机。没有叶香，是电视机抚慰我进入梦乡。今早醒来，电视机罢工了。听说，有人赠送给村里一批液晶电视机。得快点。晚了，被别人抢走了。哦，还有小锅盖也用旧了。在房顶上，可能被风吹歪了，被猫碰到了，被小麻雀啄坏了，被老鼠咬了。总之，电视信号不好，得换一套。

我七尺男儿身躯，与沙发比起来，明显有点长。不过，火塘设置得正合我意，伸出脚丫就可以触碰到铁三角。天气潮湿，柴火有些少。已是响午，最后一点火星，挣扎着燃尽最后几块火炭，迸发出最后一丝热量，最后一点光亮。我听到火星"啪"一声惊呼，在恐慌中熄灭。一团青烟，分作两股升起。一股飘向屋外稀稀疏疏，不乏节奏感的雨帘。一股被冷风卷起，飘进内屋爷爷卧室。内屋，传出"吭吭吭"咳嗽声。爷爷已病卧很久了。

"尚过法，腊过勐。"爷爷讲大道理的开篇，"达西爷开天辟地以来，傣族人掌管天空，我们巴绕克人掌管大地。吭、吭、吭，傣族人忙去开车、修路、盖房子、做生意去了，不好好敬献达西爷。"爷爷的肺叶，越来越不争气，但丝毫不影响他悲天悯人的情怀。"天漏了，一个大地是水，怕是要让我们巴绕克人回到司冈里去。吭、吭、吭……"

爷爷咳嗽得快喘不过气儿，仍在自言自语。好几次，他的肺叶跑到喉咙边，冲出来遇到牛屎猪粪气息，又被堵回去。他在内屋咳嗽得越厉害，我在外屋鼾声就越混沌。我鼾声越混沌，爷爷越不安与恐惧。近一段时日，我酒喝得越来越多，呼吸越来越急促，鼾声越来越不均匀，身体越来越肥胖。时常出现胸闷、气短、头昏、眼花。以前，我打鼾像分管雷雨的天神皮扎祸扔炸雷。一串串，又响又脆。现在，已是老太婆便秘，半天放不出一个屁。唯有喝酒，喝醉，我才感到舒服，忘记痛苦，忘记叶香。

三十年前，父亲和母亲带着大哥艾倒，在山洼旱谷地边，遇上山魔化成的泥石流。父亲一掌把大哥推进丛林里，他和母亲被泥石流淹没。至今，没找到他们的尸骨。二十年前，雨水淅淅沥沥，奶奶从对面勐傣坝赶街回来，被暴怒的南批河带走。五年前，大哥像现在的我，饮酒过量，身体肥肿。打鼾中，被黄叶子鬼屁短冷掐住喉咙。一口气进不来，一命归西。现在只有我还喘着气，陪伴着爷爷。

岁月漫长，汇聚成爷爷忧伤的源头。何峰和艾嘎，多次请医生为爷爷义诊。一群医生，一堆仪器，诊断出一堆病情。爷爷肺叶上有斑点，钙化。两个心房，肿大。肝脏，硬化。肠胃，糜烂……

关于身体，关于病痛，爷爷已不在乎。一个耄耋之人，早已与病痛讲和、妥协和共用一个肉身。人活得太久，不怕死神。死神见了爷爷，也要骑着山风绕道走。爷爷看见死神绕道走，揪住它耳朵，从山风背上扯下来。死神斜瞟他几眼，恨恨溜走。爷爷担心我。他不止一次看到黄叶子鬼屁短冷，趴在客厅墙壁上，伸出鲜红如血形如麻绳的舌头，吮吸我躺在沙发上的血肉身躯。爷爷把一串串咒语，恶狠狠砸向屁短冷。屁短冷经不住拷打，慌忙逃窜，我才一次次得以活命。

这几年，我们芒嘎村像一个野人脱去粗衣麻布，换上夺目新装，变成花枝招展、美艳动人的大姑娘。山寨人人改变，家家变样。像我一样，整天抱着酒瓶，靠着沙发，守着火塘的还有一小撮。说心里话，没了叶香，我活着很是无趣。醒的时候，不知道劲要往哪里使，心里话向谁诉说。睡着了，又经常做噩梦。导致我干活没气力，调侃没对象，走路步伐凌乱，说话颠三倒四，吃了早饭不管晚饭。

爷爷说，好久没听到木鼓声了。寨公房里的木鼓老了，没有生育能力。芒嘎人忘记了天神达西爷，忘记了地神咩西雍，忘记了守护神魔苇。现在，我们像达永人，不砍人头祭木鼓献旱谷地。家家户户叫魂，不准剽牛，只准杀小鸡小猪。我家埋在柴房里的剽牛桩，好多年尝不到牛血甜腥味，只能吃土。小牛拴在上面"哞哞哞"哀嚎求饶，已成为历史。爷爷说没有魔苇护佑，我才会整天昏昏沉沉、魂不守舍。

爷爷说，他作为芒嘎村的魔巴，一定要在没有山风侵扰的林野里，选一棵粗大标直没有伤痕的红毛树王,用一支弩箭射中它,把树鬼吓跑。砍倒,让村民拉回来,做成新木鼓。即使不剽牛,也要杀一头小猪,祭祀魔苇。把神灵安顿下来,虔诚供奉,得到神灵庇护,我们才会栽种出鸡蛋大的谷粒,才会涌出流淌蜜汁的河流。

爷爷床板下的猎头刀,已被岁月打磨得乌黑木钝。曾经的部落第一猎头勇士,多少巴绕克汉子的梦,都系在刀把上。爷爷十分挂念柴房里,白骨森森的牛头。他痛惜大半埋藏在生土里,被白蚂蚁蛀得只有碗口粗的麻栗树剽牛桩。等剽牛桩被白蚂蚁吃光,巴绕克人的神灵就没了。山寨,也就不叫山寨了。

爷爷说,魔苇示喻腊勐与勐傣交界处的南批河,已被达西爷惩治。达西爷斩下它高高抬起的头颅,让它像蚯蚓般匍匐在山涧,受山风蛊惑,要淹死人了,在这个阴雨绵绵的八月天。

晌午,我靠在客厅沙发上做白日梦。梦里,我忙得很,要办的事头等重要。

"尼倒,醒来了。"突然有人叫我,"睡觉门都不关,老鼠爬进裤裆。"

"尼倒,快醒来。醒来煮饭给你老爹吃。"又一个声音闯进来。

"尼倒,快起来。"是艾嘎的声音。他气咻咻说,"你家后山墙脚有一处被山水冲垮,赶快清理修补。要不然山水和泥巴堵在排水沟里,会影响你家新房子。"

"哦——哦——你们送电视机来了?"我故意答非所问,因为要关注梦里的大事,"还有小锅盖,小锅盖也要换,信号不好。你们送来了?"

"吭、吭、吭,吭——吭——艾,你们又来了?"爷爷的声音,像小媳妇不穿衣服裸奔,羞愧难当。"辛苦你们了,家里招待你们吃的一样都没有。我又一身的病,起不来,你们随便坐。尼倒,起来了,吭、吭、吭……"

"尼倒，快起来，看看瞧你老爹！"

众人一声比一声催得急。我是一万个不情愿，只能勉强睁开蒙眬醉眼。看到爷爷一脸愧疚，从内屋挣扎着走出来。我翻了一个身，斜瞟了众人几眼，仍旧躺在沙发上懒得起来。再说，我家沙发他们嫌脏，不会坐。他们扰了我的梦，无趣。他们不知道，我的梦有多重要！梦里，我与何峰争讨，电视机要新的，小锅盖也要新的。何峰不同意，说坏了可以修一修，许多人家还没有电视机。小锅盖更是没有。我强烈不满！我们争执不下，艾嘎来了。

我以为艾嘎会帮我说话。当上村支书之前，我们一起喝过酒，一起吃过鸡肉烂饭。艾嘎说，我煮的鸡肉烂饭最好吃。其实，我只是像烧鹌鹑一样，在火焰上把小鸡烧燎一番。在稀饭里，多放一把火烧春辣子，一把青花椒，一撮盐巴。把小鸡骨头烧煳，舂碎，拌进烂饭里。花椒味和辣子味冲鼻子，味道煳香、煳香的。吃得艾嘎不停抓头皮，满脸冒汗。想不到，艾嘎站在何峰那边去了。我很生气！我与他们大吵大闹。谁知，他们真的来我家！

"何队长，"我直截了当说，"我家电视机烂了！"

"会不会是哪里接触不良？"何峰看了我一眼，敷衍着我说，"修一修就可以了，尼倒。"

"何队长，我说给你我家电视机烂了，小锅盖信号也不好，要换！"我语气强硬地说，"我已经给你说过好多次，我不想再说什么了！"

"你什么时候说给我听？尼倒。"何峰用无辜的口气说，"昨晚我从你家旁边路过，还听到你家有电视声音传出来。"

"就是啊，尼倒。"随行的人说，"你是不是还没有醉醒？"

"刚才在梦里，我去和你们要电视机，"我切切地说，"你们就是不给我，我说过给你们了！"

我的愤怒还算有分量，赢得暂时的平静。我家房子小，造访的人不少，挤了半个屋子。屋里热闹起来，人声比屋外雨声大。有人抱来柴火，熄灭的火塘重新燃起。有人在屋内窸窸窣窣活动着。

"尼倒，你怎么让电源插座也喝酒呢？"有人质问我。

"哦，什么？"我不屑一顾，"我家没有酒给电视吃！"

"你把酒杯都扔到插座上，"那个人，用既专业又不可置疑的口气下定论，"插座进了酒，短路烧掉了。"他的权威，在他的语气里冒着烈焰，"电视机，嗯，"烈焰的燃烧，让他有了故弄玄虚的资本。"应该没什么问题，换一个插座就好。"

"什么，电视机没有烂？"高高在上的家伙，打败他，我只需要一个小小的疑问，"那为什么放不出来？"

"电都不通，哦，"他干着急地回答，"你怎么放！"

"我家新电视机，还有小锅盖，"我还是抓住对话主题，"不给了？"

"尼倒，"艾嘎愤怒地说，"不要张口就要东西，自己长着手长着脚，要东西就自己去挣。嗯。"但他，很快失去了愤怒的支撑点。"想想看，当年达保老爹还是我们村的猎头勇士，那是多么威武。现在他还是我们村的魔巴，是我们的神灵。怎么到了你就不争气了！"

"哦，你要叫我去砍头吗？艾嘎支书。"打蛇要打七寸，我的质疑，让热闹的场面安静下来。

"尼倒，听何队长和艾嘎支书的话，"爷爷不得不怀疑我的质疑，"不要吵，不要喝酒了。昨晚上说你几句，你就砸杯子，酒我都不得吃。我老了，咳、咳、咳……"

说到猎头勇士，说到砸酒杯，特别是爷爷的泄密，我讨要电视机的理，被他们卸了。我歪歪斜斜靠在沙发上，盯着被火烟熏得黑漆漆的新墙体，寻找黄叶子鬼屁短冷。努力回忆，昨晚爷爷在里屋劝诫我不要喝酒。说屄短冷就在墙壁上壁虎一样趴着,伸着又长又红的舌头,等着吸食我的血肉,叫我要提防。这样的话我听腻了。爷爷这个老魔巴,老昏了头。他喋喋不休讲着,我厌烦。回答他的就是玻璃杯破碎声。现在,除了几个啤酒瓶外,酒杯全没了。不过,这样不影响我喝酒。我可以对瓶喝,口大量足,醉意来得更快。

爷爷的身体,叫病魔抽干血肉,变成一棵黑杵棍。干瘪的脸庞缩成一撮,岁月剃光了他的胡须。他努力坐直坐正,射出一道苍老、深邃、幽远的目光,带着时光的威严。我知道,爷爷努力坐着,是想让所有人在他眼神里,找到当年猎头勇士的尊严。

只是,每每看着端坐的爷爷,从他眼神中,我看得出,有一只怪雀飞进他脑袋里,"呜嘟噜、呜嘟噜"叫。细细一看,还有一只麂子,竖着耳朵捡食橄榄果。同样,我耳朵里只有落叶声、虫子鸣叫声、山谷回应声,与大路上摩托声、拖拉机声、小汽车声……相互排斥又相互交融。看腻了,听烦了,我困。浓浓睡意袭来,我闭上眼皮昏昏沉沉靠在沙发上,或醉或醒或睡,我也说不清楚。

三

散赊,何峰的好朋友,芒那村长贺散赊之子,而立之年的傣族汉子。他们之间友谊的加深,来自一场灾难。

芒嘎村与芒那村中间,横躺着一条大河,叫南批河。芒那村,就躺在河那边的勐傣坝上。我们芒嘎村挂在河这边,腊勐大山坡上。南批河,傣族名字,意为魔鬼的河流。南批河的水,从没灌溉过两岸农田。相反,一到雨季,河两岸农作物基本上被冲毁。于是,傣族人诅咒这条河流,是魔鬼盘踞的河流。过去,每年都会有人淹死在这条河中。河里，到处是淹死鬼。

八月下旬，腊勐大山深处的雨，下了一阵又一阵，一天又一天。天上之水，一滴又一滴直插腊勐大山密林中。无数滴雨点，昼夜不间断，与山野交媾，魔鬼应运而生，汇聚成洪流，在山涧沟壑夺道飞奔，汇入南批河。泥浪翻滚，波涛轰鸣。露出魔鬼残暴、虚伪而又狡诈的面孔，捕捉人类惊恐、无助的眼神。是魔鬼布的局，谁也逃不掉。渡河发生的灾难，何峰记不清，只有坐在河对面公路边的散赕，看得清清楚楚。

那是一个瓢泼的大雨天下午，为赶回去开会，何峰让我的朋友艾块用摩托车载着他，从芒嘎村的泥道顺势而下，奔到南批河边。渡河之前，艾块背着何峰。何峰试图说服艾块，放下他。艾块说艾嘎支书交代过，要把何峰安全送过南批河。艾块还说，背着一个人渡河身子重，脚下更稳。艾块人高马大，何峰干瘪瘦小。像一个魁梧的大汉，背着自己孩子涉水。魔鬼躲在河底，变成一块块硬滑的石头，等着艾块踩上去，让他滑倒，把他们拉进洪水里。还没走到河中心，艾块身形一晃，何峰感到身子冰冷，他们就泡在翻滚的泥浪里。满是泥沙的河水，肆意往何峰嘴巴、鼻孔、耳朵里灌进去。随着河水涌进体内，他意识模糊。他想站起，有无数双冰凉的手把他往下拉。迷迷糊糊中，先是有一双大手拽着他，后来是两双。等他完全清醒，已在对面河岸上。

半小时前，散赕已赶到河边。血红的泥浪，夹杂着无数枯枝烂叶，咆哮着在河床上狂奔，让大地微微颤抖。离渡口四十几米的下游，是一道二十几米高的跌坎。跌坎下，泥浪聚集在乱石丛里，扭打翻滚咆哮着，形成一道巨大漩涡。那个漩涡底部，有突兀的怪石盘踞着。一群群魔鬼，以柔韧的姿势奔跑着、拍掌欢呼着，赶往漩涡赴一场场盛宴。那是水鬼的老巢。当年，我奶奶就是在这个漩涡里丢了命。是散赕与艾块一起，在激流中拉住何峰。二人合力，将何峰拉到河岸边。

"我本来就打算洗一个澡，"何峰说，"现在好了，被南批河一冲，洗净了满身污泥，正合我意。"

"何峰，你不要忘记，"散赕说，"要自己在河边捡七个小石子背回去。"

"拿回去干什么？"何峰不解地问，"难道南批河还产宝石？"

"拿回去让家里人给你叫叫魂，"散赕解释，"你的九十个魂三十个魄，大半都丢在河里，人丢了魂魄也就丢了精、气、神。"

"何队长，我们腊勐人也是这样讲。"艾块插了一句，"我听达保老爹说，这个八月南批河要淹死人。"

"你们说的达保，"散赕问，"是一个老头了吧？"

"你也认识达保老爹？"

"何止认识，他年轻时砍过我曾祖父的头！"

……

经过那次生离死别，何峰决定回去跑项目，在芒嘎村与芒那村之间的南批河上，建一座大桥。

四

十月天，腊勐大山雨水减少了许多，寒意增添了不少。好在林野的葱郁，云朵的白，洗尽南批河的戾气。我们芒嘎人住在山坡上，暖洋洋的好晒太阳。芒那人，除了撵山打麂、喝酒夜游，没我们芒嘎人厉害外，其他的我们什么也赶不上他们。日怪得很。我们住在山上的巴绕克人，脑子就像坝子，是一个平面世界。芒那人，住在坝子上，他们的头脑就像我们腊勐大山，是一个立体世界。

大山顶上，天空才泛着鱼肚皮的白，老鼠还来不及爬回窝。打鸣好的大公鸡，还收不住翅膀。艾嘎，就在广播里卖脖子。他的声音，比尼毛家那头老母牛发情时还刺耳。一寨子的狗，都竖直耳朵狂吠。艾嘎在广播里通知我们，没结婚的大龄青年，早上十点之前，乘坐尼毛家时骏王子拖拉机，去对面芒那村参观养牛场和养鸡场。

头天晚上，我和艾块、尼勒等几个老光棍拼酒。快到凌晨三点，我们大醉后才归家。酒精的麻痹，可以让我暂时忘记思念叶香的痛苦，却让我头痛欲裂。艾嘎的声音从门缝钻进来。像钢锥，刺进我耳朵。这个觉，咋个睡！

我们十几个老光棍，懒懒散散聚拢，坐在尼毛家院场晒太阳。快到十点，艾嘎再三催促，我们拖拖拉拉爬上尼毛的时骏王子车厢。尼毛启动时骏王子，艾嘎没好气地爬上副驾驶室。尼毛的胆子真肥！拖拉机吐出一股股黑烟，发出"突突突"的公牛打斗怪叫声，像没有安装刹车，在盘山而下通往南批河的泥道上狂飙。

我们十几个老光棍，各自揉着刺痛的眼睛，喷着昨夜的酒气，相互抱团，争相讲着昨夜的春梦。弯道一个连着一个，拖拉机惯性过大，车厢"控龙闶阆"摇摆晃动。我们在车厢里，一会儿往左甩，一会儿往右撞。每次甩动，我们随着惯性加紧抱作一团，后者下体对着前者臀部，猥琐地使劲摆动，嘴里发出"哦哦哦……"吼叫声。有几个弯道，随着惯性和我们抱团移动，我发现时骏王子的后轮离开路面有半尺高。

十月的南批河，在山谷中静静流淌。时骏王子怒吼着，冲过满是沙砾石的河床，溅起雪白的水花满天飞。我们在车厢里再次"哦哦哦"狂吼。远处，一片蒙蒙的雾气中，芒那人的狗开始狂吠，公鸡争相打鸣。离渡口不远处，一群人在河两岸打桩下基槽。正在架设一座大桥。

我们来到养牛场，何峰和芒那村养牛合作社的人，站在牛棚外道路两旁夹道欢迎。按要求，我们要先到消毒间清洗手脚，喷洒防疫消毒液,穿戴好防疫服,按秩序走过消毒池,才能进入牛棚。我们十几号人嚷嚷着,走进消毒间清洗黑漆漆油腻腻的手脚,小半天洗不干净。艾嘎派人进来催促了好几次,我们才晃晃悠悠走出消毒间,挨个走进牛棚。门口站着的芒那村小卜哨,一个比一个水灵。有一个,竟敢长得与当年的叶香神似!我瞪大眼睛盯着她脸蛋看,挪不动脚步。艾块和尼勒他们也一样,故意慢吞吞接过人家递来的消毒口罩和手套,看得小卜哨们脸蛋发红变紫。

走进牛棚,地面干干净净,牛圈栅栏一尘不染。我突然觉得不习惯!牛儿们摇头摆尾,有的在圈里走来走去,有的红着眼盯着我们看。几头老母牛,看到我们靠近。可能是嗅到酒味和烟味,它们转过头,用才屙完屎拉完尿,水汪汪的牛屁股对着我们。几头公牛看着我们走近,看到母牛们抗议,愤怒地用牛角冲撞牛圈栏杆。为表示愤怒程度,它们鼻子里吹出一团团白沫子,发出低沉而有力的"扑哧、扑哧"声。牛圈栏杆在牛角抵触下,发出"噼啪、噼啪"剧烈响声。我自小放过牛,听到公牛发出警告声,自然是走为上策。

按计划,那个长得像叶香的小卜哨,要给我们介绍大牲畜养殖技术。这是我期盼的,讲什么不重要,我也听不懂,我只想多看她几眼。她太像叶香,我想叶香了。艾嘎看到我们进牛棚,不到十分钟便出来。他是挨了子弹吃了炸药,拦在我们前面,恶狠狠盯着我们看。养殖场的人在一旁提醒他,时间不早,该投料了,肉牛进食时不宜参观。

艾嘎真的吃着炸药了,看着我们在牛棚外瞎转悠。他把我们集中起来,一阵机关枪扫射、下猛药、狂风暴雨般批评教育我们。

"萨图(善哉),尼倒你们这些人啊,真是坐在柴堆上都要砍脚杆子烧火,蛇钻屁股都要被你们蠕断。你们一个个烟鬼酒鬼懒鬼,好吃懒做……"我烦,脑子里只有那个小卜哨,心里想着叶香。魂魄早已飞回到当年与叶香相遇的沟沟箐箐。

想当年，我风华正茂，在林子深处挖大竹鼠。我用锄头、铁镐，使劲掘泥土。竹鼠在铁镐下面，沙砾土层深处遁地而行。我掘土速度，始终赶不上它打洞逃亡速度。我们都困了，竹鼠在土层深处战战兢兢休息。我跟跟跄跄，走到箐底小河边找水喝。我学着猎狗姿势，趴在河边豪饮。饱了，躺在河边，吹着山风晒太阳。我突发奇想，随手捡几个鹅卵石垒在河边，学着爷爷念经咒，算是镇压住土洞里的竹鼠。之后，回家，等第二天接着再挖竹鼠。竹鼠，果然被我的经咒镇住。

第二天，我们继续开展拉锯战，未果。累了渴了，我仍旧到河边喝水。突然眼前一亮，我发现我垒的鹅卵石堆旁边，垒放着相同的一堆小青石块，与我的鹅卵石堆遥相呼应，像一对恋人含情脉脉注视着对方。我又垒了一堆鹅卵石，同样念经咒，回家。

第三天，我发现新垒的鹅卵石堆对面，又增加一堆小青石。我再垒好石堆，躲在河边一探究竟。傍晚，一个黑发如瀑，眨着黑宝石大眼珠，有着一对迷人小酒窝，泛着晚霞笑脸的姑娘，走到石堆旁学着我垒石堆。这是我们村最漂亮的姑娘——叶香。在叶香的笑容里，我浑身都是气力，铁镐掘土速度慢慢逼近竹鼠刨土速度。

叶香，不只脸蛋迷人，脑袋也灵光。我和竹鼠比赛刨土，她从河边背来一葫芦一葫芦泉水，灌进竹鼠洞。竹鼠不敌，败下阵，成了我们火塘边的美餐。吃过竹鼠稀饭后，叶香的笑脸更加灿烂迷人。

"……你们做了些什么呢？整天醉了又醒，醒了又醉，半夜三更在村寨里吼吼叫叫。是不是还要给你们每个老光棍，讨一个如花似玉的大姑娘做婆娘……"艾嘎的火药味越来越浓。我脑海中叶香的倩影，被他的训斥声吓跑。把我再次拉回现实中。

艾嘎的声音，震得我脑瓜子嗡嗡响，连叶香的容貌都记不住了。竹鼠稀饭的味道，也记不起了……我好不容易丰富起来的想象力，在他训斥下，尽作鸟兽散。艾嘎的教育，就连空中飘来飘去的云朵都吓跑了，太阳露出脸面。

尼勒和艾块他们，低头不语。没了叶香，我就没了魂儿，生活早就没了盼头。现在的我，靠着火塘边醉了就睡，醒了又醉，赛过活神仙。不知道艾块他们，跟我的想法是否一致。

做群众思想工作，我最佩服的人还是何峰。遇事，他不慌不忙，饭一口一口吃，道理一套一套讲。即使我们不对，他也从不吼我们。重点是，干酒我们一个也干不过他。看着我们一个个垂头丧气，何峰笑呵呵地出来安慰我们。

"艾嘎支书说得话丑理真！"何峰说，"你们要记好，幸福生活是奋斗出来的！今天，组织你们来参观芒那村的养牛场、养鸡场……"何峰的话，让我脑袋瓜又有了灵光。叶香的身影，又活脱脱呈现在我眼前。

我记得，竹笕槽下，山溪亲吻着叶香乌黑的秀发。我拿香皂在她秀发上搓来搓去，一串串泡泡在笕槽边飘起。几点调皮的水珠，爬在她泛着红晕的脸蛋上，让我看清山溪贪婪的面孔。叶香梳洗好长发，在阳光下甩开，晾晒。香皂的气味，隐藏不住她特有的体香气息。山风轻抚下，她凹凸有致的身段随着秀发舞动。这是我一辈子都看不厌的风景。

叶香离开我那个晚上，我们紧紧相拥在寨公房流干眼泪，直到旭日东升。她说，她想到外面看看世界。可她一去不回。她送给我一个崭新的筒帕，装满她所有的爱恋。现在，筒帕我还时常背着，已装满我思念和等待她的所有忧伤情怀。

要是我不穷，叶香就不会离开我。现在，解我忧的唯有老烧酒。我忧伤的思绪，重新回到参观现场。"……你们看芒那村养牛场，一年需要上千吨饲料。"何峰接着讲，"这些饲料，就是你们随处可栽种的皇竹草、青玉米秆子,他们缺得很。我们已经与芒那村谈好,你们哪一家只要种出来,他们都会现金收购……"

何峰的话是肺腑之言,让我干涩的眼珠子湿润了。有的人,摩拳擦掌,有想要干种养殖业的想法。接下来,参观养鸡场。一群群肉鸡、蛋鸡,饲养在钢丝圈笼里,羽翼新亮抢眼。蛋槽里,鸡蛋不停滚出来,看得我眼花缭乱。后来,我们参观芒那村的豪猪、竹鼠等特色养殖场。一直被我们视为野味的珍品,芒那人就把它们圈养在铁丝笼里、水泥洞穴里。就连我们在山野中,寻找小半月都难得遇上的蜜蜂、葫芦蜂、土蜂这些山珍,芒那人也成批喂养着。

芒那村的产业发展,与我们芒嘎村不在一个频道上。一河相隔,我们两个村,成了两个世界的人。这么多年来,我只知道守着酒瓶,围着火塘,醉了就睡,醒了又醉。偶有精力,白天在山野里挖几个老鼠煮稀饭,夜里从村头窜到村脚,张开喉咙粗犷地狂吼一通。

参观结束,我们坐着尼毛的时骏王子回到芒嘎村。艾嘎统一安排,我们在村委会吃中午饭。村委会大院里,摆着两张桌子。每张桌子上,摆放一盆炒肉、一盆炒豆腐、一盆冬瓜炖排骨汤。额外,加一小碗姜丝拌小米辣。

我很失望!没有牛撒撇、牛干巴、牛扒烀、牛小炒等下酒菜。没有鸡肉烂饭,没有烤鸡脖子……更没有,我顿顿不离口的包谷酒。村里,集体已有些积蓄,组织我们外出参观活动,在吃这个大问题上,他们竟会如此抠门。还没我领着低保,窝在火塘边吃得丰盛。没酒润口,我们一个个咂着嘴巴表示抗议,懒得动筷捡菜。

抗议无果。我算是清楚了,这顿饭已是村上对我们丰盛的招待。想象中的美味,不可能出现。于是,我硬着头皮胡乱吃了些东西,不知是什么味道。反正,只要是没有酒,什么菜都没味道。我看看伙伴们,埋头吃着碗里的食,屁都不放一个,我也不好发作。回想以前村寨里拉木鼓时的丰盛大餐,我怀念木鼓声!

吃完午饭,参观的人大部分报名,尝试养牛、养猪、养鸡、养豪猪和竹鼠。他们与芒那村签订提供种苗,预收购成品合同。尼勒和几个家里有青玉米秆的家伙,主动与芒那村养牛场签订出售青饲料协议。养牛场预先支付定金,收购他们的青玉米秆、皇竹草。

一起厮混过的伙伴,一个个要赚钱致富,我心里茫然。我除了喝酒,什么也做不了。就连重病在身的爷爷也照顾不好,我心里憋屈。好在像我这样的人,芒嘎村不止一个。于是,我什么也不想。努力掩饰自己,寻求自我安慰。从小和我一起玩大的艾格,他的声音硬生生闯进我耳朵。

"艾嘎支书、何队长,我不去乡政府告你们了。前几天我就跟组长说过,我家厨房边的石棉瓦,被一截干树枝掉下来砸坏,有一道裂缝,雨水漏进家里。我叫他派人来换给我,他说这样的小事让我自己解决。我们的住房漏雨,这是你们村上要管的事嘛,咋会是小事呢?他说不管。我打算来说给你们听。但我想想,你们可能也会像组长一样答复我。我就准备去乡里反映这件事。我已经和尼夸借了一饮料瓶汽油,打算骑摩托去乡上。可我现在想通了,一块石棉瓦我一个人也会换,况且是我自己的家,漏雨我也不好在。按你们算的经济账,一块石棉瓦,我上访几天,还要跑到乡上去,又费工又费油,不划算。如果村里还有石棉瓦的话,给我一块行吗?"

"对了,艾格。你是真的想通了!"何峰拍了拍艾格的肩膀说,"自己能解决的事就自己办,自己的家园自己建设,这是一个好的开端。"

"萨图!支书、队长,我也不想穷,就是我不懂文化,不懂科学,做什么都落后啊。"艾格苦笑着说。

"不怕，艾格。只要你志不穷，人就不会穷。"艾嘎说，"石棉瓦村里还有，你自己约一个同伴，抬一块回去修补好，家里漏着雨不好在！"

"好的，我这就约尼夸去抬。明天我们两个要收割青玉米秆子，卖给养牛场。"

"好，你先去忙，艾格。"

……

我再也听不下去了！我已记不清，艾格在火塘边与我喝过多少酒，醉了多少次。但我记得，艾格对我发誓过，说以后的日子，我们要天天抓鸟雀、煮稀饭，在火塘边喝酒醉……现在，艾格忘了誓言。尼勒就更算不得了。毕竟他比我们小，家里还养着几头牛，栽种着一山包谷，田里还种着甘蔗。不像我，又病又穷。

我着急、窝火、无奈。村里的光棍队伍，要散伙了。以前，我们的队伍浩浩荡荡。醉了，鬼哭狼嚎，吼成一片，何其壮观！现在，像我一样的，已经没几个。我越想越气。站起来用大碗舀了一碗茶水，"咕咚咕咚"喝下去。一股苦涩味滑过喉咙，钻到肠胃里。一股甘甜味道从我舌根生出，久久不散。奇了怪了，茶水苦过后会这样甜！酒没有！！

"尼倒，这就是我们村集体茶叶初制所的茶。前几年达保老爹还能去茶地时，他还给厂里摘去了好些鲜叶。"何峰笑眯眯站在我旁边说，"说不定，你现在喝到的就是你家的茶叶！"

"哦。"

"尼倒，你家的古茶树最多，"何峰说，"外边的古树茶叶卖得像黄金一样贵！"

"哦。"

两声"哦"后，我离开饭桌，离开伙伴们。我喘着粗气，拖着残躯，踉踉跄跄走回家。不是酒瘾发作，而是我担心生病卧床的爷爷。

五

  我还是我，只是身子骨一天不如一天。清醒时，感觉浑身不自在，说不出是哪里痛，又感觉处处都痛。站起走几步路，眼前一片黑暗，天旋地转，恶心、想吐。吸进的气，越来越少。体内的浊气呼不完，比老太婆放的屁还臭。喉咙里，总有东西堵着，打个呼噜就会噎醒。爷爷在内屋咳嗽，我在客厅咳嗽。我家小屋子，不分白昼黑夜，都是"吭吭吭"咳嗽声。唯有喝酒，喝得酩酊大醉，我的疼痛感才会消失，断断续续的鼾声才会回来。我被自己的鼾声噎醒的次数越来越多。爷爷看我的表情，越来越惊恐。

  有一次，我梦见叶香。她带着小酒窝的笑脸，笑着笑着就变成哭脸。发出"嘤嘤嘤"啼哭声，依然很美。叶香哭了，我很伤心。我伸手去，要帮她擦干脸颊的泪痕。突然，她的小酒窝没了，面容模糊。整个面部，只剩下泛着红光的两颗眼珠子，还有两排交错的獠牙，发出"嗷嗷嗷"嚎叫声。她身子变成一只毛猴，张牙舞爪向我扑来。我从梦中惊醒，满头大汗，身子轻如一片羽毛。梦中，叶香蜕变的模样，就是爷爷常说的黄叶子鬼屁短冷。我日思夜念的叶香变成屁短冷，正来索要我的命。我的生活，我的世界，从我噩梦中回到爷爷常讲的历史中去。

  讲到历史，爷爷容光焕发。作为猎头勇士，将来，他的灵魂会守护村寨平安，直至永久。爷爷讲，在腊勐大山解放之前，我们村发生过一次瘟疫，全村上千号人，大半月内死去了大半。芒嘎部落，从此走向没落。有人说，是达永人用远迁他乡的绝毒方式，给芒嘎人施下毒咒。迁徙中，他们遭受多少灾难，芒嘎人就要加倍承受他们的灾难。也有人说，那场灾难，来自爷爷猎取的第二个人头，那是一个被侵扰的亡灵。两种说法，爷爷都不否认，认为与他脱不了干系。

爷爷说，如果部落里女人的奶水，不再像喷涌而出的小溪。新生的孩子，越来越少。寨公房的木鼓敲不响了，山地上的旱谷秕谷越来越多。家禽牲畜，莫名其妙丢失或死亡。那就预示着，大灾难要降临了。

那一年，旱谷地要下种时，魔巴打鸡卦，在魔苇神谕里指出，部落需要猎取一个新人头，来祭祀神灵。作为第一猎头勇士，爷爷带领一群勇士，在众人期盼和祷告中，启程去猎人头。

那次猎头行动，神灵没站在爷爷他们这边。达永人，早在十余年前，就在芒嘎人认知世界里消失。谁也不知他们迁徙到哪里，无从跟踪过去猎取他们人头。附近各个小村落，依附于我们部落。部落间共同盟誓过，不能彼此猎取人头。山对面，隔着南批河的勐傣坝，历来与腊勐人井水不犯河水。大山深处的巴绕克人，谁都没越过南批河去猎取勐傣人头过。越界猎人头，就要挑起两族人战争。

巴绕克人，不需要战争，也承受不起战争带来的灾难。猎不到活人头，可以猎取死人头。不幸的是，那段时日，腊勐大山连一座新坟茔都没出现过。旱谷地马上要下种，爷爷带着一群猎头勇士，变成热锅里的蚂蚁，在南批河上上下下游走徘徊，寻找任何一个机会猎头。半个月过去，下地的谷种没有生根发芽，献谷地的人头不能再等！

在这个节骨眼上，南批河对面勐傣坝芒那村，举行一场葬礼。村里的祭司布岗，一个年过八旬的老人善终，佛爷召尚为逝者念诵超度亡灵经文，给逝者举行隆重葬礼。芒那人，为老人的离世悲痛不已。可更悲痛、气愤、恐怖的事发生了。就在老人入土后的那个晚上。

那个晚上，芒那人还在家里、在佛寺，为亡灵滴水诵经引路。爷爷带领猎头勇士，逮住山风尾巴出动。他们在月色掩护下，渡过南批河，摸进芒那人竜林。十几个人一起动手，把刚刚下葬的老人从泥土里刨出来。爷爷，亲自砍下死人头。一群猎头勇士，在阴森森的竜林里，在一堆长满悲伤的新泥土上，丢下刨得一片狼藉的棺椁，一具无头尸体。风一样，逃回芒嘎部落。

　　第二天，芒嘎人从村边迎回死人头。妇女们，照例为人头梳妆打扮一番，喂给死人头好菜好饭，为死人头哭诉祈祷。可她们，碰到冷冰冰的死人头，找不到它的头发，摸不到它的胡须。它干瘪僵硬的嘴巴里，没有一颗牙齿，塞不进去任何食物。它深陷的眼窝，眼帘紧锁，像一个石雕拒绝人类打扰。男人们敲响木鼓。听到木鼓声，附近小村小寨，怀着忐忑之心，备足祭品来参加祭祀活动。他们奔走在密林深处，山涧小道上。手里的祭品，被一阵阵怪风吹上天去。他们的眼光，被一团团迷雾包裹着。怎么走，都找不到来我们寨子的路。爷爷一遍又一遍擦拭猎头刀。怎么擦，都擦不掉沾在刀面的污血。因为，那些污血就在刀刃上流动，运转到刀柄周身。

　　听到芒嘎人木鼓声，芒那人哭喊声、愤怒声和吼叫声连成一片。隔着南批河，芒那人的佛寺里，响起了锣铓声。那是警报声，是勐傣人有大事发生。清晨，一匹快马从芒那村飞驰出发，向勐傣坝土司府邸奔去。晌午，勐傣坝傣族士兵，一列列一队队开进芒那村。下午，我们的木鼓声还没歇下来，一袋红辣子已送到头人家里。这是开战的信物。因为爷爷他们刨尸砍了芒那人，德高望重的老祭司人头，侵扰了勐傣人的勐神、寨神、山神、水神……是对勐傣人最大的不敬与凌辱。除了以牙还牙，除了开战，什么都免谈。

　　那个时候，芒嘎人不怕打仗，因为我们人多势众，山高路险。但我们理亏，神灵不站在我们这边。况且芒那人倾巢出动，勐傣土司爷还派来大批士兵。我们只有挨打、跑躲的份。勐傣士兵，个个手持火铳和大刀攻进山寨。战争到来之前，大部分芒嘎人躲到密林中。拼死守护家园的勇士，战死。芒那人，烧毁我们的山寨，拿走人头。就连寨公房、寨桩和木鼓，都未能幸免。

半天时间，一个村庄，在狼烟中留下一片焦土。勐傣士兵撤走了，芒嘎人返回家园。焦土中，散发着悲伤、无奈和恐惧气息。爷爷说，芒嘎人来不及悲伤。为了活下去，人们含着眼泪，埋葬死去的亲人。人们割茅草、破竹子、砍梁、竖柱，互帮互助，在焦土上重新建盖起栖身的茅草屋。共同建起寨公房，拉回新木鼓，栽起新寨桩。似乎一切，又回到当初。可从那以后，芒嘎人与芒那人以南批河为界，种下仇恨的种子，展开多年仇杀，搅得双边人、神不得安宁。

一场战火，摧残生命，诞生魔鬼。芒嘎人还在，木鼓声不消失。爷爷说，芒嘎人才重建村庄，泥巴脚印还晒不干，魔鬼就送来厚礼。魔鬼，从腐烂的尸首里爬出来，骑着啃食死尸的老鼠，躲过魔苇的眼光，跳开魔巴经咒，大摇大摆走进村庄，引发一场前所未有的瘟疫。瘟疫是魔鬼的化身，不管你是魔巴、猎头勇士、妇女、小孩还是老人，只要是喘着气，它们都袭击。巴绕克人，从没见过那种瘟疫。许多人，早上还活蹦乱跳，晚上就七孔流血，一身乌黑毙命。与勐傣人的战争相比，瘟疫，才是我们的噩梦。半月内，芒嘎人十室九空。瘟疫面前，人们连哭喊、悲伤、恐惧的力气和勇气都没了。瘟疫过后，上千人大部落，变成几百人村庄。

与勐傣人开战，爷爷活了下来，魔巴活了下来，众猎头勇士死伤过半。瘟疫中，爷爷活了下来，魔巴死了，众猎头勇士生还者寥寥无几。瘟疫过后，爷爷收起猎头刀，被魔苇定为部落新魔巴。猎头献谷地，成了往事，写进历史。解放后，爷爷继续为芒嘎人传递魔苇的神谕，组织拉木鼓祭旱谷地。大山深处，依旧木鼓声阵阵。后来，爷爷娶妻生子，听着奇雀怪鸟声，抓鹌鹑逮老鼠、喝小罐茶、煮鸡肉烂饭，过着清贫、安静的生活。时间飞逝。芒嘎人与芒那人，一起走进新时代。

六

爷爷时常在脑海里，浮光掠影闪过他人生坎坷奇幻之旅。等所有自豪与辉煌，悲伤与无助，统统落下帷幕，他大脑就变成一套锈迹斑斑的老钟。发条再也转不动，才肯接受生命已垂垂老去的残酷命运。可是，他饥肠辘辘的胃，无法用回忆来填满。他不能指望我给他熬稀饭。他还得拖着被病魔视为乐园的身躯，强打精神，生火熬稀饭，让肠胃里伸出来的饥饿之手有所收获。

柴火有些潮湿，需要肥明子助燃。爷爷双眼昏花，双手颤抖，半天才生起火。肥明子燃起的松香味，牵动我体内的小宇宙爆发，我大脑清晰无比。竟然让我想起了，大山深处爷爷的爷爷，不知是哪一代老祖宗，曾经栽种下的古茶树。我们巴绕克人，祖祖辈辈最好的药，就是茶。或许茶，能治好我的病。

"达，"我问，"我们家还有一块老茶地？"

"老茶地？"爷爷用质疑的目光看了我半晌，反问我。

"嗯，"我说，"就是老茶地。"

"好几年没有去采摘，"爷爷说，"怕是成大树林了。"

我没理会爷爷的话，没帮爷爷淘米熬稀饭。踏着松香味，身体变得轻盈，精神从未有过的抖擞。走进柴房里，我找出一把锈迹斑斑的锄头，走出家门。

"你要去哪里？"

"老茶地。"

松香味，完全盖过我身上气息，没半点酒气。我动作连贯，举止异常，爷爷犯嘀咕。他想，十月天，茶地里除了杂木，就是荆棘。老鼠不肯打洞安家，小麻雀不愿意做窝下蛋，鹌鹑飞出了草丛，我去茶地干什么?我知道,爷爷更多的是担心。我的身体,已变成一座荒塔。风一吹,雨一淋,就会摧枯拉朽倒塌成一堆。他肯定在想,酒,是我的续命水。不喝酒,我还能活下去吗?我还是尼倒吗?是可恶的屁短冷,上了我的身?是难缠的屁迫鬼,控制了我?等我走到林野深处的茶地里,它们就从我残躯里钻出来,吃我的肉,饮我的血!

爷爷肯定越想越不对劲,越想越后怕。为我的反常举动,感到惊恐与不安。他肯定再次想到,当年被他猎杀的那个达永人,想起那个被他们刨尸砍去头颅的芒那老人,确信杀人偿命的古训。大哥的死、父母的死、奶奶的死,都是神灵安排,为他猎去头颅的人偿命。现在,唯一剩下我,难道还要用来为他的罪过偿命吗?爷爷一定认为他是一个罪人。自己的罪过,让全家人用命来赎,他能不自责和悔恨吗?

我踏着掺和了松香味的夕阳,跨出竹篱笆围着的自家小院。一个回头,看到夕阳西下,霞光万丈。坐在火塘边的爷爷,用老泪横流的眼神,与阵阵腾起的炊烟熬好稀饭,和着一身罪孽感,慢慢往肚里吞咽。抚慰肠胃里伸出来的饥饿之手。爷爷是真的老了。历史的车轮碾过,即使是猎头勇士,也会被时光无情抹杀。也许,学会忘记,痛饮畏惧,走向时光幕后,选择被时间遗忘,是爷爷最后、最有尊严的归宿。

我扛着锄头,气喘吁吁,爬到村头土坎上。夕阳,在我脚下的大地上,画出一条界线,变成一道鸿沟。把腊勐大山与南批河劈开,把我与生活了多年的芒嘎村分开,产生一种天人永隔的错觉。对面,炊烟弥漫的勐傣坝,夕阳扫射着芒那村,流淌着血红色的霞光。

离开松香味和炊烟味,我爆发的小宇宙渐渐枯竭。我的残躯,走过几片林子后,再也支撑不住。林野泥道上,山坳两边的灌木挡住黄昏暗淡的光线。黑暗的影子,结结实实压在我身上。脚下一个趔趄,我眼前就是无尽的黑暗。身体再次轻盈,变成一片羽毛,带着我的意识,飞向比腊勐大山还高的点点星空。

星空下，我看到芒嘎村漆黑一片，颇显安详、寂静。爷爷，坐在我家小院场里，用孤独、落寞的眼神盯着山寨看。院场上，还坐着一些人，包括何峰、艾嘎等人。邻居家大花狗，对着星空中的我狂吠。院子里的人群，不停地说着话，我听得不够清楚。风声、狗吠声、夜鸟鸣叫声、人们移动的脚步声、交谈声，汇集在一处，杂乱不堪。只有爷爷低沉、苍老、焦急、熟悉的声音，我才听清楚。

"他说是去老茶地，到现在还不回来。"爷爷说，"怕是着屄迫鬼蛊惑，回不来了！艾嘎，要麻烦你们去帮我找找瞧！"

"达保老爹，你不要着急。"何峰说，"说不定他是去哪家，我们再等等。"

爷爷，颤颤巍巍，坐立不安。众人在院子里，走来走去。院角竹篱笆上，一只小母鸡，被鸡群啄下架。夜幕下，小母鸡紧张四窜，找不到方向，被众人移动的脚步声吓退到竹篱笆边。它把头伸进一个旮旯里，蓬松的尾羽，护住黑色的爪子，躲在篱笆根下，不敢发出半点声响。一只出早工的老鼠，躲躲闪闪，从院子门口南面的篱笆根，顺着土坎跑到东边去。那里是厨房的位置，门外排水沟里，有爷爷洗锅的零星米饭颗粒，这是它们主要食物来源。下旬月夜，随着时间推移，黑暗掩盖了爷爷焦急的脸色。唯有他长短不一的叹息声，与我命运紧密联系。艾嘎与何峰，各自掏出手机，分头打电话叫人寻找我。

夜很黑。在我魂魄指引下，艾嘎他们在村后山牛路上，找到我倒在烂泥中的残躯。看着我还有一口气，大家轮流背着我急速奔走。众人赶到村委会，县医院的一辆救护车等在那里，把我接走了。

我长期过量饮酒，肝脏脾胃严重受损，已危及生命，一时半会儿好不了。病情相对稳定后，得回家慢慢调养，酒是万万不能喝了。

七

村头，公路边，尼勒家旱谷地里。南瓜和冬瓜，栽种在土坎下。它们在时间的方格里，发芽、舒展、爬上土坎、开花。南瓜开黄花。冬瓜开白花。等到旱谷拔节、打苞、扬花时，芒那人饲养的蜜蜂，整天在谷花丛中"嗡嗡嗡"飞舞。南瓜藤和冬瓜藤，在旱谷地肆意生长。藤蔓，密密麻麻，霸占小半块旱谷地。绿色的、车辖辘大的南瓜和冬瓜，晒着太阳，喝着雨水，在旱谷地酣睡，压倒好些旱谷秆子。尼勒家人也不来管管。

等雨水下完，旱谷地变成一片金色，南瓜藤、冬瓜藤干瘪成一片。黄里透红的南瓜，粉白色的冬瓜，懒洋洋地躺在旱谷地。尼勒家人，约亲戚朋友，把旱谷收进粮仓，把南瓜和冬瓜，如数摆放在家门前走廊下，用丰收的白色和黄色，迎接腊勐大山即将到来的冬天。

村头，寨公房换掉破破烂烂的茅草屋顶，变成木栅栏、水泥柱、小青瓦，敞开式小亭阁。为建盖寨公房，艾嘎与何峰多次召集民众开会。村民公投，芒嘎村要重新立寨桩，供奉木鼓。

我爷爷身体，一日不如一日。我身体，一天一点好起来。爷爷用尽所有气力，活着。作为村里的老魔巴，他还不可以撒手回到祖先葫芦里去。他要为村落，制作一对蕴含强大生命力的木鼓，守护好村落，才能去司冈里见祖先。

入冬，第一个属龙日子的清晨，腊勐大地天蓝地绿。一层薄雾由山风相送，均匀地铺盖在村落四周。是晴天预兆。我戒了一年多的酒，在家吃药调养，脸上多了一丝红晕。一大早，我帮爷爷穿好黑色对襟上衣、大摆裆裤，戴好插着白鹇艳羽的帽子。爷爷脚踏麻线底绣花鞋，枯瘦的身躯上，透出一个老魔巴的威严气息。这是奶奶在世时，亲手给爷爷织布、浆染、裁缝的衣服，亲手纳的鞋。那顶配有白鹇艳羽的帽子，是爷爷作为村寨德高望重的魔巴，所属的佩戴物。

初冬林野，天气虽然晴朗，道路仍旧湿滑。爷爷由几个壮汉搀扶着，在后山林子，选定一棵红毛树王。那是一棵两人合围，树干标直，树尖没有折断过的吉祥树，是制作木鼓的上选之树。爷爷一次又一次看过鸡卦，确定砍回木鼓树的好日子。为了把木鼓树顺利拉回寨子，艾嘎选派青壮年，按照爷爷要求，穿着节日盛装，进林野砍伐木鼓树。我身体虚弱，不能参加拉木鼓，只能待在家里等众人信息。

爷爷身子骨虚弱。进山野的路，如果没人搀扶，他爬不了几个坡，下不了几个坎。但爷爷手舞足蹈，异常兴奋，一路有说不完的话，讲不完的故事。那棵被选定的红毛树王，爷爷使用最原始的砍伐方式。他念完一段驱赶树鬼咒语，让尼勒拉开弩箭，射在树干正中央。大家一起发出"唔唔唔"狩猎声，吓唬树鬼赶快离开红毛树。铁精箭头没入树干，红毛树发出"嗡嗡嗡"响声。几片发黄的叶片，从高处震落。树鬼，经不起咒语拷打，经不住众人吓唬，受不了利箭射杀，纷纷远遁。为驱赶掉红毛树上所有不干净邪灵，爷爷让人杀死一只红公鸡，绕着红毛树把鸡血滴落在地上，他用苍老的声音念经咒。

　　树啊树，
　　你是林中主，
　　你是寨中王，
　　我们杀鸡卜卦选中你，
　　你是好木鼓，
　　请你回到你的家……

念完经咒，爷爷放下死去的红公鸡，拿起斧头在红毛树干上，象征性砍几斧子。艾块一伙一起上，七斧八刀砍倒红毛树。人们"喔喔喔"欢呼着，再次把弩箭齐射向砍倒的红毛树王。爷爷捡起几个小石块，安放在砍倒的树根上。把隐藏在大地深处的树鬼，镇压在大地深处。侥幸躲藏在树干里的树鬼，被大伙齐射出的弩箭吓得魂飞魄散，慌不择路逃跑。

艾块一伙，按照爷爷要求，选中两段各长两米的标直树干，分别砍断。又在树筒两端，凿出两只鼓耳。用一条条拇指粗的藤索，编织在一起，扭成又长又粗实的绳索。把绳索穿过鼓耳朵。众人开始齐心合力"嘿哟、嘿哟"拉木鼓树筒。

众人一鼓作气，把两截树筒拉出箐沟。到地势相对平坦的山道，艾块和尼勒扶着爷爷，气喘吁吁赶上众人。人们把他扶到一截树筒上，站稳。爷爷笑得满脸杜鹃花绽放，他拍拍大摆裆裤，扶正白鹇艳羽帽，挥动一节红毛树杈子，扯开嗓子领唱拉木鼓调。

"红毛树哎，好木鼓！"

众人立刻接上，"嗨嗨，好木鼓！"

爷爷又唱，"我们请你来当家！"

众人接着唱，"嗨嗨，来当家！"

林野里，粗犷的木鼓调吼起，众人步子便灵活了。众人不再是一个劲儿往前拉树筒。而是分散在树筒前后两端来回牵拉，慢慢前移着，歌舞着。欢声笑语填满整个林野。遇到用劲的地方，在爷爷指挥下，大家齐喊。

"哈嗨嗨哎，哈嗨哈，哈嗨哈嗨……"

爷爷不断挥舞树杈，一曲接一曲，领唱木鼓调，众人乐此不疲，歌声震林野。

"选中藤条开百花！""嗨嗨，开百花！"

"选中木鼓结红果！""嗨嗨，结红果！"

"哈嗨嗨哎，哈嗨哈，哈嗨哈嗨……"

"木鼓上坡使劲拉！""嗨嗨，使劲拉！"

"木鼓下坡慢慢摇！""嗨嗨，慢慢摇！"

"不要躲在森林里！""嗨嗨，森林里！"

"不停留在河岸边！""嗨嗨，河岸边！"

"哈嗨嗨哎，哈嗨哈，哈嗨哈嗨……"

傍晚，阳光打在爷爷涨红的脸上，歌伴舞氛围中，拉木鼓树的队伍归来。两截树筒拉到寨门口，根部对着寨子。让一路受侵扰、尾随而来的恶鬼，进不了村寨。何峰领着妇孺，为众人准备晚餐。额外，还准备一只煮熟的公鸡，一个生鸡蛋，一块煮熟的老鼠肝。这是拉回木鼓树筒的祭品。

爷爷唱了一天，欢乐了一天，已疲惫至极。一脸兴奋之情难以掩饰，似是回到人类童年。他挑出公鸡卦，剃干净卦骨上的肉，翻过去转过来，端详许久。

"明天是个好日子！"爷爷说，"拉回来的树筒，明天就可以砍木鼓。"

说完话，爷爷倒了小半杯茶水、小半杯白酒，拿起老鼠肝、鸡蛋，颤颤巍巍走到寨门外，两截树筒边。他把茶、酒、鸡蛋和老鼠肝，一份一份放在树筒上，大声念。

"就要用红毛树王做成的木鼓啊木鼓，你们一定是好木鼓！傣族人管天，巴绕克人开地的时候，我们的母亲安姆遭遇猛兽，是她敲打身边的空心树，发出嗡嗡声音，才吓跑猛兽。那棵空心树就是你原来的样子。后来我们始祖妈侬姆在梦中教会安姆，木鼓的样子要按照她隆起的肚皮做，我们才有今天的木鼓……"

最后，爷爷把生鸡蛋在树筒上打破，分别喂给两截树筒吃。做完这些仪式，他露出笑脸，靠着两截树筒长长地舒了一口气，面对大家，面对就要落下山去的太阳坐下。

时光这位大神，披着霞光外衣，认认真真停留在爷爷身上，好好审视这位耄耋之人。作为芒嘎村曾经的第一猎头勇士，村里的老魔巴，命轮里的定数是什么？

日落，余晖返照。人们看到一道道祥瑞之光，照射在芒嘎村新民居上、茶地上、竹林里。与远处茫茫大山，高处层次分明的云天薄雾，遥相呼应。于是，腊勐大地出现漫天映红彩霞。最后，霞光返照在拉木鼓人的脸上。

人们沉浸在幸福、祥和的霞光中。不知是谁，大叫一声。

"快看，达保老爹靠在树筒上，睡着了！"

果然，爷爷干瘦的身躯，刚好靠在两截树筒中间，低着头。他布满皱纹的古铜色面容，双眼微闭，写满天荒地老诗文，一副安详入睡神态。他头上佩戴的白鹇艳羽，在霞光下绽放出异样光彩。那是灵魂之光。何峰和艾嘎，察觉到那道光芒不一般。他们双双上前，一左一右，要来搀扶爷爷。

"怎么会这样？"何峰盯着爷爷看，表情惊愕。

"达保老爹，"艾嘎询问，"不会真死了吧？"

"他去了！"何峰说，"他完成了作为芒嘎村魔巴的使命，去了！"

突然，不知是谁，大喊一声。

"达保老爹死了！"

片刻间，众人全围拢过来，跪在爷爷四周。众人一脸惊恐。有人眼里已噙满泪花，有人开始小声呜咽。更多人则是睁大眼睛，盯着爷爷看。人们无法相信，才砍回木鼓树，一路与大家欢唱拉木鼓调，方才还在念经咒的老魔巴，怎么就死了！

"大家不要惊慌！太阳落下山，小雀小鸟归家，达保老爹是回到祖先们的家园司冈里去了。"艾嘎说，"这么多年来，达保老爹最大的愿望，就是为我们村拉回新木鼓。他的经咒，已经融入他为我们选的木鼓里。"艾嘎明显激动，大声接着讲，"只要敲响新木鼓，他就会时时刻刻，守护着我们的平安！我们不能过度悲伤，要风风光光送达保老爹一程……"

艾块连爬带哭，把爷爷离世的消息跑回来告知我。我闻讯赶去。看到斜靠在树筒上，安详死去的爷爷。我扑上去，紧紧抱着爷爷，一次又一次哭晕厥过去。

何峰和艾嘎，组织村民分成两队。一队料理爷爷后事，一队制作新木鼓。妇女们，细心给爷爷梳洗，给他换上合身衣物，为他盖上奶奶编织的牛肚毯。给他唱哭丧调，悼念他生前为芒嘎村做过的善举。男人们，杀猪宰牛，准备柴火，埋锅做饭，到竜林里寻找准备火葬的地点。

芒嘎村寨公房旁，大山深处的夜，被一堆堆篝火照亮。一坛坛水酒，摆放在火塘边，人们围成一圈圈，陪着我守护爷爷遗体，连夜制作新木鼓。曾经的第一猎头勇士、老魔巴，离世。村寨里狗不敢吠，鸡不敢打鸣。就连躲在墙角下昼伏夜出的老鼠，也不敢公然出来觅食。

夜越来越深，天越来越寒。村寨里，一群年事已高的老人，围着火塘边抽着兰花烟，吃了一罐又一罐小锅茶，喝了一坛又一坛水酒。他们在讨论一个古老的话题。

"艾嘎，本来我们也不想为难你，"一个老人走到艾嘎身边，目光躲躲闪闪，黑色大摆裆裤，无风也在微微摆动，他右手轻轻搓着黑色的衣襟说，"但我们巴绕克人有巴绕克人的规矩，祖先有祖先的道理，老鼠偷不来谷种，何来谷子开花，有些话我们还是要跟你说。"

"大爹，你们是前辈，是活着的理，有什么话你们就说出来。"艾嘎诚恳地说，"要不然小麻雀飞错窝下错蛋，我们这些年轻人还不知道。"

"那就好，艾嘎。"老人不再搓他的衣襟，说，"你听我们说，达保不是一般人。活着时，他是我们村的第一猎头勇士，也是我们的魔巴。死后，他的灵魂会成为我们寨子的守护神。他死了，我们要找一个佛爷引度他的灵魂。他的灵魂，才会回到祖先居住的司冈里去，才能守护我们芒嘎村的平安。"

"唉！"艾嘎叹着气说，"可是我们早就没有佛寺，哪来的佛爷和尚？谁还会诵念超度亡灵的经文呢？"

"我们知道这个很难。"老人说，"可以前的魔巴离世，我们都是按这种方式，送他们去祖先那里的！"

"以前，我们的魔巴离世，都是请勐傣的佛爷。"艾嘎为难地说，"可是自从我们砍了芒那村的人头后，勐傣的佛爷就再也没有踏入我们芒嘎村过。这种事，就算上级部门出面帮助协调，人家也不会来啊！"

"那我们要怎么办……"

艾嘎与老者们的谈话被我听到，被一边忙着办事的何峰听到。我没有办法。何峰认为，不是没商量余地。他参与进去，与大家共同想办法。

"河对面的芒那村，不是有一个佛寺吗？"何峰说，"我听散赕说过，他们村的佛寺里就住着一个佛爷，还有几个小和尚呢。"

"何队长，你是不知道，"一个老人说，"达保生前就刨坟砍过芒那村布岗的人头。那个布岗就是散赕的曾祖父啊！"

"是啊，何队长。听说现在散赕的父亲，"另一个老人说，"贺散赕就是芒那村的村长。砍亲人的头这种仇恨，人家怕是不会忘记！"

"我们不试试看，怎么会知道人家愿不愿意帮忙呢？我来联系看看。"何峰说，"不行的话我们再想其他办法，总不能让达保老爹这样晾着吧！"

"那就请何队长试试吧。"一个老人无奈地说,"但不要强压人家,都是新时代,不行的话,就按新时代的方法办理……"

夜已深,何峰打了一个又一个电话,接了一个又一个电话。站在村头寨公房边,模模糊糊可以看到河对面,芒那村几家灯火一直亮着,佛寺的灯也亮着。凌晨两点后,一辆手扶式拖拉机载着几个风尘仆仆的僧人,还有一个长者,赶到我们村寨公房边。来者正是芒那村住寺僧人,由芒那村长贺散赕带队过来。几个灰头土脸的小和尚,从车里取下佛幡、经书、蒲团、金伞等器具。大佛爷僧袍上多处沾满泥巴,他略带倦意,一脸堆笑跟随贺散赕,来见芒嘎村众人。

"啊啰啰,艾嘎、何队长,你们大桥没有修好,有些进村路段还是泥巴路。"贺散赕说,"搞得我们连辆轿车都开不过来,只好坐手扶式拖拉机来,每个人都吃了好几斤灰尘!"

"你们、你们是贺散赕和大佛爷!"艾嘎激动地迎上去说,"你们要过来也不说一声,我们派车去接你们,实在是对不住你们!"

"散赕这娃娃,在我面前支支吾吾半天,没说清楚是怎么回事。"贺散赕说,"何队长,你也是,这样大的事情不直接打电话跟我说!要是你早打电话,我们早就过来了,也不会弄得这样灰头土脸的。"

"贺散赕村长,你们、你们不记恨我们以前对你们做的事了吗?"

"都什么年代了!还要去计较过去那些事情干什么?"贺散赕故意生气,却带着笑意说,"啊啰啰,人死为大嘛!达保叔不在了,我们理所当然要来送他一程。"

"贺散赕村长教训得是,贺散赕村长教训得是……"

贺散赕众人到来,给我爷爷的丧事,似乎办成了喜事。众人按照佛爷盼咐,连夜砍竹破篾、剪纸扎花,编织佛爷念经打坐的帕萨,挂起佛幡,打开金伞。佛爷与小和尚,安安稳稳端坐在帕萨里,给爷爷念诵度亡经文。人们把谷花、蜡条、茶叶、大米、草烟、饭包等祭品,用芭蕉叶包好,放在漆器篾桌浪摆上,敬献在佛爷和爷爷身前。全村人一起守护爷爷遗体,悼念他,指引他的亡灵,围着帕萨听经闻法。爷爷的亡灵,在诵经声中逐渐凝实,在众人祈祷下,做好回到司冈里去的准备。贺散赕,被众人围拢在火塘边。水酒,一坛一坛喝光。鸡肉烂饭,一碗一碗吃完。

佛爷测定三天后,爷爷的遗体在我们村竜林里,火化入土的时辰和地点。

火化当日,我们村所有成年人一起动手,在竜林里收集干枯柴火,摆放一处。爷爷的遗体,放在柴火堆上,像熟睡去的婴儿。柴火堆四周,分别立起四根三丈高的笼竹,竹竿顶上系着一块长方形僧袍。佛爷最后为爷爷念诵完经文,柴火堆燃起火苗。慢慢地,火苗舔舐整个柴火堆,一股股火焰,往高处僧袍上蹿去。熊熊烈火中,爷爷的遗体慢慢化为灰烬。在火焰燃得最旺盛时刻,一团拳头大的金色火球,从柴火堆里蹿起,凝而不散,向僧袍冲去。在众人惊呼声中,那团火球触碰到僧袍,"嘭"一声爆裂开,无数细小火焰,在僧袍上留下大大小小,数不胜数的洞孔。僧袍,变成四方形竹筛。似浩瀚宇宙中,繁星点点的苍穹。引起众人一阵惊慌。

"萨图!达保的灵魂借助肉身燃烧,"佛爷说,"回到你们祖先那里去了。他会成为你们芒嘎村的守护神!"

"达保老爹回去了,回到祖先走出来的地方,回到司冈里去了……"

佛爷的话,破除众人惊慌眼神。众人回过神,为爷爷欢呼。只有我因过度悲伤,生不起一丝喜悦感。在佛爷经文加持下,在熊熊烈火中,在众人雀跃里,爷爷去了他要去的地方,做着他要做的事。他尸骨化成灰烬,深埋竜林里,变成众多植物养分。像他来时,赤条条的,没占用一寸土地。离去时,在烈焰中炼玉,不占用一寸土地。

爷爷生前留下的猎头刀,被请进村史馆。就连我家柴房里,埋在泥土里的大半截剽牛桩,还有多年前爷爷剽牛留下的一副副牛头骨,全被请进村史馆。艾嘎说,要让后人在透着寒光的猎头刀面上,在白骨森森的牛头骨里,在枯烂发黑的剽牛桩中,看到时光像漩涡里的浪花,旋转一万年,都不会忘记我们巴绕克人的往事。

寨公房小亭阁里,摆放着两只新木鼓。这是一对夫妻,它们身上依附着我爷爷和奶奶的灵魂。白天,它们静静歇在亭阁里,没人打搅。到了夜晚,年轻人都会到亭阁里谈情说爱,抚摸新木鼓。聊到欢心处,便会敲响新木鼓。泼水节、青苗节、新米节等重大节日,我们把新木鼓敲得震天响。

木鼓响起来了!山里小雀小鸟,活跃了。蕨菜发芽,茶树发芽,竹笋长满竹棚。橄榄结果,玉米挂苞,谷穗饱满,甘蔗从根甜到茎。木鼓响起来了!我们芒嘎村男人们下地干活,气力饱满。女人们奶水流淌成溪。孩子们蹦蹦跳跳进学堂。木鼓响起来了!村里村外,牛儿哞哞叫,羊儿咩咩叫,圈舍里关满小猪小鸡。

办理爷爷丧事后,芒嘎人与芒那人,频频来往。芒那人提议,等南批河大桥建好,两个村联合,用各自的庆祝方式给新大桥安魂,也算通车典礼。这个提议,我们芒嘎人极力赞同。

八

春末,第一批春茶刚采摘结束。河对面,芒那人水田里,霜季稻才扬花。一个属马的吉祥日,天刚蒙蒙亮,老鼠才觅食回家,公鸡刚练完嗓子,鸟雀才飞出窝。我们全村男女老少,穿上节日盛装,全体出动打扫村落。家家户户，把庭院打扫干净。新魔巴祭拜木鼓，祷告魔苇。男人们到寨公房，用两根绳索前后拉着两只安装滑轮的新木鼓，聚集在活动广场。

女人们，天还没亮便舂好牛干巴、煮好鸡肉烂饭、滤好水酒。老人们煨好小罐茶、扎好纸花、炸好谷花。在神龛下滴茶、滴酒、点蜡烛，给家神祷告。孩子们，在庭院里、在村边道路上嬉戏、玩闹。艾嘎在广播里催促，大家在活动广场汇集成队伍，一起唱拉木鼓调。艾嘎前方指挥带路，何峰带领护村队垫后。我们全村男女老少，唱唱跳跳向新大桥进发。

我一大早起来，收拾好卧室、客厅、庭院、厨房，穿上新衣服。从客厅木柜里，小心翼翼抓出一把把，一枪枪一旗旗古树春毛茶，放进密封袋，背进新筒帕里，跟在大队伍后面。我没去拉木鼓，我怕挤碎筒帕里的茶叶。这是今年我家老茶地里的春茶，是我亲手采摘，亲手制作，芒嘎村最好的古树春毛茶。今天，这份茶对我意义重大。

芒那人，更早就做好准备。半个月前，大桥还没建好，他们家家户户争先恐后募捐，在大桥两边河岸上各修建一口功德井。我们到大桥之前，芒那人已蒸好糯米饭、舂好牛干巴、拌好牛撒撇。用芭蕉叶包好蜡条、盐、米、茶、烟和糖，放在漆器篾桌浪摆上，在新大桥上供奉着。

大佛爷和小和尚，天亮就坐在桥头帕萨里，手持蒲葵扇，念诵给新大桥安魂经文。老人们剪纸扎花，带着佛幡，打着金伞，在新大桥桥面上铺好草席，打坐，听经闻法，撒谷花。男人们三五成群，敲打着象脚鼓和锣铓，在桥头赛鼓。女人们踩着象脚鼓和锣铓节拍，在桥面上一圈又一圈围拢，跳嘎秧舞。春季的南批河水，在新大桥下温顺地流淌着，不敢造次喧哗。

我们大队人马，敲着木鼓，赶着太阳，来到大桥边。两方人马，两股洪流，汇聚在大桥上，相互邀约喝水酒，尝鸡肉烂饭，吃牛撒撇，大快朵颐。一番闲聊后，人们给新大桥安魂。

按事先约定，芒那的佛爷给新大桥诵经滴水安魂。双方长者，从桥两边的功德井里取来清水，端坐桥面上，听佛爷念诵安魂经文。每念诵完一段经文，长者们将一滴滴清水滴在桥面上。把一粒粒谷花，撒在河面上。嘴里发出"萨图、萨图……"的祷告声。我们年轻人，站在两旁敲木鼓，敲象脚鼓和锣铓，发出"水、水……"的祝福声。佛爷念诵完安魂经文，我们的魔巴，手拿鸡蛋和谷米，按照守护神魔苇示喻，诵念司冈里安魂经咒。

地长出来了
天压下来了
太阳出来了
小麻雀醒了
司冈里的大门开了
满山坡谷穗饱满了……

安魂经咒带着无上法力，变成金色小蝌蚪漫天游动。金色小蝌蚪，在魔巴指引下，游到大桥面、河水里、四周山岗上。众目睽睽下，新大桥的魂魄，由无数金色小蝌蚪驮着，从天而降，无声地一头扎进新筑大桥体里，与钢筋混凝土融为一体。南批河的魂魄醒了，划动碧波，发出"哗哗哗"流淌声。山岗上的万物，在安魂经咒引领下，由一阵阵和风相送，发出"呼呼呼"欢呼声。一条大河，两岸山谷中，万物魂归兮。

两方安魂祭祀活动完毕，剩下的是我们年轻人的天地。桥头一边，我们巴绕克小伙敲起木鼓，唱着"加林赛"跳起甩发舞。桥头另一端，芒那傣族小伙，敲起象脚鼓，集体跳嘎秧舞。我们这边，服饰以黑色和红色为基调，舞蹈苍劲有力。芒那人那边，以金黄色和白色为基调，跳着柔美似水的舞蹈。桥面上人头攒动，水泄不通。何峰、艾嘎、贺散赕、佛爷等一群人，聚在河边一块大石头上，喝水酒、品茶、吃牛干巴、糯米饭、牛撒撇等，看大桥上的表演。

"艾嘎，你们芒嘎人的甩发舞，跳得比你们挖地还有力气。"贺散赕说，"身上佩戴着的银项圈、银项链、银镯子，说明你们家底殷实啊！"

"没有你们傣家小卜哨厉害，"艾嘎说，"你们跳舞都在算账！"

"算什么账？"

"你们那个嘎秧舞，兰花指翘起，一前一后，一进一出的手势，刚好是进来五百、出去两百，还剩着三百嘛！"

"哈哈哈……"

桥面上，发生些许变化。部分傣族小伙，跑到我们舞场跳"加林赛"。我们的小姑娘，悄悄加入芒那人嘎秧舞阵营。两个阵营，时而比赛敲木鼓、敲象脚鼓。时而聚在一起，跳孔雀舞、嘎秧舞、甩发舞。"加林加林赛、加林加林赛……"调子，与"水——水、水……"融在一处。歌唱够了，舞跳累了，鼓敲不动了，我们相互邀约，坐在一起喝水酒、吃牛干巴、吃糯米饭……

两边孩童不知疲倦，他们在河岸两边窜来窜去。在深及膝盖的河面上，跑来跑去，溅起无数水花，搅浑一条河水。岸边芒那人卖米粉、米线、凉粉、米干。他们用野生番茄熬豆豉酱，做作料。我们芒嘎人卖柑橘、野杨梅等小零嘴，是孩子们的最爱。随着太阳慢慢升高，清凉的河边逐渐变成一场宴会，一场特色美食交易会。两边青年，成双成对去钻河边小树林。

我没去找傣家小卜哨钻小树林。我身背筒帕，瞅准机会走到离何峰、艾嘎他们不远处站定。静等他们把酒言欢。他们谈兴正浓，我等了好一会儿，不敢打扰众人雅兴。

"尼倒，你不找小卜哨钻树林，"何峰一脸坏笑着问我，"跑来这里守什么？"

"何、何队长，我有样东西想献给大佛爷。"

"什么东西？"

"我想把今年我家第一批发的古树春茶，"我小声说，"送给大佛爷，献给芒那佛寺里的佛菩萨。这是我亲手采摘，亲手炒制的茶叶……"

我声音虽小，众人还是听到了。他们像被施了定身法术，呆坐在大石头上，全都看着我。过了片刻，何峰、艾嘎与贺散赕，用眼神交流。贺散赕与大佛爷，也用眼神交流。他们相互、反复看对方后，笑了。我连忙双手举着筒帕，举过头顶，把茶叶送到大佛爷身前。大佛爷笑眯眯看着我，打量一番。说了声"萨图"，郑重地接过我的筒帕。

新大桥落成庆典和安魂仪式完毕后，我们给大桥题名为：勐腊大桥。有了这座大桥，南批河收起暴戾性子，水鬼不敢造次。艾块和尼夸两个人合伙，买了一辆二手农用车。他们拉茶叶、核桃，卖给勐傣人。从勐傣城拉百货回芒嘎村，做小本买卖。艾格给牛场送料，尼勒养着十几窝大土蜂。

村里，开办了茶叶初制加工厂。我学会一些古树普洱生茶的基本制作工艺。平时，我采摘自家古茶树鲜叶出售。有时，去茶厂学制茶。

我们山寨山货不少。有人陆陆续续来我们村，收购土特产品。每次有人来，我会出来观看。我期待看到那个黑发如瀑，眨着黑宝石大眼珠，有着一对迷人小酒窝，泛着晚霞般笑脸的姑娘，出现在村边大道上，出现在我眼前。我要在村里，等她，等她一辈子。

何峰回去了，上边又派来一个小伙子，驻我们村。他见人先笑。也不知道干酒厉不厉害，我没时间搭理他。山寨交通方便，我们的生活，被车轱辘撵着走，慢不下来。

艾嘎支书，还是经常吃炸药，来我家走访成了他的习惯。艾嘎的脾气，我有办法对付。抓一只小鸡，煮一锅鸡肉烂饭，多加一把火烧辣子，一把青花椒。小鸡骨头，烧煳，舂碎，搅拌在烂饭里。艾嘎吃了抓头皮，就不会骂我了。

2022 年 8 月发表于《青年作家》，

2022 年 11 月被《小说月报》转载，

2023 年 6 月转载于《中国作家网》

月光下的勐傣

海边沙滩上,一个衣冠不整的男子,吹着咸腥海风,枕着一只淡黄色木屐,沉沉入睡去。半晌,他头一偏,木屐从他歪斜的后脑勺下挤出来,独自吹着海风。一个拾荒老头,拖着蛇皮口袋,靠近男子打量片刻。男子还在熟睡。老头的目光,停留在那只木屐上。一个大男人,穿木屐?女士的,一只?老头纳闷。他细看木屐绳系,刚好构成一只体形夸张的蝴蝶。老头想,这家伙哪里捡来的木屐?可惜了,只有一只。他弯下腰拾起那只木屐,放进蛇皮口袋,转身就要离去。那个熟睡的男子,突然从沙滩上跳起,盯着老头怒吼,"把木屐还给我……"

一

深秋,车窗外,夜空笼罩大地。空气凝重,黑暗厚实。于霞,眨了眨酸涩的眼皮,无力的虚弱感遍布全身。她懒洋洋的娇躯,无力对抗漫无边际的黑暗。邻座的老汉,吃好方便面,斜靠在被褥上,鼾声如雷。半筒方便面汤水,还冒着热气。纸盒边缘,插着一柄浅黄色胶叉子,摆在老汉身边。大巴车起起伏伏行进。胶叉子,自动搅拌方便面汤水,五香粉气息飘散在车厢里，令人作呕。左前方上铺，一个年轻的母亲，给孩子讲故事的声音消失了。

在省城车站上车时，于霞留意过这对母女。母亲三十出头，女儿五六岁，她们身段像凤尾竹，婀娜、修长。特别是女孩的睫毛，像盛夏的竹叶，浓密、张扬。勐傣坝傣族女子，能在大地上自然地绽放美，内敛中不乏热情、奔放。

夜已深，乘客多数入睡。大巴车缓缓行驶在夜幕里，幽幽向勐傣坝驰去。夜空，被强大的魔力裹挟，把无边黑暗垂直抛向大地。星星，跌下云朵，摔在大巴车后的一座座山谷中。万物在臣服中昏昏入睡。静寂、沉默的大地，变得诡异、沉重。所有栖息在夜幕里的生灵，悄悄匍匐掩蔽。夜的安静、矜持，被大巴车"隆隆"轰鸣声给搅碎。

于霞，喜欢大巴车轰鸣声。小时候，她家门前就是宽阔的湖面。每个清晨，游轮都会在湖面上驶过，撕破迷雾发出"隆隆"之声，比闹钟还准时。工作头几年，每天早上八点，她到单位第一时间，就是到印刷室值班。五六台报刊印刷机，没有差别地发出"隆隆"之声。这种声音，已在她骨髓里，替换了她从母体里带来的所有声音。她从厌恶、抗拒、无奈，到接受、习惯、喜欢。她打内心里希望"隆隆"之声，一直交替延续下去。大巴车轰鸣声，就是她对黑夜的怒吼和抗争。只要怒吼声还在，她就有活下去的理由和勇气。

口袋里，手机振动了，是微信信息。无聊而又沉闷的夜，与一大群陌生人同在一辆车上，刷微信是打发时间的好方法。于霞，从盖在身上的米黄色外套口袋里掏出手机，打开微信，皱了皱眉头。手机屏幕上，闪出一张小女孩照片。鹅蛋形小脸蛋，紧闭着双眼，刘海儿贴着额头，身着紫色连衣裙。小女孩，斜靠在纯白色椅子上，右手腕上打着点滴。这是女儿刘倩。女儿生病了，照片是丈夫刘强发的。

于霞一阵晕眩，眼前满是发光的小星星。脑海里，女儿变成了狂风中一粒蒲公英种子。她身上每个细胞，如遭雷击，穿心刺痛，以万分之一秒的速度传到子宫里，引起全身痉挛。她感到肠胃极不舒服。加上车厢里残留的方便面气味，于霞突然晕车，想呕吐。她强忍着，右手伸进怀里，顺着腹腔往下滑，去抚摸留在小腹上那道疤痕。疤痕正对着子宫，像只熟睡的蜈蚣，蜷缩着密密麻麻的手脚，横着爬在长满鱼眼纹的小腹下端。这道足有十厘米长的疤痕，是为了生下刘倩，剖宫手术留下的疤痕。疤痕连着子宫，与子宫承受着同样的疼痛。这是做母亲的难言之痛。

女儿三岁前，每每触摸到她这道疤痕，都会吓得哇哇大哭。起初，与刘强缠绵，刘强触碰到疤痕，颇为怜悯她。毕竟这里记载着做母亲的伟大，做女人的艰辛。后来习惯了，也就省去怜悯之心。再后来，刘强甚至武断地说，城里的女人，就是只有挨刀的命，生个娃都不会顺产，非得剖宫产。

女儿，是她身上的一块肉。生病了，半夜还在打点滴。虽然已从她身上分离出六载，但做母亲的能不担心吗？于霞，马上询问女儿病情。但微信那头一下就掉了线，任由她着急，刘强就是不回复半个字，似乎是在恶意报复她。

于霞马上拨通刘强电话。电话那头，传来"伤不起……"彩铃声，和着"隆隆"大巴车声，有些混沌不清，叫人听了恼火。她打了一个又一个电话，"伤不起……"一遍接连一遍响着，就是没人接。于霞无奈。放下电话，她把眼光投向车窗外的茫茫黑夜。任由大巴车，把她载向与家背道而驰的远方。如若没人，她定会放声大哭一场。这几年，她浑浑噩噩地活着，生活过得一地鸡毛。

出差之前，于霞才把刘倩从儿童医院接回来。常给刘倩就诊的医生，是省城儿童医院儿科专家张燕。年过三十，高挑的个子，精致的脸蛋，笑起来露出一对小酒窝，是个标准美人，与刘强很熟。她带刘倩去儿童医院，与张燕接触过几次。凭女人的直觉，于霞断定张燕与刘强关系不一般。女儿经常扁桃体发炎，每次去儿童医院，刘强都会带女儿去张燕处就诊。进医院门诊大楼，左侧第三部电梯，上八楼，门口右转第四阁，就是张燕的坐诊室。

女儿每次去就诊，都在连着张燕诊室第五阁的输液室，输液。有一次，张燕给女儿问诊，刘强陪在女儿床边。于霞恰巧上了一趟张燕诊室洗手间。在洗脸台下，发现了她买给刘强的耐克运动鞋。那是一双四十一码平底橘黄色运动鞋。半年前，她在市中心一家耐克专卖店给刘强买的。当时，那家鞋店正在做活动，所有鞋都是半价出售。于霞不动声色，退出张燕的诊室。

出差之前，女儿因多吃了一个冰激凌，扁桃体再次发炎。她带女儿去张燕那里就诊，输了两瓶消炎液。走出输液室，张燕用带着消毒水气息的左手，抚摸着刘倩的头。

"刘倩乖，"张燕笑眯眯盯着刘倩说，"以后少吃冰激凌啊！"

"嗯，"刘倩看着张燕，乖巧地使劲点着头说，"以后我会少吃的。"

"嫂子，"张燕嘱咐于霞，"少给刘倩吃腥辣冷的东西。要不她这扁桃体，过不了几天又得发炎。"

张燕看于霞的眼神，带着捉摸不透的意思。于霞很不舒服。她带着女儿，礼貌性回了张燕几句话，快步离开了儿童医院。

想不到，她前脚才离开省城，刘倩又去儿童医院打点滴，而且是那家儿童医院。女儿靠着那把白色座椅，就是张燕诊室旁，那阁输液室特有的椅子。刘强发了女儿输液照片，不接她电话，肯定在张燕的诊室里。于霞心里，一阵阵作痛。这哪能让她安心前往勐俸坝，搞好采访工作呢？

　　于霞开始埋怨采访部陈主任。这个五十出头的老男人，经历了几次婚姻失败，秃了半个顶。原来和于霞一样，是省城《生活晚报》一名外业记者，一年四季在外面跑。去年，被提拔为《生活晚报》采访部主任。陈主任，走马上任后不走寻常路，大家捉摸不透他的心思。他时常摸着秃顶，在电梯、楼道或走廊里，拦在于霞她们几个女记者前面，不停地诉说，分享他人生的成功经验。他的目光，勤劳而又饥饿地在女性身上游走。于霞对他没好感。一个人面对陈主任时，她甚至会莫名地担心，缺乏安全感。

　　自媒体没崛起之前，《生活晚报》在省城发行量可观。在全省各州市，分设采访站点。在职在编记者、职工，好几百人。现在，不同往昔。偌大一个省级报刊，只剩下几十个记者。在职的人，谁也不知道下一个被裁员的是谁。近一年来，于霞经常梦到自己被裁员。搞得她，时常分心、焦虑、胡思乱想。采访出镜时，语气和眼神缺乏自信。

　　为求生存，《生活晚报》开通《地方人文荟萃》栏目。于霞，就在这个栏目做编辑。陈主任，一手抓采访部，一手抓《地方人文荟萃》，成了这个栏目主编，幽灵般处处盯着她。就连她与刘强紧张的婚姻现状，陈主任也尽数掌握。搞得于霞的处境，愈加艰难。

　　有一段时间，于霞总是怀疑，她被褥里藏着一条眼镜王蛇。她不敢入睡，没有食欲，缺乏安全感。那段时日，她怀疑自己患了抑郁症。为此，还去做了几次心理咨询。

　　几个月前，基层记者站的同事，上报了一些勐傣坝土司文化信息。陈主任着了迷，在《地方人文荟萃》栏目上，做了专版大篇幅报道，引起《生活晚报》高层关注。勐傣坝地方政府，也对此极为重视。当地主要领导和分管文化宣传的领导，风尘仆仆跑到省城《生活晚报》编辑部，活动了一趟。报社高层决定，对勐傣坝土司文化，开展深层次挖掘宣传报道，让陈主任主抓。陈主任召集于霞他们，开了半天会，便决定派于霞进驻勐傣坝，做深度采访报道。

下基层是个苦差。其他几个编辑，以手头上活计忙，找人帮说情推托了。找个借口，对于霞来说不是难事。特别是让在省委宣传部，身居要职的舅舅说上一句话，陈主任就是自己去，也不会让她下勐傣坝。可最近半年，她与刘强的关系越来越紧张。三天一小仗，五天一大仗，成了家常便饭。眼不见心不烦。干脆下基层一段时日，避开对方，各自冷静一番，也是个对策。冥冥中，勐傣坝有某种神秘力量，如磁铁般吸引着于霞。

其实，一个月前，于霞如同今晚，乘坐省城大巴车，去了一趟勐傣坝，受到勐傣坝宣传部门热情接待。宣传部，派文化馆傣族青年才俊艾昆，陪她参观民俗博物馆、土司墓群、漫飞大白塔、南茶马古道等，勐傣坝最有历史文化积淀的地方。在艾昆协助下，于霞收集了勐傣坝许多人文资料。回来后，动笔写了一组《勐傣土司散记》文化散文，在《地方人文荟萃》栏目上先后发表。收到许多读者感言，陈主任多次赞扬她文笔了得。

就是那次，勐傣之行的一个夜晚，于霞梦见自己变成古希腊众神中的爱之神——阿芙罗狄忒。梦中，她被自己的随从，小爱神丘比特的金箭射中，与艾昆做了许多荒唐的情爱之事。于霞清楚地记得，梦中的丘比特，长得与艾昆神似。现在，想起那个奇怪的梦，于霞就暗自发笑。

"一个东方人，与一个西方的神，还能神似？"于霞在心里暗笑，对自己说，"一个快四十岁的女人，还会做情窦初开的少女春梦。"

但梦里的情景，实在是美好。如果一切都能成为现实，她宁愿永远活在那个梦中。

"可能是日有所思夜有所梦吧！"于霞在心里自言自语。

她记得，那次出差之前，她整天给女儿讲《古希腊神话》故事。

想起艾昆，于霞心里温润润的，有一种莫名的期待与之相见的好感。这个小伙子很不错，瓜子脸形，高挑的身材，乌黑头发三七分，脸上总是带着不知疲倦的笑意。从省民院毕业没几年，在勐傣坝文化馆上班，从事地方民族文化研究工作。年轻人，特别有激情。生活中，充满诗意。于霞第一眼看到艾昆，女人的直觉告诉她，她与艾昆会有故事发生。

二

上次，于霞去勐傣坝，正是女人比较特殊那几天。采访、收集第一手资料，经常在古村、古道、古寺里走。一趟行走下来，她感到特别困。身体懒洋洋的，使不上一点力气。早晚，特别怕湿怕冷。好在整个采访过程中，有艾昆陪伴在她身边。她坐下来，与当地群众攀谈，艾昆便第一时间，给她的水杯盛满热乎乎的开水。用餐，尽是找些她吃得习惯的菜肴，处处悉心照顾她。

自从她与刘强结婚后，被异性疼爱、关怀的感觉，渐渐被时光偷走。有艾昆陪伴，她突然有种重做热恋中女人的感觉。可以在爱人面前，撒撒娇，耍些小性子。艾昆有个女朋友，是勐傣坝不可多见的傣家美少女，叫叶亮。随着时间流逝，女人对于自己容貌笃定自信的并不多，于霞是其中一个。虽然，已是一个孩子的母亲。虽然，年轮刻刀已在她脸庞上，不慌不忙雕琢着。但于霞，仍旧美出东方贵妇人新高度。可与叶亮比，她除了有女人知性美外，无力与叶亮青春靓丽匹敌。

叶亮，浓眉大眼，皮肤白里透红，长发齐腰。身体生长的曲线，自然、匀称，没有瑕疵。像艾昆，叶亮见人先微笑，脸上露出一对酒窝。与叶亮的酒窝相比，张燕是小巫见大巫了。叶亮，习惯性穿一双淡黄色的木屐。木屐的绳系，刚好构成一只扇动翅羽的蝴蝶。蝴蝶头部，有一点朱丹红，特别显眼。穿在她嫩白的脚掌上，走起路来"嘚嘚嘚"响，像匹马驹在水泥地上奔跑。两只木屐上的一对蝴蝶，振翅，义无反顾飞向她。

生活在省城的于霞，时常听人说，勐傣坝多美女。因为自己长得出众，她不大相信这种说法，到了勐傣坝，由不得她不信。勐傣坝，的确是一块滋养美人的沃土。其实，同车那对讲故事的母女，那个母亲，与叶亮有三分相似。有可能，她们之间还有血缘关系。于霞放开思绪随想，任意滋生羡慕、嫉妒之心，滋生不切实际幻景。算是自欺欺人地抚慰自己，抚平她时下支离破碎的情感伤痕。夜幕里，沉闷的车厢，人的思绪与车移动速度，不在一个频道上。想问题的人，容易犯困。不知何时，<u>丝丝困意袭来</u>，于霞昏昏进入梦乡。

梦里，于霞身子轻如云朵，在车厢里飘来飘去，比鱼儿在水中游动还舒畅。同车的人惊讶地看着她。那对漂亮的母女，眼里写满羡慕。那个吃方便面的老汉，看到她飘舞的姿势，说不出是惊还是恐，面颊红一阵白一阵，像患疟疾打摆子的病人。于霞感到前所未有的舒畅，每一个细胞都在欢呼！她斜躺在被褥上的躯体，微微颤抖，喉咙里发出轻微呻吟。

梦中，车厢里，一切难闻的气息都没了。取而代之的是，清晨勐傣坝稻田边，禾苗拔节开花，释放出的鲜甜气息。淡水浸泡泥土，没过水草叶片，散发出的草青味。汇聚成一股纯纯的水土气息。一个月前，她到勐傣坝，艾昆驾驶着摩托，带她穿过一片又一片稻田。空气里，透着的正是这股气息。于霞轻轻挥动双臂，任由身体在车厢有限的空间里，不受约束，自由翻腾。她期盼着，车厢门立即打开，外面就是一个月前的勐傣坝。大片大片稻田，立即展现在她眼前。远处晨光弥漫，青山幽幽。艾昆就在稻田边小路上，驾驶着摩托车等待着她。可是，车厢门始终紧闭着。

突然，一个秃顶的脑袋，从靠门一侧卧铺被褥里钻出来，狠狠盯着她胸脯看。那个脑袋的脸上长着两个奇大、突出的眼珠，占据了半个面孔。

"漂亮、漂亮！"那个脑袋恐怖的脸，邪恶、淫荡地看着于霞连声大叫。

于霞厌恶地白了那张脸一眼。等她定睛看清，原来是陈主任。

陈主任怎么也在车上？他是什么时候上的车？于霞感到全身体毛，被风轻轻吹动，痒痒的、麻麻的。说不出是舒服还是害怕，但总感觉不对劲。她往身上瞟了一眼，惊诧地发现，自己竟然一丝不挂，飘在大巴车里。她赤身裸体，在陈主任巨大的眼珠注视下，不由自主慢慢向陈主任卧铺飘过去。陈主任的巨目，始终紧盯着她隆起的胸脯。"漂亮、漂亮"之声不绝于耳。众目睽睽之下，陈主任的一只手，从被褥里伸出来，无限延伸着，向她胸部抓来。

"不要，不可以！"于霞大声哀求呼喊着。

她打算用双手，去阻挡陈主任抓来的那只怪异之手。可她发现自己的身躯，除了头部以外，都动不了。于霞绝望地低头，打算用她射出的愤怒目光，去阻拦就要抓到她胸脯的手。突然看到，她的两个乳房，像两个正被人吹气的气球，快速膨胀着。胸部，传来阵阵剧烈胀痛。陈主任的手，既像一块磁铁，又像一支气筒。而她的身体，变成了一块原铁，不断向陈主任靠拢。两个乳房，变成两个吹不爆的气球，无限膨胀着。曾经，于霞渴望过，自己的胸可以丰满一些，甚至突出一点。就像一只天鹅，站在鸡群里那样突出。现在，她感受到胸部突出，也是一种罪。

她的胸部，已膨胀到极限，与身体极不协调。身体与陈主任，就快贴在一起。陈主任"漂亮、漂亮"的喊声，像艾昆带她在勐傣坝土司官佛寺，敲过的那口大铜钟发出的声音，震得整个车厢微微颤抖。于霞绝望地闭上眼睛。她不愿意去想，陈主任怪异的手会怎样抱住她极不协调的身体。怎样在多少双惊恐的眼睛注视下，把她拉进卧铺被褥里。在单位，出于礼貌，她不止一次与陈主任握过手。她没有理由和勇气拒绝，陈主任主动伸过来的手。陈主任的手掌，粗大、厚实、有力。他不止一次，向他们讲述过他的过去。他曾经种过地，打过铁，开过货车。在工地上，搬过砖，扛过水泥、钢筋。被这样的手抓住，一个城里长大的弱女子，断然逃不掉。这样的手，在她胀起的胸部，以及全身上下，做机械运动，不把她骨骼揉碎才怪。

绝望中，于霞再次发出愤怒的呼喊，"不要！救命啊！"喊出这一声呼救后，于霞感觉自己无限膨胀的胸，一声不响爆炸了。乃至整个身躯，全部碎裂。没有疼痛感，没有想象中的血肉横飞，就那样静悄悄爆炸了。有的只是眼角，流淌着湿漉漉的眼泪。她想，这是为失去母亲的刘倩流的。还是，为对她不忠诚的丈夫流的。抑或是，对即将要见到，却永远也没机会见到的艾昆流的。最后，她全否定了。她不知道，为什么自己明明尸骨不全地死去，还会流泪。这样的眼泪，流着有什么意义？有一个声音，在她耳边轻轻质问。

"于霞，你是为谁活着？"

于霞一怔，身体微微抖动。她意识到，破碎的身体又重生了。

"是啊，"于霞大声问自己，"我究竟为谁活着？"

车厢里，一切都安静下来。陈主任怪异的头颅消失了。所有人，仍旧惊讶地看着她。看着她，自由地飘浮、起舞。一切都让她随心所欲，无比舒畅。突然，车窗外有一束光射进来。一个熟悉的面孔，贴着玻璃，笑眯眯看着她。

"于老师，我在这里！"

是艾昆！飘舞在空中的于霞，不由自主向车窗飘去，激动得全身再次颤抖。下体，有温温的、湿湿的、黏黏的液体流出。急速飞行的于霞，额头触碰到车窗。额头的疼痛，让她突然醒过来。

醒来的于霞，发现自己扑在卧座上，胸部感到阵阵胀痛，额头抵着卧座边缘的铁杆。她立即翻过身。大巴车，已稳稳停下。有些人，正收拾行李。有些人，已动身下车。她在车上，昏睡了些时间。天刚放亮，车已进站。车窗外，勐傣坝躺在一片薄雾中。远处站台上，旅客来来往往，一派繁忙景象。于霞，捋了捋散落在额头上的头发，用歉意的眼神扫视车厢。那个吃方便面的老汉，瞪着灯笼般的眼珠子，吃惊地看着她，嘴里还在蠕动。他开始吃第二桶方便面。空气中，散发着一股五香粉气味。那对漂亮的母女，已起身。母亲一手拉着女儿的小手，一手提着旅行袋，准备下车。面对于霞投去的目光，那个小女孩冲她一笑，给她扮了个鬼脸，算是卖萌。于霞笑了笑，向小女孩点点头，回礼问候。

"大家可以下车了，"司机说，"等人来接的可以在车上多休息一会儿。"

说完话，司机特意看了于霞一眼，脸上带着不自然的笑意。随即，招呼其他乘客去了。

于霞，仍旧沉浸在她的梦境中。刚才的梦，可怕、奇异。她竟然莫名地期盼着，即将看到的艾昆。但也拒绝、后怕着，梦里陈主任那只怪异的大手。还有自己膨胀、不协调的身躯。"真是个奇怪的梦！"于霞在心里对自己说。她揣摩着，司机、同车乘客异样目光的用意。心想，梦中那样喊叫,现实中的她,也一定喊叫出来了。她感到尴尬,极力避开其他人的目光,开始漫不经心收拾行李。她的行李不算少,手提电脑、摄像机、录音器等采访设备,还有一些生活必需品,大大小小,装了三个箱子。这次来勐傣坝,打算住上些时日,准备到更多村寨实地走访。

她寻思着,要怎样把这些行李,搬运到勐傣坝县委宣传部接待室去。心里还为刚才那个梦,感到不解和尴尬。没多大会儿工夫,一车人快走光了,她又莫名地忧伤。世界总是把她一个人,甩在孤独的角落。如果这趟车没有终点,永远在路上,她便不用搬行李。可惜班车就是这样,有起点就有终点,人生亦是如此。于霞,任由大脑漫无边际去想象,跑遍世界四万里,变成多愁善感的少女。

她再次把目光投向车窗外,想把勐傣坝看得更确切些。一个影子映入她眼帘,高挑的身材,清瘦的脸颊,带着迷人的笑脸。在站台上,向她这边眺望。是艾昆。看到艾昆,于霞激动了,变得手足无措。她习惯性地去捋已梳理过的发辫。掩饰住,梦中隔着车窗与艾昆相遇,身体产生的奇妙舒适感。然后,从车窗里伸出手去,向艾昆挥舞。艾昆看到她,向大巴车跑过来。

"于老师早!"艾昆从容地问候于霞。

听到艾昆问候声,于霞心里有一种别样的安全、温暖、激动和快慰感。就像她当年与刘强热恋,准备把一生托付给刘强,义无反顾投入刘强怀里的那种感觉,难以形容,又实实在在存在。

"艾昆,"于霞难以按捺激动之情问,"你什么时候来的?"

"宣传部领导说,您昨晚就乘坐大巴车从省城出来,"艾昆说,"我天亮来车站,等待着接您!"

艾昆一脸兴奋。但他没察觉到于霞比他还兴奋。他的轿车,停靠在车站外的马路边。他三五两下,把她的行李搬上车。叶亮,没与艾昆前来迎接她。没有叶亮在场，她显得更自然，心情更舒畅，甚至有些放肆。车上的梦魇，陈主任恐怖的嘴脸。还有，那个吃方便面老汉惊诧的表情，她逐渐淡忘。她像坐自家轿车，毫不客气坐在副驾驶座上，放肆地伸着腿脚，长长舒了口气。任由艾昆驾着小轿车，前往目的地。

"叶亮呢，"于霞问，"她怎么没和你一起来？"

"还早着呢，"艾昆回答，"她没有起这么早的习惯。"

"哦，是还早。"于霞意识到问得唐突了，"辛苦你了，艾昆。"

想着叶亮修长的身段，婀娜的身姿，猫一样的少女，窝在被窝里。昨晚，与艾昆一夜缠绵。于霞感觉鼻子有点酸。是嫉妒叶亮，还是可怜自己，她说不清楚。她开始自我发问。凭什么，她要一夜旅途颠簸？而叶亮，就能舒舒服服躺在被窝里呢？凭什么，她就要面对刘强的冷眼？而叶亮，却能拥有疼爱她的男人？这个世间，就是这样不平等吗？有人拥有一个幸福的家。而有人，要饱尝感情危机的煎熬。

于霞发现她神经质的思绪，跑偏跑远了。陈主任的嘴脸，又浮现在她眼前。女儿憔悴的小脸，也浮现在她眼前。她的好心情没了。她没精打采看了一眼勐傣城熙熙攘攘的人群，轻轻叹了口气，靠在副驾驶座位上，微微闭上眼。艾昆用余光扫了一眼于霞，一言不发，把车小心驶进宣传部接待室的小院落。

三

勐傣坝县委宣传部接待室，是一幢三层小楼房，院子不算宽大，典型的东南亚建筑风格。院子里，长着一棵凤凰花树，树干足够四个人合围，算是古树。勐傣地方志书有关于这棵树的记载，是勐傣土司公主媥相坎种下的，有好几百年历史。原来的这个院子，是土司爷为媥相坎公主建造的闺阁。婻相坎公主惨遭砍头后,这个院子就闲置了。后来遭遇战火,除了院子中间的凤凰花树外,其他建筑物被彻底捣毁。

上世纪末,围绕着凤凰花古树,勐傣坝文物部门,仿照旧时土司府院,重建别院。现在,变成勐傣坝县委宣传部接待室。听说,最近文物部门,正在筹划着重建土司府。具体要怎么个建法,还没公布。于霞,只是勐傣坝土司文化发掘中的一个过客,对这些建建拆拆的事没兴趣。她觉得,这个小院落颇为幽静。在清晨薄雾中,在老凤凰花树庇护下,有种说不出的宁静和神秘感。这种静谧的院落,自然是有文章可做的,或许那些逝去的先人魂灵,正安安静静坐在老凤凰花树下,等着她去采访和润笔。上次,她就在这里住了三五天,做了那个奇怪的梦。

与省城的居室相比,于霞更喜欢这个小院落。这是一处,她臆想了许久,才寻找到的创作港湾。

经过一夜旅途颠簸,早已疲惫不堪的于霞,原本打算在接待室美美睡上一觉。但经不起艾昆邀约,便与他一起到勐傣大街上,逛街吃早点。

走出接待室小院落,一排排高大的棕榈树,带着岁月韵味,像列队士兵,整整齐齐排列在道路两边。大团大团乳白色雾气,肆意占据着勐傣坝每一个角落。赶早集,是勐傣人的生活习惯,更是勐傣坝雾气的盛会。它们来来往往,惬意地飘散在人来人往的大街上、棕榈树叶片间、佛塔边、河两岸,没有一点拘束感。仿佛它们才是真正的勐傣坝主人。于霞和艾昆走在云雾中,大团大团雾气,满怀激情向他们涌来。亲吻他们脸庞、脖颈、臂膀、腰间、手背、衣裙,留下它们的气息后,又轻轻飘向道路两旁,慢慢淡出他们视野。旁人眼里,他们成了一对行走在仙宫里的神仙伴侣。

不远处大榕树下,是一个傣族大妈咩陶的早点铺。艾昆,喜欢在这里吃早点。咩陶，看到艾昆带着之前那个穿着时尚，气质高雅的美妇人，向她早点铺走来。在她早点铺边，一张小篾桌旁坐下，向她挥手要了两碗米线。她先是皱了皱眉头，右手习惯性捏了捏下身黑筒裙。然后，熟练地拿起案桌上土碗里的米线，放在大洋锅里烫煮。片刻，一棵棵珍珠般亮白的米线，被咩陶的漏勺从滚烫的热水中捞起。像少女肌肤般，富有弹性的米线，在漏勺里跳舞，把湿淋淋的水汽、水珠，抖落到汤锅里去。

咩陶把烫好的米线，倒进灰色土碗里，加上适量瘦肉丝，添加一大勺骨头汤。她笑盈盈端着香气四溢、热气腾腾的米线，放在他们坐下的小篾桌上。早点铺桌案上，摆放着糯米饭、凉粉、紫米粥、米干、米线等，全是勐傣坝人纯手工制作的传统美食。勐傣人，爱吃米线。于霞受艾昆影响，也算入乡随俗，跟着吃米线。粗细如毛线，色泽润白的米线，是用勐傣坝种植的特色大米，经过十几道工序加工制成的。

经常出入勐傣坝的人，习惯把米线当作正餐吃。桌案上，精盐、味精、酱油、花生面、芝麻面、胡椒面、辣椒油、花椒油、大蒜油、芫荽、绿葱、泡萝卜丝、水腌菜等作料，放在透明的玻璃瓶里，一字排开，摆在顾客眼前。最诱人的作料，还是勐傣人自制的炒豆豉。这是用勐傣坝土生土长的黄豆，经过蒸煮、发酵、捣碎后，配上十几种野生植物香料，腌制出的豆酱，是勐傣人餐桌上必不可少的下饭菜。也是勐傣人制作各种传统菜肴，必备的作料之一。在勐傣坝吃米线，所有作料都可以省去，唯独炒豆豉少不得。上次来，于霞就爱上了这道作料。

饭饱神虚。吃过早点，于霞困意上来。她要回接待室躺一躺，一个人静一静，整理思绪，好投入到采访中去。

文化馆下达给艾昆的任务，就是陪伴好于霞，做好助手工作。艾昆送于霞回接待室。他们走出早点铺，大团大团雾气还未散去，像一朵朵牡丹花，盛开在勐傣坝每个角落。雾气笼罩下，几个咩陶，蹲在路边棕榈树下，卖黄瓜、菠萝蜜、甘蔗等。于霞看着她们闲聊。虽然语言不通，不知道她们讲什么，但从她们悠闲、自在、满足和陶醉的表情，还有萦绕在她们周边的雾气，令她愣住了，产生了幻境。这群蹲在云端上的咩陶，成了天庭里做买卖的仙婆。

艾昆趁于霞呆呆站着的空当，走到几个咩陶身边，与她们讲着傣语。交流几句后，他递过去一张十元票子。一个咩陶咧开嘴，露出被槟榔染得漆黑的门牙，她笑眯眯拿了一个带刺的嫩绿色小黄瓜，一个足球大的黄绿色菠萝蜜递给他。艾昆脸上，露出迷人的笑容，向那个咩陶点头说了几句话，接过黄瓜和菠萝蜜。于霞还呆呆站在路边，看着艾昆与咩陶的一举一动。她心里痒痒的，鼻子有点酸，思绪翻动。她感慨勐傣坝的祥和氛围，感慨艾昆是个好男孩，叹息她蹉跎的命运。多少不相干的事与人，会有共同交集点……

"于老师，这菠萝蜜您放在写字桌边。"艾昆说，"等几天熟透了，它会散发出一股浓郁的香甜味。黄瓜嘛，还嫩，可以生吃，也可以做面膜。"

"都一把年纪，"于霞回过神，没好气地说，"又不是你的叶亮，有什么好做的！面膜。"

"女人是风景线，您的美，可以点亮我们勐傣坝。"

"我的风景在我内心深处，点亮不了任何人……"

于霞，释放着城里贵妇人的痞气。被都市情爱折磨的女人，找到了宣泄口，肆意发泄。艾昆是个好性子男人，耐心倾听于霞的宣泄，甚至有意帮她打开需要宣泄的口子。

一会儿工夫，艾昆把她送回接待室。于霞独自走进房间，轻轻带上门。门口，艾昆迷人的笑脸慢慢消失在门缝外。她要的就是这种效果，看着自己在意的东西，慢慢消失在眼前，会有一种说不出的满足感。过程永远比结果重要。

"我的风景在我内心深处，点亮不了任何人！"于霞的心里，回想起刚才自己说的话，感到不可思议。

比岩石还坚硬、冰冷的话，把作为女人最脆弱、无助的一面，暴露在其他男人眼前。她的心，被什么狠狠扎了一下，伪装的外套被暗中窥视她的人，彻底撕碎。是艾昆，值得她信任，还是她需要放纵情感？于霞说不清楚。她开始陷入自我情感纠结中，开始自寻烦恼。

艾昆，看到于霞颇为憔悴的面庞，他拿过黄瓜和菠萝蜜的双手在发热，他内心产生怜悯。于霞文雅、端庄，泛着古典美的东方女人气质，充盈着整个小别院。这种别样的美，从她脸庞渗透到她的脖、肩、胸、腹、臀、腿、脚，乃至周身。这种美，最具女人魅力和气质。像一朵盛开在山巅悬崖峭壁上的黑玫瑰，给人致命诱惑。这种美和魅力，与叶亮的青涩、单纯，颇带幼稚的少女之美，截然不同。于霞的话，更是充满魔力，他想入非非。

踏着大团雾气，艾昆重新在咩陶那里买了一碗米钱，放好作料，带回去给还躺在床上的叶亮。勐傣坝美好的一天，就在这群年轻人的脚步声中，拉开序幕。

下午，于霞和艾昆出现在县委宣传部，廖部长办公室。廖部长身材魁梧，嘴唇厚实，一脸长满浓密胡须。一个男人的阳刚之气，全都充满在他面部。廖部长的男人气息，刘强的一脸冷漠，与艾昆的俊朗清秀，反差太大。坐在廖部长办公室，于霞在心里对比和评价着这三个男人。她端庄、古典的优雅之美，牢牢吸引着廖部长。于霞只是按工作程序，与廖部长谈采访计划，好与部上对接，便于她开展工作。艾昆，是部里和文化局配给她，协助调查采访的人。她已和艾昆商量好，与廖部长会个面，便到勐傣坝东边原土司爷仆人庄——波高村，实地走访。再去走访还健在的最后一个土司印太夫人，九十多岁的咩陶婻烘……

廖部长对于霞的工作和本人，极为感兴趣。与于霞聊完工作，又开始聊生活。聊了生活，又关心起她的前程。艾昆识趣，溜出部长办公室，找几个部里的伙伴闲聊。只有于霞，硬着头皮陪廖部长漫无边际侃大山。看到艾昆偷偷溜走，她生出花季少女的心理，一遍又一遍，暗暗咒骂艾昆没良心。根本不知道廖部长讲了些什么。

深秋的太阳容易疲倦，下午五点后，渐渐偏西。廖部长，硬要盛情款待于霞。剩下的时间和步骤，就是从饭桌到茶室，从茶室到歌厅，从歌厅到烧烤摊。时间的小马车，从下午跑到第二天凌晨两点后。整个活动场面，廖部长精神抖擞。十足的男人味，让他浓密的胡须都在"啧、啧、啧"生长着。席间，还来了个分管人事的胡副书记，是个戴金边眼镜的中年男子。他目光，始终没离开过于霞的面庞和胸部。于霞，一个从省城来的职场女人，她经得起各种男人目光扫射。职场女人的交际，先让对方折服于自己，是她开展工作的先决条件之一。整个夜间活动，艾昆在场。不是给她送筷送纸巾，就是给她端水倒茶。

席散了，酒精的作用，廖部长亢奋。硬要驾车送于霞回接待室。就在于霞左右为难时，廖部长的夫人，一个彪悍的中年女人出现了。她的言语，对于霞和廖部长不太友善。在场的人，个个躲着她，席才正式散了。

回去的路上，艾昆给于霞讲了几个关于廖部长在接待场面的小故事。其中一个是，有一次廖部长在烧烤摊边，乘着酒兴与一个女士聊得投机。不想，他的夫人骑着摩托车，如同今晚及时出现。那个彪悍的女人，停好摩托车，二话不说，也不搭理在场人。一把将忙于表达的廖部长抱起，反手背在后背。用一卷黑胶布，麻利地在他们身上缠上几绕，把她与廖部长牢牢缠住，背起廖部长跨上摩托车，像一个母亲背着一个巨婴，骑着摩托车走了。于霞听了"呵呵呵"笑个不停。艾昆的讲述，不时被他手机来电打断。

回到接待室小院，由于酒精的作用，于霞觉得一点困意都没有。夜已深，孤男寡女两个人，站在老凤凰花树下。

"艾昆，"于霞说，"明天我们先在城里采访那个土司后人吧。"

"可以，于老师。"

"艾昆，"于霞问，"刚才是叶亮打的电话吧？"

"是的，于老师。"

"哦，是不早了，你快回去陪陪她吧。女人都怕黑！"

"于老师，"艾昆问，"您没事吧？"

"没事，明天见。"

女人，总是口是心非。她明明想让艾昆陪陪自己，但嘴上硬是下了逐客令。她走进接待室，轻轻关上门，斜靠在床头静静听着。门外传来艾昆走动、打开车门、发动车，驶出别院的一连贯声音。其实，于霞是奢望离去之前的艾昆，也像宴席上的廖部长，有一身男人气。或者像那个胡副书记，能在她身上各个部位，多看上几眼，甚至做出些更出格的事情。可艾昆对她，似乎只有师者的尊敬。

"对于女人，这小子，"于霞自言自语，"脑子里可能只装着叶亮。"

艾昆离去后，老凤凰花树下的夜，彻底静下来。于霞斜靠在床头。也许是夜太深，也许是酒精的作用，她身体每个器官，异常敏感和清醒。凌晨后，极静的夜中，于霞听到无数不知名的声音，全部向她袭来。这些声音，不是虫鸣声又似虫鸣声，不是滴水声又似滴水声，不是风声又似风声。细细辨别后，她才察觉，这些声音都是从她身体里发出。是她身体里每个细胞，发出的声音。越听，越让人清醒。于霞失眠了。

夜在黑暗中，慢慢流失，于霞开始细细回味。几个小时前，在茶室的舞池里，那个胡副书记不安分的手，带着一股热气。趁着舞会，从她的腰间，有意滑落到她的臀部。在她微笑的抗拒下，那只手才不情愿地回到腰间位置。靠在被褥上，霞感到她偏瘦的臀部，似乎被灼伤，还在隐隐作痛。廖部长的大手，像双节棍，曾几次落在她肩上。现在，她肩上还有生生疼痛感。艾昆送她回来。下车时，她故意打了个趔趄。他急忙搀扶住她腰间的感觉，让她浑身有种酥酥麻麻的舒适感，下体也有反应。就像在大巴车里，梦到他的反应。这种感觉，奇妙、舒服、令人愉悦。想到这些，于霞觉得自己有点无耻和小贪婪。头脑更清醒，思绪沸腾。

她开始回忆，与刘强谈恋爱的往事，尝试着重新认识刘强。其实，刘强很有涵养，对她的照顾，也算体贴入微。把她幸福地从女孩变成女人，步入婚姻殿堂，做了幸福的妈妈。刘强不是凤凰男，她也不算孔雀女。他们两个的婚姻，门当户对，知识分子家庭，两边老人关系融洽。有了刘倩后，四个老人围着女儿转。

女人都一样，如花的青春容颜，挨不过岁月的杀猪刀。为家庭，生了孩子，身体更是江河日下。又是工作又是生活，油盐米酱醋，磕磕碰碰，女人便开始不可遏制地唠叨。男人，便会对自己的女人，指指点点。特别是房事中，女人身体的不适，男人得不到满足。难言之语，更是显现眉宇间。让女性做人的自尊心、自信心，备受打击。随着年岁增长，身体，越来越不像自己的。

刘强是看她看烦了，也是听她唠叨听烦了，开始喜新厌旧。他一个在时尚设计公司上班的蓝领，不用承担多少家庭负担，公司模特看多了，便开始嫌弃她。婚姻，真就成了她的坟墓。于霞对自己人生，下了定论。窗外，不远处的村落，公鸡接二连三打鸣。于霞房间的灯，依旧亮着。她斜靠在床头的姿势，没有改变过。她面庞流过泪水的痕迹，非常明显。她没察觉到，自己流过眼泪。枕着伤悲的于霞，终于迎来了勐傣坝新的一天。

四

嫡烘家，在勐傣坝城中的法相村，是一座木梁结构的小四合院。一个世纪前的土司年间，留下的建筑物。院子大门，向正南方两扇对开。门板是整块的纯金丝楠木。门前有棵古老的菩提树。老树枝繁叶茂，根须裸露在地表上，密密麻麻，相互交织着，酷似群龙狂舞。有些根须，穿过院落土墙，生长到嫡烘家庭院里。庭院中央，长着一棵与嫡烘年纪相仿的芒果树。嫡烘说，这是她出生时，她父亲为她栽种的长命树。

深秋，芒果树上，叶片墨绿。枝杈与叶片间，依稀挂着熟透了、黄里透红的芒果。因为树龄较老，果实外貌如心形，小巧玲珑。嫡烘，靠在芒果树前的竹靠椅上。于霞和艾昆，一左一右，坐在她正前方。中间，放着一张漆器篾桌浪摆。桌上，放着用芭蕉叶包裹好的谷花、盐巴、茶叶、大米、草烟、芭蕉，还有几只蜡条和六块纸币。这是勐傣地方，拜见健在老人的礼数。嫡烘老人身后，是一幢土石围墙，六架木梁结构的两层小楼房。屋顶小青瓦上，长满灰白色小肉草，其间已开出一些小红花。

嫡烘身前，围着小院子，依次相连的三栋厢房，都是小青瓦盖顶，长满小肉草，开满小红花。晨光，拨开浓雾。一部分光透过老菩提树叶、芒果树叶，变成细碎光斑洒在小院子里。一部分晨光，从小青瓦上泻下，拨弄着小肉草和红色小花。三个人，在古树护佑下，在和煦的阳光里,在红花百草丛中,或讲或问,或写或听。

"啊啰啰哎,你们带走了你们的影子,"婻烘说,"但是,你们却带不走你们的脚印。"

"是啊,婻烘。"艾昆恭敬地说,"我们又来听孔雀在竹楼上做窝,大象在田野里耕作的故事了。"

"天底下烧火,大地上搭棚。离家的狗不敢咬,离乡的人胆子小。"婻烘自顾自地说,"麂子离不开山箐,傣族人离不开河边。寨前渔,寨后猎,依山傍水把寨建。先到者为王,后到者为民……"

"婻烘,我们的土司爷安雅召说,四方的手巾不能做筒帕,外乡的人不能做王。"艾昆有针对性地问,"你能讲讲我们的安雅召,是怎么来到勐傣坝的吗?"

"艾昆,你也知道月亮晒不干谷子,妇人竖不起梁柱。我一个咩陶怎敢讲安雅召的历史!"

"婻烘,你是安雅召的人。我们傣族人说男人多半靠力气,女人多半靠智慧。"艾昆反问,"你是我们德高望重的咩陶婻烘,有什么不能讲的?"

"啊啰啰哎,同一个架上的葫芦,同一个祖宗的亲人。"婻烘双目注视着半掩的大门,平静地说,"钉掌的马难忘脚痛,有情的人难忘旧情。你们要听安雅召是怎么来的,我老咩陶,就把我知道的细细给你们说说。"

婻烘,从竹靠椅上坐直身子。一双苍老的眼珠,定了定神。显现出,勐傣老人庄重与矜持的秉性。让她要讲的故事,在没讲之前,变得沧桑、厚重与悠远。艾昆用期待的眼神,专注地看着婻烘。于霞,强打精神,打开录音笔,注视着老人面庞。

"传说,天神帕雅英生了九子,九子都聪明无比,智勇双全,相貌堂堂。他们每人有一万头大象做坐骑，有一万个法师做老师，他们拥有的金银财宝数不胜数。但是狡猾的蛇精化作一个美女，在他们兄弟之间挑拨离间，让他们乱了神智。引起兄弟之间旷日持久的大战，斗得天昏地暗，日月无光。战斗的情景，与《巴塔麻嘎捧尚罗》里所说的英叭造天和地一般。气浪重新在天上飘浮了十万年，大风在天上吹了十万年，大火在天上烧了十万年，大水在天上淹没了十万年。眼看天堂就要毁灭，帕雅英无奈，他找九个神子一一谈话，要平息战争。前七个神子，不听从他的旨意。只有八子、九子，愿意听从他的旨意，愿意停战。但由于其他七子反对，战争仍旧继续。帕雅英无奈，从天上用金子修了一道天梯，把八子和九子送到人间。赐给两个神子，一人一把金刀。于是，我们的安雅召先人，就姓刀。萨图（善哉）、萨图！"

勐傣坝的前世，从老人口中娓娓道来。天荒地老的故事，铺匀了古朴、别致的小院子。讲到这里，嫡烘略显疲惫。她轻轻斜靠在竹椅上，停顿了一会儿，继续讲。

"两个神子，脱离天堂之战。若干年后，他们在人间繁衍生息，建立起自己的城邦，叫勐卯王国。于是天上由帕雅英统治，地上由两个神子的刀氏子孙统治。可是啊，好景不长。天上七个神子的大风还在吹，大水还在淹。地上的八神子，令臣民给他建了一座金光灿灿的官佛寺哇专勐，出家为僧。九神子的夫人嫡烘法，生了两个王子，再次怀上身孕。两个王子分别叫刀法勐、刀法旺，他们是神种，自幼聪慧过人。九神子把他们送往离帕雅英最近的地方，勐卯的邻国骠国的国都，去学习佛法和治理国家的知识。就在一个大雾蒙蒙的早晨，嫡烘法身披红毛毯，在宫殿阳台上晒太阳取暖。不想魔鬼混松变成的大鸟，它的翅膀每边有三丈三尺长，在天空急速飞翔觅食。穿过云雾，它看见宫殿阳台上，有一坨红色的东西，以为是人类供奉给它的祭品。于是，就从云霄里冲下来，叼走了红毯子裹着的婻烘法，从此没了音讯。九神子派人到处寻找，就是找不到婻烘法。他万分焦虑，大病不起，离开了人间。"

婻烘，被她讲的故事感染。悲伤，从她眼神里透出。于霞、艾昆，相继被感染。他们共同散发出悲伤之情，洒在院落里的阳光，不敢移动一寸。睡在老菩提树上的风，醒来了，不敢作声，继续装睡。婻烘喉结有点硬，但她仍旧吐字清晰。

"这真是勐卯人间的不幸！勐不可一日无主。大臣们去哇专勐，做赕赶摆念大经，整整七七四十九天，请回了八神子当勐卯的王。八神子说：要我当勐卯的王，以后谁来了我也不让位，我要用毕生的心血，治理勐卯地方，让她赛过天堂。大臣们答应了。于是，一部分忠于九神子的人，去寻找婻烘法。一部分人，把这个消息，告知远在骠国国都的刀法勐、刀法旺。两个小王子，知道了家庭变故。他们是有神智的人，他们不愿意勐卯王国像天上一样，发生昏天黑地的战争。于是，他们选择离开，重新寻找新的栖息之地。他们的决定是明智的，天上的帕雅英，用神的慧光为他们指引开疆拓土的道路。许多臣民，携家带子追随他们。帕雅英，化作一匹白色神马，在茫茫丛林中，为他们带路。两个小王子，在臣民拥戴下，跟着白色神马艰难前行。下雨了，他们的人马围满九棵大青树，行走在茫茫原野上，绕成九十九道弯。他们足足走了九年零九个月。他们找到一个地方。地势平坦，千里茫茫，丛林遮天蔽日，大河川流不息，大象在河边行走，孔雀在树上做窝。神马就此打滚饮水，不再前行。傣族人说鹭鸶常想着水，猴子常望着山，坝子中间有一条大河，就像糯米饭配牛干巴。门前有一条大河，寨后有一座大山，那就是勐傣人的栖息之地。我们的两个小王子，就在这里建立城池置下村寨。把这块跟随白色神马，寻找到的地方叫作勐傣坝。萨图、萨图！"

讲到这里，婻烘已用尽绝大部分气力。她的眼角，闪着浑浊的泪花。风，从老菩提树上翻身滑落，轻轻拭去老人眼角泪花。于霞看到，端坐在她对面的艾昆，微微闭上双眼，眼角闪着难以察觉的泪花。于霞也想哭，为她一团乱麻的生活。媥烘，没有给她流泪的机会。

"萨图。时光像漩涡里的泡沫，转过一万年，我们也会记住那一天。子子孙孙延续一千代，我们也会记住我们的神马，永永远远，把它当作保佑我们的神灵！"

微弱的声音，停止了讲述。媥烘舒了口气，身体缓缓靠在椅子上，枕着靠椅竹枕，慢慢闭上眼睛，沉沉入睡。金色的晨光，透过枝叶，洒在她身上。勐傣坝的雾气，愈加淘气。一团一团，涌入媥烘家庭院。一会儿工夫，整个小院落变成乳白色的世界。

艾昆起身，双手合掌，指尖触碰着他的鼻梁骨，向熟睡的媥烘躬身施了个大礼。于霞按下录音笔。她知道，这个早上的采访，已告一个段落。安详入睡的媥烘，虔诚的艾昆，他们的脸上都被时光赐予一股力量。从省城来的于霞，感受到这股力量的存在。只是这股力量，与勐傣人生命契合为一体，不属于她。于霞，以一个局外人身份，无声站起，向这一老一少，投去敬畏的目光。

他们起身，离开媥烘，离开小院子。媥烘家门口的老菩提树，一截突兀的根须，勾住了于霞的高跟鞋。"哎呀！"于霞整个身躯，失去平衡向前扑了去。艾昆急忙伸手，紧紧抱住她的腰。力的反作用，于霞又向后一仰，整个人扑到艾昆怀里。她听到他"怦怦怦"心跳声。

曾经不止一次，她在刘强怀里，听过刘强心脏跳动，是狂热的、不安的。特别是婚后不久，他们在省城电影院看《入殓师》那一次。于霞被电影里的男主人公，感动得一次又一次扑在刘强怀里啜泣。那次，刘强的心脏跳动声，让她体内每个细胞跟着疯狂躁动。众目睽睽下，他们在电影院狂吻许久。

她扑在艾昆怀里，听着他的心跳声，强烈中带着大海的平静感。于霞第一次，零距离感受到除了刘强外，其他男人的心跳。除了燃起她生理某种需求冲动外，更多的是好奇。对早已认知的同一物种中，不同个体差异的好奇。不致命，却着迷。理智，战胜于霞的好奇心。几息时间，她抓住艾昆肩膀，站直站正。她用右手，捋着额头刘海儿，掩饰内心的不安和慌乱，重新看清脚下的路。

　　回到接待室，连续几天，于霞没再往别处跑，呆在电脑前，噼里啪啦敲打键盘。几天下来，除了与女儿每天一次微信视频外，不再用手机。艾昆，从县志办、图书馆、文化馆，为她找来多本勐傣坝史料，帮忙查阅资料。

　　来那天，艾昆特意给她买的菠萝蜜，放在电脑桌上，慢慢成熟。浓郁的果香气，溢满整个接待室。茶几上，放着两袋茶。一袋红茶，一袋绿茶。艾昆特意送给她。艾昆说，勐傣坝的茶，多生长在山高水长的地方，纯天然无污染。茶性温和，汤水金黄透亮，苦涩味淡，回甘持久，饮用后两颊生津。天生就是为女性生长的好茶。白天喝绿茶提神，好写稿子。晚上喝红茶暖胃，有助于睡眠。于霞，照着艾昆吩咐，嗅着菠萝蜜香气，天天喝茶。生活别有一番滋味。

五

　　一星期后的傍晚，于霞写完《神马与勐傣坝》的大稿子。通过电子邮件，第一时间发给陈主任审稿和编排。来勐傣坝一个多星期，除了来那天，几乎在酒桌中度过，一个晚上又在失眠和情感纠结中煎熬外，其他时间，她都投入到匆忙工作中。一个星期后，已是疲惫不堪，心里却美滋滋的。写完稿子，她有种想邀约艾昆庆祝一番的冲动。臆想着在黄昏温润的灯火阑珊下,在某个咖啡厅或是茶室里,在轻音乐中尽享成功喜悦。一个电话打过来,是女儿刘倩。

"妈妈!"

"宝贝,"于霞急切地问,"怎么了?"

"你还要我吗?"

"宝贝,"于霞突兀地问,"你怎么了?"

"爸爸说,我不听话,他不想要我了!"

"宝贝……"

电话挂断了。于霞紧握手机,大声喊叫着女儿名字,泪水夺眶而出。许久,她放下手机,失声痛哭。双手,机械式撕扯着秀发。哭累了,她精神恍恍惚惚。她闭上眼就看到,迎面窜出一条巨大的响尾蛇,吐着毒信子,摇着"呲呲呲"作响的尾巴,要给她致命一击。她干脆睁大眼睛,趴在写字桌上,继续抽搐着娇躯。胸膛,起起伏伏。脚下,满是散落一地的碎发。她使劲踩着碎发,践踏自己。天色渐暗,她还在抽搐。耳边回响着女儿呼喊声。眼前浮现刘强轻蔑冷笑的面孔。

"刘倩、刘倩,妈妈爱你!"

"刘强,你这个畜生!"

她自言自语。每喊一次女儿,心就被挖走一坨肉。每喊一次丈夫,仇恨的火花,和着泪花夺眶而出。她过度悲伤,体力透支,渐渐头晕眼花。变成一条失去鱼缸和水的金鱼,半斜着身躯,扑在床上昏睡过去。

不知过了多长时间,于霞房间灰蒙蒙一片。"吱、吱、吱"声中,门被一股阴冷的风推开。一股寒气,逼得于霞从床上起来,注视着门口。一个身材修长的女子,满头金簪银饰,两耳挂玉坠。上身穿着金色紧身小背心,短上衣,圆领窄袖。下身是金色筒裙,长齐脚背。腰间系一根镶金嵌红宝石的银腰带。这女子,美眸貌似叶亮,站在门前。她冷冷看着于霞，让于霞为自己邋遢的容貌，自行羞愧。于霞，匆匆梳理头发，尽量保持贵妇人尊严。用质疑的眼神，看着门口的女子。

"你是谁，"于霞问，"有事吗？"

"我还问你是谁呢？"女子冷冷地说，"先后两次住进我的别院里。"

"你、你是婻相坎！"于霞惊问，"你不是死了吗？"

"我就是你一直想去波高村实地走访的婻相坎，"女子不温不火回答，"我已经等你等了三百六十年。"

"你、你是被刀贺法，"于霞吃惊地追问，"从背后砍掉头颅的婻相坎？"

"是的。麂子离不开山箐，傣家公主离不开井边。"婻相坎平静地回答，"我不投胎不转世，一直在波高村的古井边等着你的到来。随我去吧，我带你去看看，我从这里逃出去所路过的地方。我喝过水洗过澡的那口古井，流淌着我青春光芒的那条大河。"

说完话，婻相坎风一样转过身，向门外飘去。记者的职业性，理性战胜恐惧。于霞不加考虑，从床上起身，跟在婻相坎身后向门外走去。

跨出老凤凰花树护佑下的院落，外面天地，非常陌生。于霞感到不安。记忆中的勐傣坝，街道纵横，绿树成荫，雾气涌动，来往之人笑脸盈盈。现在，呈现在她眼前的是另一番景象。天地间，灰蒙蒙，阴沉沉，感觉要下雨，却不见雨点落下。她不动声色，跟着婻相坎向勐傣城外走去。婻相坎没理会她，只顾往前走。

越走，于霞觉得越不对劲。她前后两次来勐傣坝，不论白天黑夜，这个地方从不缺鸡鸣狗吠声。坝子里，除了早晨涌起的白雾外，四下清风徐徐，绿意如烟。晚上，夜空明亮。可现在，跟在婻相坎身后，四周灰蒙蒙一片，没有一丝风。所有声音，似乎被锁在一扇大门后面。世界，静止不动。

越往前走，于霞越是不安，她心生退意，恐慌开始在她心头蔓延。婻相坎没回头，一直往前走。像一只被主人赶出圈舍的绵羊，决意行走在漫无边际的大草原上。

不一会儿，两个女人拉开一段距离。于霞快点，婻相坎就快点。于霞慢点，婻相坎也慢点。于霞怎么赶，始终赶不上婻相坎，她们之间的距离似乎是不变的。于霞低下头，准备在路上留下标记，打算原路返回。她想如果她走失了，艾昆肯定会来寻找她，只要留下足够明显的标记。于霞低下头，发现大地一片赤黄色，不带一丝灰尘。哪里还能做标记？要怎么原路返回？更让于霞惊讶的是，她的脚没踩在大地上。婻相坎的脚，也没落在大地上。她们都是离地尺许，踏着空气行走，没留下任何脚印。

于霞又气又急又怕，她叫喊婻相坎几声，声音传不出去。周边的空气，似乎不够她呼吸。她不敢叫喊，不敢大口呼吸。她不想在陌生的环境里，窒息而死。前面的婻相坎，没停下脚步，只顾往前奔去。

于霞断了返回的念头，跟着婻相坎，奔向不知名的远方。她们脚下的土地，越来越黄。眼前的空间，愈加灰暗。婻相坎越来越快。她金色小背心，修长身影，在黄土和灰蒙蒙的天地间晃悠着，忽隐忽现。于霞着急了，怕眨眼间，婻相坎的身影就消失掉。她在黄土道路上急速奔跑。身上，没流一滴汗水。平时她在跑步机上跑一英里，全身便湿透。

于霞断定，她的身体已不属于自己的。要么，就是她的肉身，已不存在。现在的她，只是一缕魂魄。

不知奔跑了多久，前方的婻相坎终于停下。远处，天与地连接，出现一片暗红色的光，还有一条闪闪发亮的大河。天空的红色，倒映在大河里反射回天空，把天空染成一片血色。大河边，有片村庄。一棵棵树木，一丛丛凤尾竹，在灰蒙蒙空气中，无精打采围绕村庄沉睡着。就在村庄入口处，矗立着一棵老菩提树，有风吹动迹象。浓密的枝叶，泛着点点金光。算是有了一丝生机。

老菩提树下，有一口用石条垒成的古井。远看，像一道寨门，有些森然的寒感。于霞奔到古井边，婻相坎就站在那里。脸上浮现出一丝笑意，似乎在向于霞表示歉意，又像轻视于霞。

"就是这里。"婻相坎指着古井对于霞说，"我的头，就落在这里。"

于霞，看着婻相坎一脸莫名的笑意，很不是滋味。但出于职业习惯，她表现得平静、礼貌，始终保持着优雅的仪态。为她一路窘相，扳回些许薄面。

"这就是波高村的古井？"于霞问。

"是的，"婻相坎回答，"我的头颅，就被刀贺法的金刀斩落在这里。"

婻相坎说着，用手指古井右边的石条长凳。于霞顺着她的手看去，地上还有干涸的血迹。眨眼工夫，那些血迹开始流动。地面有鲜血不断涌出。古井里，鲜血狂喷，像山洪暴发。四周，也有鲜血涌来。几个呼吸时间，就没过于霞小腿。一颗头颅，披散着长发，在血泊中向于霞漂来。是婻相坎的头颅，她瞪着凄厉的眼神，看着于霞。

于霞惊恐，她大声叫唤婻相坎，搜寻婻相坎身躯。婻相坎无头之躯，矗立在古井边的血泊之外，一动不动。血泊中，婻相坎的头颅，张开嘴巴"咯咯咯"怪笑。眼睛瞪着于霞。长发全被血泊浸染。

"啊——"于霞崩溃了，她歇斯底里狂吼，一屁股坐在血泊里。

"这就是我头颅落地的瞬间，"婻相坎温柔而又凄凉地说，"山河大地为我悲伤，为我愤怒所显现出的异象。我死得惨吗？"

"你是死得很惨，但你是为了心中执着的爱情，"于霞大声吼，"拥有那个英俊帅气的混塔，死对你来说，又何足挂齿！"

"是吗？你看你旁边这个石凳，"婻相坎的头颅，在于霞身边的血泊里游动着,恨恨地对她说,"本来我当时是坐在石凳上,用淘米水和柠檬水,洗最后一次头,打算清清白白离开人间。是我心爱的混塔,帮我解开包头,帮我脱下逃走时穿的男装。可当我手才触碰到放在石凳上的淘米水和柠檬水时,刀贺法的金刀就从身后落到我脖颈上。"

"我的人头,就像刚才那样,跌落在你身前的古井边。打翻了木盆,淘米水和柠檬水洒在石条上,变成一块白色的玉点。"婻相坎歇斯底里狂吼,"你知道我与混塔的情爱吗?他想我像水想田,我想他像田想水。我把他一个人孤孤单单留在人间。我们的苦楚,阴阳相隔的恋情,谁会知道?除了石条上这块白色的玉点!"

"是的,勐傣坝的史志和碑文里,是这样记载你的悲惨和不幸。"于霞忘了恐惧,对着婻相坎的头颅怒吼,"但是你和混塔的爱情,却成了勐傣坝的美谈。你的祭日,成了勐傣坝男女青年们见证爱情的吉祥日。你在勐傣坝的风云人物中,挤进了人们供奉的神坛。你的诅咒,让勐傣坝在该来雨的季节,变成烈日炎炎。该是晴天的时候,却大雨倾盆。勐傣坝至今,每年都为你举行特定的赶摆祈福活动。你还有什么不满意的?"

"我贵为傣王公主,我金银满身,我倾城倾国,"婻相坎悲戚地说,"但我却不能像一个普通女人一样,拥有一个男人,做一个真正的女人!"

"你以为拥有一个男人,就幸福了?"于霞得理不饶人,"你知道不幸的婚姻,会让人生不如死吗?真正的婚姻生活,不是写在象牙塔里的爱情故事,而是背叛与诚服,保卫与反击,油盐米酱醋,世俗而又繁琐的生活……"

是理智战胜了情感。两个女人,从歇斯底里转为平静叙述。古井边,重归平静。婻相坎的头颅,重回到她身上。她试着理解不同时代,不同阶级的婚姻、爱情,差别有多大。谈到家庭、婚姻、爱情,于霞被彻底释放。她用现代人的家庭观、婚姻观、爱情观,大放厥词,毫不让步,说得婻相坎退却到一边,没有还口机会。

也许是说累了,两个女人,同坐在血泊里。鲜血顺着她们衣物,向她们全身溢开去。两个不同时代的女人,各有各的烦恼、伤悲、苦楚,谁也说服不了谁。只有鲜血,"啧啧啧"地溢向她们全身。

"你在省城拥有一个家,"婻相坎问,"有一个在时尚公司干设计的男人,有一个娇小可爱的孩子,你还不满足吗?"

"你知道煎熬与责任,"于霞不答反问,"这两个词的含义吗?"

"不知道!"

"它们就是婚姻与家庭的关系。"

"哦,那你不幸福?"

"我幸福吗?"

"你要占有叶亮的艾昆?"

"我不知道!"

提到艾昆,于霞怒吼。她的吼声,在古井上空形成一道惊雷,引来惨白的闪电,把天与地连在一起。婻相坎在雷鸣声中消失。从古井和四周冒出的鲜血,突兀地消失了。于霞乘坐着自己怒吼引来的闪电,离开古井,离开了波高村,在狂风和黑云中疾飞。又一道闪电和惊雷袭来,于霞从云端跌落。"啊"一声,她从梦魇中惊醒,窗外一片漆黑。泪水告诉她,又一个失眠的夜,正向她靠近。

六

夜已深。勐傣城,一个叫黑森林的咖啡屋,处于一条穿城而过的小河边。门外,街灯放出一片淡黄的光晕。那些夏天里生长出来的虫子,它们在秋天的暖灯下，尽情飞舞、嘶鸣、交配。好为不久后降临的冬天，无憾地死去。

咖啡屋内，宽敞的大厅，被分隔成十几个小包间。其中，有五六阁小包间，背靠着小河。推开窗，"哗哗哗"流淌的河水声，立刻闯进包间。进门便是柜台，两个傣家少女装扮的服务员，画着浓妆，脸上堆满妩媚的笑脸。她们腰间各别着一个对讲机，穿梭在各个小包间，不时给顾客端酒水送咖啡。一首《灰姑娘》歌曲，单曲播放。曲中，葫芦丝声让藏在咖啡厅里，各个小包间的红男绿女，安静了许多。青春的萌动，在悠扬的歌声中，透出岁月的狂热和躁动。

艾昆和叶亮，就在咖啡厅里。他们选了一阁靠窗小包间。桌上，放着两个盛着葡萄酒的夜光杯。大半瓶有些年份的葡萄酒，搁在桌沿边。杯中，暗红色的葡萄酒，在柔和的葫芦丝声中，荡起丝丝涟漪。艾昆，斜靠在宽厚的木椅上。叶亮，偎依在他怀里，贪婪地享受着咖啡屋里，两个人的浪漫时光。

"艾昆，你天天陪着的那个于老师很漂亮。"叶亮说，"她都是一个孩子的母亲了，皮肤白里透红，风吹过去都能流出水来。"

"你更漂亮啊！"

"真的？"

"炒的。"

"我觉得她很有女人味，"叶亮眨着水汪汪的大眼睛，对着艾昆说，"你时常对她笑，是不是被她勾住了魂？"

"你吃醋了？"

"啊！"艾昆叫了一声，叶亮"咯咯咯"笑出声。艾昆的左手腕上，留下叶亮浅浅的两排牙印。艾昆捧起叶亮的俏脸，两对红唇黏在一起。两截火舌开始激战。他们相互品尝着，对方口中柔和而略带苦涩气息的葡萄酒味。窗外，星空高远。小河"哗哗哗"放声欢唱。勐傣的夜，漫长而多情。

"艾昆，"狂吻后的叶亮，看着艾昆的眼，痴痴地问，"你知道我最想要什么？"

"你的鬼主意比勐傣坝的牛毛还多，"艾昆看着叶亮坏坏地说，"鬼都不知道你想要什么！"

"你这是在忽悠我，不过我爱听。"叶亮俏丽的脸蛋，有点生气，但不影响她倾诉，"其实啊，我想像那个诗人海子，面朝大海春暖花开，那该有多浪漫啊！如果我们能在海边礁石上建一栋小别墅，就像某个小岛的哨所。我们把家安在那里，在海滩上竖起一把橘黄色的太阳伞，伞下放上一张木桌和两个高脚椅子。就像现在，来两杯红酒，或是柠檬汁。然后我们打着赤脚，坐在椅子上看海。让海水有一下没一下，轻轻拍打着我们的脚丫。别墅周围的礁石上，我们栽上许多花，五颜六色，一年四季不知疲倦地开了去。那该多好啊！"

"你以为你爸是房地产开发商，"艾昆看着叶亮的脸蛋，揪了一下她的玉鼻，故意用疑问的口气说，"想在哪里盖房子就在哪里盖？"

"我爸不是房地产老板，但我的艾昆是个文化人，可以有想象力嘛。"叶亮故意生气地说，"想象一下美好未来，总是可以的吧！阿弥陀佛！"

"多么美好的想象。"艾昆笑着说，"你顶着烈日在海滩上跑，我找只螃蟹放到你裤兜里去，夹死你！"

"呵呵呵，我愿意，只要你带我去海边……"

夜，静悄悄地行走着。咖啡厅里的人，慢慢散去。喝光一瓶红酒，趁着酒兴，叶亮从艾昆怀里滑出来，跳到窗边，脱下一只木屐，扔到河里去。听到木屐"啪"一声，落在水里的响声，她"哦"一声大叫。谁也猜不透，她是惊还是喜。接着，她又提起另一只木屐，还要扔。艾昆从她身后，紧紧抱住她。

　　曲终人散。走出咖啡厅，叶亮开始撒娇，赖着她没鞋，走不了路。随后，她像只柔骨兔，一下便跳到艾昆背上，双手紧紧抓住他的肩膀。艾昆由着叶亮。他弯着腰，双手返回去，用那只剩下的木屐，兜住她的翘臀，深一脚浅一脚向他们爱巢走去。木屐绳系上那只蝴蝶，紧紧贴着她的翘臀，独自啜泣着。那对傣家少女装扮的服务员，站在咖啡厅门口，用异样的眼光，送他们消失在街道拐角的大道上。

　　"艾昆，"叶亮像小狗，嗅了嗅艾昆的衣物，有气无力地说，"你的衣服里有一股特别的香味。"

　　"不是汗臭味？"

　　"嗯，不像……"

　　说者无意，听者有心。艾昆突然想起，几天前于霞从婻烘家走出来，扑倒在他怀里的情景。也不知道，现在于老师睡了没有。一个女人出差在外，不免让人担心和怜悯，更何况是一个漂亮的女人。他不解，叶亮好端端的，怎么就把他买给她的木屐扔了一只。背上的叶亮，似醒非醒，好像在梦呓。

　　"艾昆，"叶亮说，"我昨晚做了一个梦。"

　　"梦见什么了？"

　　"梦见你，"她迷迷糊糊说，"变成拿着金箭的丘比特。"

　　"我是丘比特，你就是雅典娜！"

　　"真的，"她有点生气地说，"我还梦见了于老师。"

　　"于老师，又是什么神？"

　　"她是，"叶亮顿了顿，说，"爱之神阿芙洛狄忒……"

七

波高村，躺在一片云海里。一丛丛凤尾竹，一棵棵大榕树，把整个村庄包围得严严实实。南岛河，勐傣坝三大河流之一，半包围着波高村，日夜流淌。村庄外，南岛河边，有一口古井。古井旁，生长着一棵老菩提树，枝繁叶茂，护佑着古井。古井边，一梯梯长满苔藓的石阶，由古老的石条砌成。石条上，刻满形态各异的佛像、瑞兽、花草。古井前，是一块宽敞的草地。周边，各摆放着几块方形石条，给前来挑水的人歇脚用。其中，一块坚硬的花岗岩石条较为平坦，摆放在古井正前方。石条正中，有一块巴掌大的白色平面，宛如一摊流淌的白玉。

于霞，面容憔悴。坐在石条上，听着泉水在古井里"咕咚、咕咚"诉说遥远的故事，出了神。艾昆，安静地坐在她身边。看着似流光的雾气，徜徉在波高村、南岛河与田野之上，若有所思。晨光，透过乳白色雾气，照射在大地上，极柔和。前来挑水的傣家妇女、小卜哨，来来往往。有认识艾昆的，便和他搭几句腔，留下一串笑意。一个小卜哨，来到古井边，羞涩地看了他们一眼。摆动着酷似凤尾竹的腰肢，放下铁桶，只管去井里取水。她弯着腰，用扁担一端的铁钩子，勾住一只铁桶。把铁桶放进古井里，左右晃动几次。铁桶像只灰水牛，拨开井水，一头扎进井中。小卜哨，右手按住扁担后方，左手把扁担前方撑起。扁担成了一根杠杆，轻松地把井里嬉戏的铁桶提起。扁担与铁钩连接处，环环相扣的铁链"吱吱呀呀"作响。于霞看着取水的小卜哨，系着一根腰带，寸许宽，银光闪闪。勾起了她昨晚的梦。与梦境中，嫡相坎的腰带相比，这条腰带算不上精致，也没什么华丽可言。但这条腰带，系在取水少女腰间，再合适不过。小卜哨察觉到，于霞盯着她看，脸蛋红了一半。她急忙担起铁桶，低着头摆着细嫩柔软的腰肢，很快消失在古井边。

"艾昆,"于霞问,"你们勐傣坝什么最多?"

"雾气。"

"不是。"

"是什么,于老师?"

"美女!"

"像您一样,"艾昆反问,"美的女子?"

"你是认真的?"

"在这口古井边,谁敢说谎话。"

"人老珠黄!"

于霞叹了口气,垂下头,摆弄手里的单反相机,脸上写满憔悴与忧伤。艾昆看在眼里,找不到安慰她的言语,只能偷偷看着她,眼神尽是怜悯之情。于霞的家庭情况,上次采访时,一次小酌后,她曾对他说过一些。让艾昆对城市、婚姻、生活、女人、家庭、情感、孩子等,将来他要涉足的一切,徒生困惑。

"你说在这口古井边,谁也不敢说谎。"于霞抬起头,看着艾昆说,"这话怎么讲?"

与于霞,娇柔中带着疑问的目光相碰,艾昆原先偷偷盯着她的目光,感觉自己在做贼。他一时手足无措。顷刻,脸便红到耳根去。只能慌忙收回目光,低下头,整理思绪。

"这里、这里供奉着,我们勐傣坝的爱情女神婻相坎。"艾昆低头回答,"在这里说谎,是要遭惩罚的。"

"能给我讲讲婻相坎的故事吗?"

于霞没顺着艾昆语意问下去。譬如说"会受到什么惩罚?",情感方面,她是过来人。追问下去,对于情感涉世不深的艾昆,便会失去浪漫情愫，无趣。至于媥相坎，于霞莫名其妙梦见她，留下一段激烈的对话，很让于霞费解。这也正是一大早于霞就让艾昆带她，来波高村古井实地走访的真正原因。她想证实，她的梦境与现实有多少关联。关于梦境，于霞更亲近弗洛伊德的《梦的解析》。《周公解梦》的说辞，牵强、玄妙了，于霞认为。

梦里，勐傣坝金黄的土地，正是眼前分布在波高村和南岛河周边，就要进入收割期的大季水稻。遍野的稻谷，等勐傣坝晨雾散尽后，会把一个坝子染成金色。她昨夜的梦境，与现实极似。于霞特别关注到，古井边那块有白玉点的石条，想进一步证实她梦境的真实性。只是，昨晚梦中的处境，让她想起就头皮发麻。

"这媥相坎，也是个可怜人。虽贵为勐傣坝公主，美若天仙，但那个时候的婚姻，还是要讲门当户对。"艾昆低着头讲述，"特别是贵为土司家的公主，就更是身不由己。她们经常作为联姻的棋子，示好的敲门砖，媥相坎就属于这类。那时候，勐傣坝的土司不算强势。邻近的骠国，对勐傣坝虎视眈眈。强大的邻邦猎人部落，早对勐傣坝有异心。土司府里的第一大臣刀贺法，声望几乎盖过土司爷，他一心想要土司爷把媥相坎嫁给他的儿子。我们傣家少女，一般年过十六就要出嫁了……"

"你的叶亮年过二十了吧？"于霞横插了一句，"你还不娶她？"

"于老师，我还没有做好结婚的准备！"艾昆羞愧地回答。

"嗯，也是，婚姻不能儿戏。"于霞说，"你接着讲媥相坎的故事吧。"

"好的，于老师。"艾昆接着讲，"媥相坎因为受到这样或那样的阻挡，年过二十还不能出嫁。后来，她在一次赶大摆中，与一个平民傣族小伙子混塔相遇，并一见钟情。为此，媥相坎女扮男装，与心爱的人一起私奔。土司爷一时愤怒，下令谁抓到媥相坎，就地将她斩首。媥相坎在她奶妈食邑的波高村古井边，被大臣刀贺法抓到。刀贺法要把她带回土司府，嫁给他的儿子，婻相坎不从。她知道，自己难逃被刀贺法斩首的厄运。央求刀贺法放走混塔，留下遗言说要让勐傣坝在她每年祭日时，为她赶一次摆。如果办不到，就要遭受不可抗拒的天灾人祸。婻相坎被刀贺法斩首后，土司爷非常伤悲、后悔。每年她的祭日，都要在波高村古井边赶摆一次。许多相恋的男女青年，都会在那天相约到古井边，私订终身。这个习俗，一直保留到现在。"

艾昆把流传在勐傣坝，关于婻相坎的爱情故事讲完了。于霞看着他发呆。关于婻相坎的故事，她在《勐傣史志》里读过。她同情婻相坎，对那个怯懦、孤独活下来的混塔，心生怜悯。她眼前突兀地出现，某个傍晚，艾昆和叶亮双双跪在古井边，叩拜爱情女神，私订终身的场景。她相信，丘比特的金箭，不可能射向他主子阿芙洛狄忒。她来勐傣坝的第一个梦，不会实现。在这里，爱神不是阿芙洛狄忒，而是婻相坎。艾昆被于霞的目光，看得心慌意乱。他低下头，去抚摸石条上那块白玉。

当夜，于霞奋笔。《勐傣坝的爱情女神》洋洋洒洒几千字的文化散文，一气呵成。婻相坎成了于霞笔下的耀眼人物，成了勐傣坝的爱神阿芙洛狄忒。文章通过电子邮件，传送到《地方人文荟萃》栏目编辑部，第二天便见报。陈主任看着报纸，摸着秃顶，眼睛泛着异样光彩，连连为于霞的文采叫好。

几天来，于霞几篇关于勐傣坝的采访报道，都是第一时间在省城《地方人文荟萃》栏目上，作为头版头条登出。廖部长高兴坏了，几次跑到接待室看望于霞，顺便夸奖几句艾昆。他软磨硬泡，再次邀请于霞共进晚餐。想起廖部长的大手，钢针般的胡须，于霞心有余悸。对廖部长的夫人，倒是说不上讨厌，甚至还有些好感。只是，于霞打心底里怕碰上胡副书记。

于霞对戴眼镜的男人有芥蒂，来自刘强。刘强戴着金边眼镜，一肚子坏水，对家庭没有责任感，于霞认为。艾昆没戴眼镜。

这次共进晚餐，艾昆没参与，胡副书记是席中座上宾。就餐地点，选在避暑山庄。

避暑山庄，在勐傣城外一座森林公园里，颇为幽静，风景绝美。因离城有些距离，来消费的客人不多。廖部长派车把于霞接过去。胡副书记戴着变色的金边眼镜，西装革履，文质彬彬，坐在山庄外一棵大树下的靠椅上。看到于霞下车走进来，他不由分说，像遇到一个久别重逢的老朋友，上去给了于霞一个拥抱。于霞木木的，礼貌性地应付着。

晚宴上，于霞被安排坐在廖部长与胡副书记中间。陪同用餐的，是本地几个开发商。满桌都是红酒。众人频频举杯，目标主要是于霞。几轮过后，喝得于霞一脸玫瑰红。一桌男人，酒兴更浓。胡副书记借着敬酒机会，几次站在于霞身边，小声耳语。廖部长配合胡副书记讲话，频频点头。他极力赞扬于霞，人长得漂亮，文笔犀利。于霞趁着众人互敬酒空当，给艾昆发了定位，附上一条信息，让艾昆赶快来接她。半小时后，于霞听到山庄外面，林荫小道上，有汽车喇叭声音传来。她辨得出，是艾昆汽车喇叭声。她以上洗手间为借口，溜出山庄。

山庄外，艾昆的车停在几棵大树背后的小道上，颇为隐蔽。艾昆站在一棵大树下，焦急地等待着她。于霞快步走到轿车旁，用娇媚的眼神，扫了一眼永远带着笑脸的艾昆。他们悄悄离开避暑山庄，返回勐傣城。

路上，于霞出于礼貌，给廖部长去了电话，谎称要回接待室与女儿视频。另外，还有一篇稿子急着发去《生活晚报》编辑部。电话那头，廖部长不无惋惜"嗯嗯、啊啊"答应着。旁边，还传来胡副书记叹息声。从胡副书记耳语中，于霞知道他已离异，仕途蒸蒸日上，对她一见钟情。他希望她留在勐傣坝，他会给她安排一个好位置。于霞不相信一见钟情。作为职场女人，经历过许多风浪，她只愿意逢场作戏。她不喜欢戴眼镜的男人。如果还有爱的话，她更喜欢清朗、俊秀的笑脸。她不知道，快到四十岁的女人有这种想法，算不算天真、幼稚。

酒后，坐在艾昆身边，于霞的身体产生一种奇特的触电感，酥酥麻麻的。这种感觉，离艾昆越近越强烈，时间越持久。就连当初，与刘强谈恋爱时也不曾有过。

艾昆把车，缓缓驶进接待室小院，停在老凤凰花树下。于霞微微闭着双眼，靠在副驾驶座位上一动不动。红酒的作用，玫瑰红的娇颜，把于霞的妩媚发挥到极致。

"于老师，"艾昆小声说，"到了。"

"嗯，让我静静靠一下。"

"于老师，"艾昆关切地说，"让我扶您进屋歇息吧，外面天气有些凉。"

"叫我姐。好吗？"

"嗯，"艾昆顿了顿叫，"姐！"

艾昆先下车，打开副驾驶车门，伸手去搀扶于霞。她微微睁开眼，趁着从车上跨下，装作站不稳顺势扑进艾昆怀里。她绯红的脸蛋，娇柔的身躯，均匀的呼吸声，淡淡的红酒味，让艾昆想起黑森林咖啡屋里，与叶亮红唇黏在一起的一幕。他年轻的火种，很快被来自成熟女性的气息，点燃。他努力克制自己，把于霞扶到接待室床上。他要去给她倒一盆热水泡脚，冲泡一杯红茶解酒。她抓住他的衣领。灼热的呼吸气息，扑在他脖颈上。柔软的秀发，在他手臂上魔性地缠绕着。她高高耸起的胸，富有弹性的肌肤，温润润地紧紧贴在他怀里。她的下体，轻轻扭动着，红唇发出模糊的呻吟。老凤凰花树下，接待室暖暖的灯光里，时间停下疲倦的步履。浓香的菠萝蜜气息，弥漫着整个房间。果实自然熟透后，散发出的气息，让人沉醉其中，不能自拔。

"抱抱我，好吗？"

"我、我，"艾昆急促地说着，"会抱着您的，于老师。"

"叫姐！"

"姐，"艾昆说，"我抱着你！"

艾昆失去了自己的思想，他手心冒热汗，双臂把于霞抱得越来越紧。男人的原始欲望，把他怀里的女人紧紧抱住，直至融入他体内。深秋的夜，星空高远，月光酣畅地压下来，把勐傣大地严丝合缝盖住。老凤凰花树上，一只不知名的夜鸟，发出陌生的鸣叫声。接待室的灯，熄了。呻吟中，于霞做了一个很长的梦。

梦的开始，刘强左手牵着她，右手牵着女儿刘倩。他们一家，欢声笑语，走在省城牡丹大道上。这条道路，她与刘强恋爱时常来闲逛。路两边，一年四季花儿争先绽放。

于霞欢笑着，向前跨步，刘强紧紧抓着她的手。她回过头，刘强的脸庞突然变成艾昆，面无表情地看着她，脸上的笑容没了。于霞惊诧。她要挣脱艾昆抓住她的手，怎么也挣不脱。她用乞求的目光，看着艾昆。艾昆的面容，虚幻了一下，变成陈主任。陈主任的秃顶，满是污垢。他死死拉住于霞的手，一脸邪恶、淫荡的表情。于霞连忙喊救命，向女儿投去求救的目光。女儿一会儿变成满身是鲜血的婻相坎，一会儿又变成横眉怒目的叶亮。圆滚滚的大眼珠，拨动着长长的睫毛，死死盯着她看。

转眼间，眼前所有景象消失。于霞发现，她就躺在接待室。床前，站着一个披着瀑布青丝，身着红袍黄裙，面似叶亮的傣家女子，用异样的目光俯视她。这个女子她熟悉，是上次梦见过的婻相坎。可她发现，自己一丝不挂暴露在婻相坎眼前。

"这就是，"婻相坎轻蔑地问，"你想要的生活？"

婻相坎的问话，于霞极为羞愧。她慌忙去扯被褥，要遮盖暴露在婻相坎眼前的裸体。却发现，床上还躺着赤裸的艾昆。两个躯体，一丝不挂，缠在一起，相拥而眠。于霞惊讶极了。她飞速思考着，这一晚上发生的事情。饭局、乘车、投入艾昆怀抱、梦境……现在一丝不挂，让婻相坎俯视他们。难道还是梦境？婻相坎的问话，让她从羞愧变成愤怒，惊叫指责对方。

"你要干什么？"

"不要惊慌。"婻相坎不温不火地说，"上次引你到波高村古井边，吓到了你。这次不会了，我只是来看看你。"

"你还有什么话，"于霞责问，"要和我说？"

"你们现代都市男女，都是这样用情的吗？"

"不、不是！"于霞唐突地回答和自问，"但我为何要禁锢自己呢？"

"于是就占有别人？"

"我没占有过谁，"于霞大声回答，"这只是一个女人，与一个男人的生理需要而已。"

"你这样做对刘强公平吗，叶亮呢？"

"你……你……"

于霞，被婻相坎问得吞吞吐吐、语无伦次，不知要如何对答。突然，房间的门无声无息打开。刘强和叶亮，站在门口。刘强用鄙视的目光看着她，叶亮则怒目横视。他们的眼光，变成一把把锋利的剑，在她一丝不挂的娇躯上，无情削割着。瞬间，她体无完肤。

"啊——"于霞惊恐地呼喊着。

于霞的惊叫，让她从所有的梦境中醒来。她发现，她仍旧在艾昆怀里，双臂紧紧抱着艾昆。艾昆火热的体温，缓缓流进她身体内，酥酥麻麻的感觉，充斥着她身上每一个细胞。下体，黏黏的液体，已流淌成小溪，双腿扭动得更厉害。她索性把头深深埋入艾昆怀里，双手紧紧缠住艾昆躯体。艾昆，被她蠕动的娇躯，惊醒。

"姐，"艾昆怯怯地说，"我们这是……"

"你后悔了？"

"我、我……"

八

按照采访计划，于霞继续采访婻烘。清晨，老凤凰花树下拂来的微风，慢慢追赶着乳白色雾气。于霞，笑容清甜，娇颜鲜美。她与艾昆，和往常一样，到咩陶早点铺，共用豆豉米线。挑着篾箩，盛满蔬菜的傣家女子，三五一群，扭动着丰腴的腰肢，随着肩上篾箩起起伏伏。她们下身的筒裙，带起一团团雾气，从棕榈树下走过，忙着去赶集。马路上，车流急速驶过，一些雾气，被推向路边，撕碎在道路两头。而后，它们又魔法般汇聚在一起，迎着车流，重新向马路铺去。

婻烘，依旧靠在院子中央靠椅上，神情安然。于霞和艾昆，仍旧一左一右，坐在婻烘的正前方。中间，还是放着那张做工考究的浪摆。上面摆放着茶叶、谷花、蜡条……院子里，一团团雾气，调皮地嬉戏着花花草草，晨风轻轻扫过，它们才有所收敛。几个熟透的芒果，泛着粉红色光芒，一动不动躺在院子里。走完了它们的花期、授粉、长绿、变黄，再从高枝滑落的全过程。

"老人说虎种不坐下席，羊种不坐上首。"婻烘慢吞吞讲，"我们的第十八代印太夫人婻烘法召丽，她美若莲花公主，文能治国武能安邦。不想命运蹉跎，我们的第十八代土司爷安雅召，人到中年便撒手人寰，丢下召丽和不满十岁的小土司爷安雅召。召丽挑起抚孤护理的担子，把勐傣地方治理得有条不紊，兴盛繁荣，四方猎人都归顺了勐傣。可是那不安好心的骠国，他们兵强马壮，欺负召丽孤儿寡母。起兵二十万，战马踏坏勐傣人的路，战象踏毁勐傣人的水田，战火烧毁勐傣人的家园。他们是魔鬼混松，是仆侍鬼变的屁迫，人见人怕，神见神愁。召丽女扮男装，提金刀跨马带领士兵上疆场，保家卫国。打得骠国军队抱头鼠窜，战死无数。唉！不想这些混松越战越多。召丽奋勇杀敌，直到流干身上最后一滴血，杀软手中的金刀，最终战死杀场。那些混松，踏过召丽的尸首，杀进安雅召府里，血洗勐傣地方，惨不忍睹啊！萨图、萨图……"

"婻烘，像召丽这样的巾帼英雄，"艾昆打岔说，"她的灵魂，永远活在勐傣人心目中。"

"谁说不是！我们每年的泼水节，都要为她滴水诵经祈福，她是我们勐傣的神。"

"你们勐傣的女人，"于霞赞扬着说，"真了不起！"

靠椅上的婻烘，听了于霞的话。用安静、祥和的目光，注视了于霞许久。好像她们前世就认识似的。

"婻（傣语对女人的尊称），"婻烘说，"你的美貌，像我们逝去的婻相坎，她给我们留下美丽凄凉的故事。"

"就是那个为爱情，被砍去头颅的公主，"于霞问，"你们供奉的爱情女神婻相坎？"

"我们勐傣人，心里住着佛菩萨。"婻烘回答，"圣人怕因，凡人怕果。在轮回的道上，就是因果的业报。萨图、萨图！"

"……"

与上次一样，当婻烘安详入睡，采访结束。所不同的是，这次当他们起身准备离去时,嫡烘似乎在梦呓,与艾昆对话。

"艾昆,这是叶亮让我转交给你的木屐,"老人说,"今早上,在你们到来之前,叶亮来过。"

艾昆转过身,看到靠椅上的嫡烘闭着双眼。靠椅下,放着一只孤孤单单的木屐,泛着淡淡的黄色光泽。木屐绳系构成的淡黄色大蝴蝶,额头上的红点暗淡无光。这双木屐,是艾昆与叶亮去波高村赶摆时,艾昆买给叶亮的。

那是两年前的初春,为纪念勐傣人的爱神嫡相坎,一年一度的传统赶摆日。在波高村古井边,四邻八乡年轻人,聚在古井周边田野里,共同膜拜他们的爱神嫡相坎。赶摆,人多,小商贩摆了许多摊子。一个摊位上,摆着许多双木屐。其中一双,淡黄色,绳系的构造刚好是一只振翅欲飞的蝴蝶。蝴蝶的额头上有一点朱丹红,特别显眼。叶亮看到那双木屐,目光再也移不开。

卖鞋的人,是一个中年妇女。她夸赞叶亮,是勐傣坝最美的花朵。她说,木屐上那对蝴蝶,能嗅到最美的花香味。叶亮就是穿着那双木屐,与艾昆在古井边,一起磕头膜拜嫡相坎,确立恋爱关系。那晚,叶亮在黑森林咖啡屋,耍小性子扔了一只,让艾昆背着她回去。现在,剩下的一只木屐,安安静静躺在嫡烘靠椅下。失去最美的花朵,绳系上那只蝴蝶,迷失了振翅飞舞的准头。艾昆不敢作声,躬下腰,悄悄拿起那只木屐。

"艾昆,"嫡烘发声,"这是叶亮让我转交给你的。"

"哦,叶亮她去哪里了?"

"艾昆,你们是在波高村古井边,见证爱情发过誓的人。"嫡烘语气严肃地说,"叶亮是个冰清玉洁,美若莲花公主的好姑娘。你们前五百五十世都是夫妻,这世轮回,你们也不要错过这段良缘。"

婻烘似没听到艾昆问话，化为月老，给艾昆指点姻缘。然后在靠椅上，安详入睡。

　　采访结束，艾昆没了踪影，于霞很不习惯。她在老凤凰花树下，写着最后一篇通讯《勐傣的女人们》。她把勐傣土司历史上知名的印太夫人、婻相坎等，有着传奇故事的勐傣女人，罗列出来，一一为她们写传记。她写了整整一天一夜，完稿后通过电子邮件，传给《地方人文荟萃》。

　　撰写好所有稿子，于霞独自一人，在接待室躺了一个下午。回想着她第二次来勐傣坝，十余天的点点滴滴。艾昆的影子，在她心中，始终占据第一位。晚饭时，她一个人随便在勐傣大街边，买了碗稀豆粉，外加几串烤牛筋应付着。在勐傣坝这些日子，几乎每餐都是艾昆带着她吃。有时还有叶亮参与，他们几个经常去街边旮旯，品尝各种风味小吃。譬如烧猪脑、炒田螺、烤猪皮、烧鱼、烧茄子、豆豉煮鱼、爆炒野芭蕉心等。这些小吃，便宜、鲜美。以前，她从没吃过这样地道正宗的傣族风味。省城有几家勐傣坝小吃店，但口感、味道、环境、氛围，与真正的勐傣坝完全不一样。

　　晚上，胡副书记来电话，邀请她共进晚餐。嗅着满屋浓烈的菠萝蜜香味，于霞果断拒绝。她要让他知难而退。她一个人躺在床上，与女儿视频。女儿稚嫩的声音，铜铃般清脆悦耳。视频中，刘倩躺在刘强怀里，乘坐过山车。女儿"咯咯咯"的笑声，灿烂至极。想来，病已痊愈。刘强没露几下脸，表情木木的没和她说一句话。女儿挂了电话。她眼前是刘强高大的身影，紧紧抱着活蹦乱跳的女儿，急速过山车带着他们上下飞驰……

　　平时，她带刘倩去大型游乐场所玩，她们不敢坐过山车。因为她害怕，过山车上下起伏急速翻转行进的过程。没人陪伴，女儿一个人更不敢坐。现在，有父亲陪伴，女儿克服了恐惧感。于霞心里，莫名地升起对刘强的好感。家，似乎也不完全是冷冰冰的。

躺在床上，于霞想起之前，躺在艾昆怀里的感觉。想起除了刘强之外，另一个男人带给她完全不同的幸福感。她脑海里，又强烈地思念着艾昆。期盼着他，在她离开勐傣坝之前，在月光下穿过老凤凰花树，推开房门，带着永不知疲倦的笑脸，走到床边，俯下身来亲吻她。让她幸福得像一滴水，找到流回大海的方向。她掏出电话，要给几天不见的艾昆发一条微信。可她脑海里，突然浮现出刘倩的笑脸。浮现出刘强的面庞，虽然冷冰冰，但不令她讨厌。接着，她连贯性地想起父母、公婆，想起朋友，想起单位同事……

过往生活点滴，逐渐占据她整个脑海。她放弃给艾昆发信息的打算。暂时屏蔽投入艾昆怀里，那种触电般的幸福感。

于霞放下手机。屋里，菠萝蜜熟透的香气，浓烈、持久、醉人。她真想打开菠萝蜜棕黄色的果皮，品尝一口果实的香甜味。但她没有。闭上眼睛，嗅着果香气息，她强迫自己去回忆刘强对她的好。回忆她与刘强一起逛咖啡厅、冷饮店、茶室、夜总会、网吧……一起在商场、服装店前试衣穿鞋。一起去旅游。站在宽阔的大海边、山巅上，面对蓝天、群山放开喉咙呼喊。累了，她就偎依在刘强怀里。

回忆，让她慢慢产生一种，全身酥酥麻麻的感觉。这是她遇上艾昆，才会有的感觉。现在，她想到刘强的好，也会产生了。下体，有黏黏的液体流出。两条腿，就像在艾昆怀里，不由自主扭动着。她体会到，来自刘强的爱，那种久违的幸福感。泪水，不知在什么时候，打湿她脸颊。

她尝试着，去谅解刘强出格的事，反省自己的不是。再次回忆起，自从她生下刘倩后，因为各种原因，她发现，自己总是没完没了唠叨着。刘强慢慢不爱回家，对她慢慢没了感觉。他们的生活，渐渐变成一潭死水。为惩罚刘强，她开始不让他触碰她的身体，开始性冷战。后来，她对刘强开展突击检查。在刘强公司休息间，翻到女人穿过的外套、乳罩、三角裤。床上，留着刺鼻香水味。男女交欢后，脱落的长的、短的、红的、黄的女性头发。面对她的质问，刘强没做任何解答，只是沉默。

现在，他们相互背叛、伤害对方。可是，想想体弱多病的刘倩，如果失去爸爸或妈妈的疼爱，将会给她的人生，种下失败的种子。将来，她会踏上谁的路？想了许多，于霞的心慢慢平静。她受困的情感，慢慢变成自责和内疚。窗外，远处的村庄，雄鸡打鸣声，一遍又一遍传来。她便沉沉睡去。

不知过了多久，于霞感到身边一片阴凉。房间里，微弱的床灯照射下，嫡相坎一袭白衣裙，坐在床对面椅子上。她看起来平静、淡定、优雅，少了往日的戾气。她平静地注视着于霞。于霞感到舒坦。

"听说，"嫡相坎问，"你要回省城了？"

"嗯，明天下午乘坐夜班车回去。"

"谢谢你为我费了那么多墨水，"嫡相坎说，"让世人知道，勐傣坝还有个爱情女神。"

"这是我的职责。"

"唉！鬼也罢，神也好，"嫡相坎平淡地说，"如果我能轮回做一个平凡的人，那我一定要去寻找那个留在人间的混塔，做他的女人。像你一样，轰轰烈烈去爱一场。"

"其实男女之间的情爱，恐怕没有你想象中美好。"于霞也平静地说，"生活就像一把刻刀，能把所有完美雕琢得支离破碎。"

"也许你说的是对的，我是没机会去体验了，我要好好守护着我的古井，好好守护着勐傣坝这些男女青年的情爱。唉！"婻相坎叹了口气，平静地问，"走之前，能再去波高村的古井，看看我吗？"

"嗯……"

于霞从梦中醒来。勐傣坝的天亮了。她慢慢收拾行李，慢慢回忆昨晚的梦。她很吃惊，竟然答应婻相坎再到波高村古井边走走。她所住的接待室，曾经也是婻相坎的别院，是她一直打扰着婻相坎。回去之前，再去古井边看望婻相坎，是必需的。于霞想。她收拾着行李，看着茶几上放着的茶叶，电脑桌上的菠萝蜜。两包茶叶，一半都没喝。菠萝蜜，已经熟烂，就在昨夜。之前浓郁的果香味，没了，只散发着一股果子腐烂后，淡淡的酸臭气味。

于霞，又想起艾昆。她打心底里希望，在她离开勐傣坝之前，艾昆能再陪她吃一碗咩陶的豆豉米线。可以的话，再陪她去波高村古井边走走，了却她的心愿。她鼓起勇气，拨通艾昆的电话。

九

艾昆来了，老凤凰花树下，他神情没落、憔悴。披着晨光和一身雾气，他走进于霞房间，坐在她身边。于霞，停下手中活计，温情地注视着他。他们彼此都想说许多话，都等着对方开口。看着艾昆一脸疲惫，于霞深感自责。

"叶亮，"于霞问，"真的离家出走了？"

"嗯。"

"什么时候？"

"昨天早上。"

"她会去哪里？"

"不知道。"艾昆垂头丧气地说,"我找遍勐傣坝所有她能去的地方,都没有她的踪影。后来我在车站打听到她的信息,有人看见她乘坐昨天的客车,上省城去了。"

屋内一片沉静,艾昆低着头,像一只赎罪的羔羊,默不作声。于霞看着艾昆的面庞,期盼着能看到他往昔的、不知疲倦的、俊朗的笑脸。但是没有,艾昆笑不出来。

"艾昆,对不起!"她自责地说,"是我把叶亮和你害苦了。"

"姐,我不后悔。"艾昆抬起头,注视着她,坚定地说,"但我要对你说,叶亮才是我的真爱!"

"我知道。"

他们,再次沉默。他们,谁都需要安慰和坦诚。告慰和祭奠,他们曾经拥有过的短暂美好时光。

"艾昆,今晚我就要回省城了。"于霞说,"以后可能不会再来。"

"是因为我吗?"

"就算是吧。"

"嗯,我能理解。"

"这个早上,"她央求着问,"你能陪我再去波高村古井走走吗?"

"我陪你去,姐。"

他们来到大榕树下的早点铺,咩陶给他们煮了往常的豆豉米线。吃过早点,他们驱车去波高村。阳光下,晨雾待散,金黄的稻田一片连着一片。人来人往的古井,显得格外明媚。老菩提树婆娑的枝叶,在秋风里随意舞动。把长长的身影投到古井里,天地一片绿意。风起了,吹散远处一团团,缭绕在凤尾竹林里的雾气。雾气,浩浩荡荡,向田野四周撤退。一丛丛凤尾竹,低垂着头,在风中晃动。

"艾昆,"于霞说,"这里有婻相坎神灵护佑,你说过不能说谎话。"

"嗯，姐。"

"即便我有家庭，"她说，"但你是我生命的另一个起点，你让我有了回家的勇气和信心。"

"姐……"

泪水，打湿了艾昆的脸。此刻，他为这个都市丽人，苦楚的人生感到无限怜惜。于霞也是泪眼蒙眬。她轻轻抚摸着艾昆的肩，抚摸着古井边每一块石条。古井里的清泉，"咕咚、咕咚"冒着水花。这是婻相坎，与他们的对话。

傍晚，勐傣坝车站人声鼎沸。开往省城的大巴车，就要启动。艾昆忙着把于霞的行李，一件件搬上车。摆放好后，又忙着去车站超市，给于霞买些水和食物。另外，还给于霞买了一些勐傣坝特色食品。

"我回去了，"于霞说，"有事来电！"

"珍重！姐。"

"我回省城，帮你打听打听叶亮的消息。"

"不用了，姐。我知道她会去哪里。"

"艾昆，来，"她用乞求的目光，看着艾昆说，"什么也不用讲，抱抱我！"

就在勐傣坝车站，人来人往的候车大厅，一对曾经邂逅的人，他们久久相拥。大巴车马上就要启动，司机按喇叭催促旅客上车出发。于霞，舍不得松开手。她紧紧抱着艾昆，让那种熟悉的触电感，酥酥麻麻地在全身放肆流窜。激活她，准备开启新生的每一个细胞。她的下体，黏黏的东西又要流出来。她不由自主，抖动着娇躯……

于霞走了，在勐傣坝茫茫夜色中，坐着开往省城的大巴车。艾昆一个人，回到他与叶亮的爱巢，独自面对空荡荡的房间。和着窗外夜色，他像个木偶，倒在床上，连鞋袜都没脱。他从口袋里，掏出叶亮留下的那只木屐，放在后脑勺下，沉沉睡去。

　　夜里，他做了一个梦。梦见深秋的海边，霞光照在大海上，金光一片。一个形影孤单的女孩，站在浅滩上，痴痴看着海上日落。她修长的身影，被脚下浪花轻轻拍打着，岸边的珊瑚礁上，开满数不尽的小花……

　　第二天，艾昆向单位请了公休假，乘坐开往内地的班车，离开勐傣坝。后来，他多次换乘开往海边城市的动车，一个海边一个海边，寻找着去。不管找到哪里，艾昆只等把最后一丝体力抽光，然后躺下，枕着木屐立即沉睡，进入梦境。梦里，他更加繁忙，为了寻找叶亮……

2022 年 10 月发表于《民族文学》第十期，

2023 年 2 月被《作品与争鸣》转载

遇 见

一

"这是抽芯草,"格桑拉姆说,"曹老师,这种草不好吃,味道苦。"

"格桑拉姆,你要记住,现在你是人,不吃草了。"我边说话,边抚摸格桑拉姆的头。夕阳从康家雪峰顶端透过来,软绵绵的,没有一丝气力,松松散散打在康家坝小学操场上。两层平顶的教学楼,完全隐没在操场边,几棵高大的冷杉影子里。教师宿舍,也在影子覆盖范围内。

"曹老师,你回去吧。这条路我熟悉,闭着眼睛都知道哪个弯子有几节石梯,哪段路湿滑。"格桑拉姆眨着大眼睛对我说。

"格桑拉姆真勇敢!"我说。

"曹老师,"她说,"以前我从康家村驮青稞到定日村,就走这条路。来来回回走过上千次,学校操场是我们最爱歇息的地方。那里还有野麦子草,可好吃了!"

"格桑拉姆!"我说,"又调皮了。你是我们康家坝小学一年级的学生,不是小马驹。"

"可是,曹老师,我前世就是一匹小马驹啊!"

"你的想象力真好。老师送你回家吧！"

"曹老师，什么是想象力？"她停下前行的脚步，歪着小脑袋，瞪大眼睛问我。我一时语塞。

"额……"我抚摸着她的小脑袋说，"就是、就是你想到的东西比别人多。"

"哦，曹老师，我想的东西不多呀！"她咧嘴笑笑说，"我说的是实话。我上辈子真的是一匹小马驹，怎么卓玛央金老师不相信我，你也不相信我！"

"好、好，格桑拉姆是小马驹，全校最乖的小马驹！"我用赞许的目光看着格桑拉姆，收回抚摸她小脑袋的手，夸赞她。心里翻江倒海，说不出是什么滋味。

路边，几只身着铠甲的虫子，排列成一支小队，正攀爬一道土坎。毫不理会我们对话。两边冷杉林子里，几只大鸟扑打着翅膀，来来回回穿梭在枝叶丛中，发出"嘎嘎嘎"鸣叫声。我不知道，它们想表达什么。或许，格桑拉姆会知道。她没看那群虫子，她的注意力从我身上移开，关注林子里的大鸟。

"哦，不用送我了曹老师。我哥哥姐姐他们就在前面不远处，拐几个弯就可以跟上他们。"她说着话，笑嘻嘻给我比了个再见手势，转身向前方下坡路弯道跑去。她后脑勺的马尾辫敲打着后背，胖墩墩的小身板，裹在宽大的灰色羽绒服里。挎在腰间的书包，前后有节奏摆动着。

夕阳下，看着渐渐跑远的格桑拉姆，还真像一匹奔跑的小马驹。等她完全消失在小路拐角处，一片冷杉林边。我收回目光，想她已赶上其他孩子。通过那片冷杉林子，就到康家村。

夕阳，被寒风踩躏着。空荡荡的小路上，我独自返回康家坝小学，夕阳从我身上挪开，慢慢消散在不远处林子里。最后，消失在康家雪山峰顶。大地，在四面八方倾泻而下的黑暗中，慢慢陷入沉默。与零零散散飘落在林子里的雪花一样，附着在冷杉枝叶上，纯洁中透露着安静。寒风失去蹂躏对象，愤怒地追赶我。冰寒气息，犹如铁拳，从四面八方挥打来，全部击打在我身上。雪域高原的冷，是来自骨子里的冷。我来康家坝小学支教已有五年半，还是畏惧这铺天盖地的冷。

康家坝小学的地理位置，让我着迷。距它东边一公里，海拔下降一百米，是康家村。西边一公里开外，海拔上升一百米，是定日村。两个村子一左一右，像学校伸出去的两只手掌。小学向北直线延伸一百公里后，通过大地撕裂、抬升与隆起，海拔上升一千米，是康城。到了康城，通往圣城拉萨已不再遥远。小学向南直线奔驰一百公里，凛冽的雪山，在倾斜与下滑中，山川河流温顺了些许。海拔下降一千米后，就是盐城。从盐城通往春城昆明，也就是几百公里路程。康城有座机场，盐城也有座机场。康家坝小学，建在两个寨子地界上，遥望着康城和盐城。供康家村和定日村，两百多户人家，一百五十多个适龄儿童就学。学校有七个教学班八个老师。学生都是走读，不住校。

在康家坝小学支教，近两千个日日夜夜，我忘记了许多，学会了许多。譬如说固执，根深蒂固的固执，如雪山利刃般坚挺在我灵魂深处。

"在滇西高原大地上，康家坝小学就是宇宙中心。"我对所有朋友如是说。因为这是固执的种子，在我心中结出的果实。

格桑拉姆是卓玛央金的学生，我是六年级班主任兼任课老师。卓玛央金包班一年级。我们八个老师，除了扎西校长外，有七个老师包班。卓玛央金是定日村人，扎西校长侄女。她去盐城参加普通话测试，一年级暂由扎西校长照看。定日村有一场婚宴，扎西校长是主婚人。中午，他回定日村，照看一年级任务落到我头上。

我已习惯学校安排。一方面是我们六年级，有个叫西饶嘉措的学生，与一年级的格桑拉姆相似。一方面是卓玛央金才大学毕业，刚到康家坝小学任教，扎西校长让我带新人。还有半年，我支教时间就满了。也许，我一生中，能从事小学教育教学工作，就这六年。半年后，我得回到父母身边，与未婚妻林嫚完婚，协助父母管理家族企业。

来康家坝小学支教，是我大学毕业后选择的第一份职业。

我回到宿舍，所有学生和老师都回家了。寒风卷起地上雪花，不甘心地撞击在墙壁上，敲打一扇扇玻璃窗。它们转变成白天的我，不时训斥不听话的学生。整个康家坝小学，在寒风训斥下服服帖帖，没有发出其他异样响声。

关好宿舍门窗，我四仰八叉躺在铺有电热毯的床上，身子暖和了许多，只有一双脚还是冰冷。我才发现，冻得僵硬的牦牛皮鞋，还牢牢套在脚上。我懒得起来。用左脚蹬右脚，又用右脚蹬左脚。两只僵硬的皮鞋，反反复复蹬来蹬去，最终蹬脱在床脚下。我没理会它们。

寒风愈加敲打着玻璃窗，发出愤怒嘶吼声。我窃喜。

"你们休想再追打我！"我对着窗外咆哮的寒风大吼，心里有说不出的喜悦。五年了，我早习惯这里的清静和寒冷。来到雪域高原，我没有懊恼和不甘，反而是安心和舒适，有种天高海阔任我逍遥的自由感。

想到这些，我突然想喝一泡普洱陈茶。从床上起来，我光着脚板，踩在冰冷的水泥地板上，烧了半壶开水，冲泡一大杯普洱陈茶。丝丝缕缕茶香味，从茶杯里腾起的白色雾气中飘散出来，让我想起一个人。他生活在滇西高原最西南端的勐傣坝，是个百越文化研究者，纯文学创作者，爱茶爱到痴迷。他的名字叫阿当。我喝的普洱陈茶，一部分是他卖给我的，一部分是他送给我的。好几个假期，我都在他那里度过。

喝了一口普洱陈茶后，整个口腔温润润的，无穷的回甘味，在舌尖荡涤。我有种说不出的舒适感和畅快感。躺回床上，忘记了窗外寒风怒吼，脑子里满是阿当影子。他长我十几岁，是个青年人，却有些老气沉沉，但我不讨厌他。他对滇西大地的茶文化，有独到见解。我努力回想着与茶人阿当的一次次交往，回忆与他交谈的神态、语言，甚至猜想他谜一样的内心世界。

"酒是少年的情怀，茶是老年人的淡定。"曾经，阿当靠在他茶室靠椅上，微眯着眼睛对我说，"小曹老师，你这个年纪更适合喝酒。"

"我喝的，"我说，"我会喝康家坝六十多度的青稞酒……"

那次对话，阿当瞪了我一眼。从他眼神里，我察觉到他对我的不屑和惊讶。也察觉到，他对康家坝六十多度青稞酒的好奇。

"你小小年纪，烈酒还是少喝点，多喝点我给你的普洱陈茶算了。"他说，"我们勐傣坝的冰岛茶、昔归茶，在国内是品质比较好的普洱茶。"

"不是说冰岛茶、昔归茶是全国最好的普洱茶吗？"我问。在我家乡沿海一带城市，只要是普洱茶，都会标识着"冰岛茶""昔归茶"字样。我去旅游过的地方，茶叶市场上，标识着这两种茶的字样。卖茶的人都说，冰岛茶、昔归茶是世界上最好的普洱茶。所以，我才如是问阿当。阿当像看白痴，看了我良久。

"勐傣坝的茶是好，西双版纳六大茶山的茶，品质绝对不差。"他说，"与我们相连的缅甸，他们的腌茶是你想象不到的好。还有印度大吉岭的红茶，斯里兰卡的乌伐茶……"

阿当训斥我，就像我训斥学生。我心里不舒服。在他那里，我对滇西大地的茶有了更全面了解，逐渐爱上普洱生茶。他的茶售价不便宜。一市斤，就是我一个月工资。好在他经常送我茶。

对于生活开支，我不在意。我父母，每个月会按时给我汇一笔款子。从我上大学开始到现在，没有改变过。我习惯了，不会为啃老感到不适或羞愧。在这个纷扰、世俗的人间，我选择躺平。

父母创办的纺织企业，让我从小衣食无忧。上小学和初中时，我与很多孩子相似，有过美好的童年和少年时光。上高中时，父亲与母亲因情感纠葛，陷入无休止争吵中。父亲，十天半月不回一次家。

"你爸又和厂里那个狐狸精勾搭上了！"这是母亲与我说得最多的一句话。

我上高三时，母亲带着几个姨妈，举着"为夫纳妾"横幅，在某个高档小区外闹事，搞得满城风雨。因为那件事，我在学校里成了同学们课余谈资。我不敢待在人多的地方。只要在人堆里，我感觉所有人都在谈论我的家事，取笑我。更糟糕的是，受母亲影响，我怕见到漂亮的女人。似乎所有漂亮的女人，都与我父亲有关联。他们之间，都隐藏着一桩桩见不得人的交易。

高考结束报志愿，父母让我选择经济管理专业，而我却选了小学教育。大学四年里，母亲与父亲之间情感纠葛不断升级，他们除了给我足够生活费外，不再关注我。我患上严重社恐症。不愿意与人交往，习惯一个人待着。大学毕业之前，我报了到西部支教。毕业后，直接来到康家坝小学。父母的情感纠葛还在持续，他们没时间和精力过问我的事。很多个夜晚，我在慢慢品味阿当的普洱生茶，梳理往事，打发时光，慢慢入睡。

第二天早上，我才起床。卓玛央金，提着几个我爱吃的海烧鱼罐头，一小袋昭通苹果，敲开我宿舍门。

"早，曹老师！"卓玛央金说。她的脸蛋，因常年经受高原紫外线照射，红彤彤的，与她买给我的苹果一样，招人喜欢。我忍不住多看了她几眼。

"这么早就回来了？"

"昨晚就回来了。"

"到盐城去，"我说，"可以多待上一天，逛逛城里商场。不用急着当天去当天赶回来。来回几百公里，还是累人的。"

"我没事，"她说，"我怕孩子们给你添麻烦。"

"你们班孩子可乖巧了。"

"全校就你一个老师说我们班学生乖巧，"她说，"格桑拉姆没给你添乱吧？"

"不会，"我说，"那孩子可乖巧了，想法是稀奇古怪些，与我们班西饶嘉措小时候一样。我蛮喜欢的。"

"是啊，我也不知道要怎样教育和引导她。扎西校长说你对这方面的教育有经验，让我跟着你学……"

我们的交谈，被一个小男生打断。他是一年级班长康杰。看着我和他们老师讲话，他着急地等在门口外，不敢说话。

"什么事，康杰？"卓玛央金略有不悦地问。

"报告老师，"康杰说，"格桑拉姆在教室里大哭大闹，用黑板擦打人。"

"怎么回事？"卓玛央金追问。

"格桑拉姆说她是一匹马，跪在地板上让大家轮流骑。骑着骑着，她的膝盖碰到一块小石子，她就哭了。然后她就……"康杰不敢往下讲。

"曹老师，你忙着，我先去教室里看看。"卓玛央金向我笑笑，边说话边拉着康杰小手，向教学楼走去。

卓玛央金是个负责任的老师。年轻，又是本地人，刚刚上岗，骨子里满是工作激情。她高挑的身段，苹果脸蛋，笑起来两边都有小酒窝，编着蝎子辫，非常招人喜欢。更招男人喜欢的是，她有一双大长腿，走起路来像草原上奔跑的骏马。邻近几个村寨小伙子，都把她当作梦中情人。

我看着渐渐消失在眼前的卓玛央金身影，回想起从昆明飞往盐城的旅途中，两次出现在我梦境中那个女孩。同时，心里浮现出未婚妻林嫚的影子。她们拥有同样的大长腿。相比之下，卓玛央金更健壮。

"该死的大长腿！"我在心里，咒骂和阻止着不断生起的淫荡思想。

想到大长腿，我又想起阿当。就是他，改变了我对女性的审美观。那次，我们在他茶室喝茶。我送给他一壶，扎西校长送给我的青稞酒。他很高兴，约我一起品尝青稞酒。喝了几杯后，我们都上头了。

"你喜欢什么样的女人？"阿当一脸坏笑着问我。

"我不知道。"我说。

想起女人，我就会想起漂亮的女人。想起漂亮的女人，脑海里就会浮现出她们与父亲不堪的一幕。随之，想起父母的情感纠葛，想起我家庭的遭遇。心里有些恼火。

"你还是个男人吗？"他瞟了我一眼，不屑地问我。我在回忆中，没反驳他。

"你知道我喜欢什么样的女人吗？"他醉眼蒙眬，再次问我。我仍旧没回答他，他也不生气。

"我喜欢大长腿的女人，"他吞了一口唾沫说，"特别是腿上没有一点疤痕的女人。"

"为什么？"我忍不住问他。

"现在这些整容机构太坏了，女人的胸可以整，脸蛋也可以整，只有她们的腿还基本保持原生态。"

"不一定，"我说，"现在很多整容机构，腿也可以整。"

"反正我就是喜欢大长腿的女人，她们是天底下最美的风景线。"

"你是用上半身思考问题，还是用下半身思考问题？"我怼了他一句，讥讽他老陈的气象，玩世不恭的思想。脑海里努力思索着弗洛伊德

《性学三论》的有关言论，想给他一些沉重打击。阿当没生气，他乘着酒兴自言自语。

"接触大地的才是最真实的，行走在大地上才最具有想象力，要用艺术的眼光去欣赏女人的大长腿……"

"该死的阿当！"到现在我还是在心里咒骂他，但觉得他说得在理，无形中改变了我对女性的审美观。只是心不甘而已。

想想上大学时，满校园大长腿，我都没留意过，真是无知又无趣。后来又是大街小巷、春夏秋冬，满世界变换着出现的各式各样女人大长腿……

我努力扯回思绪，脑海里又浮现出卓玛央金和林嫚的影子。甚至就连迎面吹来的寒风，我也看到它们长着一双双大长腿，在天地间闲庭信步。

"该死的阿当！"我再次在心里咒骂阿当。

林嫚长着精致耐看的瓜子脸，很少对人笑。她今年刚好三十岁，比我大一岁，比卓玛央金大七岁。因为生活环境不同，林嫚白皙细嫩的肌肤，比卓玛央金被高原紫外线灼伤的肌肤，要显年轻。林嫚的父母，经营着沿海一家服装企业，与我的父母算是旧识。一年前，父母极力撮合我与林嫚发展成一对。这是十多年来，父母思想难得的统一。我依了他们。

"哦呀，就知道看卓玛央金老师的屁股。年轻人爱着哪家姑娘就上，干巴巴等着，早晚成为别人的菜。"扎西校长瓮声瓮气的声音，震得我耳膜发痛。

我侧脸，看到扎西校长提着一饮料瓶青稞酒，站在我身旁。他高大的身躯，潮红的大脸，几乎挡住我的视线。先前，我的目光，的确还盯着卓玛央金离去的方向看。

"扎西校长,"我不好意思地说,"论辈分,卓玛央金还是你侄女,你可真舍得拿你侄女开玩笑。"

"有什么舍不得的,侄女早晚还不是要嫁人,"他说,"嫁别人也是嫁,嫁给你也是嫁。嫁给你了,你就可以一辈子安安心心在康家坝小学教书育人。"

"扎西校长,卓玛央金是个好姑娘。我没那个福分!"

"就知道你尿包,老子提一壶酒来给你壮胆。"他说,"快去上课,要不然你又是迟到第一名。"

"迟到第一名"是扎西校长经常给全校师生扣的帽子。谁被扣上,他便在校会里讲上一段时间。

扎西校长塞给我一瓶青稞酒后,东拉西扯与我讲了几句,佝偻着身躯向操场走去。看得出,昨晚他喝了不少酒。一大早,一身酒气还未散去。他负责学校德育课和体育课。与其他老师相比,他的课程算是最少的。体育和德育,都是早上三四节或下午才有课。早上一二节课,他多半在校园里转悠,或到村子里做家访。

扎西校长离去后,我清除脑海里阿当的言论。努力不让自己去想卓玛央金和林嫂的大长腿。平复心绪,去上课。

二

上早读课,走进六年级教室,我看到西饶嘉措的位子空着。问几个经常与他一起玩的同学,他们说西饶嘉措来到半路,独自往康家雪山方向去了。我满心忧虑。这个孩子不是第一次逃课,也不是第一次独自前往雪山。近期,他没逃过课,肯定是遇上了事。我得把他找回来。

我讲了一章新课。等早上第二节课下了,我把西饶嘉措未到校的事，与扎西校长说明，让他帮我上三四节课。骑着扎西校长的摩托车，顺便在定日村小卖铺里买了一些糌粑，外加一壶酥油茶，我往康家雪山方向驶去。雪山在学校和康家村、定日村斜对面，峰顶海拔超过五千米。直线距离与学校只有六七千米远，中间横着一条大峡谷，谷底是怒浪滔天的金沙江。在康城与盐城之间，康家雪山也是排得上名号的雪山。当地旅游部门，曾多次尝试着把康家雪山，打造成一个新旅游景区，但因交通不便等诸多因素，未能如愿。

冬天，前往康家雪山不容易。从学校到离雪峰最近的峡谷边，是二十几公里的羊肠小道。摩托车能够勉强通行，其他交通工具就是牦牛或马匹。隔着金沙江，与雪山相对，海拔四千多米处，有一块几万亩连片的草场，是康家村和定日村的牧场。牧场边，靠近峡谷地段，可以看清对面高出一千多米的雪峰。西饶嘉措小时候，经常与家人到那块草场放牧。他上三年级时，曾一个人在初秋的冷雨夜，在峡谷边缘草地上，面对雪峰蹲了一夜。那次，我们发动康家村和定日村所有劳动力，寻了他一天一夜。他成为"问题孩子"就是那次"失踪"造成的。

早上七点左右，西饶嘉措步行去雪山，他不会带糌粑和水。越往雪山方向前行，道路上冰碴子和积雪越多，行进速度越慢。估计他走不出十公里路程。十点半，我从学校骑摩托车出发，如果顺利的话，一个小时之内可以赶上他。我边做六年级路程方程计算，边小心驾驶摩托车，行驶在羊肠小道上。

道路两边的山丘，一片片冷杉，枝叶被皑皑白雪包裹。它们的枝干，被潮湿厚重的苔藓包裹着。在阳光和白雪映照下，映入眼帘的苔藓，泛着鹅黄色光亮。林子深处，苔藓完全变成墨绿色。远处草甸上，有牦牛、马匹和羊群走动。几只大鸟在羊群上空盘旋着。大鸟们，无限接近天空。我和羊群，只能脚踏实地，前行在大地上。我突然想起阿当，关于对女人的审美。果然是腿更重要。

离村子不远，还没被积雪覆盖的草地，有几个牧羊人。我问他们西饶嘉措行踪，他们说他顺着草场路去了。他们劝说过他，可那孩子犟脾气一个，谁的话都不好使。

知道西饶嘉措行踪后，我给他父母打了电话，告诉他们不要着急。结果，他们更着急。他们不知道，西饶嘉措再次离家出走。我问了一番缘由。他父亲告诉我，他昨晚又去益西德吉家，看望前世的妻子妮珍。看到益西德吉正和妮珍拌嘴，他上去帮妮珍说了几句话。结果被益西德吉打了一个嘴巴。因为是别人的家事，他父母不好掺和进去。再说，自从西饶嘉措记事以来，他前前后后去妮珍家少说也有上千次。益西德吉气急，给他一点教训也正常。上次，他独自在草场蹲了一夜，也就因为他硬是要与妮珍挤着睡一夜。被半夜醉酒回家的益西德吉打了几个嘴巴，他才离家出走。

我安抚了西饶嘉措父母，沿着雪山小路前行。离开村庄五六公里后，崎岖的小道上，冰碴子越来越多，摩托车滑倒了几次。扎西校长才换上的两个观后镜，摔碎了。我不是第一次骑他的摩托车，也不是第一次把观后镜摔碎过。只要我能平安把西饶嘉措带回去，就是把整辆摩托车摔碎了，他也不会责怪我。

一个小时后，远处弯弯曲曲的小道上，我看到一个穿着黑色羽绒服的孩子，慢慢前行着。是西饶嘉措。我使劲按喇叭，大声喊他名字。西饶嘉措知道我来寻他。他回过头看我几次，继续往雪山方向前行。

我着急，使劲加一把油门，没控制好车速，摩托车在冰碴子上打滑，摔倒。好在车轮胎套着防滑链，滑出十几米远后，摩托车卡在路边一堆石块中间。我在冰碴子上摔出十几米远，一个狗啃泥，趴在路边草地上。双腿和腰间，传来阵阵疼痛。我翻坐起来，羽绒服被刮破几道口子，身体无大碍。心里有些恼火。想想还在前行的西饶嘉措，又担心他的安危。这孩子，上次给我保证过，不去打扰妮珍生活。这次他还是去了，肯定有他的苦衷。想着西饶嘉措的事，我身上疼痛减轻了些许，挣扎着要站起去追赶他。突然，一双手扶在我肩膀上。

"老师，你、你摔痛了没有？"是西饶嘉措，在我身后呜咽着说话。

"我没事，你又要一个人去草场！"我说着话就要起来，想证明给西饶嘉措看，我的确没事，不想让他担心和内疚。但身体有些不听使唤，站不起来。

"老师，我就想一个人到雪山对面坐一坐。"他呜咽着说，"你知道的，我只有在雪山对面的峡谷上坐一坐，看看雪峰，才会忘记我的前世。我保证这是最后一次。"

西饶嘉措搀扶着我，慢慢站起来。他红着脸呜咽着，我轻轻抚摸他的头。他的个头与我同高。他靠在我肩上，小声呜咽。我静静站着让他依靠，让他宣泄内心的苦楚。我拍掉他身上泥巴。看得出，他也摔了几跤。特别是我摔倒时，他才用几分钟，从几百米外的冰碴子路上跑回来，肯定摔了好几跤。我小声安慰他，自己的脖颈也硬了，眼睛辣乎乎的，说不出更多话。等平复情绪，我们一同把摩托车扶起，检查一番，没大问题，还可以上路。

"你真的想去雪峰对面的悬崖边坐一坐？"

"我，我……"西饶嘉措看着我，欲言又止。我知道他想去，但又担心我身体不适，去不了，不敢说要去。

"我也半年没去那里，"我说，"没记错的话，上次是你林阿姨来捐赠羽绒服时，我们一起陪她去了一次。那是半年前的事，对吗？"

"嗯、嗯，老师！"

"走，我们一起骑摩托车去！"

"老师！"

西饶嘉措的眼睛再次湿润。我又安抚了他一会儿。我们两个吃了些糌粑，喝了小半壶酥油茶，骑着摩托车，跌跌碰碰往草场驶去。剩下的十几公里山路，我们骑行一个多小时，摔倒三四次。摩托车护轮上的叶子板，摔掉了。等到了草场，我的羽绒服又增加几个破洞。他身上沾满泥巴。太阳有偏西迹象。

草场悬崖边，有一堆玛尼堆，覆盖着五彩斑斓的幡巾。寒风吹得幡巾猎猎作响。我和西饶嘉措，盘腿坐在玛尼堆旁，面对康家雪山巍峨的峰顶，一股威严的气息，压得我们不敢抬起头与雪山对视。寒风变成一双双洁白如玉的大长腿，漫步在天穹上，抖动着无数根晶莹剔透的汗毛，如飞针，刺在我们脸膛上。我看到西饶嘉措稚嫩的脸膛，红彤彤的，像熟透的苹果。他嘴角两边，已长出稀稀疏疏的胡须，喉结微微隆起。他用青春，对抗着康家雪山的寒风，努力活出自己的样子。我却被天穹中无数双大长腿吸引着，忘记寒冷。

"能给我说说，益西德吉为什么打你？"我问。

"其实，我并不是去看妮珍。"西饶嘉措说。

"那是为什么？"

"昨晚，我路过妮珍家。听到益西德吉与妮珍争吵。益西德吉说妮珍穿着林阿姨送的灰色羽绒服，村里许多男人都盯着她看。益西德吉明显是吃醋。"

我陷入沉思。妮珍，我不止见过一次。是个中年女人，高瘦的个子，长着一双瘦长的腿，脸庞没什么吸引男人之处。但一双大长腿，的确有过人之处。阿当对女人的审美观，再次左右我。

"你小小年纪，就知道吃人家醋！"

"老师，我十三岁了！"

"所以你就帮着妮珍说话,挨了益西德吉的打。"我说。

"不是,"他说,"益西德吉骂妮珍就算了,他竟然强行把妮珍穿的羽绒服衣角撕烂一个口子!"

"你是心疼林阿姨送的羽绒服!"

"是啊!"他说,"林阿姨是你带来的好人。她送给我们那么多那么好的羽绒服,益西德吉竟然去撕衣服。真是不要脸!"

"我懂了,孩子!"我说着话,把西饶嘉措搂在怀里。他被寒风吹得冰冷的脸庞,贴在我肩上,小声啜泣。康家雪山吹来的寒风,化成的大长腿,急速移动着。晶莹剔透的汗毛漫天飞舞,在苍穹上编织成一张大网。把我们的谈话,平铺在宽阔的原野上,落在一片片白皑皑的雪地里,变成一朵朵妖艳的雪莲花。

"老师,"西饶嘉措在我怀里问我,"我前世的妻子是妮珍,这一世我不能与她生活在一起,算不算背叛?"

"额,这个老师没经历过,我没办法回答你。"我说。

"老师,你有的。"他说,"你看,你从沿海那么远的地方,会来我们这里教书。我看得出新来的卓玛央金老师爱你,你们前世肯定是一家人,这一世才会遇见!"

"你还是小孩子,不懂这些。"我说,"以后在别人面前可不能这样说话。"

"老师,我懂。我不会乱说。"他抬起头认真地问我,"其实将来要和你在一起的人是林阿姨,对吗?"

"西饶嘉措,我们不谈论这个话题好吗!"

我们彼此不再说话,只有空中的大长腿急速奔跑着,把草地上的雪花卷起来,抛向更远的地方。雪峰上有一团团乌云呈现,那是暴风雪来临的征兆。在庞大的雪山威压下,草场上所有生灵匍匐颤抖着。

"西饶嘉措，你说康家雪山像什么？"我问。

"怒目金刚法相！"

"我也是这样觉得。"我说。

"十三年前，我出车祸去世时，我的魂灵就飘到康家雪峰前。是雪峰上的怒目金刚法相，把我的魂灵压迫回我们定日村，重新转世为人。"

"你说的话怪吓人。"

"老师，我没骗你，"他说，"就像我给你保证过，再也不去打扰妮珍的生活，我会说到做到。"

"老师相信你……"

我和西饶嘉措，面对威严圣洁的康家雪山，我没把他当作小孩，他也没把我当成老师或长辈。我们相互说着心里最想说的话，忘记全世界的寒冷，全世界奔跑的大长腿。等讲累了，太阳明显偏西，我拿出剩余的糌粑和酥油茶，一起吃。吃完干冷的糌粑，喝完冰冷的酥油茶，我们骑着摩托车，跌跌撞撞赶回定日村。回到定日村，太阳完全落到雪山后面。我把西饶嘉措送回他家去，给他父母说明他离家出走的原因。他母亲满眼泪花，对我千恩万谢。回到学校，我把摔得有些难看的摩托车，还给扎西校长。他果然没生气。学生全部回家了，其他老师也回家了，只有扎西校长和卓玛央金还留在学校，等我回来。

三

卓玛央金，弄来一罐热乎乎的酥油茶。我蒙泡了一大壶香喷喷的生普陈茶，我们三个，在我宿舍里喝茶。暖烘烘的酥油茶和生普陈茶，喝到肚子里，消除了一天疲劳。扎西校长变魔术般，从他挎包里摸出一包牦牛干巴，馋得我直流口水。他说吃牦牛干巴，要配青稞酒。我拿出他早上送我的青稞酒，倒了三大杯。我才喝了小半杯，扎西校长三两口喝光一大杯。卓玛央金只抿了一小口。她看着我和扎西校长，大口吃牦牛干巴，大口喝酒，便喝着酥油茶陪我们聊天。

"曹老师，看你衣服都撕破了，今天怕是摔了不少跟头？"卓玛央金问我。

"就是，我的摩托车都变成废铁疙瘩。"扎西校长说，"好在没把你这个沿海的大学生给摔没了。"

"冰碴子路上，摔跤是少不了的，"我说，"好在你的摩托车够结实，就是摔不坏。"

"那是，"他说，"我的摩托车，在雪地里行驶就像开坦克，比你们城里人的豪车好使多了……"

我们聊了个把小时，我酒精上头，舌头有点大。酥油茶喝完了，普洱陈茶喝光了，牦牛干巴吃光了，青稞酒喝了大半瓶，外面完全被夜幕笼罩。卓玛央金深一句浅一句问我一些教学问题，从侧面关心我一天出行安危。扎西校长眯着眼睛，听出年轻人敏感话题。他装醉，打着哈欠伸着懒腰，说是要先回家，趔趔趄趄走出宿舍，骑着摩托车回去了。

卓玛央金留在我宿舍。谈到教学，她有很多问题请教我。我边回答她，脑袋里边想着白天西饶嘉措说的话。趁着酒兴，眼睛不听使唤，看着卓玛央金时不时晃动的大长腿。她修长的腿，被厚实的棉裤包裹着。我的大脑，展开想象。想象着她双腿的肤色，腿上的汗毛，与寒风生出的大长腿汗毛有无区别。

"曹老师，今天下午你不在学校，格桑拉姆那个野丫头，又闹出不少笑话。"

我被卓玛央金的话惊醒，快速收起龌龊的思绪，尴尬极了。我来康家坝小学，慢慢治愈的社恐症又在隐隐发作。

"她又干什么了？"我慌慌张张问。

卓玛央金知道我盯着她的腿看，稍显少女羞涩，但仍旧装作大大咧咧样子，与我对话。

"下午上体育课时，扎西校长忙处理学校事务，我忙着批改作业。格桑拉姆约着几个伙伴，到学校后山的草地上找草吃。"

"她的同学不可能跟她吃草。"

"她的同学没有跟着她吃草，但她竟然领着几个同学找蝙蝠蛾，而且全靠她的嗅觉，就能找到哪丛草底下有蝙蝠蛾。他们徒手挖了许多蝙蝠蛾回来，高年级同学看到后，又加入挖虫子的队伍里。一个下午，学校里差不多有一半的学生，跑去后山草地挖蝙蝠蛾，可把扎西校长气坏了。"

"扎西校长收拾她了？"

"哪等得扎西校长骂她。她觉得自己作用大，忙出风头，结果从后山草坡上滚下来，摔得满身是泥巴，在扎西校长跟前叫爹喊娘地哭。扎西校长拿她没办法，烧给她十几只蝙蝠蛾吃，她才破涕为笑……"

卓玛央金讲格桑拉姆白天的所作所为，我们捧腹大笑。之后，我们聊了格桑拉姆和西饶嘉措的转世之谜，讨论针对两个人的教育方法。

我建议卓玛央金，多给格桑拉姆看些植物学和昆虫学画册，培养她过人的植物类和昆虫类知识。说不定，将来格桑拉姆会成为植物学家或昆虫学家。毕竟，学校图书室，关于植物学类和昆虫学类的书籍、画册非常多。康家坝树木、草本类和昆虫的种类非常多。卓玛央金认为，我说得有道理。

之后，我们又聊了雪域高原的文学和轶事。聊到索甲仁波切的《西藏生死书》、范稳的《水乳大地》《悲悯大地》、丹增的《小沙弥》。讲到康城寺院里的活佛转世等。直到夜深，我觉得深更半夜，留着卓玛央金说话，经不起她时不时摆动的大长腿诱惑，对不住远方的林嫚，才提出送她回去。

学校到定日村，有一公里路程，黑灯瞎火，一个女子走夜路不安全。卓玛央金，没拒绝我送她回家的好意。我们用手机灯光，照着结了一层薄冰的路面，顶着刺骨寒风，往定日村走去。我脑海里死死抵制着，把寒风想象成苍穹中大长腿的想法，心里一遍又一遍咒骂阿当。路上，卓玛央金走得很慢，她讲着小时候在草场放牧的故事。我们一路说说笑笑，把迎面刮来的寒风给漠视了。有几次，我手机灯光照在她红彤彤的脸蛋上，她总会投给我甜美的笑脸。雪夜，寒风中的卓玛央金，别样的美。我和她曾相识，在一场重复做了两次的梦里。

等走到定日村，卓玛央金家门口。她再次给我一个甜美的笑脸，我站在寒风里，控制着不去看她的大长腿。随后，我们相互道别。她像个孩子，蹦蹦跳跳走进自家大门。我一个人冒着严寒走回学校，寒风化成的大长腿，裹挟着孤单，化作一场场惊天动地的雪崩向我涌来。我背着未婚妻林嫚，无法遏制地想起卓玛央金修长的腿，想起她甜美的笑脸。用来对抗着天地间寒风化成的大长腿，奔雷般袭来的气势，我开始节节败退。打了一个个寒战后，想起白天西饶嘉措说过，关于卓玛央金的话，我不禁为自己的想法感到羞耻。但转念想，在这天高地远，白雪茫茫的滇西雪域高原，与林嫚相隔几千里，作为一个自然的人存活着，又何必去限制自己的思想呢？随之，我释然。可能身在滇西边缘的阿当，也会有如此想法。要不然，他的思想怎么会被女人的大长腿给羁绊。

为了不去想卓玛央金的大长腿，我顶着寒冷，努力回想着村子里，老人们讲过的鬼怪。譬如只有一个头颅，吐着舌头，在雪地里滚来滚去的妖怪；只有骨骼，四肢趴在雪地上奔跑的恶鬼等。想出一大堆，还是不管用。后来，我想起《西藏生死书》里描述的种种离奇死亡事例，果然有效。感觉到，回学校的路，每跨出一步，都会靠近死亡一步。苍穹中蔑视着我，不断靠近我的大长腿，它们同样畏惧死亡。

"死亡才是永恒的！"我不禁自言自语。

随后，抱怨自己没事乱想事，找鬼怪吓唬自己，是最愚蠢的事。等我胆战心惊回到宿舍，后背心已湿透。

躺在床上，打开电热毯，盖好棉被，全身暖和些，我感到满世界空落落的。于是，想起未婚妻林嫚。夜已深，我犹豫着，要不要给她打个视频电话。酒精的作用下，我还是拨打了林嫚的视频电话。电话那头，林嫚还坐在办公室处理公司业务。她精致的瓜子脸，美得不真实。看得出，她极度疲劳，眼袋都鼓胀着。让我生出许多怜悯和自责。

接到我的视频电话，林嫚有些激动。她不好意思地揉揉鼓胀的眼袋，捋着并无半点凌乱的青丝，给我讲些近期她家族企业的发展状况。我给她说，白天去过康家雪峰脚下的草场。她向我索要雪山照片。我才想起，白天和西饶嘉措在草场边坐了一下午，一张雪山照片都没拍下。甚是懊恼。

半年前，我带林嫚去过一次雪峰脚下的草场。那时候是盛夏，雪山上的积雪不明显，与冬天的景色完全不同。更糟糕的是，林嫚有严重高原反应，她在草场上差点丢了性命。要让她再次到康家雪山，看雄伟壮丽的雪峰，已是不可能。

我极尴尬地向林嫚说明，白天去康家雪山，没有留一张图片的原因。她听了没生气，只是说让我注意安全。我也嘱咐她，不要过于疲劳，注意休息。挂了电话，我才觉得这一天过得充实，没什么遗憾，便沉沉睡去。

接下来一段时日，学校进入相对平稳期。西饶嘉措没去过妮珍家，格桑拉姆也不再闹腾。卓玛央金常到我宿舍，与我探讨低年级教学问题。扎西校长没事就跑来我宿舍，不是吃牦牛干巴喝青稞酒，就是喝我的生普陈茶。雪山飘来的雪花，被寒风裹挟着，给学校和康家村、定日村换上银装素裹的盛装。学校后山的洼子地上，有了积雪。孩子们不怕冷。扎西校长的体育课，变成学生组团打雪仗、堆雪人游戏，别有一番趣味。

校园里，所有学生，都是羽绒服加棉裤。服饰颜色几乎是白、灰、黑三种。就连康家村和定日村，甚至邻近学校的几个村庄，几乎是相同颜色和面料的服装。这是半年前，林嫚捐赠给康家坝的五千套羽绒服和棉裤。

四

我来康家坝小学支教后，加入一个义工群。得到全国各地义工帮助，为康家坝捐赠了许多服装、食品和医疗器具。因为教学和做义工，常与学生和当地群众交流，我的社恐症得到有效治疗。半年前的暑假，我给林嫚说康家坝入冬后，许多人家缺少过冬衣服，特别是学生，衣物单薄，坐在教室里上课，身体都在打摆子。林嫚说她家工厂，有一批冬装滞销，其中羽绒服和棉裤居多。在我们两个游说下，林嫚的父母同意以康家坝小学为中心，给康家坝捐赠五千套羽绒服和棉裤。由林嫚亲自到学校，现场开展捐赠活动。

上个暑假，我和林嫚押送满载两集装箱衣物的挂车，来到康家坝小学。通过我的联系，康城与盐城电视台和日报社，派记者全程跟踪报道。扎西校长让康家村和定日村的村民，在学校搭建捐赠台，作为现场捐赠点，向周边村民和学生开展现场捐赠活动。那几天，康家坝天气难得的晴朗。

林嫚穿着自家工厂制造的羽绒服和棉裤，在摄像机和聚光灯下，发放捐赠物资。村民们涌上台，给她系上几百条洁白的哈达。她雪白的瓜子脸蛋和脖颈，被哈达包裹住，甚是好看。当天晚上，康城和盐城电视台争相报道，林嫚到康家坝爱心捐赠冬装事迹。第二天，两城日报社，头条刊登林嫚爱心捐赠事迹。林嫚被誉为"雪山绿度母"。她远在沿海的父母，在相关网站上看到他们公司爱心捐赠活动，赢得网民好评。我的父母，高兴得连连给我和林嫚来电。

　　林嫚适应不了康家坝高海拔环境。捐赠活动还没结束，她便出现头晕、恶心、呕吐等高原反应症状。我为她的健康担忧，要陪她立即返程。林嫚执意要去看康家雪山的雪峰。

　　"虽然来得不是季节，但我想让你陪我看看这个地方的雪。"林嫚说。

　　"夏天，"我说，"康家坝没有积雪，除非到康家雪山脚下，在雪峰顶端，才会看到部分积雪。"

　　"那我们就去康家雪山脚下，看看积雪吧！我们沿海多年看不到一场雪，来到雪山岂能不看一眼雪！"

　　"可是，"我说，"那里海拔四千多米，我怕你受不了！"

　　"有你在，我怕什么，"她说，"面对圣洁的雪山，能死在爱人怀里，一生足以为傲！"

　　"你不要动不动就说死！"

　　"放心，我死不了，逗你玩的……"

　　林嫚话不多，是个不服输的女人。说定的事，谁也改变不了。这是我喜欢她的主要缘由。她能吃苦，韧性足，不喜欢抱怨。她大学毕业后，在她家公司从职员做起，学习家族经营管理，现在是家族公司的核心管理成员之一。母亲私下跟我说过，林嫚过去谈过几个对象，男方受不了她是个事业狂，相继分了。

我和林嫚走到一起，多半是因为双方父母极力撮合。自从我和林嫚相处后，父亲的绯闻少了，他与母亲更亲密了。我一个社恐患者，只在网络里谈过恋爱，大学四年没处过对象。来到康家坝小学支教，才找到属于我的东西，找到活着的理由。与林嫚谈恋爱，我们更注重精神上给予对方宽慰和治愈。这个社会病得太重，人人都被传染，人人都需要治愈。

林嫚要去看康家雪山的雪峰。我找扎西校长商量，如何前往雪山峰顶对面的草场。扎西校长说这种事不叫事。他打几个电话，只用了半个小时，定日村一群村民，骑来十几辆摩托车，在他家庭院里集中，听候我们差遣。西饶嘉措的父亲，带着他在队伍中。我们备足糌粑、酥油茶和水。扎西校长安排两个骑技比较好的村民，一个载我一个载林嫚。林嫚提出，要让我骑摩托载她。我依了她。

一大早出发，我们浩浩荡荡，去往康家雪山峰顶对面的草场。雪山上吹来的冷风，被盛夏的阳光止住，威胁不到我们。

我骑技不好，一路摔了几次，幸好没把林嫚摔伤。每次摔倒，她都会鼓励我，让我放松点。我有些紧张，在她鼓励下，一路艰难前行。几个在前赶到草场的村民，徒步返回，跟在我和林嫚摩托车后面。只要我们摔倒，他们就把我和林嫚扶起，护送我们一路前行。

林嫚看着护送我们的村民，她雪白的小脸蛋变得潮红。一路上，她在后面紧紧抱着我。有几段路，她把娇躯和脸蛋紧紧贴在我后背上，悄悄啜泣。我与她相识以来，那次她与我贴得最近。隐隐中，我找到了做男人的自豪感。

我们赶到草场边的悬崖上，隔着金沙江大峡谷，在玛尼堆旁，隔江观望威严的康家雪山峰顶。时间刚好是早上十点，东升的太阳，斜射在雪山正面。雪山峰顶，坚硬的岩石历经雪花和寒冰洗礼，几乎变成一片银灰色，与剩余的小部分积雪融为一体。

阳光照射下，积雪和岩石折射出耀眼的白光，返照着观雪的人和玛尼堆。分不清是我们看雪山，还是雪山看我们。一千多米深的峡谷底部，金沙江浪涛发出"隆隆"怒吼声，捍卫和守护着康家雪山。警告行走在大地上的生灵，所有对雪山和神灵的不敬，都会被浪花撕得粉碎。

在草场的牧民，早得知林嫚对康家坝的善举。看到我们来朝拜雪山，他们带着食品和青稞酒、酥油茶，纷纷赶到玛尼堆旁，目睹他们心目中的绿度母。有牧民拿出哈达，献给林嫚。林嫚雪白的小脸蛋，再次变得潮红，她不再克制情绪，当着所有人面，流淌着在城市里不轻易流淌过的泪水。我怕她过于激动，引起更严重的高原反应。搀扶她坐在玛尼堆旁，村民用干草铺垫成的草堆上，歇息。

扎西校长带领众人，重新给玛尼堆系上幡巾。几个老牧民手持转经筒，围着玛尼堆诵经，众人在诵经声中，围着五彩斑斓的玛尼堆磕长头。林嫚看着磕长头的人，良久说不出一句话。我没打扰她，让她专注地看。

"我们两个去磕长头吧！"林嫚说。

"好！"

我扶起林嫚，加入磕长头队伍。大家给我们让出空位。她学着村民，匍匐在玛尼堆边草地上。起来时，她雪白的羽绒服上，沾满草屑和泥土，小脸蛋挂着些许泥水。两唇间，衔着小半截草根。没人取笑她磕得不好。她向着大地俯身，五体投地，把心脏贴在大地上，与每个熟练磕长头的人一样，对雪山和神灵充满敬畏。

我刚到康家坝时，磕长头的样子比她狼狈。扎西校长走到我们身边，一遍一遍教林嫚磕长头。十几次后，她掌握了其中要领，磕起来有模有样。围着玛尼堆磕了两圈，她的衣裤全是泥水和草屑，雪白的脸蛋上，乌黑的发丝上，也是泥水和草屑。因为卖力磕长头，她呼吸变得急促，开始干呕。高原反应症状愈加明显。

我不敢让林嫚再磕长头，把她搀扶到干草堆上坐稳。她靠在我怀里，微闭着眼睛，眼眶湿润。女人淡淡的体香气息，幽幽钻进我鼻孔里。我没有避讳众人目光，搂着林嫚娇躯，抚摸她的发丝。企图帮她减轻些高原反应的痛楚。

那天，林嫚就偎依在我怀里。我们变成一本书。我不是读者，林嫚不是，磕长头的村民也不是。那里只有唯一的一个读者，是矗立在我们前方的康家雪山。

"老师，吃点牦牛干巴，喝点酥油茶。你们累了。"西饶嘉措红着脸蛋，怯生生站在我们身边。怀里抱着一个皮囊，拿着一包牦牛干巴和两只碗，小声对我们说话。

"谢谢你西饶嘉措，你林阿姨不舒服，我照看她。"我说。

西饶嘉措"哦"一声，放下东西，回到磕长头队伍中，继续磕长头。阳光照在我们身上，暖烘烘的。林嫚睁开双眼，看看雪山，看看我，看看磕长头队伍，又把眼睛闭上，躺进我怀里。她用小脸蛋在我怀里蹭了蹭，一副弱不禁风的样子，完全卸下城市里，冷艳、霸道的女强人铠甲。让我联想起《红楼梦》里，林黛玉长卧潇湘馆暗自流泪，令多少读者怜惜她的情景。

"我头晕，想吐。"林嫚说。

"你是严重的高原反应，"我说，"起来喝点酥油茶，吃点牦牛干巴，会好些。"

她听话地抬起头，坐起来，斜靠在我肩膀上。我倒了小半碗酥油茶喂给她喝。她只喝了一小口，干呕几次，便把喝进去的酥油茶吐掉。我撕给她一小撮牦牛干巴吃。她勉强吃了几口，又是一阵干呕，吐掉。

"倒给我点茶水喝。"林嫚说。

我从她随身携带的保温杯里,倒出一小杯生普陈茶汤,慢慢喂给她喝。她喝下去后,没有呕吐。我又接连倒给她几小杯陈茶汤喝。半晌,她气色好转些。林嫚以前喜欢喝咖啡。受阿当影响,我喜欢上云南的生普陈茶。她与我相识后,我唯一改变她的就是,让她学会喝普洱生茶,和我一样喝云南的普洱生茶。

来到康家坝,我才学会喝酥油茶。一个人独处时,我还是习惯喝普洱生茶。与扎西校长聊天,或到村子里走访,我就与当地人喝酥油茶,喝高度青稞酒。

"知道吗,我最喜欢你哪一点?"林嫚扬起煞白的脸颊,带着一丝温婉的笑脸问我。

"安静!"我说。

"你倒是有自知之明!"

"其实你也安静。"我说。

"这算不算物以类聚,人以群分?"

"可以这样说吧,"我说,"我也喜欢你这一点。"

说完话,我们对视,会意地笑出声。林嫚把娇躯挤进我怀里,雪山上吹来的冷风,拿我们没办法。感觉身体好转些,她又尝试着倒了小半碗酥油茶喝。结果只喝了一小口,又全部吐掉。我连忙给她倒了一小杯普洱生茶汤喝,她才缓过神。

"酥油茶腥味重了些,"她说,"我压不住那股味道,但闻着很香。"

"这个味道不像我们喝的生普,有纯粹的茶香味和回甘味。酥油茶是保命茶,已经超出我们品茶的范畴。在这些地方要活下去,还必须学会喝酥油茶。"我说。

"这个地方,人们的物质不算富有,可他们精神上却是富有的。我们在物欲横流的大城市里,活成一个逃兵。"

"我们只是造物主制造出来的玩偶,谁也不比谁高级。精神越强大,我们越靠近造物的主。物质搭建的天梯,无法靠近造物的主。"我说。

"这就是你的生存法则?"她略显吃惊地问。

"不算!"

"那你活着的意义是什么?"她问。

"没有意义。"我说。

"人活着怎么就没有意义呢?"

"没有意义地活着,就是最大的意义。当人认为自己意义重大的时候,其实已是没有意义地活着。就像日出与日落,白天与黑夜更替交织,它们的意义多么重大,但我们都习惯了平常的每一天。不是吗?"我说。

"你的话,我一时理解不了。那你能给我解释一下,他们与我们最大的区别是什么?"她指着磕长头的众人问我。

"他们敬畏大自然,敬畏神灵。在他们眼里,一切存在的生命都是平等的,没有高低贵贱之分。"我说,"而我们自以为从事着某项了不起的职业,活着意义重大,我们的生命高于其他一切生命。一味地索取,不断给自己套上枷锁,痛苦而又迷茫地活着……"

林嫚失去与我争辩的气力,她无力地靠在我身上。我也不知道,在雪山下,会给她讲了那么多大道理,这与我一如既往的安静、恬淡性格不相符。我记得,从认识她开始,之前有过几次邂逅,加起来讲的话,没有那天多。

林嫚在质疑和反思,她为之努力的一切是否值得。她开始重新认识和审视我。我看她楚楚动人的样子,停止自以为是的表达,给她倒了一小杯生普茶汤,慢慢喂给她喝。等平复思绪,有了点精力,她又开始问话。

"你会一直待在这个地方吗?"

"我想待下去,慢慢老去,悄无声息地死去。"我说,"但是我做不到啊,我还有父母,还有你。"

"我们结婚后,你会听从我的安排吗?"

"会。"

"大家都说我有大局观,"她说,"其实我内心非常倔强,不愿意屈服于任何人。"

"那我就屈服于你,永远站在你身后支持你。"

"对着雪山说话,是要履行承诺的!"

"一家人过日子,总是要有人付出。"我说,"我们相互偎依着过完一生,看似毫无意义,其实就是活着的所有意义。"

"我讲不过你,但我觉得你说得在理。"说完话,林嫚把头埋在我怀里,小声啜泣。我抱着她,轻轻抚摸她后背,让她尽量平复情绪。防止过于激动,加重高原反应。也不想让众人看着我们搂搂抱抱,特别是人群中还有我的学生。巍峨庄严的雪山,不会在意人类情感交流的途径和形式。林嫚躺在我怀里,断断续续与我交流。

"他们相信因果和轮回,真有这么回事吗?"

"我不太清楚,"我说,"但是我教的班级里就有一个孩子,就是刚才给我们送酥油茶的西饶嘉措,他记得他前世所发生过的一切。"

"这种事,我只在网络上看人发过帖子。想不到你会遇见真实存在的案例。"她说。

"存在就是合理,只要我们没有偏见。"我说。

"是啊,感谢遇见,"她说,"就如上天让我遇见了你。"

林嫚在我怀里激动,小声呜咽。她反复激动后,精神愈加虚弱。她的健康,令人担忧。

"我们还是回去吧,你的反应越来越严重。"

"我们连活着都不怕,还害怕死吗?"她反问我。

"你不能死,我需要你,雪山下的人们需要你的善举。"

"好,我听你的!"

林嫚不再倔强,我搀扶着她,慢慢围着玛尼堆走了几圈。她双手合十,长久跪拜玛尼堆,跪拜康家雪山。几个老牧民,手持转经筒,一遍又一遍给她诵念六字真经。

林嫚拿着手机,拍了许多张雪峰照片。她还拍了几张,我和她坐在干草堆上,脸贴着脸的亲密照。其中有一张照片,她设置成手机封面屏幕。那张照片,她雪白精致的小脸蛋,紧贴着我被高原紫外线,辐射成紫色的国字脸。

我给扎西校长说了林嫚的健康状况,他一刻也没耽搁,让大家停止朝拜,返回学校。回学校的路,林嫚依然坚持让我骑摩托载她。扎西校长找来一条背巾,我用背巾把林嫚不松不紧包裹在后背上,她整个人紧紧贴着我,有气无力搂抱着我的腰。一路上,多处湿滑路段,被村民用石块垫平了。我们没有滑倒过。回到学校,她已陷入昏迷状态。经扎西校长求助,盐城医院派救护车来接林嫚。在盐城医院疗养一天后,她高原反应症状好转了些,脸蛋依旧惨白。我一路护送她,从盐城坐飞机到昆明,又从昆明坐飞机飞回沿海。

回到家,林嫚的身体明显好转。林嫚母亲,对我没照顾好林嫚很是不快。我父母,急匆匆赶来看望林嫚。对我没照顾好林嫚,很是生气。我母亲当着她父母面,大声责骂我,父亲也责怪我。我的确没照顾好她,如果她就此丢了性命,我是死多少次都不足惜。林嫚看到双方长辈都责难我,她愤怒了,怼了她母亲,也没给我父母好脸色看。

我们双方父母在一起。我才发现,我的父母,在林嫚父母身前自惭形秽。我心里不舒服，但没发作。我听林嫚说过，我家纺织厂，生产的大部分商品都供应给她家。几年来，如果不是她家一直关照着我家，我家可能破产了。

我们两家联姻，算是企业整合。更多层面上，我家企业离不开她家企业。我父母属于弱势一方。自从我与她确立关系后，我父母间的感情与日俱增。他们几乎成双成对，出入各个社交场所，隐隐约约在我和林嫚身前，做着好夫妻的榜样和表率。不管他们做作成分有多大，我都由衷为他们感到高兴。我似乎又看到我童年和少年时代，我们一家温馨的生活场景。就为维持这种家庭氛围，我愿意做所有人的工具。

五

天气越来越冷，学校周边草地，被厚厚的积雪覆盖。西饶嘉措越来越懂事，没去妮珍家闹事。按西饶嘉措的成长历程，格桑拉姆显得不寻常，她似乎懂事得过早了些。像她那样记住前世过往的人，一到三年级，都很闹腾。会不断给人讲述他们前世过往的点点滴滴，企图让别人接受和相信他们所说的话。为证明他们所说之话的真实性，他们会按照前世记忆，翻找出许多证物。这个过程，会引起许多误会和麻烦。上四年级后，他们知道一些利害关系，就不会再主动讲述自己前世故事。

西饶嘉措就是最好例证。他上一到三年级时，经常跑到妮珍家，找出他前世用过的生产工具，留下的钱币。指出前世他耕种过的地块界线，放牧过的草场。甚至与人争执过的言语，他都会一一讲给大家听。

最尴尬的是，西饶嘉措向大家说出，他前世的妻子妮珍左乳房下有颗黑痣。左腿上有个疤痕。那个疤痕，是他们前世争吵时他抓伤的。这让后来娶了妮珍的益西德吉又羞又恼，与西饶嘉措父母发生了不小的摩擦。还是通过扎西校长多次调和，才消除两家人的矛盾。格桑拉姆过早懂事，让我颇为担忧。

有一天，我在图书室看书，刚好卓玛央金也在图书室看书。我们谈起格桑拉姆，她忧心忡忡。

"曹老师，格桑拉姆的事，"她说，"我不知道要怎么跟你讲。"

"她近来不是很听话吗？"

"不是表面看着那样简单。"她说。

"她家里发生了什么，还是你对她采取了什么特殊教育方法？"我问。

"前不久，格桑拉姆的父母去康城寺院拜访一位喇嘛。询问格桑拉姆的养育方法。"

"人家说什么？"我问。

"那位喇嘛说，格桑拉姆算是几世积攒来的福报，从畜生道轮回为人道。要让她忘记前世，就要找到前世对她影响最大的人或物，好好供养对她有福报的人或物。她才会忘记前世，平平安安活下去。"她说。

"那前世，什么对她影响最大？"

"听格桑拉姆说，她前世就是一匹小马驹。是谁家放养的，她没记住。她只记得，是他们村子里那个屠夫扎西平措宰杀了她。"她说。

"那这要怎么办？"

"格桑拉姆的父母给那个喇嘛说了，关于屠夫扎西平措的事，喇嘛说让格桑拉姆拜扎西平措为干爹，将来好生赡养扎西平措，格桑拉姆就会无灾无难。"

"扎西平措我知道，他是康家村的屠夫，膝下无儿无女，已是年过半百的孤独老人。如果能够有一个干女儿，也是他的福报。"我说。

"你是不知道，格桑拉姆最怕的人就是扎西平措。一提到扎西平措，格桑拉姆就会浑身发抖。她完全记得扎西平措宰杀她的过程，不愿意拜扎西平措为干爹。"

"那怎么办?"

"格桑拉姆的父母强行让她去拜扎西平措为干爹。格桑拉姆自从拜了扎西平措为干爹后,来学校上课,整天都是呆呆地坐着,话也不肯多说一句。我估计她是被扎西平措吓到了。"她说。

"也不一定。"我说。

"那是为什么?"

"你看外面到处都是厚厚的积雪,还能看到草丛吗?还有虫子吗?"我反问卓玛央金。

"你是说,她找不到前世记忆中的东西,缺少表达的话题,所以不讲话?"

"有这种可能。根据心理学家马斯洛关于人的五个需求层次判断,格桑拉姆的表达是希望获得别人的认可。她缺少自己最以为是的东西,找不到相应的存在感,自然会安静下来。等明年春天到来,她又开朗了。"我说。

"你说得有道理,但我还是觉得不知哪里有些不妥,就是说不上来。"

"当然了,在你们这块神奇的土地上,存在的东西就是合理的。像我们班的西饶嘉措,你们班的格桑拉姆这样的人,如果没来康家坝小学支教,我可能认为他们只存在于网络的虚拟世界里。"我说。

"曹老师,你要是愿意的话,就在我们这里教一辈子书。你就会遇见比他们神奇的人和事啦!"

"是吗?"

"比如我也很神奇啊!"她说。

"你不但神奇,还漂亮得一塌糊涂!"

"是吗？"卓玛央金的苹果脸变得绯红，瞪着乌黑的大眼睛，盯着我询问。我才意识到，一个有婚约的男人说话，应该注意分寸。一时不知要如何回答她，呆愣着。

卓玛央金不在乎我的尴尬，听了我对她的赞美，晃动着大长腿，高兴得蹦蹦跳跳出了图书室。我的心脏，莫名地加速跳动。

"接触大地的才是最真实的，行走在大地上才最具有想象力，要用艺术的眼光去欣赏女人的大长腿……"我独自站在图书室自言自语，一遍又一遍重复着阿当说过的话。

该死的阿当！我心里暗骂阿当，思想上却愈加苟同他的观点。

格桑拉姆的转变，我也担忧，虽然她不是我们班学生，但我有过类似教学经验。这个学年结束，我的支教时间也到期了。在我离开之前，如果能帮助卓玛央金，找到教育格桑拉姆的特殊途径，我的支教工作才算圆满。

提到卓玛央金，我又想起那天，西饶嘉措在雪山下和我说过的话。想起她在我眼前，晃来晃去的大长腿带给我的诱惑。我大脑"轰"一声，就炸开了。该死的阿当！是他打开我认识女人的另一扇窗。

通过近一学期观察，我发现卓玛央金的确对我动了男女私情。她是个好姑娘，林嫚也是个好姑娘。我心里无比忐忑和矛盾。

寒假来临之前的一个星期六早上，我独自去离学校几里外的烈士陵园，瞻仰曾经为雪域高原剿匪牺牲的烈士。陵园不大，占地十几亩，修建在一座丘陵坡地上，二十三位烈士的遗骸，曾经二十三个年轻的生命，永远留在这里。自从来到康家坝小学后，如果我情绪低落，读《百年孤独》《西藏生死书》都不能自我安慰时，我就会独自去烈士陵园，瞻仰先烈。

陵园，静卧在严寒的高原雪地上。皑皑冰雪一年又一年，给烈士们装扮着最隆重和圣洁的新装。独自坐在陵园中，我的灵魂与天地融为一体。我看到先烈们的英魂，神游在康家雪山之巅。雪山的神灵们，无时无刻不照看着陵园。它们共同呵护着，高原大地上所有生灵，护佑着人间平安。

只要时间充裕，我会阅读每个烈士的墓志铭，甚至查看地方史志资料。重现他们在一场场残酷的剿匪战斗中，英勇无畏的牺牲精神。一个叫李勇的烈士，他牺牲时才十八岁。为掩护战友撤退，他身中数枪，仍旧站在狭隘的要道上，死死堵住追击来的悍匪。最后拉响身上数枚手榴弹，与悍匪同归于尽。每次读完李勇的墓志铭，我都会热泪盈眶，遣散心中阴霾，重新树立起好好活下去的信念。

只要是清明节，扎西校长都会带领全体师生，到烈士陵园扫墓，开展爱国教育活动。

我坐在李勇烈士墓碑前。阳光温吞吞打在我身上，没有一丝暖意。寒风时强时弱，席卷着陵园周边冷杉枝叶，沙沙响声不绝于耳。陵园里，寒风在我眼前，没敢在天穹中凝聚出魅惑我的大长腿影子。它们只能悄悄抚摸大地，轻轻卷起一片片白雪，散落在某座墓碑上，发出不易觉察的声响。我便权当是烈士们欢迎我的到来，与我攀谈他们的过往。

高原的静谧，让人感到除了天空和大地外，什么都不存在。雪花落下来，便是大地一片白茫茫，真干净。回想起我沿海的家乡，冬天的白昼，炽热的阳光照射着大地，天地变成火炉。特别是海滩景区，密密麻麻的游人，穿着五花八门泳装，套着救生圈，漂浮在浅滩上，让人看了头皮发麻。如果从上帝的视角来看，就是一种下饺子场面。想着沿海的酷热，我坐在雪地里，有了些许温暖。我真实体会到望梅止渴的含义。真遗憾，给学生讲"望梅止渴"这个成语时，没有用到这种贴切场景。

我有些想念沿海的家，想念操持着家族企业的父母，想念长着精致瓜子脸蛋，一双美轮美奂大长腿，穿着时尚高跟鞋，在办公室里来回踱步的林嫚。宁静空旷高远的雪域大地，只是我魂灵在急躁迷离时的向往和净化之地。安放我肉身的家，还在沿海的市井里。六年支教工作结束后，回家，是我必然选择。我要好好享受，身处雪域大地为数不多的好时光。

我痴痴地回想着一个个过往场景，突然看到陵园外的围墙边，有一团移动的黑影。吓了我一跳，还真以为有鬼魂出没。等我定睛看清那团黑影，原来是穿着黑色羽绒服的格桑拉姆。她知道吓到我了，有些不好意思地咧嘴，露出两排不太整齐的牙齿，对着我笑。被寒风吹得发紫的小脸蛋，甚是惹人怜爱。

"格桑拉姆，你一个人跑来烈士陵园做什么？"我向她招手问话，她趴在围墙边沿看着我笑，没说话。

"过来。"我说。听到我叫唤她，她羞怯地走到我身边。我把她搂在怀里，一只手握住她两只小手掌，一只手抚摸她小脸蛋。她脸颊冷得吓人。

"曹老师，你想家了？"

"你怎么会知道？"

"我听扎西校长说，这些烈士都是从很远很远的大城市来。他们守在这里，你来看他们，肯定就是想家了。"

"格桑拉姆真聪明！"我说。

"曹老师，等你回去后，你就不想卓玛央金老师，只想林阿姨。是吗？"

"你听谁胡说的？"

"高年级的哥哥姐姐们都这样说，我们村子里的人也这样说。这是真的吗？卓玛央金老师是我们康家坝最漂亮的人！"她一脸认真地看着我问话，语气完全不像一个孩子的口吻。

"格桑拉姆乖，不要听人家瞎说。听说你拜了一个干爹，能跟老师讲讲吗？"我转移话题，怕她再问出一些我意想不到的问题，让我不知如何回答。她看了我小半天，得不到她想要的答案，也没生气。

"曹老师，你不知道我那个干爹是干什么的吧？"

"老师听说他是你们村里的屠夫。"

"嗯、嗯，他就是一个屠夫。我前世就是被他宰杀的。"

"是吗？"

"我那个干爹可凶了。那次我帮康家村人驮青稞去定日村，就在学校下边的一个落坎上摔下去，我的前脚摔坏了。他们就把我牵到干爹家院子里，死死地拴在木桩上。干爹喝了一碗青稞酒，拿着他经常杀牛马的斧头，站在我前边。我知道他要杀我。我拼命地叫喊，让他放过我。他不理我，抡着斧头就往我头上砸下来。我把头偏了一点，但斧头还是砸在我头上。鲜血从我鼻孔和嘴巴里流出来，是一种甜腥的味道，我现在还记得。可是我痛啊。我痛得连叫唤的力气都没有了，只能眨着眼睛，乞求他不要杀我。但他又给了我一斧头。我的身子软软地倒在地上，我的灵魂飘了起来，再也感觉不到疼痛。"

讲到她的死亡过程，格桑拉姆可怜巴巴看着我，眼里闪出泪花，一副惊魂不定的样子。我听得目瞪口呆，盯着她看，说不出话。

"我倒在地上，他们就拿着刀剥我的皮，可是我却感觉不到半点疼痛。我知道我死了。我飘在半空中，大声叫骂他们，让他们不要剥我的皮，可他们没有听到，也没人理我。他们继续剥着。我正气得不行，突然就有一阵风，把我往康家雪山那个方向吹去。吹到雪山顶上，一个长相奇怪，一会儿慈祥一会儿严肃的老爷爷抓住我。跟我说了许多话。我只记得，他叫我半夜回到村子里去，钻进一个女人的肚子里。我就听了老爷爷的话。等到半夜,飞回康家村。刚好有一家人的灯还亮着,一个女人光着身子躺在床上。我就钻进她肚子里去,后来这个女人就成了我的妈妈。"

格桑拉姆眨着大眼睛,在我怀里讲完她转世为人的经过。我只觉得是在听神话故事,张大嘴巴说不出一句话。只能紧紧抱着她,感受着一个小生命在怀里蠕动的奇迹。生怕放开了,便再也找不回来。

"曹老师、曹老师,我说的都是真的。我爸妈说我有两个旋涡,其实是我干爹两斧头都砸在我头上,砸出来的印记。"她说着话,在我怀里挣扎着,伸出一只小手,在她头上摸索着。顺着她的小手,我看到她头顶上,有两处头发长得稀疏,的确有两个显眼的旋涡。

"老师相信你说的话是真的。"我说。

"我干爹也说是真的。他说他从来没有杀一匹马敲过两斧头,就只有杀我的时候。所以,他说我说的话是真的。"

"以后,你还是少跟别人讲。"我说。

"为什么?"

"别人说你是牲口不好听,你是康家坝小学最聪明最可爱的孩子,不是牲口。"我说。

"嗯、嗯,我不说。"

"格桑拉姆真乖!"

"曹老师,要是我忍不住又说了,该怎么办?"

"说了就说了。老师相信格桑拉姆是最聪明的,一定会记住老师说的话,以后不会说自己的前世是小马驹。"

"好,我记住曹老师的话,以后我不说。我是康家坝小学最聪明的学生,不是小马驹。"她边说话,边从我怀里站起,拉着我的手,高兴地往陵园外走去。

"曹老师，我带你去一个地方。"

"去哪里？"

"你跟我来。"走出陵园，格桑拉姆在前面带路。她像头小黑熊，沿着陵园围墙外沿，在斜平的雪坡上奔跑。我气喘吁吁跟在后面。跑出几百米远，她停在一块积雪覆盖不深，陡峭的雪坡上。有些地面，还裸露出草丛的根须。

"曹老师，这里就是我的秘密基地。"她说。

"有什么东西？"我问。

她不说话，趴在裸露出来的草丛根须上，小嘴巴东嗅嗅西嗅嗅。确定某个位置后，便用小手刨开积雪下面的泥土层，几下便揪出一个拇指大的虫茧来。徒手撕开虫茧，一条筷头大的米黄色虫子，无奈地蠕动着。被她捏在手指间，在我眼前晃动。

"曹老师，这就是蝙蝠蛾，烧着吃，可香了。"

"这个虫子也能吃！"

"能，曹老师。真的很香，你是没吃过。蝙蝠蛾冬天是虫，等到夏天，它长出叶子就是虫草。拿去卖，老值钱了。我们村里，我家每年挖的虫草最多。就是我带他们来这里挖，你可不许告诉给别人啊！"她说。

"老师不会告诉别人，这是我们之间的小秘密……"

我们边聊，格桑拉姆边挖蝙蝠蛾。我负责帮她收集。一个多小时，我们挖到五十多只蝙蝠蛾。等她累得挖不动了，我们便返回学校。我把她挖到的蝙蝠蛾用油锅炸脆，再炒点糌粑，泡小半壶普洱生茶汤。她吃得满嘴流油。我吃了一只油炸的蝙蝠蛾，果然很香，有点像昆明城里卖的蜂蛹，用油炸过的味道。她毫不客气地吃完所有的蝙蝠蛾、糌粑。普洱生茶汤，她只喝了一小杯。她说，苦，不好喝，没有酥油茶好喝。

那天，我和格桑拉姆讲了很多话。我拿糖果给她吃。她吃着糖果，开心极了。我感谢格桑拉姆,能在一个寒冷而又寂寥的星期六遇见她,给我分享许多鲜为人知的新鲜事儿。

傍晚,格桑拉姆蹦蹦跳跳回家去了。

六

童言无忌。想着格桑拉姆说的话,还有西饶嘉措说过的话。我对卓玛央金有种愧疚感。多好一个姑娘,排队追求她的小伙子,可以排到巴黎去。她就对我产生情爱。五年前的一个梦里,我就与她发生过一段美好的故事,只是我记不清。想到卓玛央金,我又想起林嫚。我与林嫚的感情有了质的突破,还是上次她来康家坝捐赠物资,在雪山下的谈话,才算系牢真正的爱情绳索。

第一次来康家坝时,因在从昆明飞往康城途中做的那个梦,让我对爱情产生过幻想:找一个心仪的雪域高原女孩,轰轰烈烈谈一场恋爱,一生一世留在雪域大地,默默无名生活,安安静静死去,了结一切尘世因果。可我做不到,因为我是一个社恐患者。我的想法永远停留在想法中,没有付诸行动,特别是与异性交往。

刚来的头两年,学校里有两个年轻漂亮的未婚女教师,一个来自盐城,一个来自康城。她们青春洋溢,对人热情似火。我们生活在学校里,周末没家可回。两个女教师主动到我宿舍来,与我交往。我给她们吃了闭门羹。那时,阿当还没与我说起对女人的审美要看腿的观点。我也没关注两个女教师的腿。

想到要和女人交往,便会发生感情,接着是鱼水之欢,再后来就是建立家庭,然后像父母,养育孩子后进入无休止争吵。这是地狱般的生活,我憎恶和恐惧。所以我拒绝与女子交往,拒绝谈恋爱。

我把我理所当然的想法，讲给扎西校长听。他说我病得不轻。他说既然不想谈恋爱，那就学喝酒，多喝酥油茶。让青稞酒和酥油茶，帮我打通爱情筋脉，我便会找女人。结果我学会喝青稞酒和酥油茶，三五天大醉一场。两个漂亮的女教师，相继嫁给来下乡的男工作队员，调回康城和盐城。

再后来，还有年轻未婚的女教师来支教。可她们都知道我有"病"，懒得搭理我。我落得个清静，没去招惹哪个女教师。扎西校长对我很失望。有一次，他在教师例会上，公开批评我是"单身汉第一名"。直到父母牵线搭桥，我被迫与林嫚相处。这学期初，卓玛央金来了，晃着一双诱人的大长腿，带着雪山上最纯洁的爱情火花，还有那个未解的梦，试图闯进我情爱的世界。

来到康家坝的六个冬季里，我的生活单调重复，周一到周五上课，周末基本窝在宿舍里读书，或到周边草地上瞎转悠。因为做义工，倒也时常在周边村庄走动。父母在家越闹腾，我越不爱回家。有几个年头，我甚至连过年都不回家。假期，要么待在康家坝小学，一个人享受和承受着雪域高原的宁静和孤寂。要么跑去勐傣坝找阿当畅谈人生，很少回到父母身边，他们没时间搭理我。

一年前的盛夏，母亲连连给我打电话，关心我的生活，关注我的一切。父亲也时常来电关心我。那个夏季，父母给我打过的电话次数，超过我从上高中到大学，从大学到康家坝的电话次数总和。

事出反常必有妖。父母的目的只有一个，暑假让我无论如何都要回去。从父母语气和表达方式中，我听出他们两个不争吵，想法和我上初中时趋于一致。我仿佛看到，我的家似乎又回到过去那种难得的温馨场景。于是，暑假到来，我婉拒了阿当邀约我去勐傣坝，品茶畅谈人生的好意，早早回了家。

回到家，我看到家里处处焕发生机，人气满满。父母穿着得体，满面春风。客人来来往往。这种场景，我家有五年还是十年没出现过，我记不清了。我只记得，正值青春年少时的我，父母就没完没了地争吵。家里空空荡荡，阴森寒冷，玻璃、瓷器等碎片，几乎散布到庭院每个角落。厨房里和储物间，不是菜蔬腐烂恶臭味就是衣物霉臭味。很多个夜间，我家整座院落，只有我卧室灯会亮着。下晚自习回家，老远看去，宽阔的庭院像一座鬼屋。我在这个阴森森的大宅子里，度过了三年高中生活。

那些年，我从渴望得到父母关注，到憎恶他们，再到期盼着永远离开只有大房子的家。上大学后，只要可以不回家，我便坚决不回家。慢慢地，我把自己锁在网络里，拒绝与任何人交往，淡忘现实中所有人，包括父母。

我几乎成功地遗忘了世界。直到我来康家坝小学支教，一头扎进静得只有天空和大地呼吸声，宽广得想象力无法企及的雪域高原。认识了滇西高原最西南角的茶人阿当，与他走进勐傣坝的古村古寨古茶园，与他一起品茶品人生品生活。滋生在我灵魂中的社恐症，才得以遏制。大自然、学生、村民、朋友和别样的茶文化，在我耳边发出别样的声音，产生的情感，逐渐把我拉回现实世界，挤掉社恐症。

图穷匕首现。与父母生活了几天，他们要给我安排一场相亲活动。

想到可能会有一个对象，我脑海里便会浮现出，抖音里那个看到一条鱼不敢去捡的小伙子。我对他深表同情，想法不谋而合。我坚决抵制相亲。母亲几乎带着哭腔，恳求我参加相亲。我态度坚决，不去相亲。如果再诱逼，我就要返回康家坝小学，或去勐傣坝找阿当，与他把酒言欢，畅谈大长腿的话题。

又过了几天，父亲找我长谈了一个下午。父亲说，让我相亲的对象，是林氏集团的千金，比我大一岁。近几年来，我们家族纺织厂生产的商品，大部分供给林氏集团。特别是近一年来，几乎全部供给林氏集团。如果没有林氏集团这个大金主，家族企业可能在四五年前就破产了。我们家族能够与林氏集团联姻，以后前途一片光明。这个重担就落在我肩膀上。我要是能娶了林氏千金，就算我躺平，都是家族功臣。本来我不打算屈服，但看着父亲斑白的须发，日渐老去的面孔，在儿子面前无力求助。我心软了，答应去相亲。

那天，父母陪我去相亲。场所定在一家高档餐厅内。情节和抖音里许多富家子女相亲场景颇为相似。我和父母穿戴得体，早早就在餐厅包间内点好菜品，静等对方到来。

林氏夫妻带着他们千金，迟到一个多小时，出现在包间里。我父母恭敬地迎上去，说了一大堆恭维话。林氏夫妻表情没多大变化，他们的千金叫林嫚，她礼貌性与我打招呼。我也是礼貌性与她打招呼。只有我父母，卖命找话题，变着花样赞美林氏夫妇，夸赞林嫚美貌与智慧并存，偶尔也夸我两句。

我打量着林嫚。发现她高挑的身材，精致的瓜子脸，美丽而不妖艳。一双大长腿，隐藏在职业西裤里，若隐若现晃动着。糟糕！我的眼光盯上她的大长腿，扯不下来。

林嫚的美，配着她深沉而干练的美眸，似乎在向我挑明，她眼里只有事业和奋斗。相亲这档子事，只是小孩子玩过家家。特别是她看到我，盯着她大长腿发愣，她美眸中射出丝丝怒意和讥讽。等我把目光从她大长腿上挪开时，我知道为时已晚。该死的阿当！

林嫚用餐慢条斯理，不慌不忙，有大家闺秀风范。想起康家坝人大碗喝酒，大块吃肉场景，感觉我们不在同一个世界上。整个席间，我没食欲，没动筷。脑瓜子里还在想着，她怎么能长出这样修长的双腿呢？

如果可以的话，真想扒下她的职业西裤，一睹那双美轮美奂的大长腿，究竟是怎样逆天生长出来！我越是胡思乱想，越是没食欲，一个人傻坐着。

"这孩子，脸怎会这样黑？"林嫚母亲问。

"他常年在高原工作，紫外线强，晒黑了。以前和你家林嫚一样白白净净……"母亲为我辩解。我不解释，只是礼貌性向他们点头微笑，表示认同母亲的说法。

"听说你有社恐症？"林嫚冷不丁问我。

"嗯。"我回答。

"哎哟，严重吗？"林嫚母亲惊讶地看着我问话。

"那是以前的事了，现在他好了，很健康。"母亲急忙替我说话。

"社恐症是一种心理顽疾，很难根治。"林嫚父亲冷冷说了一句。两家人的喉咙像被鱼刺卡住，场面尴尬。我父母嘴脸难看极了。

"你的社恐症有多严重？"林嫚定睛看着我，用讥讽的语调问话。不得不说，她的确美，把她职业女性的魅力发挥到极致。我给了她一个微笑，不得不为自己说上几句话。

"我的脸有多黑，我的社恐程度就有多严重。"我说，"好在雪域高原的雪很白。它们全部融入我心房，把黑色的社恐症全部挤到脸上……"

我还没说完，大家便笑开了怀。我只能陪着笑。林嫚的笑脸带着职业化，看不出她是真笑还是假笑。我感觉到，她还在为我刚才盯着她大长腿看而怒意未消。但她的笑脸，的确有别样的美。

"以后你有什么打算？"林嫚父亲问我。

"好好活着。"我说。

"这孩子，怎么说话！"父亲涨红了脸，怒视着训斥我。

"谁不想好好活着呢？"林嫚似乎来了兴趣，似笑非笑问我。

"许多人都在努力地让自己好好活着，可是活着活着，就活成了别人的样子。"我说。

"你想努力活成你的样子？"林嫚问我。

"嗯……"

我们小的一番对话后，双方父母又聊了些公司事情，便散了。回家路上，父母拐着弯说了我几句，在雪域高原待久了，脑子不好使，不明事理。我后悔，没按照父母写好的剧本，完成相亲任务。特别是第一次相见，就盯着人家大长腿看，真是失态。相亲的事，多半是黄了。没几天，我很快把相亲的不快，忘得一干二净。

漫长暑假有些无聊。一天下午，我在家里闷得慌。想去商场逛逛，为返回康家坝购买些物资做准备。远在勐傣坝的阿当，给我来电。他说让我去瓷器店，代他购买一套上好的瓷器茶具，到时他会用陈年的冰岛生茶或昔归茶，与我交换。想到阿当做的普洱茶，我便兴奋不已，那绝对是我喝过的普洱生茶中，最上乘的好茶。但在我脑海中，莫名地升起另一个念头，是阿当对女人大长腿的论断。沿海大街上，最不缺的就是女人的大长腿。

"如果返回康家坝之前，还能再看一眼林嫚的大长腿就好了！"我在心里默念。随即冲泡一保温杯普洱生茶，漫无目的逛街。

走在繁华的商业大街上，我的目光始终向下看。因为我关注的是满大街行走的腿。男性的腿，被我忽略。我的注意力，只放在女性的腿上。大街上，女人们修长的、短粗的、骨感的、性感的、肥胖的、不穿丝袜的、穿丝袜的等各式各样的腿，不断映入我眼帘，相继消失在我视野中。我不得不承认，阿当的言论是对的，女人只有她们的腿是最真实的。

在我沉思和再次验证阿当言论之际，前面出现一双修长的腿。是一双穿着职业西裤的腿，稳稳当当站在大街上。亭亭玉立中，透露着出淤泥而不染的脱俗之感。我潮水般的思绪，漫过那双腿的职业西裤，联想到这是妙龄女子的腿，修长、性感、美轮美奂，是我对女人审美标准中最美的腿。奇怪的是，那双腿就站在我前面，任由我盯着看，她就是不移开。我晃动几次目光，那双腿也随着我目光移动，始终在我视线前方。这腿有些眼熟。是林嫚的腿！

我抬起头，果然是林嫚。她眨着美眸，好奇地盯着我看。我心里忐忑，想避开她，已来不及。

"这么巧！"她堵在我前面说。

"是啊，好巧。"我敷衍着说。

"我学着找回自己。"她冲我一笑说。

"找到了吗？"我随便问了一句。

"难！"她摇摇头说。我冲她一笑，打算擦肩而过。她不甘心地堵在我前面。

"遇见就是缘！走，我请你喝咖啡。"她说。

我想说，我不喜欢喝咖啡，只喝普洱生茶。但当面拒绝一个女孩子的邀请，好像不礼貌。再说，我神不知鬼不觉，被她那双带有魔力的长腿给迷住，答应她的邀请。我们在街边一家咖啡屋，找了一个安静角落坐下，听着《蓝色多瑙河》钢琴曲。我满脑是她大长腿的影子，她与我闲聊，我只是嗯嗯啊啊应答着。她要了两杯咖啡，她的加糖加牛奶。她问我要加什么。我呆了半响，一时回答不上。她替我做主张，与她的相同，又加糖又加牛奶。

林嫚小口小口喝咖啡。我桌前的咖啡，冒着热气，一股股苦香味和着浓浓的牛奶和焦糖气息，弥漫在咖啡屋每个角落。加工保鲜过的牛奶，没有雪域高原刚挤出来的羊奶、马奶和牦牛奶的生香、清甜气息。我没食欲，没喝一口咖啡，只喝自己蒙泡的生普陈茶。一会儿工夫，林嫚喝了小半杯咖啡。她看我没喝咖啡，只喝自带的茶水，有些好奇。

"你怕我点的咖啡里下了药？"她皱着眉头问。

"不是，我更喜欢喝茶，喝云南普洱生茶中仓储过的陈茶。"我说。

"好喝吗？"

"入口生香、苦涩，喝下去后绵绵不绝的回甘、生津，整个口腔和喉咙都像泡澡一样，柔和、舒畅。"我说。

"你还有吗？"

"还带着一点。"我说。

"我冲泡点喝喝看。"她说着话，从手提包里摸出一个精致的保温杯，等着我给她茶叶。

"你拿杯子来，我帮你冲泡。你不知道茶水比例，难冲泡出好茶汤喝。"我说。

她犹豫片刻，把杯子递给我。我按照阿当给我普及冲泡普洱茶的技巧，让服务员送来一壶用纯净水烧的开水，估算好她的保温杯，能盛五百毫升左右的水。当着她的面，将一克左右陈茶放进保温杯里，冲进去半杯开水醒茶，倒了，再冲满开水，盖好杯盖，递给她。

"等二十分钟后就可以喝。"我说。

林嫚拿起保温杯，挑着眉看着杯中茶叶，慢慢被开水泡开，绽放成茶叶在枝头怒放的样子。她白皙的脖颈连着精致的脸蛋，的确是个难得的美人。我不禁多看了她几眼。她像个孩童，注意力完全被杯中茶叶吸引，没注意到我看她的眼神。其实我更想看她的腿，但被餐桌挡住视线，看不到。等了五六分钟，她拧开杯盖，慢慢喝了一小口。

"有淡淡的苦涩味，花蜜香和兰花香的味道倒是很浓。"她说。

"蒙泡的普洱生茶,需要一点时间。你等十分钟后再喝,味道会不一样。"

等了十几分钟,林嫚又喝了一小口茶水。她像喝药,咂着嘴巴,慢慢咽下去,微闭着双眼细品着普洱茶味道。

"苦涩味加重了,花蜜香和兰花香的味道浓到化不开。喉咙里有一股股奇特的回甘味,整个口腔温润润的,感觉不错。"她说。

我没说话,她品茶神态,像我们康家坝小学的学生,天真、活泼,没半点做作。她娇躯微微晃动几次。我想象得到,是她那双大长腿在晃动、变换坐姿,带动娇躯晃动。真是一双奇妙的腿!

"这东西,好是好喝,就是冲泡起来麻烦,花费时间。现在都这么忙,谁会有时间泡茶喝。"她说。

"我们再慢再快,奔向生命终点的时间不会改变。喝茶,就是要让我们静下来。留给自己思考和品味的时间。"我说。

"也是这个理……"

那次邂逅,我们独处一个多小时,林嫚与我加了微信,添加联系电话。她急匆匆回公司去了,说是有一份订单要发往国外,耽误不起。临别时,她说有时间让我教她泡茶。我答应了,没当回事。只是站在咖啡屋门口,呆呆看着她迈动大长腿,消失在人群中,给我留下无限遐想空间。

林嫚说得对,像她那样忙碌,的确没泡茶喝的时间。与我待了一小时,对她来说算是犯罪。我也觉得,谋杀她一小时的生命,成了一个杀人犯。她心里的负罪感,可能没有我强烈。

没过几天,林嫚主动给我打电话,邀约我到她公司喝下午茶。我没有拒绝她的理由。母亲知道后,高兴得手舞足蹈。我按时到林嫚公司,她身着天蓝色牛仔套装,扎着马尾辫,显露出迷人的大长腿。我盯着她牛仔裤里，修长、匀称、充满魔性的腿，目光差点扯不下来。林嫚注意到我异样的眼光，对我莞尔一笑，没有第一次相见时的怒意。

我们在一间幽静、大气、精致的茶室里对坐品茶。她公司茶柜里，摆放着各种好茶，但普洱茶偏少。我惊诧和惋惜，她平时不喝茶，白白浪费一柜子好茶。我拿出随身携带的普洱生茶，这是阿当亲手制作的，适合用盖碗冲泡。

"普洱茶分生茶和熟茶，"我说，"茶树所生长的地理环境，决定了它的品质。做茶人的工艺，决定了它的存放年限和价值。冲泡的水，决定了普洱茶的口感。"

"普洱茶的门道很多。"林嫚说。

"用盖碗冲泡普洱生茶……"我给林嫚讲解，阿当传授给我冲泡普洱生茶的技巧。阿当说过水温很讲究，一定要达到自然条件下水的沸点。第一泡叫洗茶也叫醒茶，第一泡茶汤一般不喝。往盖碗中注水，水线要均匀，茶水比例是一比十，每泡出汤时间根据喝茶人的口感而定，每次出汤要出干净……

林嫚听得很认真，让我联想到她工作时的神态，也让我想起康家坝小学的学生，他们听我讲课的模样。心中不由得对她敬佩几分，也产生了对我学生的强烈思念之情。她的大长腿，有意无意晃动着，让我的想象力得以无限拓展和延伸。我不再咒骂阿当该死，反而是佩服他对茶和女人，别有一番情调和见解。

林嫚问我，那天在咖啡店，我蒙泡普洱生茶，对茶水比例有什么要求？她说，她回去蒙泡了几壶普洱生茶，不是苦涩味重，就是没有味道。再也没喝到过我蒙泡的那种滋味。

我说，蒙泡普洱生茶，对茶的品质和工艺要求很高。茶的品质不佳，工艺有问题的普洱生茶，蒙泡着喝就是遭罪。普洱生茶仓储到一定年限，要检验其工艺有没有问题,蒙泡着喝一壶就知道。好的普洱生茶陈茶,蒙泡着喝,一般茶水比例可以是一比两百,或一比三百不等,要看茶的品质和喝茶人习惯而定。蒙泡时间,不要少于十分钟,不要超过……

当然,对于普洱生茶的工艺和仓储知识,都是我在阿当那里学到的。我庆幸自己,遇见了对普洱茶痴迷的阿当。让自己在心仪的女孩身前,有了吹嘘的资本。

林嫚完全被我的茶艺知识迷住了,她精致的瓜子脸蛋上,长长的睫毛配着忽闪忽闪的大眼珠,始终注视着我泡茶的双手。我被她看得不好意思。但给她科普茶艺知识,让我更自信。

"我看你泡茶喝讲解茶艺,就一个字。"她一脸嬉笑着对我说。

"什么字?"

"静!"

"是吗?"我问。

"看得出,你内心的平静和强大!"

"我没有你想象中那样静……"

林嫚对我的评价,我不认可。但与人争论不是我的强项,所以我保持沉默。后来我们又聊到黑茶、白茶、黄茶、红茶、绿茶……话题很是愉悦。直到我说在学校做义工的事,林嫚皱起眉头,影响了她精致脸蛋的美观。她对近些年来的公益机构和慈善机构表示疑惑,她说她宁愿拉着物资去现场,发放给需要的人群,也不会给相关部门捐一毛钱。

我找不到说服林嫚的理由,没有尝试去说服她。我只是说,我们康家坝小学,许多学生和家长缺少过冬衣物。她说,她想去看看康家雪山的雪。

我们聊了一个下午,相互间有了更深的了解。分别时,她站在公司大厦前送别我。似乎下定很大决心,才意味深长地问我。

"你为什么总是盯着我的腿看？"

"额，"我红着脸说，"因为你的双腿特别美！"

"女人最耐看的不是脸蛋吗？"她露出狡黠的笑意问我。

"女人的脸蛋可以做假，胸脯可以做假，"我略带愧色地说，"但你们的双腿永远做不了假！"

"是吗？"她一脸惊讶和疑惑地看着我问。

"接触大地的才是最真实的，行走在大地上才最具有想象力，要用艺术的眼光去欣赏女人的大长腿！"我回忆着阿当的话说，"我喜欢真实的你！"

我挥挥手与林嫚道别。走出很远，她还站在原地看着我离去。往回走的路上，总感觉背后有一双眼睛，默默注视着我。有一双美到令人窒息的大长腿，紧紧跟在我身后。我似乎掉进了林嫚的眼睛里，永远也走不出她的视野。我为这种奇怪想法感到不解，却也受用其中。我第一次有了要和一个女人，构建一个家的想法。

就在我要动身前往康家坝小学的前一个晚上，父亲颇为激动地告诉我，林氏集团与我们家纺织厂签订了购销合同。我家生产的绝大部分纺织成品，都供应给林氏集团。父亲夸赞我，说是我用爱情的红绳牵动家族公司前程。母亲知道后，激动得泪花在眼眶里打转，紧紧抱住我良久。我内心复杂。我想说给他们，是林嫚拴住了我。我长久被社恐症侵占的心房，终于腾出一个位置，准备接纳一个女人，入住其中。

七

我回学校那天，父亲和母亲一起送我去机场。过安检时，两个老人挥手送别我。因飞机延误，我独自在候机大厅待了两个多小时。等我登机时,回头看了眼百米开外,机场边沿的铁丝网栅栏。我看到母亲挽着父亲的手臂,他们站在栅栏外,远远看着我登机。我脸颊发热,泪水止不住流淌。飞机从沿海飞往昆明,两个多小时航程中,我脑海里出现的最多的画面,是母亲挽着父亲手臂,他们努力向我挥手。过往,他们无休止争吵的画面,慢慢淡出我的记忆。

从昆明飞往盐城的旅途中,飞机越过重重高岭,越来越接近盐城,我睡着了,做了一个梦。梦见我从盐城前往康家坝的崇山峻岭中,有无边无际的大雪飘落,覆盖所有道路和山岭,世界一片银装素裹。我迷路了。

在我努力寻找前往康家坝路径时,白茫茫雪地上,出现一对母女,她们始终走在我前方。母亲身材高大,面容苍老。女孩年过二十岁样子,编着蝎子辫,苹果脸蛋,长着一双修长的腿。我被女孩的腿吸引,追赶上去要与她们同行。年长的母亲不愿意,女孩满心欢喜,点头答应让我与她们同行。她红彤彤的脸蛋,笑起来有两个小酒窝。一路上,我与女孩讲了许多话。知道她和她母亲,要去朝拜康家雪山。

我们落在她母亲身后,很远很远。年长的母亲停下脚步,等我们走近,她板着脸从我身上抢过大包小包行装。她嫌我们只顾讲话,走得太慢。她背着我所有行装,在雪地上行走,快得无人能及。没多大会儿工夫,她又把我们甩得老远。翻过一座雪峰,年长的母亲站在前面一座雪峰上,大声对我说,要娶她女儿,我必须赶上她。姑娘听了她母亲的话,拉着我在雪地上狂奔。

我们一起奔向她母亲那座雪峰。可无论我们跑得多快,姑娘的母亲,始终离我们远远地站在雪峰之巅。奔跑中,我摔倒了。姑娘把我背在她背上,向她母亲所在的雪峰奔去。我在姑娘背上,浑身暖烘烘的,就像骑在一匹小马驹背上。奔跑中,我看到年长的母亲,被一道道寒风包裹住，下半身生出一双洁白如玉、矗立天地间的大长腿。她意味深长地看了我们一眼，然后一步跨出，消失在天地间。

"我们追不上了！"我大声喊，从梦中惊醒。飞机稳稳停在盐城机场。

从盐城前往康家坝的路，全是盘山公路。秋季开学，路面上看不到雪的影子，在阴暗的山洼里，偶尔会有残留的冰碴子。汽车驶过去，发出"咔嚓、咔嚓"响声。

驾车的老司机说，有冰碴子覆盖的路面非常危险，湿滑，容易侧翻。老司机边开车边给乘客讲，近四十年来，他在盐城开往康家坝路上的故事。他随意操控着老化的方向盘，像孩童把玩手中玩具，毫不在意车轮下的惊险路段。

我除了担心他把玩的方向盘会失灵外，什么也听不进去。脑袋努力回想着，我在飞机上做的那个梦，似曾熟悉。后来终于想起了。五年前，我第一次到康家坝小学支教时，在昆明飞往盐城途中，做过同一个梦。当时，梦醒后，我就努力回想梦中那个女孩貌相，依稀记得她长着一张好看的苹果脸，红彤彤的脸蛋，还有一双别样的大长腿。五年后，我竟然在同一趟旅途中，做了同一个梦。第二次梦，我记住了女孩笑时，脸上有两个小酒窝，还编着蝎子辫。

一百多公里盘山公路，汽车整整行驶四个小时。四个小时里，我一遍遍梳理着那个重做的梦，企图记住梦中每个细节。我莫名期待着，会在康家坝某个村庄，遇见与之相似的姑娘。五年前，我的想法同样如此。

我觉得，这太不可思议了。试图用弗洛伊德的论著《梦的解析》《杜拉拉的梦》从理性分析我的梦。无果。我又用《周公解梦》从感性上去捕捉，这两个不同时段却在同一段旅途中，意境一样的梦。仍旧无果。最后，只能什么也不想，等待着冥冥中的遇见。

等我提着大包小包行装，走进康家坝小学大门，太阳快要西沉，挂在康家雪山顶峰一端。

学校开学工作，在扎西校长带领下全部理顺。他见我姗姗来迟，热情地迎出来，分担了我身上几个提包，一起走向教师宿舍。

"小曹老师，开学工作，你又是迟到第一名！"扎西校长说。

我惭愧地笑了笑，几个在校老师，迎上来帮我提行装。我们说说笑笑走向教师宿舍。就在宿舍楼梯拐角处，一个姑娘急匆匆跑下楼梯。楼道狭窄，我们相互避让不及，姑娘一头撞在我怀里。她猛然抽身，重心不稳，跌坐在水泥台阶上。

"哦呀！卓玛央金，你毛毛躁躁搞什么？"我后面的扎西校长问话。

"我、我，对不起，对不起……"姑娘语无伦次，连声道歉。她抬头看着我，一脸窘迫。我惊奇地发现，这个姑娘长着一张苹果脸，红彤彤的脸蛋，编着蝎子辫。我一时呆住了。

"这是我侄女卓玛央金，刚大学毕业，来我们学校任教。"扎西校长说，"这是来我们学校支教的曹老师。正准备给你们认识一下，哪个晓得你们就撞在一起。哦呀！"

"曹老师，对不起！"卓玛央金说，"我们班有个新生叫格桑拉姆，她在操场边洼子地里吃草，我得去看一下。"

卓玛央金说完话，勉强向我挤出一个笑脸。一对漂亮的小酒窝，挂在她红彤彤的脸蛋上。我看了她几眼，急忙挪开视线，往楼梯顶端的二楼四周看去。我在寻找她的母亲。她太像我两次梦中遇见的那个姑娘了，应该还有一个年迈、高大的母亲跟着她才对。那个姑娘从我梦里跑出来，她的母亲必然会跟着出来。

"哦呀！小曹老师，你也是，卓玛央金都向你道歉了，你也应该向人家说一声没关系嘛。"扎西校长说，"你到处瞄什么？你以为还会有一个更漂亮的姑娘来撞你吗？我告诉你，卓玛央金是我们康家坝最漂亮的姑娘了！没有第二个！"

"我、我……"我一时脑袋卡壳，不知要说什么。众人哈哈大笑。卓玛央金站起，低着头，脸红到耳根。她捋了捋蝎子辫，从我身边挤下楼梯，往操场边的洼子地跑去。她修长的双腿，有力地迈动着，很快消失在我们视野里。

"哦呀！小曹老师啊，这个叫格桑拉姆的女娃娃，是这次一年级新招的学生。像你们班的西饶嘉措，"扎西校长说，"她记得她的前世。她说她的前世是一匹小马驹，老火了。"

"啊，又来一个！"我惊讶地大声说。

"我们这块土地上，什么样的人都有。"一个跟在我后面的老师说。

"哦呀！就是、就是。以后关于这个娃娃的教育方法，你要多教教卓玛央金……"扎西校长说。

白天，我遇到的奇人怪事太多了。晚上，我在床上翻来覆去睡不着。脑袋里一直浮现出梦中那个姑娘的样子，与新老师卓玛央金的模样。以至于连我平安到学校的信息，都忘了给父母回复。关于卓玛央金和我梦里姑娘的事，我很少讲给林嫚听。就像卓玛央金没见过林嫚，她从不问我与林嫚之间的事。人生有些遇见，虽妙不可言，却只能烂在骨子里。

关于我的梦，我在电话里与阿当做了交流。他说我要从万物有灵的角度去分析，要相信我们老祖宗留下的《周公解梦》，相信冥冥中的每一次遇见。我们更是进一步交流了，关于女人，关于大长腿。我们的观点愈加倾向于一致。我给他邮去瓷器茶具，他给我邮来一提冰岛生茶七子饼，一提昔归生茶七子饼，还有一些散茶。都是他亲手做的。他只收了半价，我们有些以物易物的意思。

我支教的最后一个寒假来临。期末考试结束，学生回家了，学校里只有八位老师在阅卷，登分，写教学质量分析、教学小结、安全工作总结等书面材料。康家坝的雪,铺天盖地降下来。远处,康家雪山矗立在雪域高原上,成了一个白色巨人。

学校操场上,积雪没膝。父母天天给我来电话,催我早点回家。他们说,要确定我与林嫚的婚礼具体日期。我们那边的习俗,订婚、婚庆,我和林嫚及双方长辈都要在场。林嫚给我来电话,她说我们要在春节前夕拍婚纱照。她已与一家婚庆公司商定,就等我回去。我一一答应。结婚,是一个人一生中的大事,我不敢马虎,更不敢忤逆。我想家了。想精致瓜子脸大长腿,爱上喝普洱茶的林嫚。

回家前的第三个晚上,扎西校长提着一壶青稞酒,抱着一大包牦牛干巴,来我宿舍找我喝酒闲聊。我泡了一大壶普洱生茶,我们先喝茶吃牦牛干巴。

"哦呀!这个茶喝着有一股兰花香味,"他说,"喝到肚子里,满嘴巴和喉管都是甜蜜蜜的。"

"这叫冰糖甜,"我说,"只有云南勐傣坝的冰岛村才产这种茶,是那里的一个作家做的茶。"

"那个作家真了不起!要是他来我们康家坝,可能会写出很多作品。不知道他会不会喝我们的酥油茶?"扎西校长问。

"这我不知道,你得去问他……"

茶喝得差不多,我们开始喝青稞酒。六十多度的青稞酒,喝到肚子里像流动的火,灼烧着我的肠胃。屋内所有寒气,被我们逼了出去,退缩到雪山那边。扎西校长喝茶与喝酒一个样。他一口一大杯,大把大把抓起牦牛干巴,塞进嘴里,咀嚼几下吞咽下去。

"哦呀!你知道吗,"他说,"我在这个学校执教快四十年了,当了三十多年的校长。今年七月份,也就是这个学年的暑假,我就退休了。"

"我看过你的档案。你把一生献给了高原的教育事业,真了不起!"

"你也很不赖,到我们这种地方支教六年,"他说,"还给我们康家坝捐赠了许多东西,我们所有人都记得你。"

"我只是做我想做的事情。做义工献爱心,就算我以后不来支教,我还是会继续关注康家坝的。"

"你要是能继续支教下去就好了,"他说,"虽然你拿了几次迟到第一名,但你有爱心,教书又有方法。等我退休,若是你能接我班,当康家坝小学校长,这个学校会更好……"

我没打断扎西校长的话,只是学着他,把大半杯青稞酒,一口灌进肚子里。辣乎乎的酒精,烧得我流眼泪。他讲完话,大口大口往肚子里灌酒。我们最忠诚的听客,是矗立在天地间的康家雪山。

"小曹老师,你支教回去要做什么?"

"听天由命,"我说,"你呢,扎西校长?"

"哦呀!我退休了想去圣城拉萨朝拜冈仁波齐神山。"他说,"我这一生,该为国家做贡献的已做了,也该遵从自己内心,为自己好好活上几年。"

"是啊!"我说,"我们都应该为自己好好活着……"

夜深了,茶喝淡了,青稞酒喝完了,牦牛干巴吃完了。扎西校长摇摇晃晃站起回家。我才发现他老了,脸上爬满皱纹,头发花白,身躯佝偻……我把存留的一提冰岛七子饼生茶,送给他。这提茶是阿当亲手做的,我已珍藏五个年头。扎西校长没与我客气,提着茶,像一个黑乎乎的大皮球,从学校操场移动到定日村小道上,渐行渐远,慢慢消失在黑夜下的雪地里。

回家前的第二个晚上,卓玛央金来我宿舍。她知道我要回去,送给我一袋牦牛干巴,一袋藏红花。我们在宿舍里泡茶喝,外面风很大,我把门窗关得严严实实。暖烘烘的灯光下,热气腾腾中肆虐着普洱茶的生香味。卓玛央金坐在我对面。她大大方方拉开黑色羽绒服大衣拉链，黑色的保暖内衣，包裹着她凹凸有致的身材，还有意无意晃动着大长腿。红彤彤的苹果脸蛋，配着长长的蝎子辫，跟随着大长腿律动。她冲着我笑，两个惹人喜爱的小酒窝，不时浮现在脸上。我只感觉脸庞发烫，身体某个部位在鼓胀。只得埋下头，不敢正眼看她。

"康家村的那个扎西平措生病了。"她说。

"就是格桑拉姆的老干爹。"

"嗯，"她说，"一个星期前，扎西平措杵在他家门板上吐了很多血，就晕倒在家里。后来被村民送去康城医院，听说是肝癌晚期。"

"人的生命无常，生死有命。"我说。

"你知道吗，"她说，"自从格桑拉姆认了扎西平措为干爹后，扎西平措就没有再宰杀牲口了。"

"他不当屠夫了？"

"嗯，不当了。"她说，"他把砸死过无数牲畜的那柄迟钝的斧头，丢进山洼里的湖泊中。他说自从格桑拉姆认他做干爹后，每当他拿着斧头要砸死牲畜时，就会看到无数牲畜的灵魂向他求饶，他就再也下不了手。"

"他是年纪大了，精神不好，产生幻觉。"我说。

"不知道，"她说，"以前格桑拉姆看到扎西平措，会吓得瑟瑟发抖。认了扎西平措做干爹，他不再屠宰牲口后，格桑拉姆不但不害怕他，还天天黏着他。"

"据说，人的周身会弥漫着一层看不到的气场。"我说，"屠夫的气场中充满戾气，扎西平措放下屠刀，戾气自然会慢慢消散掉。"

"我也无法解释格桑拉姆会慢慢亲近扎西平措，但我觉得你说得在理……"

谈格桑拉姆和扎西平措的话题，有些沉闷。卓玛央金是个文学青年，我也喜欢文学。满屋子的茶香，我们的话题慢慢转向文学。我们讨论文成才旦的《母校》、诺尔章的《少年的苦行者》、白玛娜珍的《拉萨红尘》、何马的《藏地密码》……

谈文学，卓玛央金陷入痴迷状态。她央求我，让我给她介绍一些情感细腻的作品读。我记得学校图书室里有一套，日本作家川端康成的作品。我们便到图书室里翻阅。果然找到了川端康成的《伊豆的舞女》《雪国》《千只鹤》《古都》《睡美人》五本。

"川端康成的文笔非常细腻，有些阴柔，"我说，"你的性格开朗活泼，不知能不能读下去。"

"你只看到我开朗的外表，"她说，"其实我内心像你一样宁静和细腻。"

"你怎么会看到我的内心世界？"

"世上无难事，只怕有心人！"她说，"这个假期，我就把川端康成的作品看完……"

谈到夜深，我送卓玛央金回去。来而不往非礼也。我把珍藏的一提昔归七子饼普洱生茶，送给她。这提茶，是阿当半卖半送的，我珍藏了三个年头。卓玛央金提着我送给她的茶，蹦蹦跳跳走在前面，我抱着川端康成的书跟在后面。

康家雪山的寒风，卷起漫天雪花，化成无数双洁白如玉的大长腿，在后面追赶我们。走在前面的卓玛央金，不时回过头，叽叽喳喳说着未尽兴的文学话题。我只看到她的蝎子辫，晃动的大长腿，红彤彤的苹果脸蛋，笑起来迷人的小酒窝。曾经两次重复做过的那个梦境画面，完全显现在我眼前。

我盲目张望空中的大长腿，最后锁定前方的卓玛央金，紧盯着她在雪地上奔跑的大长腿，修长、矫健，带有致幻气息。寒风化成的大长腿，慢慢与她修长的腿融为一体，致幻气息愈加浓烈。我开始在后面小步奔跑。我的脑海一片空白，与雪域大地一样纯白。我要寻找到那个面容苍老，身材高大的母亲。要与那个从梦中走出来的姑娘，一起追上她的母亲，让她母亲兑现承诺。

当我停下奔跑的脚步时，我们已到了定日村，卓玛央金就站在她家大门口。我走上前去，递给她川端康成的书。她给了我一个甜美的笑脸。

"你似乎很喜欢看我的腿！"卓玛央金笑嘻嘻地说。她的脸蛋，红得如刚绽放的玫瑰花。

"你有一双雪域高原最美的大长腿！"我咧嘴一笑，回答她。

"是吗？"她回答我后，笑而不语，得意地晃动她的大长腿。我看到寒风化成的大长腿，完完全全与她矫健的大长腿融合了。良久，我们相互盯着，没有言语交流。

好一个阿当，眼光果然有独到之处！

后来，我们相互挥手说再见。我满脑子空落落地奔跑回学校，试图在白茫茫的雪地上迷路，遇见那对梦中母女。但我未能如愿。

八

回家前最后一个晚上，西饶嘉措来找我。他抱着一大袋牦牛干巴，天还没黑透，来到我宿舍。说是他父母知道我要回去，让他送牦牛干巴给我。他正在发育猛长的个儿，很快就要超过我。凸起的喉结愈加明显，胡须愈加茂密。弯卷浓密的头发，被寒风刮得像泡开的方便面。说话声音有些像成人。

西饶嘉措和格桑拉姆一样，不爱喝我冲泡的普洱生茶。我拿给他糖果吃。他显得害羞,吃了几个便不吃了,忧心忡忡地坐在我宿舍里。

"西饶嘉措,"我说,"时间不早了,你该回去了。天黑了风大,别冻着。"

"老师,我、我……"他怯生生地看着我,说话结结巴巴。

"你有什么话要对我说吗?"

"我是有好多话想对你说,"他说,"我怕你回去了,就再也不来我们康家坝。以后没人听我说话了。"

"怎么会呢,我要把你们教到六年级毕业,送你们去上初中。我的支教任务才完成。"

"我有种感觉,你不会在康家坝小学待太久。"他说,"这个学期以来,我经常看到你在手机上和林阿姨视频聊天,一聊就是很长很长时间。我怕你这次回去,就再也不会回来了。我们班其他同学也是这样说的。"

"怎么会呢!"我边回答西饶嘉措的话,边回想一学期以来,我的确与林嫚频繁联系。有时候,我们会视频一个多小时。想不到,我的所有举动,学生都看在眼里。他们会滋生出如此多的想法。

"老师,你知道我的身世特殊。"他说,"你教了我六年,我说的话别人不相信,还会取笑我。只有你认真听我讲话。我前世的经历,已经慢慢被我忘记,但记得的部分,在我心里憋得慌。我想讲给别人听,别人不愿意听。就连我父母都不愿听。我还能再讲给你听一遍吗?"

"好的,今晚我就听你再讲一遍你的前世故事。"我说完话,拉了一把椅子,让西饶嘉措坐在我身边。给他倒了一杯热水,摆了一碟子糖果。示意他,边喝水边吃糖果,慢慢讲。

西饶嘉措喝了几口热水,情绪有所缓和,开始讲他三年级之前给我讲过很多遍的故事。

"我前世叫益西江曲,是定日村人,妻子叫妮珍。我们有两个女儿，家里有一辆农用车，我在康城和康家坝之间跑农运，贩卖牲口。妮珍在家放牧，照看孩子。我们家在定日村，算是相对富裕。我打算攒够了钱，就带着一家人去圣城冈仁波齐神山朝拜一次。我出车祸时，大女儿才十三岁，小女儿九岁，妻子还年轻。出车祸那天，是入秋的一个傍晚。我收购村里的一群羊，一个人到康城贩卖回来，车子刚刚驶入康家坝岔路的第一个弯道处，看见路中间站着一头健硕的白色攒角牦牛。我按了几下喇叭，那头牦牛仍旧站在路中间，不让路。我只好把车停稳，下车去驱赶它。等我站在大路上，哪还见牦牛的影子。我就有些慌，想着是遇上脏东西了。看着湿滑的路面，感觉是结了一层薄冰。康家坝才入秋，路面极少结冰。早上我去的时候，也没结冰。我没在意，就返回车上。启动车，刚要加油门，又看到那头白色的攒角牦牛站在路中间。我害怕极了。"

讲了个开头，西饶嘉措停下来，果然是害怕了。他吃了几颗糖果，压压惊，接着讲。

"我使劲按喇叭，它还是拦在路中间。我不敢再下车去查看，只好硬着头皮，加足油门冲上去。等车冲到那头牦牛身前，什么东西也撞不到。我只感觉，车子快得像风一样。我使劲踩刹车，车子在路面上滑了出去。才知道，路面真的结了冰。可是已经晚了，车子在弯道处直接滑下山崖。几个翻滚后，跌落在崖底。我在车内，像皮球一样，被上下抛飞了几次，一阵阵剧痛袭来，就失去了知觉。等我醒来，看到车子像一个捏瘪的铁盒，四仰八叉摔在一块大石头上。我的腿上、胸部、腹部，被车内卷起的铁皮，深深地刺穿了五六处。身体差不多被肢解，一个驾驶室都是血。我正怀疑自己是不是死了，就发现我正飘在空中，看着车祸发生现场，才知道，自己已经灵魂出窍。我不想死，我要去圣城冈仁波齐神山朝拜的心愿还没达成。于是，我拼命飞进残破的驾驶室，一次次试图挤进残破的身躯里。可我怎么也挤不进去。

"我想到可以飞回去，找妮珍来救治我。于是，我往康家坝定日村方向，拼命飞驰。只一会儿工夫，就飞回家，太阳还斜斜地照在康家雪山峰顶上，拉出雪峰长长的影子。我看见妮珍，正在灶边煮羊肉，打酥油茶。就飞到她身边，大声叫唤她，告诉她我出车祸了。可是她什么反应也没有，自顾自地做着手中活计。没办法，我又飞到学校里，在两个上着课的女儿身边叫唤，告诉她们，我出车祸了。可是两个女儿根本不理睬我，学校里所有的学生都没有人理睬我。我才真正体会到，什么叫做叫天天不应，叫地地不灵。后来，我又满村子乱飞，见人就喊叫。可是没有一个人理会我。除了村里的狗，恶狠狠地盯着我狂吠，牛马用木木的眼神盯着我看外。天黑后，我担心自己残破的肉身，会被山崖下的野兽吃掉。又飞回车祸现场的山崖下，飘浮在肉身上空，守护着我的肉身。夜里，有许多怪虫在我肉身上爬来爬去，吸食我肉身的血液。大个大个的老鼠，啃咬我的肉身。有几只怪鸟，飞来啄食我的骨肉。我怎么撵它们，它们都不怕我。

"直到第二天，妮珍才带着亲朋好友，沿路来找我。他们在山崖下面发现摔散架了的车子，看到我残破的肉身。妮珍站在山崖边，与人抱头痛哭。我飞到她身边劝慰她，她不理我。几个年轻人，把我的肉身从残破的驾驶舱里拽出来。我肉身上的骨头和肉块，被驾驶室锋利的铁片，东一块西一块撕扯掉。我叫他们轻一些慢一点，他们一个也不理我。只管用力拽，我恨死他们了。我现在还记得那些人。我大声叫喊，让村里人把我送去医院，把我的肉身重新缝合好，或许我还可以活过来。可是没有人理我。人们商量着，说我不得善终，只能火化就地埋葬。我在人群中飞来飞去，大声抗拒。没人听我说话。当天，村里人就在山崖下，就地取材，火化我的肉身。大火燃起的时候，我的血肉在烈焰中，一块块烧焦、消融、变成粉末，随着火焰在空中飘散。我跪在所有人身前，大声求助，让他们停止焚烧我的肉身，没有一个人理我，没有一个人停手。妮珍和我的两个女儿，只管蹲在火塘边痛哭。他们全部都是刽子手，是屠夫！傍晚，我看着大火烧尽我的肉身，就连骨头都只剩下粉末和碎片。人们把我剩余的骨头渣子，就地埋葬在泥土里，开始回家。我挡在他们前面，大声乞求，让他们多陪我一会儿。他们一个个从我身上穿过，回去了。把我一个人丢在山崖下。

"老师，那个时候我才知道真正的孤独，就是你站在满是亲人的人群中，人们却把你当成了空气。"西饶嘉措颤抖着身躯，哭诉着说。

西饶嘉措的前世经历，我听他和村里人讲过多次。每次听他亲口讲述，悲伤就会灌满整个世界。我一句安慰他的话语也讲不了，整个喉结都硬了，只想陪他一起痛哭。但我意识到，我是他的老师，我不能在他面前垮掉。于是，我用手一遍遍抚摸着他凌乱的头发，企图让他感受到，有人在聆听他讲话，有人在乎他的过去。

西饶嘉措说，"后来，有一股莫名的力量，把我从山崖下卷起，往康家雪山方向飘去。等到离雪山主峰很近的时候，我听到一个老人威严的声音在耳边响起。他说我还有遗愿没了结，让我回去定日村重新再活一世。我就出生在我现在这个家。我还是婴儿的时候，总是哭闹个不停。我父母有些烦我。他们不知道，我是想念我的妻子妮珍，挂念我的两个女儿。只要我见到妮珍和我的女儿，或她们从我身边走过，我都会很乖巧。我还只有两岁的时候，妮珍又嫁给了益西德吉。我非常生气。于是等我会走了会说话了，我就经常会去妮珍家，驱赶益西德吉。他们认为我胡来。我就把我是益西江曲的事实，一件一件证明给他们看。我找出了前世我所用过的生产工具，指出我家地块，说出家里的牛羊名字，妮珍身上特殊地方的记号。他们吃惊了，但我还是什么都改变不了！"

"老师，我什么都改变不了啊！"他激烈地颤抖着身躯说，"康家雪山上的神灵让我重生为人，是让我带着一家人去圣城朝拜冈仁波齐神山。我两个女儿都长大嫁人了，妮珍也成了别人的妻子。我该怎么办？"

"这不是你的错！"我说。

"我已经慢慢长大，我不能对神山食言啊！"

"等你再长大些，有能力了，可以把他们全部带着去朝拜冈仁波齐神山。现在你的任务就是学知识，学本领，健健康康长大。"我说。

西饶嘉措颤抖着身躯，不停啜泣着。良久，他才艰难地说，"我听你的话，老师……"

西饶嘉措，讲完他前世的故事，外面已黑得伸手不见五指。我安抚他激动的情绪，把剩余糖果塞进他衣袋里，送他回家。康家雪山的寒风化成的大长腿，在苍穹下疾驰。长腿上的汗毛急速抖动，化成一根根冰锥利刃，向我们裸露着的面颊射来。我失去疼痛的知觉。西饶嘉措在我身后，木木地行走着。

把西饶嘉措送回家，独自返回学校，我站在操场上，顶着深沉的夜色，不顾寒风肆虐，久久注视着远处的雪山。在如山如海压迫而来的威严中，我感受到，雪峰之巅有一双眼睛注视着我。

第二天一大早，我坐车赶到盐城，从盐城坐飞机到昆明。在机场购物大厅，购买了许多普洱生茶和滇红茶，坐飞机赶回沿海。傍晚到了沿海，父母早就等候在机场外，把我接回家。

九

一个寒假，我在家里极其忙碌，时间被安排得没有一点空隙。先是陪父母与林嫚家商定好,等五一、五四长假,举办我与林嫚的婚礼。然后是与林嫚在各个景点,按照她指定的要求拍摄婚纱照。之后就是在林嫚引导下,参加双方公司业务管理学习。

为做好婚礼前期筹备,我和林嫚不断与双方长辈和朋友们往来。只要有林嫚在场,主导权都在她那边。她对我主动示弱,很是满意和受用。

在企业管理和社交方面,林嫚显现的能力,比她的身材还突出。我暗暗赞叹,她是个了不起的都市女强人。我的确在雪域高原待久了,几乎要被城市快节奏生活淘汰。我由衷佩服,她年纪轻轻,就做到公司高管,是她父母得力助手。这是她长年累月,没日没夜工作磨炼才有的结果。

双方亲戚朋友私下里议论,说我是吃软饭。父母听了脸色难看。我认为正常。吃软饭也是饭,有的吃就好。我想做的事,就是与身边的人和睦相处,平平淡淡活着。

一个寒假,最让我舒心时刻,就是与林嫚在茶室里品茶,或是在马路边某条长凳上,我们漫不经心坐着。她把精致的小脸蛋,靠在我肩上,眨着睫毛弯弯的大眼睛,翘着大长腿。我们有一句没一句闲聊。当我肆无忌惮抚摸她大长腿时,她两条修长的腿更是晃动得厉害。有时候,她甚至将两条长腿,变幻成两条银蛇,紧紧缠住我的身体。让我在她调皮、挑衅、充满诱惑的双腿缠绕下,承受着女性发自灵魂的致命诱惑。

如果在某个适静的小公园里,林嫚还会毫无顾忌扑到我怀里,得意地晃动大长腿,像漂亮的母狮,冲着我露出得胜的笑脸。有时候,我也会把她轻轻按倒在软绵绵的草地上,把她紧紧搂在怀里,尽情抚摸她的长腿。听着彼此心跳声,我们静静享受着,城市快节奏生活下另类的天高地远与绵绵柔情。偶尔,我们也会因见解不同争执一番,服软的人往往是我。缠绵中,我会想起阿当,感慨他对女性双腿的鉴赏力,发自内心赞叹他独到的见解。

初春的沿海，阳光还算暖和，潮湿的空气，带着海边淡淡的鱼腥味，燃起我对未来生活的向往。这样的时光，太短暂。短暂得用白驹过隙这个词来形容，都显得阔绰。

寒假结束前，我说服父母，给康家坝各个学校捐赠一批学习用品。我要力所能及地为雪域高原的孩子们，再献上一点爱心。打算把捐赠的每一份物资，亲手送到每一个孩子手里。这是受林嫚影响。我也想体会一番，她在企业管理上事无巨细的办事风格和艰辛付出。

为了从始而终操办一次公益捐赠活动，考验一番自己的办事协调能力，我拒绝所有人帮忙，包括林嫚。我从沿海租了一辆挂车，找人上货卸货，运送一集装箱物资，一路押运几千公里，从沿海高速公路疾行到盐城。夜间，我和驾驶员住宿在高速服务区酒店，强迫自己入梦，幻想着能再次在梦中遇见雪地上的母女。但我失败了，整个运输过程，我被这样或那样的琐事所困。睡觉时间极少，也难以入睡，更别说做梦。

为了能安全行驶到康家坝，我从盐城改租几辆中型货车，重新找人卸货上货，转运集装箱里的物资，才得以在狭窄湿滑的山路上，前往康家坝。同时，与康城和盐城的新闻部门沟通，做好宣传报道。谢绝有关部门安排人手帮忙。父母捐赠的学习用品，数量不少。康家坝小学和周边十几所学校，都得到一定数额的捐赠。

我前前后后忙碌十几天，搞了十几场现场捐赠活动。把一件件学习用品，亲手送到孩子们手上。十几场活动搞下来，我累成一条老狗。体会到林嫚在繁忙工作中的受累程度，非常人能及。捐赠完所有物品，我收获了无数个孩子的笑脸和祝福，十几所学校的诚挚谢语，十几份盐城和康城的公益捐赠认证书。

我累着并快乐着，把许多现场活动视频，分享给林嫚。她惊叹着后悔着，没能说服我与我同行。

等我回到康家坝小学，学校已正式开学。所有学生，穿着林嫚捐赠的羽绒服和棉裤，背着我捐赠的书包和学习用品，穿梭在校园里。我有种莫大的成就感。我再次与远处的康家雪山对视，感受到雪峰之巅，那双注视着我的眼睛，目光变得慈祥而温和。

我持续奔波操劳，身体有些吃不消，明显感觉到呼吸不顺畅，头晕、恶心，没有食欲。康家坝海拔不低，我有高原反应了。扎西校长让我在宿舍休息。

一整天，我们班学生陆陆续续来看我。格桑拉姆来看了我一次。没和我说几句话，给我留下一包油炸过的蝙蝠蛾便走了。下课和休息时间，卓玛央金跑到我宿舍，借着跟我聊川端康成作品的话题，给我端茶倒水，守护在我床边。看着她着急的样子，我心里又舒服又内疚。

卓玛央金红彤彤的苹果脸蛋，因为着急，她几乎没露出过笑脸，两个迷人的小酒窝看不到了。但不影响她在我床前，大长腿晃来晃去的影子。把少女青春洋溢的美，演绎到了极致。

聊到川端康成作品，我们有了共同话题，很是投机，彼此间没了不适感。卓玛央金去上课后，我脑海里一会儿浮现林嫚银蛇般妖娆修长的腿，一会儿浮现卓玛央金矫健修长的腿。想着她们的青春靓丽，迷人的身影，我既满足又内疚。

第二天，我还是躺在床上静养。我们班学生相继来看我。西饶嘉措像个老中医，有模有样给我全身按摩，陪我讲话。早上，卓玛央金来看了我几次，下午没了影子。我隐隐约约感觉到，学校发生了事情。傍晚，卓玛央金一脸焦急，一双大长腿跑得湿漉漉地来到我宿舍，坐在我床边一言不发。

"发生什么事了？"我问。

"也、也没什么事。"她结结巴巴回答我。

"到底什么事,你说呀!"

"格桑拉姆不见了,"她说,"中午没回家,下午也没来学校,她家人都找到学校来了。"

"是怎么回事?"

"格桑拉姆的干爹昨天从医院回来,"她说,"他知道自己时日不多,说是明天要动身去圣城拉萨朝拜冈仁波齐神山。格桑拉姆知道了就嚷着要与她干爹一起去。她父母不允许。早上她来学校跟我说,她要和她干爹去朝拜神山,我说她要读书,暂时不能去。想不到,她中午回去就不见了。"

"这还没事!"我说,"你们去找了吗?"

"找了,下午我们老师都去找了,她父母也去找。到现在还找不到。"

"我知道她在哪里!"我说。

"可是你,"她说,"你这样虚弱,周边的山上好多地方雪还没融化,你跑出去找人更危险!"

"不要说了,"我说,"正因为周边雪还没融化,天黑前还找不到格桑拉姆,要是真出事,那可是要出人命的。"

我告诉卓玛央金,格桑拉姆在烈士陵园后面有个"秘密基地",她可能跑去那里。卓玛央金大体上知道那个位置,离学校不远不近,海拔高出学校百十米,积雪比学校周边要厚些。如果格桑拉姆真是去了那里,天黑前还回不来,的确会有性命之忧。

"我去找扎西校长,让他陪我去那里看看。"她说。

"扎西校长也在外边找人,等他赶过来,天都黑了。"我说,"我们两个现在赶过去,能在天黑之前赶回来。"

"能行吗？你！"她问我。

"能，相信我！"我说着话，给了卓玛央金一个自信的眼神。起来穿好羽绒服，领着她往烈士陵园方向一路小跑去。她迈着矫健的大长腿，一次次跑到我前面，摆出长辈的脸谱，让我慢慢走，不要激动，以免引发更强烈的高原反应。

卓玛央金生气的样子真好看，虽然没有小酒窝，但原本就大的眼睛，睁得更大了。她的眼珠里装着整座康家雪山。她的大长腿虽有疲惫之感，但仍旧迷人。看着她认真的样子，把雪域高原上所有女子的迷人、善良和勇敢，诠释得淋漓尽致。

在卓玛央金闪动的眸子里，我隐隐约约看到，从梦中走出来那对母女，心中不免又想起林嫚，扭动着银蛇般的长腿，母狮般扑在我怀里，得胜而归的笑脸。我内心无比纠结。呼吸开始变得急促，恶心、头晕，想呕吐的症状更强烈了。她一次次回头，焦急地盯着我看。我强打精神，向她抿嘴笑着说我没事，寻找格桑拉姆要紧。

卓玛央金拦不住我，只能与我一路小跑前行。我们跑过烈士陵园，顺着陵园围墙，向不远处坡地跑去。那里就是格桑拉姆的"秘密基地"。陵园周边，太阳余晖被几棵冷杉的影子挡住，覆盖了我们奔跑的影子。

寒风无趣地吹着我的发丝，刺骨的寒意与我毛孔里冒出的汗液交战。我无视它们在苍穹中幻化出的无数双长腿，只能让它们跟在我们身后"呼哧呼哧"奔跑。坡地上，积雪融化了大半，多数草丛根须露出地表，草地变得湿滑。不远处洼子坡地，显现在我们眼前。阳光完全被山坡的草地阴影遮挡住，积雪反射着暗淡的白光，显得灰蒙蒙一片。

"格桑拉姆、格桑拉姆……"我大声呼唤。

"格桑拉姆、格桑拉姆……"卓玛央金跟着我喊叫。除了草地的回声外，就是寒风呼呼作响。没有发现我们期待中，格桑拉姆小黑熊一样的身影。

"我们再跑近一些,说不定格桑拉姆就在洼子地的草丛里挖蝙蝠蛾。"我说。

卓玛央金急匆匆跑在我前面,向着洼子地深处冲去。我气喘吁吁紧跟在她身后。她跑过一道洼子地土坎,身子突然歪斜,摔倒滑了下去。来不及多想,我纵身扑上去,拉住她的衣角,借着惯性,我翻滚到她前面,把她的身躯堵在土坎上。我顺着洼子坡地,不可抑制地往下翻滚。一阵头晕目眩,我跌落在坡底一块突出的石块上。腰部和腿部,一阵钻心疼痛。寒风包裹着我,我下身失去了痛感。

"曹老师、曹老师……"卓玛央金带着哭腔喊叫着。她像一个皮球,从草坡上滑下来,撞开一片片残雪,跌跌撞撞,连滚带爬来到我身边。

"曹老师、曹老师,你怎么了?"她喊着我的名字,把我从岩石边拉出来,试图扶起我。她的大长腿和羽绒服沾满泥巴,蝎子辫滚散了,满脸是泪水。我感觉不到疼痛,只是呼吸困难,头晕头痛。坐了一会儿,我努力挤出笑脸,看着她梨花带雨的脸颊,莫名地心痛。

"我没事,"我说,"不要哭,你哭起来就不漂亮了!"

"你怎么了?"她哭着大声说,"都是我害了你!"

"是这草坡太调皮!"我说。

听了我的话,卓玛央金哭得更伤心。她搂着我,把头埋在我怀里,只管"嗷嗷"地哭。洼子地一点点暗下去。她几乎把整个身躯扑在我怀里,搂着我大声痛哭。我看不到她的面庞,她露在草地上的腿,依旧修长、矫健。她身躯贴在我身体的部位,暖烘烘的,有种说不出的舒适感。

我有种错觉。看到林嫚穿着天蓝色的牛仔修行装,一个人坐在海边沙滩上。她肆意地伸着妖娆的大长腿,看着远方层层叠叠涌来的海浪。

她的大长腿，穿过海浪，化作两道蓝色光柱，穿过万重山水，一直伸到我和卓玛央金身边。在黄昏的雪山草地上，林嫚妖娆的长腿，慢慢与卓玛央金矫健的长腿，重合在一起。我笑了。

"我，我感觉腰间和腿上有些疼痛。"我说。

卓玛央金仍旧搂着我埋头痛哭，顾不上讲话。

"好了，"我说，"没事了，我这不是好好的吗？"

"你还能挪动吗？"她终于抬起满是泪痕的脸颊搭理我。

"我试试看。"我说着话，开始活动双腿。

卓玛央金从我怀里抽出身躯，坐在我旁边，焦急地看着我。我努力挪动腰和腿。感觉到左腿还能动，右腿动不了，腰椎有阵阵木痛感传来，还可以勉强扭动。

"我没事，"我说，"只是右腿暂时动不了。"

"伤得这样重，还说没事！"她说着话又"哇"地大声哭起来。天色越来越暗。

"没事，休息几天就好了，"我说，"扶我起来，我们回去，天黑了，格桑拉姆还没找到。"

"我背你回去！"她说着话，在我前面蹲下。

我发现，她长得比林嫚结实多了。雪域高原的女人，比沿海的男人壮实。我没拒绝卓玛央金好意，伸出双手搂着她的肩膀，她反手搂住我双腿，"嗨"地哈出一口大气，把我背起。

卓玛央金背着我，迈动矫健的双腿，一步步往草坡上爬。一个个深深的脚印，印在坡地上，非常卖力。她一声不吭，往上爬。我呼吸愈加困难，头晕想呕吐的症状愈加明显。靠着她后背传进我体内的温热感，我强打精神，没昏迷过去，但意识已慢慢模糊。

"我的右腿怕是动不了了。"我说。

"动不了更好,"她气喘吁吁地说,"以后我就是你的右腿。"

"傻姑娘,你是在诅咒我!"

"只要你愿意,我愿意一生一世背着你!"

我不敢再说话,怕自己再说出不当的言语。迷迷糊糊中,我看到前方站着一个高大、苍老的女人。我梦中的那个姑娘,正背着我拼命向那个女人靠近。卓玛央金后背传来的温热,愈加明显。我感觉自己骑在一匹小马驹上,飞速向前奔去。

"你早就背过我了。"我迷迷糊糊地说。

"什么时候?"

"在五年前的梦里。"我说,"靠在你的背上,就像坐在小马驹的背上,很舒服。"

"以后,我就是你的小马驹!"

卓玛央金后背暖烘烘的体温,刺激得我清醒了些许。我知道自己又说错话,但嘴巴不听从大脑管理。

"我真羡慕格桑拉姆和西饶嘉措。"我说。

"他们有什么好羡慕的?"卓玛央金喘着大气问我。

"他们能记住前世,还可以再来一世……"我迷迷糊糊说着,像梦呓。在我失去意识的最后阶段,我感觉到卓玛央金的后背,起起伏伏。她像在大口大口喘息,又像在无声啜泣。

苍穹下,有一双洁白如玉的矫健长腿,与一双带着蓝色光晕的妖娆长腿,完全重叠……

不知道勐傣坝的阿当,在他的意念中,是否出现过两双长腿重合的影子?

等我醒来,已躺在定日村医务室。头还在剧烈疼痛,恶心,想呕吐的症状有所缓解。全身骨骼散架般疼痛,腰椎和双腿疼得更厉害,右腿上放着夹板，固定着不让我挪动。我怀疑，自己是被全身肌肉和骨骼的疼痛感给唤醒。扎西校长蹲在我床前，满眼是血丝。

"哦呀，你醒来了！"他惊讶地说。

"我的身体应该没什么大事吧？"我问。

"小曹老师，这回你摔得不轻，"他说，"你的右腿骨折了。更上火的是你的高原反应太严重，你都昏迷了差不多一天一夜。"

"卓玛央金呢？"我问。

"她把你背回村医室，守了你一夜零大半天，刚刚回去吃饭。"他说。

"格桑拉姆找到了吗？"

"找到了，在学校下边的洼子地里挖蝙蝠蛾。说是要给她干爹做朝圣路上的口粮。"扎西校长说着格桑拉姆的事，语气里，前面一句还有要责骂的意思，后面一句没了。

"哦呀，这次你伤得有些重，"他说，"特别是你的高原反应症状，再不好好医治，恐怕不行。我已经把你的情况给你家人和教体局说了。"

"你干吗让我家人知道！"我不顾疼痛，大声吼了扎西校长一句。他默默地听着，半晌不说话。

"哦呀！曹老师，我知道你舍不得我们康家坝小学，"他说，"我给你父母说明你摔伤和高原反应的情况，他们很着急。我还给教体局报告了你的伤势。你父母给教体局打了电话，态度非常强硬，要让你终止支教工作，回家养伤。教体局同意了你父母的要求。他们终止了你最后一学期的支教工作，你父母明天就来接你回去。"

"你为什么要让我父母知道……"我不顾疼痛，忍着头晕目眩的极度难受感，对着扎西校长咆哮。

扎西校长走出村医室，我一个人在病床上失声痛哭。

几个小时后，父母给我打来电话。他们坚决让我终止最后半年支教工作，要来接我回去。林嫚带着哭腔的声音，在电话那边若隐若现传来，说要与我父母一同来接我。

我感受到他们的关切之情，压在我身上的期望，我找不到反驳他们的理由。只是说，林嫚容易高原反应，让他们在盐城机场等我。我坐车去盐城与他们会合。考虑到林嫚健康问题，父母作出让步。他们答应我，由母亲带着林嫚在盐城机场等我，父亲随救护车来康家坝小学接我下去。

当天，扎西校长让同事把我的行装收拾好。我把带来学校的大部分东西送给学校，只让他们帮我收理个人衣物带走。

十

第二天一大早，父亲随救护车来到学校。操场上站满学生和老师。还有定日村和康家村的许多村民，他们自发前来送我。我被固定在医务救护床上，由医务人员推上救护车。西饶嘉措和格桑拉姆，挤到医务救护床边，他们想推我一程，被医务人员拦下。他们和许多学生一样，眼里噙着泪花，小声啜泣着，无奈地挥手向我道别。父亲下车与送别的人群一一道别，我躺在救护车里抹眼泪。

救护车驶出学校大门口时，我侧头看见卓玛央金，修长矫健的双腿紧紧靠在一起，微微颤抖着。她站在一棵冷杉树下，满眼通红，不断抹着眼泪，挥手向我道别。

我呜咽着，眼泪慢慢模糊了视线，与她渐行渐远。我心里大声喊着"再见了，卓玛央金！再见了，雪域高原最美的腿！！感谢遇见你！！！"

扎西校长神情默然，一语不发。他与父亲并排坐着。他要代表学校，代表康家坝所有村民，送我到盐城机场。

中午,到了盐城机场。扎西校长不断地感谢我的父母和林嫚。林嫚红着小脸蛋,迈着妖娆修长的双腿,尽量把力量传导到她平底休闲鞋上,急促而稳健地推着我,向机场安检门口走去。她眼角噙着泪花,没讲一句话。过安检时,扎西校长哽咽着,与我告别。

"小曹老师,感谢遇见你!"

"感谢所有的遇见……"我呜咽着回话。

过了安检,林嫚和父母推着我,往候机大厅走去,准备登机。我扭头看到扎西校长还在安检大门那边,使劲向我们挥手。

我眼前突然变成一片银白世界,无边无际。天空中,有漫天雪花飘落。扎西校长、西饶嘉措一家、扎西平措等,还有许多我不认识的人,出现在雪地上。他们正朝着一座威严的雪山,跪拜磕长头……

创作于2022年,2023年发表于《民族文学》第五期,2023年6月转载于《中国作家网》,2023年8月转载于《作品与争鸣》第八期

图书在版编目（CIP）数据

遇见 / 张新祥著. -- 北京：作家出版社，2023.11

（中国少数民族文学之星丛书·2023年卷）

ISBN 978-7-5212-2510-5

Ⅰ.①遇… Ⅱ.①张… Ⅲ.①中篇小说-小说集-中国-当代 ②短篇小说-小说集-中国-当代 Ⅳ.①I247.7

中国国家版本馆CIP数据核字（2023）第179335号

遇　见

作　　者：张新祥
责任编辑：李亚梓
特约编辑：郑　函
装帧设计：孙惟静
出版发行：作家出版社有限公司
社　　址：北京农展馆南里10号　　邮　　编：100125
电话传真：86-10-65067186（发行中心及邮购部）
　　　　　86-10-65004079（总编室）
E-mail：zuojia@zuojia.net.cn
http://www.zuojiachubanshe.com
印　　刷：唐山玺诚印务有限公司
成品尺寸：152×230
字　　数：300千
印　　张：24.75
版　　次：2023年11月第1版
印　　次：2023年11月第1次印刷
ISBN 978-7-5212-2510-5
定　　价：52.00元

作家版图书，版权所有，侵权必究。
作家版图书，印装错误可随时退换。